Laura Powell

Witches of London

Vom Teufel geküsst

cbj

DIE AUTORIN

Laura Powell verbrachte ihre Kindheit in London, Wales und Cardiff. Schon damals war sie eine Leseratte, später studierte sie Altphilologie in Bristol und Oxford. Während ihrer Studienzeit jobbte sie in einem Verlag; bald begann sie zu schreiben. Powell lebt heute in London.

LAURA POWELL

WITCHES of LONDON

VOM TEUFEL GEKÜSST

Aus dem Englischen
von Catrin Frischer

cbj

cbj

Kinder- und Jugendbuchverlag
in der Verlagsgruppe Random House

MIX
Papier aus verantwortungsvollen Quellen
FSC® C014496
FSC
www.fsc.org

Verlagsgruppe Random House FSC® N001967
Das für dieses Buch verwendete FSC®-zertifizierte
Papier *Pamo House* liefert
Arctic Paper Mochenwangen GmbH.

1. Auflage
Deutsche Erstausgabe Oktober 2015

Die Originalausgabe erschien 2012 unter dem Titel
»Burn Mark« bei Bloomsbury Publishing Plc, London.

Übersetzung: Catrin Frischer
Lektorat: Christina Neiske
Umschlaggestaltung und Artwork: © Isabelle Hirtz, Inkcraft
kg · Herstellung: ReD
Satz: KompetenzCenter, Mönchengladbach
Druck und Bindung: GGP Media GmbH, Pößneck
ISBN: 978-3-570-40286-3
Printed in Germany

www.cbj-verlag.de

Dieses Buch ist für Benedict Whitehouse,
der die frühen Abenteuer der Autorin als Pirat, Räuber,
Gottheit und Hexe teilte.

PROLOG

Die hohen Wände des Brandhofes waren weiß gefliest, die Decke ein gigantischer Rauchabzug. Wäre die junge Hexe auf dem Scheiterhaufen in der Lage gewesen, den Schlot hinaufzuschauen, hätte sie vielleicht ein fernes Stück Himmel erspäht.

Stattdessen starrte sie geradeaus. Vor ihr befand sich eine Glasscheibe, dahinter konnte sie die schattenhaften Gestalten der Inquisitoren ausmachen. Bestimmt hatte einer von ihnen die Hand am Schalter, bereit, die Lunte zu zünden.

Sie war weder fähig zu sprechen, noch sich zu rühren. Ihr Körper war steif von der Droge, die ihr verabreicht worden war, damit sie stumpf und reglos blieb während ihrer Exekution. Ihr Spiegelbild in der Glasscheibe wirkte ruhig. Alles verlief still und planmäßig – genau so, wie es sein sollte.

Doch … hätte sie dann das raue Material ihrer Gefängnistracht spüren sollen oder die Kälte, die von den blanken Fliesen aufstieg? Mitten auf dem Scheiterhaufen war ihr eben bewusst geworden, welches Gewicht das Holz hatte.

Das Herz der Hexe geriet ins Holpern. Das hier war nicht richtig. Etwas musste schiefgegangen sein. Die Droge wirkte nicht ordnungsgemäß. Das musste sie ihnen mitteilen, bevor es losging. Sie musste es ihnen sagen, musste erklären …

Aber ihre Zunge bewegte sich nicht. Ihre Augen waren weit aufgerissen, doch der Mund war fest verschlossen. Die Angst erstickte sie, sie konnte nicht nach Luft ringen. Im Glas schaute ihr Gesicht sie friedlich an, indessen schrien jeder Nerv, jeder Muskel, Herz und Hirn mit jedem Pulsschlag HALT.

Funken schlugen aus dem Holz.

Nein, wartet, bitte wartet …

Eine schmale gelbe Flamme erwachte zuckend zum Leben und tänzelte empor. Rauch stieg mit ihr auf. Hitze erblühte und gewann an Kraft.

Hinter dem trüben Glas wartete das unsichtbare Publikum.

Helftmirhelftmirsohelftmirdochbittehalthalthalt.

Ranken und Ringel von Feuer. Der Rauch biss in den Augen. Das fahle Haar stand schon in Flammen, die gleich ihr Fleisch verzehren würden. Sie schrie jetzt und schrie … lautlos.

KAPITEL 1

Auch Glory schrie auf in ihrem Bett. Um sich schlagend kämpfte ihr Körper sich im mitternächtlichen Zimmer in den Wachzustand.

Eine große Gestalt stolperte durch die Tür. Licht floss hinter ihr in den Raum.

»Es ist vorbei«, sagte ihr Vater. Er kam an ihr Bett und nahm sie in die Arme. »Beruhige dich. Alles ist gut, das war nur ein Traum.« Er strich Glory eine schweißnasse Haarsträhne aus dem Gesicht, während sie zitterte und keuchte.

»War es wieder der Brandhof?«

Glory nickte. Sie war acht Jahre alt, und so lange sie denken konnte, hatte sie denselben Albtraum. »Tut mir leid«, flüsterte sie. Poltern und Murren war durch die Wände zu hören, die anderen Hausbewohner legten sich wieder zur Ruhe.

»Das muss dir nicht leidtun, meine Kleine. Und es gibt auch nichts, wovor du dich fürchten musst. Ich scheuche die bösen Träume weg.«

Am Ende kamen sie aber doch immer wieder. Als Glory älter wurde, bekam sie ihre nächtlichen Ausbrüche unter Kontrolle und schreckte das Haus nicht mehr mit ihren Schreien auf. Das Grauen wurde allerdings nicht geringer.

Der Traum war so lebendig, dass sie unmittelbar danach hätte schwören können, der Rauch hinge ihr noch in den Haaren.

Ihr Vater glaubte, alldem wäre sie mittlerweile entwachsen. In den frühen Jahren hatte er versucht, Glory dazu zu bringen, ihren Traum genau zu beschreiben, und Vermutungen darüber angestellt, was ihn auslösen mochte. Doch schon als kleines Mädchen war ihr diese Schwäche peinlich gewesen, und sie hatte sich stets geweigert, die Schrecken der Nacht von Neuem aufzusuchen. Zudem stand der Traum vom Brandhof in Verbindung mit zwei Geheimnissen, von denen ihr Vater nichts wissen durfte.

Das erste betraf das Bild auf der Glasscheibe. Im Traum war Glory die Hexe auf dem Scheiterhaufen, doch das im Glas gespiegelte Gesicht war das ihrer Mutter. Sie erkannte es wieder, von Fotos, nicht aus der Erinnerung, denn Glorys Mutter Edie war verschwunden, als Glory drei Jahre alt gewesen war.

Edie Starlings Abschiedsgruß an Mann und Kind war eine einzige Zeile auf einer Postkarte gewesen, die an dem Morgen auf der Fußmatte gelegen hatte, an dem sie für immer aus ihrem – und vielleicht auch dem eigenen Leben – gegangen war. *Ich liebe euch, aber es ist besser, wenn ich gehe. Verzeiht mir.* Das war das Letzte gewesen, das sie oder sonst jemand von ihr gehört hatten. Bestimmt sei sie mit irgendeinem tollen Typen durchgebrannt, hatten die Nachbarn gemutmaßt. Sie habe sich etwas angetan, sagten andere. Zu unstet fürs Familienleben, befanden die übrigen. All das konnte wahr sein, aber was immer Glorys Mutter sonst noch alles gewesen sein mochte … eine Hexe war sie auch.

Eine von der illegalen Sorte, unregistriert, unlizenziert und von der Inquisition verfolgt.

Deshalb war Glorys zweite heimliche Befürchtung, dass der Traum von ihrer brennenden Mutter sich so realistisch anfühlte, weil er wahr war, weil ihre Mutter von der Inquisition erwischt worden war.

Und trotzdem: Jedes Mal, wenn der Albtraum vorüber und sie beruhigt und getätschelt worden war und die Tränen trockneten, wartete sie, bis das Haus wieder ruhig war. Dann kletterte sie aus dem Bett und ging an ihr Dachkammerfenster. Sie schaute über das Gewirr der Londoner Dächer, betrachtete das gespenstische Leuchten der Straßenlaternen und die Dunkelheit darüber. Und dann reckte Gloriana Starling Wilde das Kinn, atmete tief und trotzig durch und sprach die Worte, die sie schon betete, solange sie sich erinnern konnte:

Bitte, Gott … Wenn ich groß bin, mach mich zur Hexe.

KAPITEL 2

Lucas war zehn Jahre alt gewesen, als er das erste Mal eine Hexe brennen sah. In Großbritannien hatte es seit mehr als drei Jahren keine öffentliche Verbrennung mehr gegeben und der Fall hatte wochenlang die Schlagzeilen beherrscht.

»Widerliches volksverhetzendes Geschmeiß«, hatte sein Vater gemurmelt und wieder einmal eine grelle Zeitungsbeilage vom Frühstückstisch gefegt.

Als Oberhexenriecher des Inquisitionsgerichts war Ashton Stearne maßgeblich daran beteiligt gewesen, die schuldige Hexe ihrer gerechten Strafe zuzuführen. Lucas hatte sich darauf gefreut, in der Schule sagen zu können: »In den Nachrichten werdet ihr nichts davon erfahren, aber mein Vater sagt…« Doch über die Einzelheiten hatte sein Vater sich ausgeschwiegen. Der Fall hatte von allen Beteiligten seinen Tribut gefordert. Tod auf dem Scheiterhaufen war den schlimmsten Hexenverbrechen vorbehalten (vorsätzlicher Mord, Verrat, Terrorismus) und dieses war besonders grauenhaft gewesen. Bernard Tynan hatte mittels Hexerei ein Schulmädchen in sein Haus gelockt und dort brutal ermordet.

Ashton Stearne zählte zu den Amtspersonen, die in einem geheimen Inquisitionsgefängnis die Verbrennung überwachen sollten. Sie würde gefilmt werden, damit die Öffentlichkeit sie live und open air auf Großbildleinwänden verfolgen konnte. Obwohl Lucas' Vater ihm das Zuschauen nicht verboten hatte, wusste Lucas, dass er es lieber nicht tun sollte. Nicht etwa, weil Ashton seinen Sohn für zu jung oder zu zartbesaitet gehalten hätte, sondern weil er aus Prinzip öffentliche Hinrichtungen missbilligte. Sie sprachen die niedersten Instinkte des Pöbels an, meinte er.

Und damit hatte er nicht unrecht, die Leute standen stundenlang Schlange für einen Platz zum Zuschauen. Scheiterhaufenverbrennungen wurden nicht im Fernsehen übertragen, man konnte sie nur in großen Städten sehen, auf einer begrenzten Anzahl von Leinwänden. Das Publikum stand unter massiver Polizeiüberwachung. Natürlich würde es nahezu unmittelbar nach Beginn der Filmaufnahmen irgendjemandem gelingen, ein illegales Video im Internet hochzuladen. Aber sich eine verwackelte Raubkopie anzusehen wäre Betrug, fand Lucas. Wenn er schon Zeuge einer Verbrennung wurde, wollte er als Teil des offiziellen Aktes dabei sein, mit allem, was zu so einem Ereignis gehörte.

Und als sein Freund Michael ihn eingeladen hatte, am Trafalgar Square zuzuschauen, von einem Spitzenplatz auf dem Dach des Büros seines Vaters, war das Angebot einfach zu gut gewesen, um ihm zu widerstehen.

Am Freitagnachmittag wurden die beiden Jungs nach der Schule von einem Wagen abgeholt. Sie waren aufgeregt und nervös und versuchten das hinter immer gewaltigerem Maulheldentum zu verstecken.

Michael hatte sonst niemanden aus der Klasse eingeladen. Er und Lucas waren keine besonders engen Freunde, doch als eine Sekretärin die Jungs auf die Dachterrasse des Versicherungsunternehmens führte, wurde Lucas von Mr Allen wie ein alter Freund der Familie willkommen geheißen.

»Ah! Master Lucas!«, dröhnte er. »Da bist du ja!« Er drehte sich um und wandte sich an seine versammelten Gäste und Kollegen. »Seinem Vater haben wir für die heutige Verbrennung zu danken, wissen Sie. Das ist Ashton Stearnes Junge.«

Die anderen Männer sahen ihn bewundernd an. »Dafür hätte dein alter Herr einen Adelstitel verdient«, sagte einer. »Du bist sicher sehr stolz auf ihn«, meinte ein anderer.

Mr Allen klopfte Lucas herzhaft auf den Rücken. »Bald wird er in die Fußstapfen der Familie treten, anders geht es doch gar nicht, was?«

Lucas nickte. Eines Tages würde er Inquisitor sein, wie sein Vater und vor ihm sein Großvater und wie jeder Mann in seiner Familie davor – bis zurück ins 17. Jahrhundert zu John Stearne dem Ersten, dem Obersten Hexenriecher von Cromwell höchstpersönlich.

Es war schmeichelhaft, wie aufmerksam sie alle waren, diese erwachsenen Männer mit den teuren Anzügen und den wohlgenährten Gesichtern. Sie stellten Lucas Fragen zu dem Fall und zur Arbeit seines Vaters, und obwohl er ihnen nichts Neues erzählen konnte, schienen sie doch interessiert zu sein an dem, was er zu sagen hatte.

»Nun, ich bin mir sicher, dass du einen großartigen Hexenverbrenner abgeben wirst«, sagte eine der wenigen anwesenden Frauen.

»Verdammte Vetteln«, sagte jemand. »Verbrennen ist noch zu gut für die.«

»Hört, hört«, sagte jemand anders und erhob sein Glas.

Lucas bekam ein ungutes Gefühl. Vettel war eine Bezeichnung für Hexen, die man nicht verwenden sollte. Wie Harpyie oder Drude, das war ein bisschen wie fluchen, und sein Vater reagierte immer ziemlich verärgert, wenn ihm so was zu Ohren kam. Lucas dachte daran, wie angespannt und reizbar sein Vater in den letzten Tagen gewesen war, fast so, als würde er sich gar nicht auf die Verbrennung freuen. Danach überließ Lucas die Erwachsenen sich selbst.

Er ging zu Michael und seiner Zwillingsschwester Bea, die beide über die Brüstung schauten. An diesem Nachmittag Ende Juli lag ein Hitzeschleier über der Stadt. Lucas wusste, wie privilegiert er war, hier oben stehen zu dürfen, weit weg von der staubigen Menge und den Abgasen des Straßenverkehrs. Vor ihnen ragte die Nelsonsäule auf bis in schwindelnde Höhen. Nelson hatte im Kampf gegen die Franzosen Hexen eingesetzt, das hatten sie in der Schule im Hexenkundeunterricht gelernt, und auf einem der Sockel auf dem Platz befand sich eine Statue, die der Hexen im Krieg gedachte. Diese abstrakte Skulptur war erst im letzten Jahr enthüllt worden, aber jetzt sah Lucas, dass sie mit roter Farbe besprüht worden war, blutige Spritzer verteilten sich über die Bronze.

Jeder Zentimeter auf den Stufen und dem Pflaster ringsum war von Menschen bedeckt. Sie hockten auf den großen Löwen unter Nelsons Denkmal und drängten sich dicht an dicht an den Rändern der abgeschalteten Springbrunnen. Die National Gallery mit ihrem Portikus und der hellgrauen

Kuppel bildete einen imposanten Hintergrund für die Leinwand. An der nordwestlichen Ecke des Platzes, in der Nähe des geschändeten Denkmals, hatte sich eine kleine Gruppe von Demonstranten aus der Hexenrechtsbewegung zusammengefunden. Mit ihren Bannern und Plakaten standen sie in einem Polizeikordon: »Ein Gesetz für alle, keiner soll brennen« und »Verbietet die Scheiterhaufen«. Niemand schenkte ihnen besondere Beachtung.

Eine Weile amüsierten Lucas, Michael und Bea sich damit, Krümel von ihren Häppchen auf die Köpfe der Menge rieseln zu lassen. Bea hatte schon vor den Jungs genug davon. Sie war ein dünnes, ernst aussehendes Mädchen, rastlos schaute sie immer wieder zur Leinwand hinüber. »Ich bin schon ganz aufgeregt«, sagte sie.

Lucas trat gegen die Wand. »Ich wünschte, es wäre endlich vorbei. Das Warten, meine ich.«

Um Viertel vor fünf begann der Countdown. Eine Digitaluhr erschien auf der Leinwand und zeigte die fünfzehn Minuten Wartezeit vor der Verbrennung an. Mehrere Gruppen stimmten die Nationalhymne an und begannen den Union Jack zu schwenken. Mr Allens Gäste traten mit ihren Drinks in den Händen an den Rand der Dachterrasse, ihre Gesichter strahlten vor Vorfreude. Eine der Sekretärinnen umklammerte ein Zeitungsposter mit dem Bild der toten Schülerin.

Die Sekunden verstrichen und das Singen und Reden wurde leiser. Als die letzte Minute anbrach, hallte ein kollektiver Countdown über den Platz: »Zehn – neun – acht ...« Unter Jubel und Pfiffen stimmte die Gesellschaft auf der Terrasse mit ein. Doch als der Countdown vorüber war und nähere Angaben zum Verurteilten und dem Urteil gemacht wurden, herrschte absolute Stille. Dann tauchte der Name des Opfers auf der Leinwand auf.

»Armer kleiner Engel«, seufzte die Sekretärin mit dem Poster. Sie war nicht die Einzige, der Tränen in den Augen standen. Einige Leute bekreuzigten sich.

Es war ein feierlicher Augenblick. Als das Warten gerade unerträglich geworden war, wurde der Bildschirm wieder schwarz. Statisches Rauschen, dann war der Innenhof des Brandgerichts zu sehen.

Die verurteilte Hexe war schon an ihrem Platz, sie war an ein senkrecht aufragendes Brett geschnallt, das mitten im Scheiterhaufen steckte. Mittlerweile waren Bernard Tynans Gesichtszüge bestens bekannt, das schüttere Haar, die fleischige Nase, die Tränensäcke unter seinen Augen. »Das Gesicht des Bösen« kreischten die Schlagzeilen der Boulevardpresse, aber eigentlich sah er völlig unspektakulär aus. Das war ja das Furchterregende.

Von seiner Umgebung war nicht viel zu erkennen. Der Hof des Brandgerichts war nur ein schlichter weißer Raum. Hinter einer Glasscheibe in der Wand unmittelbar vor dem Scheiterhaufen würde Ashton Stearne mit seinen Großinquisitorkollegen, dem Innenminister, einem Arzt und einem Priester sitzen. Aber das zeigte die Kamera nicht. Ihr Objektiv war auf die Hexe fixiert.

Bernard Tynan schaute teilnahmslos in die Linse, das verabreichte Betäubungsmittel hatte ihn erstarren lassen. Großbritannien war immerhin ein zivilisiertes Land. In vielen anderen Nationen wurden Hexen lebendig verbrannt, auf genau dieselbe Art wie in den letzten tausend oder noch mehr Jahren.

Dicke Holzbündel wurden ordentlich um die Füße des Mannes herum bis hinauf zu den Waden aufgeschichtet. Eine elektrische Lunte führte unter dem Scheiterhaufen heraus bis in den Raum, in dem sich drei Gefängniswärter darauf vorbereiteten, jeweils einen der drei Zündknöpfe zu drücken. Nur ein Knopf würde das Feuer anfachen, aber niemand würde wissen, welcher der drei Wärter letztlich dafür verantwortlich war.

Michael zeigte mit dem Finger und kicherte. Im Schritt des weißen Gewandes der Hexe zeichnete sich ein feuchter Fleck ab. Er hatte sich nass gemacht, als die Nadel mit dem Betäubungsmittel injiziert wurde, oder vielleicht auch schon vorher, als sie ihn aus der Zelle geholt hatten. Lucas grinste pflichtschuldig. Aber irgendwie war er ängstlich, atemlos, und seine Handflächen waren verschwitzt. Er war besorgt, dass die Leute das bemerken würden. Im nächsten Augenblick wurde der nicht sichtbare Schalter gedrückt und ein Funke schlug aus dem Holz.

Die Hexe wartete, leblos wie die Puppe, die er gemacht hatte, um das tote Mädchen an seinen Willen zu binden. Seine Augen waren weit aufgerissen und blinzelten nicht, als das Feuer nach oben züngelte. Das brennende Holz gab ein murrendes, kratziges Geräusch von sich, dann begannen die Flammen sich durch das Fleisch des Mannes zu fressen.

Lucas konnte Bea leise weinen hören. Er drehte sich nicht zu ihr, er schaute nicht weg. Er glotzte genauso starr auf die Leinwand, wie Bernard Tynan herausglotzte. Sein Tod unter Beruhigungsmitteln war gnädiger als der seines Opfers, sagte Lucas sich. Doch selbst wenn der Mann vielleicht keinen Schmerz verspürte, so wusste er mit seinem wachen Bewusstsein doch, dass sein Körper knackte und Blasen warf, er würde den Gestank des verbrannten Fleisches wahrnehmen und den öligen schwarzen Qualm. Er würde das Fett im Feuer zischen und spritzen hören, wenn ihm das Fleisch von den Knochen schmolz.

In alten Zeiten konnte es bei Verbrennungen zwei Stunden oder länger dauern, bis eine verurteilte Hexe starb. In diesen aufgeklärten Zeiten hingegen wurde die Kleidung des Gefangenen mit entflammbaren Chemikalien behandelt, damit sie innerhalb von Minuten in Brand stand. Schon verhüllten Rauchwolken den lichterloh brennenden Körper. Um sechs Minuten nach fünf war die Vorstellung schon fast vorüber.

Die Leute begannen sich zu räuspern und unruhig zu werden. Noch herrschte eine Art peinliche Erleichterung, das Feiern würde später kommen. Als die Leinwand dann zum letzten Mal schwarz wurde, fingen die Glocken von St. Martin-in-the-Fields an zu läuten und mit ihnen alle anderen Kirchenglocken in London. Ding-dong, die Hexe ist tot.

Lucas war niemand, der sich leicht ekelte. Er schob die Bilder von dem brennenden Mann von sich, und wenn er sich daran erinnern wollte, tat er es langsam und vorsichtig, so wie jemand, der zerbrochenes Glas prüfend anschaut. Danach sprachen er und Michael nie mehr direkt von der Verbrennung. In der Schule gingen sie miteinander um wie immer, locker freundschaftlich, mehr nicht. Manchmal, bei Sportveranstaltungen oder Preisverleihungen, oder wenn sie darauf warteten, von einer Party abgeholt zu werden, sah Lucas Mr Allen. Er begrüßte Lucas immer, als ob sie alte Freunde wären, die sich lange Zeit nicht gesehen hatten. »Ah! Da ist er ja, mein junger Hexenverbrenner!«

Und Lucas lächelte dann gehorsam. Er konnte sich keinen Reim drauf machen, warum sich sein Magen bei dieser Begrüßung immer zusammenzog. Oder warum die Welt für einen Augenblick – nur für eine Sekunde – aus dem Gleichgewicht zu geraten schien.

KAPITEL 3

Grün mit goldener Borte, das waren die Schulfarben von Clearmont. Lucas und Tom waren kaum aus dem Bus gestiegen, da fingen die Mädchen an der Bushaltestelle auf der anderen Straßenseite auch schon an zu johlen und zu pfeifen. »Oho«, rief eine von ihnen, »das sind ja die Froschkönige!«

Lucas und Tom hielten die Nasen hoch und beachteten sie nicht. Sie waren jetzt in der zehnten Klasse, und es wurde von ihnen erwartet, über eine Reaktion auf derartige Einwürfe erhaben zu sein. In schnellem Tempo gingen sie davon, an diesem Morgen fand für die Oberstufe ein Berufsorientierungsvortrag von einem Beamten der Inquisitionsanwerbungsstelle statt, und der Bus hatte Verspätung gehabt.

»Hopst nur weiter!«, rief das lauteste der Mädchen, das mit den großen Ohrreifen und den nackten, von der Kälte fleckigen Beinen. Die anderen machten quakende Geräusche.

»Prollige kleine Hexen«, murmelte Tom.

Lucas schaute sich um und zufällig begegnete sein Blick dem des Ohrreifen-Mädchens. Unter erneutem kreischenden Gelächter warf sie ihm eine Kusshand zu. »Abscheulich«, pflichtete er Tom bei, und die beiden gingen durch das Schultor.

Es war schon nach neun, die meisten Leute waren bereits im Schulgebäude. Doch auf ihrem Weg zur Aula begegneten sie Ollie Wilks, der vor dem Gemeinschaftsraum der Oberstufe stand. Er rauchte in aller Ruhe eine Zigarette.

»Kommst du nicht mit zum Vortrag?«, fragte Tom.

»Bin ich teilnahmeberechtigt? Meine Cousine ist eine Hexe.«

Tom und Lucas wechselten einen Blick. Ollie hatte das ganz normal gesagt, aber peinlich war es trotzdem.

»Das hab ich nicht gewusst«, sagte Lucas schließlich.

»Tja. Früher hat Sarah als Fae-Heilerin für den Nationalen Gesundheitsdienst gearbeitet. Jetzt praktiziert sie nicht mehr, sie hat sich zäumen lassen, als sie geheiratet hat.«

Fae war die gängige Bezeichnung für die Fähigkeiten einer Hexe, den sogenannten Siebten Sinn. Man schätzte, dass ihn von tausend Leuten einer entwickelte, und da Fae in der Regel erblich war, hatte man Personen mit direkten Hexenverwandten in den letzten drei Generationen von der Arbeit in der Inquisitionsbehörde ausgeschlossen. »Fae ist dicker als Blut und schneller als Wasser« hieß es. Und die strenge Hintergrundüberprüfung funktionierte: In den letzten zwanzig Jahren hatten sich nur zwei Inquisitoren nach ihrem Eintritt in den Dienst zu Hexen gewandelt.

Ollie schien sein Ausschluss nicht sonderlich zu schaffen zu machen. »Schwänz doch und setz dich zu mir«, sagte er zu Lucas. »Ist ja nicht so, dass du da was zu hören kriegst, was du nicht schon längst weißt.«

»Ach, er will nur die schöne Inquisitorin anbaggern«, sagte Tom.

Lucas grinste und ging beschwingt auf die Aula zu. »Ihr könnt ja mal versuchen, mich aufzuhalten. Ihr wisst doch, wie mich diese Uniformen anturnen.«

Eine Wolke von ritualisierter Langeweile hing über der Aula, in der Buntglasfenster und der Geruch nach welkenden Blumen jedem das Gefühl vermittelten, sich in einer Kirche zu befinden. Vor dem Bühnenvorhang war eine Projektorleinwand aufgestellt worden, daneben wartete eine Frau in dem purpurrot-grauen Kleid der Inquisition. Der Berufsberater der Schule und die Hauptlehrer der Klassenstufen saßen auf der anderen Seite, zusammen mit einem schlanken, blonden Jungen. Er war derjenige, der in diesem Raum eigentlich im Mittelpunkt des Interesses stand. Gideon Hale hatte Clearmont im letzten Sommer verlassen und nahm gerade ein Freijahr vor der Universität, um ins »Sonderprogramm für beschleunigte Entwicklung« der Inquisition einzutreten.

Tom und Lucas rutschten in dem Moment auf ihre Plätze, in dem sich die Anwerbungsbeamtin von ihrem Sitz erhob. Sie hatte ein sonniges Gesicht mit Grübchen und setzte mit unbeirrbarem Lächeln zu ihrer Einleitung an. Auf der Leinwand neben ihr erschien das Bild eines mit schwarzem Stift gezeichneten Auges, dessen Iris von einem roten Kreuz geviertelt wurde. Das war das Emblem der Britischen Inquisition.

»Nun denn«, sagte sie. »Ich bin mir sicher, dass euch allen bekannt ist, welche Arbeit wir Inquisitoren machen. Trotzdem ist es immer noch wichtig, mit dem Vorurteil aufzuräumen, unsere Organisation würde vornehmlich aus alten Männern in schwarzen Roben bestehen, die es geil finden, unschuldige Hexen zu verfolgen.«

Die Inquisitorin lachte vergnügt. Ihr Publikum starrte sie mit ausdrucksloser Höflichkeit an. Clearmont-Absolventen waren stark vertreten in der Inquisition, in der Schule war es stolze Tradition, die Schüler auf den öffentlichen Dienst vorzubereiten.

»Im Laufe der Jahre«, fuhr die Inquisitorin gemütlich fort, »hat die Inquisition erfolgreich die guten Beziehungen zur Hexengemeinde entwickelt. Wir haben die Pflicht, die Hexen unter unserer Aufsicht zu betreuen, und wir sind sehr stolz darauf, für sie erfüllende Aufgaben innerhalb des Staates zu finden. Die öffentliche Sicherheit hat bei uns Priorität, doch das persönliche Wohlergehen von gesetzestreuen, registrierten Hexen ist ein wichtiger Aspekt der Bemühungen unserer Behörde.«

»Jaja, so ist das«, flüsterte Tom. »Und gleich wird sie noch sagen: ›Einige meiner besten Freunde sind Hexen.‹«

»… tatsächlich bin ich selbst stolz darauf, in der Hexengemeinde einige gute Freunde gewonnen zu haben …«

Die Schultern der Jungen wurden von stummem Gelächter geschüttelt.

»Doch wie ihr sicherlich wisst, ist die nationale Sicherheit unsere oberste Verantwortung.« Das Gesicht der Inquisitorin wurde ernst. »In der Hauptsache sind die Herausforderungen, vor denen die Inquisition steht, der Einsatz von Hexerei im organisierten Verbrechen – die Gangsterorganisationen, die als Hexenzirkel bekannt sind – und der Hexenterrorismus, der von Extremistengruppen wie Endor begangen wird. Glücklicherweise ist Endor in Großbritannien seit Ende der 1990er-Jahre nicht mehr aktiv geworden, aber das ist kein Grund zur Selbstzufriedenheit. Die Prävention von Hexenverbrechen, das Aufspüren und die Bestrafung von Hexen sind der Zweck, zu dem die Inquisition erschaffen wurde.«

Sie machte eine bedeutsame Pause. Dann waren die Grübchen und das Zwinkern wieder da.

»Das heißt natürlich nicht, dass wir vorhaben, nur Leute anzuwerben, die an der Strafverfolgung interessiert sind! Wir bieten auch noch andere spannende Berufsperspektiven in so unterschiedlichen Bereichen wie Technologie, Forschung, Ausbildung und PR. Und es ist meine Aufgabe, euch alles darüber zu erzählen …«

Die Präsentation ging noch etwa vierzig Minuten weiter. Am Ende rutschten die Zuhörer unruhig auf ihren Plätzen herum. Sie waren wegen Gideon Hale gekommen und wegen des Programms für beschleunigte Entwicklung.

Teil dieses Programms war, Schüler in der Abschlussklasse für die Inquisition zu rekrutieren. Bevor sie auf die Universität gingen, würden sie ein Jahr Intensivtraining absolvieren, das sie in Teilzeit fortsetzen würden, während sie für ihren Universitätsabschluss studierten. Als Gegenleistung bezahlte man den Trainees die Studiengebühren und nach dem Abschluss wurden sie zu Inquisitionsbeamten ausgebildet. Das Programm gab es erst seit ein paar Jahren und es war nicht unumstritten. Zum einen war es eingerichtet worden, weil Hexen normalerweise ihr Fae Anfang zwanzig entwickelten und es daher als sinnvoll erachtet wurde,

Inquisitoren in der Studentenschaft zu haben. Zum anderen diente es auch zur Abschreckung von Aktivisten der Hexenrechtsbewegung und Demonstranten, die es auf das Umfeld der Universitäten abgesehen hatten. Da die Studenteninquisitoren jedoch nicht verdeckt ermittelten – im Einklang mit der neuen Politik der »aufsuchenden Öffentlichkeitsarbeit und Transparenz« –, gab es Unmut über die begrenzten Vorteile der Überwachung.

Gideon Hale würde das Programm auf die Probe stellen, wenn er im nächsten Jahr sein Jurastudium in Oxford aufnahm. Als er vortrat, um über seine bisherigen Erfahrungen mit dem Ausbildungsprogramm zu sprechen – genauer gesagt: über die wenigen Bereiche, die nicht der Geheimhaltung unterlagen –, lebte das Publikum sichtlich auf. Gideon war groß und braun gebrannt, mit aschblondem Haar und einem gefälligen Lächeln. Seine Rede war konzentriert, doch entspannt und zielte darauf ab, Bewunderung zu erregen.

Lucas beobachtete Clara und Daisy, zwei Mädchen aus seiner Klasse, die sich mit geziertem Lächeln und Haare zurückwerfend bemühten, Gideons Blick auf sich zu ziehen. Sie waren nicht die Einzigen. Als Präfekt war Gideon immer von Mädchen angeschmachtet worden und kleine Jungen hatten sich in seiner Gegenwart gerader gehalten. Nun, wo er weg war, sprachen sogar die übellaunigsten Lehrer mit Stolz von ihm. Lucas selbst hatte gemischte Gefühle ihm gegenüber. Zu gegebener Zeit würde er in die Fußstapfen des älteren Jungen treten. Die Inquisition mochte zwar eine riesige Organisation sein, aber wenn man erst einmal drinnen war, erwies sie sich doch als erstaunlich kleine Welt. Ohne Zweifel würden sie sich ziemlich regelmäßig über den Weg laufen. Wenn er an ihre früheren Begegnungen dachte, war Lucas sich nicht ganz sicher, ob das gut war.

Seine erste Begegnung mit Gideon hatte er in seinem zweiten Jahr auf der Clearmont gehabt, er war damals zwölf gewesen, Gideon fünfzehn. Wegen eines Zahnarzttermins war er zu spät zum Sportunterricht gekommen, und als er in den Umkleideraum gegangen war, hatte er dort Gideon mit zwei anderen älteren Jungen angetroffen, die die Köpfe über einem Laptop zusammensteckten.

So, wie sie aufschauten, als er eintrat, irgendwie verschlagen und aufgeregt zugleich, hatte er überlegt, ob sie vielleicht Pornos guckten. Die Töne, die aus dem Laptop kamen, waren gedämpft, aber dann meinte er einen Schrei zu hören.

»Komm und schau dir das an, Stearne.« Gideon winkte ihn heran. Er lächelte verschwörerisch. »Das wirst du ziemlich lehrreich finden.«

Lucas begriff, dass ihm hier eine Gunst gewährt wurde.

Er näherte sich dem Computerbildschirm, auf dem ein Film von einer Scheiterhaufenverbrennung gezeigt wurde. Der Ort des Geschehens lag vermutlich in einer ländlichen Gegend in Afrika, wie man aus dem heißen, staubigen Platz und den farbenfrohen Gewändern der versammelten Menge schließen konnte. Das Bild war körnig, aufgenommen von einer wackligen Handkamera, aber trotzdem war gut genug zu erkennen, was hier vorging. Drei Frauen in weißen Kutten wurden zum Scheiterhaufen geschleift.

»Sieh sie dir an«, sagte Gideon genüsslich. »Sieh dir die dreckigen Harpyien an.«

Eine der Hexen war sehr jung, vielleicht sogar noch im Teenageralter. Sie war benommen vor Entsetzen, während die anderen weinten und flehten. Hier wurden keine Drogen verabreicht. Die wackelige Kamera schwenkte zur Menschenmenge, die sang und tanzte. Lucas, der seit Bernard Tynans Verbrennung keine weitere mehr gesehen hatte, erinnerte sich an die Zusammenkunft auf der Dachterrasse über dem Trafalgar Square. An das Klirren der Gläser und das Perlen des Tonicwaters, das Partygeplauder.

Die beiden anderen Jungs kicherten verstohlen. Die Frauen waren nackt unter ihren dünnen Hemden, die an ihren von Hitze und Angst glitschigen Körpern klebten. Ein Mann mit glühendem Brandeisen tänzelte nach vorn.

Lucas beugte sich vor und klappte den Deckel des Laptops herunter.

»Das sollten wir uns nicht ansehen«, sagte er.

Ohne es recht zu bemerken, hatte Lucas sich bereits angewöhnt, vor anderen Leuten in Meinungsfragen den Ton anzugeben. Bei seinen Altersgenossen zumindest. Erst in der sich nun anschließenden Pause, als er sah, wie die älteren Jungs gespannt auf Gideons Stichwort warteten, begriff er die Ungeheuerlichkeit seiner Anmaßung.

»Was für ein empfindliches Pflänzchen du doch bist«, bemerkte Gideon wohlwollend. »Was würde Daddy wohl dazu sagen?« Unter dem Laptopdeckel waren das Knistern von Flammen und Schreie zu hören.

»Lass mich raten … dass ausländische Hexenverbrennungsfilme verboten sind«, antwortete Lucas so leichthin wie irgend möglich. »Und dass die Verbreitung und das Ansehen solcher Filme gesetzeswidrig ist.«

Gideon betrachtete ihn kühl. Seine grauen Augen waren sehr hell. Lucas' eigene Miene blieb neutral.

»Dann wollen wir lieber auf Daddy hören«, sagte Gideon schließlich. Er klappte seinen Computer wieder auf, drückte eine Taste und der Bildschirm war leer. »Das ist doch nur eine Horde Wilder gewesen«, sagte er im Plauderton. »Aber wenigstens machen die Schwarzen es nicht unnötig kompliziert. Da draußen im Busch, da läuft es auf die altmodische Art. Ganz unbürokratisch.«

»... das ebenso Nervenaufreibende wie Aufregende an diesem Programm ist, dass man von Anfang an mit hochsensiblem, geheimem Material Umgang hat«, sagte Gideon auf der Bühne. »Man muss sich durch eine Menge Behördenkram durcharbeiten, aber das meiste ist interessant und alles ist wichtig ...«

Während seiner verbleibenden Schulzeit hatte sich Gideon Lucas gegenüber immer absolut umgänglich verhalten, obwohl jeder der beiden in Gegenwart des anderen eine gewisse Wachsamkeit walten ließ. Und obgleich es bei der zweiten Begegnung mit Gideon, an die Lucas sich erinnerte, auch um Hexen gegangen war, war der Vorfall doch so belanglos gewesen, dass er nicht mal wusste, warum er überhaupt Eindruck bei ihm hinterlassen hatte.

Es war im letzten Sommer passiert, an einem sonnenträgen Abend gegen Ende des Schuljahres, als Lucas und ein paar Freunde aus dem Park gekommen waren. An der

Straße bemerkten sie, dass Leute starrend stehen blieben, durcheinanderriefen und nach oben zeigten. Zwei Himmelsspringer bewegten sich über die Dächer, flogen über die Lücken zwischen den Gebäuden und hüpften mit schwindelerregender Leichtigkeit über Schornsteine. Sie hatten die blauen Uniformen an, die WICA, die Hexenabteilung der Sicherheitsdienste, im öffentlichen Hexereieinsatz trug. Es schien sich um eine Übung zu handeln, denn sie bewegten sich konzentriert, aber ohne Eile voran. Wie sie so zwischen den schattendunklen Ziegeln und dem goldenen Himmel dahinglitten, waren sie der Wirklichkeit entrückt wie Engel.

In den Nachrichten und im Rahmen des Hexenkundeunterrichts hatte Lucas Bildmaterial vom Himmelsspringen gesehen, aber wirklich erlebt hatte er es noch nie. Sogar unter Hexen galt diese Fähigkeit als selten. Flugträume zählten natürlich zu den gewöhnlichen Kinderalbträumen, und auch wenn Lucas schon ewig keinen mehr gehabt hatte, überlief ihn beim Anblick der realen Entsprechung ein kalter Schauer. Die fließenden, eleganten Bewegungen wirkten so *verkehrt.* Sie widersetzten sich der Schwerkraft, widersetzten sich der Stabilität von Ziegeln und Zement, und dem schwachen menschlichen Fleisch – so was war widernatürlich. Aber trotzdem, dachte Lucas ... wie verwegen, wie wunderschön muss es sein, in der goldenen Abendluft über der Stadt dahinzuhuschen. Und für einen flüchtigen Augenblick wusste er, dass die anderen Leute, die zum Himmel schauten, genauso dachten.

Plötzlich verunsichert senkte Lucas den Blick. Und da sah er auf der anderen Straßenseite Gideon im Eingang einer Bar stehen. Auch er starrte die Himmelsspringer an. Als sie am Horizont verschwanden, verzerrte sich sein Gesicht. Unbemerkt von den Umstehenden spuckte er in den Rinnstein.

»… und ich freue mich wirklich sehr auf die Zusammenarbeit mit den Hexenagenten bei der Strafverfolgung und bei den Geheimdiensten. Ich weiß, es mag schwülstig klingen, aber sich gemeinsam mit verschiedensten Leuten aus den unterschiedlichsten Lebensbereichen für unser Land einzusetzen ist ein unglaubliches Privileg …«

Gideons Rede endete mit herzlichem Applaus. Lucas klatschte mit und bemühte sich, so angeregt zu wirken wie alle anderen. Er spürte einen leichten Druck im Hinterkopf, der schon seit dem Aufstehen heute Morgen da war, wahrscheinlich der Vorbote von Kopfschmerzen. Es war gut, aus der stickigen Aula rauszukommen.

Im Vorraum sah er Bea Allen. In der neunten Klasse war Michael ins Internat gegangen, aber seine Zwillingsschwester war auf der Clearmont geblieben. Das ernste kleine Mädchen, das bei der Hexenverbrennung geweint hatte, war zu strahlendem Selbstbewusstsein herangewachsen, mit einem Mund wie eine Rosenknospe und Haaren wie dunkle Melasse. Jetzt blieb sie stehen und lächelte Lucas an. Hatte sie etwa auf ihn gewartet?

»Na … hat die Inquisition eine neue Rekrutin?«, fragte Lucas.

»Kann sein, sie müssen nur die Uniformen ändern.« Bea verzog das Gesicht. »Grau ist ja so was von nicht meine Farbe.«

»Das ist ja schade«, sagte Tom von hinten. »Lucas hat nämlich gerade gesagt, dass er auf Mädchen in Inquisitionskleidern steht. Oder waren das ›alte Männer in langen schwarzen Roben‹?«

Lucas gab ihm einen freundschaftlichen Schubs. Tom schubste zurück und ging mit einem übertriebenen Zwinkern seiner Wege.

Bea tat so, als hätte sie nichts gemerkt.

»Hast du wirklich nie daran gedacht, was anderes zu machen, als für die Inquisition zu arbeiten?«, fragte sie.

»Was denn?«

»Weiß nicht. Du könntest Rennfahrer werden. Astronaut. Rockstar.«

Er lachte. »Das würdest du nicht sagen, wenn du mich schon mal singen gehört hättest. Die Sache mit dem Popstar-Astronauten werde ich wohl dir überlassen müssen.«

»Schön wär's. Ich überleg gerade, ob ich Medizin studieren soll. Wie Mum«, sagte Bea mit einem schiefen Lächeln. »Vermutlich bin ich also auch für den Familienbetrieb bestimmt.«

Sie erreichten den Fuß der Treppe und schickten sich an, in ihre jeweiligen Klassenräume zu gehen. Bea nestelte an einer Haarsträhne herum. »Gehst du … kommst du Samstag auch zu Nicks Party?«

»Glaub schon.«

»Dann vielleicht bis morgen.«

»Klar. Bis dann.«

Lucas hatte das Gefühl, Bea schon ewig zu kennen, doch in letzter Zeit war es so, als wären sie beide ganz andere Menschen geworden, die sich erst wieder kennenlernen mussten. Das fühlte sich neu an und aufregend.

In bester Stimmung kam er nach Hause zurück, obwohl der Druck nun schon bis hinter seine Augen gewandert war. Wenn er so darüber nachdachte … Der Druck hatte sich über die letzten Tage hinweg aufgebaut. Hoffentlich legten sich die Kopfschmerzen vor der Party morgen von selbst wieder.

Paul, der Wachmann am Tor, der seit fast zehn Jahren bei der Familie angestellt war, lächelte wie üblich, als Lucas seinen Zugangscode in das Tastenfeld eingab. Im Domizil der Stearnes, einem schönen Regency-Stadthaus, das ein gutes Stück von der Straße zurück lag, wurde Sicherheit großgeschrieben. Die Mauern, die das Anwesen umschlossen, wurden von Videokameras überwacht, und Besucher mussten sich ausweisen, bevor ihnen Einlass gewährt wurde. Biometrische Ausweise waren an alle Bürger des Vereinigten Königreichs ausgegeben worden, die älter als zwölf Jahre waren, unter anderem sollte damit Hexen, die ihr Aussehen durch Zauberei verändert hatten, der Zutritt zu Orten verwehrt werden, an denen man sie nicht haben wollte.

Das Haus war auch mit der üblichen Ausstattung zur Abwehr von Hexerei versehen, Glocken in Plexiglaskästen hingen über sämtlichen Außentüren. Sie waren mit einem zentralen Alarmsystem verbunden, sodass sie warnten, wenn sich eine Hexe näherte, die einen Fluch beziehungsweise Bann wirkte. Ein Fluch oder Bann war jede Art der Hexerei, die lebenden Wesen Schaden zufügte und damit ein besonders starkes Fae frei werden ließ, eine Art bösartige

Strahlung, auf die eiserne Glocken reagierten. »Glocken warnen, Eisen schützt, Wasser entlarvt« lautete der Merkspruch. Als einer der Großinquisitoren war Ashton Stearne seine persönliche Sicherheit und die seiner Familie ein sehr ernstes Anliegen. Er hatte sein Lehrgeld bezahlt.

Sobald Lucas im Haus war, ging er den Stimmen nach, die er im Wohnzimmer hörte, wo sein Vater und seine Stiefmutter Marisa mit einem Nachbarn bei einem Drink zusammensaßen. Lucas war überrascht, seine Stiefschwester ebenfalls hier anzutreffen. Freitagabends war Philomena selten zu Hause. Lucas und sie gingen zwar auf dieselbe Schule, doch sie war zwei Jahre älter und nahm beachtliche Härten auf sich, um ein möglichst unabhängiges Leben zu führen.

»Lucas!« Marisa winkte ihn heran. Sie sah sogar noch eleganter aus als sonst in ihrem cremefarbenen Cocktailkleid, und Lucas fiel wieder ein, dass sie und sein Vater an diesem Abend zu einem Dinner bei Sir Anthony Brady geladen waren. Sir Anthony war der Oberste Hexenriecher, das Oberhaupt der Britischen Inquisition, und man erwartete allgemein, dass Ashton Stearne sein Nachfolger werden würde, wenn er in den Ruhestand ging.

»Komm und begrüße Mr Pettifer.«

Lucas reichte dem Gast die Hand. Er war dem dicklichen, fröhlichen Beamten Henry Pettifer schon bei anderen Anlässen begegnet.

»Philly hat uns von eurem Berufsberatungsvortrag heute Morgen erzählt«, sagte Henry. »Wie fandest du ihn?«

»Nicht weiter überraschend. Ein Haufen einlullendes Zeug über den pfleglichen Umgang mit Hexen.«

»Ein Herz für Hexen«, warf Philomena schnaubend ein.

Ashton Stearne zog die Augenbrauen hoch. »Es ist leicht, darüber herzuziehen, aber die Beziehungen zur Gemeinde sind wichtig. Man will die Leute schließlich nicht zur Zusammenarbeit mit den Behörden zwingen, das führt nie zu besonders guten Ergebnissen, schon gar nicht bei der Beschaffung von Informationen.«

Lucas nahm auf dem Sessel neben seinem Vater Platz. »Ich weiß, Dad. Aber so, wie diese Anwerbungsbeamtin geredet hat, hätte man denken können, *Inquisition* wäre ein unanständiges Wort.«

»Man kann's auch übertreiben mit der politischen Korrektheit«, sagte Henry kopfschüttelnd.

»Das mag ja sein, doch einige der Verfolgungen, die die Hexengemeinde erleiden musste, waren ausgesprochen bedauerlich«, bemerkte Ashton. »Und dass Hexen im Laufe der Jahre einen Beitrag zu unserer Gesellschaft geleistet haben, ist nicht abzustreiten.«

Er starrte auf das Whiskyglas in seiner Hand und nahm sinnend einen Schluck. »Dennoch bleibt die nackte Tatsache bestehen, dass der größte Teil der Arbeit, die gesetzestreue Hexen leisten, nur eben den Schaden aufwiegt, den andere Hexen anrichten.«

»Wie wahr, wie wahr«, pflichtete Henry bei. »Und deshalb bewundere ich Burschen wie euch dafür, dass ihr mit ihnen zusammenarbeitet, wenn die Umstände es erfordern. Jack Rawdon mag ja der tolle Hecht des Monats sein, aber man muss ein Auge auf ihn haben. Daran besteht kein Zweifel.«

Jack Rawdon war der Leiter vom Büro für »Witchkind

Intelligence and Covert Affairs«, kurz WICA, dem Geheimdienst für Hexereiwesen und Verdeckte Ermittlungen. WICA war nach dem zweiten Weltkrieg gegründet worden, aber dieser Dienst war nicht unumstritten. Man vertraute den Hexenagenten nicht so weit, dass sie selbständig arbeiten durften, stattdessen waren sie den Mitarbeitern des Inlands- und Auslandsgeheimdienstes unterstellt, denen sie kurzfristig und nach deren Ermessen assistieren mussten.

Laut Statistik machten Hexen weniger als ein Prozent der Bevölkerung aus, trotzdem stand ihre Arbeit mit dreißig Prozent sämtlicher Verbrechen in Verbindung. Offiziell befasste sich die Polizei nur mit gewöhnlichen Gesetzesbrüchen, wenn Beweise für ein Hexenverbrechen gefunden wurden, hatte sie den Fall eigentlich der Inquisition vorzulegen. In besonders komplexen Fällen – oder solchen, die die nationale Sicherheit betrafen – arbeitete die Abteilung Hexenverbrechen der Inquisitionsbehörde partnerschaftlich mit den Geheimdiensten zusammen. Dass zunehmend WICA-Agenten an solchen Operationen beteiligt wurden, war für viele Inquisitoren schwer zu akzeptieren.

Doch während der Endor-Terroranschläge Ende der 1990er-Jahre hatte sich von Neuem der Gedanke verbreitet, dass Hexenverbrechen am besten mit Hexerei zu bekämpfen waren. Eine Idee, die Jack Rawdon mit Eifer unterstützte. Als junger Hexenagent hatte er geholfen, das Netzwerk von Endor in Großbritannien niederzureißen. Er war der erste Abteilungsleiter in der Geschichte von WICA, dessen Name bei seiner Berufung öffentlich bekannt gemacht worden war, und eine der profiliertesten Hexen Englands. Es war von Vorteil, dass er mit dem rauen, kantigen Kinn eines Actionhelden aussah wie ein Mann, dem man vertrauen konnte.

»Rawdon ist ein äußerst fähiger Mann«, räumte Ashton ein. »Und charismatisch dazu, was einige meiner Kollegen sehr beunruhigt. Aber ich vermute, dass eine stärkere Zusammenarbeit mit den Hexenagenten unvermeidlich ist.«

»Und sie ist ein ›unglaubliches Privileg‹, wenn man Gideon Hale Glauben schenken will«, sagte Lucas trocken.

»Gideon ... hm, ja, ich erinnere mich. Er ist zu mir gekommen und hat sich vorgestellt, als ich letztes Jahr vor der Oberstufe deiner Schule eine Rede gehalten habe. Ich war erfreut zu hören, dass er im Überholspurprogramm ist. Ziemlich eindrucksvoller junger Mann, fand ich.«

»Oh, Gid ist total süß«, bemerkte Philomena.

»Gid?« Lucas war belustigt. »Ich wusste ja gar nicht, dass ihr euch so nahesteht.«

»Warum solltest du auch? Noch bist du ja nicht Großinquisitor.«

»Meine Lieben ...« Marisa bedachte sie mit einem vorwurfsvollen Blick. »Also, was ich so abstoßend finde«, fuhr sie fort, während sie eine Locke ihres blonden Haares glatt strich, »ist dieser Trend, Fae mit so einem dubiosen Nervenkitzel aufzuwerten. Sogar in dieser grauenhaften Soap zum Beispiel – wie heißt sie noch gleich? EastEnding? – kommt eine Hexenfigur vor. Offenbar ist der schrecklich beliebt.«

»Mummy! Seit wann guckst du denn *EastEnders*?«

»Meine Maniküre hat mir davon erzählt. Sie macht sich

Sorgen, dass ihre Tochter ein ungesundes Interesse fürs Fae entwickeln könnte. So aus pubertärer Auflehnung, versteht ihr?«

Henry lachte, aber Ashton wirkte nachdenklich. »Auf manche Weise, nehme ich an, zieht uns die dunklere, primitivere Seite des menschlichen Wesens alle an – diese Bereiche wird die Zivilisation nie ganz unter Kontrolle bringen. Der Siebte Sinn kann nicht von der Wissenschaft oder soziologischen Theorien rationalisiert werden. Darin hat schon immer ein Teil seines Reizes gelegen.«

»Ja, aber wenn man hört, wie die Leute reden«, entgegnete seine Frau, »könnte man denken, Hexerei wäre dasselbe wie irgendeine andere ungewöhnliche Fähigkeit. So etwas wie Gedichte schreiben können oder … oder Kopfstand machen. Die moralischen Gefahren werden völlig außer Acht gelassen.«

»Dann ist es ja nur gut«, sagte Henry jovial, »dass wir die Stearne-Jungs zur Seite haben, die dafür sorgen, dass die Hexenschaft nicht aus der Reihe tanzt. Seht sie euch doch mal an! Die drei geben doch ein tolles Bild ab, was?«

Lucas und Ashton saßen unter einem der zahlreichen Familienporträts im Haus. Das war der »dritte« Stearne, auf den Henry angespielt hatte: Augustin Edgar Stearne, der Reformator, der für die Modernisierung der Inquisition verantwortlich war und die Einstellung von Hexenbeamten im Polizeidienst unterstützt hatte. Die Ähnlichkeit mit seinen Abkömmlingen war verblüffend. Alle drei hatten das gleiche schwarze Haar – das in Ashtons Fall silbrig wurde –, die gleiche hohe Stirn, die gleichen dunkelblauen Augen und die gleiche blasse englische Haut.

Bei eingehender Betrachtung hatten sowohl Vater als auch Sohn darüber hinaus unbewusst die ruhige, hochmütige Haltung des Porträtierten angenommen.

»Ungemein gut aussehend«, sagte Marisa liebevoll.

Lucas verzog das Gesicht. Wie ein Blitz zuckte der Schmerz über seine Augen. Es war seltsam, einen Moment lang schien der Raum sich zu drehen und zu wackeln. Aus den Schatten heraus hörte er ein leises Zischen.

KAPITEL 4

Das wird heute ein Glückstag, dachte Gloriana Starling Wilde. Sie hielt das Gesicht in den blassen Sonnenschein und genoss das Gefühl, wie ihre neuen Goldreifen an den Ohren zogen. An einem schönen Frühlingsnachmittag war sogar ein Dreckloch wie Rockwood halb so schlimm. Das Unkraut, das aus den Rissen im Beton spross, hatte noch eine gewisse Frische. Die Graffiti in der Unterführung strotzten in satten Farben. Der Müll wirbelte mit kecker Leichtigkeit durch die Luft.

Die East-End-Gemeinde Hallam stand aus verschiedenen Gründen in dem Ruf, ein raues Pflaster zu sein, und der Hauptgrund war die Rockwood-Siedlung. Das war ein Labyrinth von miteinander verbundenen Gehwegen und Zufahrten, das von verfallenen Reihenhäusern und Maisonettewohnungen gesäumt wurde, mit einem Hochhaus mittendrin. Wenn man nicht gut aufpasste, konnte man sich nur allzu leicht in Sackgassen oder dunklen Ecken verirren. Glory kannte diese Schleichwege so gut wie die Linien auf ihrer Handfläche. Als sie auf den Vorplatz geschlendert kam, stießen die Jungs, die vor dem Wettbüro herumhingen, bewundernde Pfiffe aus.

Glory lächelte ihnen kurz zu. Tante Angel lamentierte

zwar darüber, wie sich die Nachbarschaft verändert hatte (Wellen von Einwanderern, die die alten Zeiten und alten Sitten weder kannten noch sich darum scherten; verwilderte Gören, die überall herumtobten), aber der Hexenzirkel von der Cooper Street hatte gute Beziehungen zu den Banden der Siedlung. Abgesehen davon – der Einfluss des Morgan-Clans war vielleicht nicht mehr das, was er mal gewesen war, doch Verbindungen zu den Morgans garantierten immer noch Respekt. Keiner legte sich mit den Morgans an. Ihr Wednesday-Zirkel war die größte Unterweltorganisation in London … und sie sorgten für ihre Leute.

Mit Glorys Großtante Angeline legte sich auch keiner an. Einmal, Glory war damals sechs und hatte auf der Straße gespielt, waren zwei ältere Jungen mit harten Schädeln und schorfigen Fingerknöcheln gekommen und hatten mit ihrem Püppchen Fußball gespielt. Glory hatte so laut gejammert, dass Tante Angel aus dem Haus gestürmt war. Sie hatte den Jungs ein paar Kopfnüsse verpasst.

»Mieses altes Hexenweib«, hatte der Ältere ihr entgegengeschleudert.

»Da hast du verdammt recht. Und ich hab genug Zauberkraft, um dir das Fleisch von den Knochen tropfen zu lassen.« Tante Angel war mit ihrem spitzen, faltigen Gesicht und den blinzelnden Augen die typische Märchenhexe. Sie stieß ein kehliges Zischen aus. »Mach so was noch ein Mal bei mir und den Meinen und ich hex dir grüne Maden an den Sack.«

Der kleinere Junge, der etwa acht Jahre alt gewesen sein musste, fing an zu schniefen. Der andere versuchte sie niederzustarren, aber am Ende verlor er die Nerven, und beide zockelten mit gesenktem Kopf ab.

Später an jenem Abend kam der Ältere mit seiner Mutter wieder. Ihr Gesicht war genauso beinhart wie das ihres Sohnes, aber sie hatte eine Stange Zigaretten dabei und eine Dose Shortbread. Eine Friedensgabe.

»Hab gehört, dieser kleine Scheißer hat Ihnen Ärger gemacht«, sagte sie und kniff dem Jungen in den Arm. »Beachten Sie den bloß nicht. Hier hab ich was, um es wieder gutzumachen.« Dann straffte sie ihre mageren Schultern, schaute Tante Angel in die Augen und sagte: »Mein Dad redet immer noch von den Zeiten, als Ihre Schwestern hier gesagt haben, wo's langgeht. Die haben saubere Arbeit geleistet, meint er. Waren bessere Zeiten damals.«

Bei diesen Worten verspürte die sechsjährige Glory ein kribbeliges Gefühl in ihrem Inneren. Sie wusste, dass Tante Angel früher einmal die große Schwester der berühmten Starling-Zwillinge gewesen war, und dass sie auch deshalb als etwas Besonderes galt. Denn Lily und Cora Starling glichen sich nicht nur wie ein Ei dem anderen, sie hatten auch als Hexen die gleiche Macht gehabt, und ihr Zirkel hatte in den 1960er- und 1970er-Jahren das East End so gut wie beherrscht. Glory hatte Geschichten gehört, dass sie zu Partys mit Filmstars gegangen waren und dass Bilder von ihnen in die Zeitung gekommen waren und dass sie nur Hexenverbrechen begangen hatten, die den Leuten halfen. Aber am Ende hatte die Inquisition Oma Cora gekriegt und Großtante Lily war an gebrochenem Herzen gestorben, und Glorys Mutter Edie war drei Weihnachten zuvor abgehauen und verschwunden. Ein Starling-Mädchen zu sein war eine gefährliche Sache.

Tante Angel tätschelte Glorys Haar. »Vielleicht kommen diese Tage wieder. Fae ist dicker als Blut, schneller als Wasser …«

… und wild wie der Wind.

Das war der letzte Teil des Sprichworts, aber Tante Angel hatte ihn weggelassen. Das machte man meistens. Fae ist wild wie der Wind. Das war der lästigste Aspekt der Hexerei, man konnte nicht mit hundertprozentiger Sicherheit sagen, in welche Richtung das Fae geweht wurde … wo es hingehen würde und zu wem.

Als Glory jetzt daran dachte, mit fünfzehn und zäh genug, um es mit jeder Menge schorfiger Skinheadbengel aufzunehmen, spürte sie, wie eine Eiseskälte in ihren Tag hineinkroch. Sie träumte immer noch vom weiß gefliesten Brandhof des Verbrennungsgerichts, von der Hexe auf dem Scheiterhaufen mit dem verschlossenen Mund und dem erstarrten Schrei. Und sie sprach immer noch dasselbe Gebet, Nacht für Nacht. Zu Gott, nur für den Fall, dass es einen gab, und auch zu Mab und Hekate, den Schutzgeistern der Hexen. Bis jetzt hatte ihr noch keiner zugehört.

Oma Cora und Großtante Lily waren im Alter von dreizehn Jahren zu Hexen geworden. Bei ihrer Mutter Edie war es genauso gewesen. Lief ihre Zeit nun ab?

Ungeduldig schüttelte sie den Kopf, dass die Goldreifen tanzten. Candice Morgan, Lily Starlings dreiundzwanzigjährige Enkelin, hatte das Fae erst im letzten Jahr bekommen. Tante Angels kam mit neunzehn. Die meisten Hexen, die sie kannte, mussten bis weit in ihre Zwanziger warten. Sie hatte noch viel Zeit … Das Problem war nur, je jünger man war, wenn sich das Fae entwickelte, desto stärker war es in der Regel.

Glory hatte nämlich nicht vor, einfach eine x-beliebige Hexe zu werden. Ihr Fae würde ihr Schicksal sein – und das ihres Zirkels.

Cooper Street und der gleichnamige Zirkel hatten bessere Tage gesehen. Das heruntergekommene viktorianische Reihenhaus war eines der wenigen, die den Bombenangriff überstanden hatten, der die meisten seiner Nachbarn in Schutt und Asche gelegt hatte. Die Häuser dahinter waren moderne Schachteln aus billigen Ziegeln, davor wucherte die schmuddelige Rockwood-Siedlung. Andere Überbleibsel aus dem 19. Jahrhundert waren von Leuten aus der Finanzbranche weggeschnappt worden, die auf der Suche nach etwas altmodischem Charme und einer coolen East-End-Postleitzahl waren. Aber die Cooper Street hatte dem Trend der Gentrifizierung getrotzt. Abblätternde Farbe und dreckige Fenster waren an der Tagesordnung. Nur ein Haus, Nummer sechs, konnte sich einer hübsch gestrichenen Tür hinter einer gut geschrubbten Treppenschwelle rühmen, und das war das Haus von Tante Angel.

Nummer sieben und acht gehörten ebenfalls dem Zirkel. Man hatte Durchbrüche gemacht und durch eine exzentrische Anordnung von Treppen und Luken war aus drei eigenständigen kleinen Häusern so etwas wie ein einziger Kaninchenbau geworden. Das sollte aber nicht heißen, dass es keine territoriale Aufteilung gab. Das Erdgeschoss von Nummer sechs war Tante Angels Höhle, Glory und ihr Vater Patrick wohnten oben im Haus. Nummer acht war das Heim von Joe Junior, dem Boss des Zirkels (sein verstorbener Vater, Joe Braddock, hatte nach dem Tod seiner ersten Frau Mary Tante Angel geheiratet) und seinem Sohn Nate. Das mittlere Haus, Nummer sieben, war das offizielle Hauptquartier des Zirkels. Die oberen Stockwerke dienten als Lagerräume oder als Schlafräume für durchreisende Kumpane und Kontaktpersonen, während Geschäftliches im Souterrain stattfand. Das Wohnzimmer war der allgemeine Aufenthaltsraum.

Und Glory war gerade auf dem Weg dorthin. Ihr Plan war, den Rest des Nachmittags damit zu verbringen, sich vor dem Fernseher die Nägel zu machen. Doch schon als sie zur Tür hereinkam, wusste sie, dass nicht die geringste Chance bestand, das Zimmer für sich zu haben. Der Flur war von einem Stapel Mikrowellen verstopft, die noch in Plastik verpackt waren, dazu kam ein Haufen glänzender weißer Turnschuhe. Hip-Hop dröhnte durch die Wände.

Sie traf auf Nate und zwei seiner Handlanger, Chunk und Jacko, die auf den mitgenommenen Ledersofas vor dem Fernseher herumlagen. Auf dem Bildschirm wand sich eine Gruppe halb nackter Mädchen um den Rapper in ihrer Mitte. Der tat so, als wären seine Hände Pistolen, und spie einen Monolog über Blut und Kugeln, Loddel und Schlampen aus, der von den Zuschauern im Wohnzimmer mit anerkennendem Nicken begleitet wurde. Glory fand das ziemlich komisch. Die jüngere Zirkelcrew gefiel sich in der Rolle der echten Bösewichte, aber das war nichts als Getue und genauso ein Schwindel wie die Anmache der Mädchen in dem Musikvideo.

Nate kommentierte Glorys Eintreffen mit einem Rülpsen. Er war nur ein paar Jahre älter als sie, und sie waren zusammen aufgewachsen, aber sie hatten nicht allzu viel füreinander übrig. Nate tat sich gern dicke mit seiner Stellung als Sohn vom Boss, und es ging ihm gegen den Strich, dass Glory als Tante Angels Liebling Konkurrenz für ihn war.

»Hast du das Zeug gesehen, das wir mithaben?«, fragte Jacko.

»Man kommt ja nicht dran vorbei. Hab mir fast die Haxen gebrochen beim Drüberklettern.«

»Das war eine schöne kleine Nummer«, sagte Chunk.

So wie er und Jacko die Geschichte erzählten, hätte ihr fingierter Einbruch in das Lagerhaus (dessen Wachmann auf der Lohnliste des Zirkels stand) auch ein Millionenraub im Stil eines Hollywoodfilms sein können. Solche Geschichten hörte Glory schon ihr ganzes Leben.

Es hatte mal eine Zeit gegeben, in der sie das alles begierig und mit großen Augen aufgenommen hätte. Aber nun wusste sie schon eine ganze Weile, dass die kriminellen Aktivitäten der Cooper Street weder besonderen Mut noch Fingerfertigkeit erforderten – und auch nur ein Minimum an Hexerei. Ihrem Ruf in der Gegend zum Trotz war Tante Angels Fae immer eher gering gewesen, ganz gut zum Wahrschauen, für Verwirrzauber und kleinere Verwünschungen, aber viel mehr auch nicht – und ihre Beteiligung an den Geschäften des Zirkels ließ immer mehr nach. Sie war schließlich schon achtundsiebzig. Und der Ruf eines Zirkels stand und fiel mit seiner Oberhexe.

Bei diesem Gedanken verschlechterte sich Glorys Stimmung gleich ein bisschen mehr. Noch tiefer sank sie, als sie sich eine Cola aus dem Kühlschrank holen wollte und dort einen halb gegessenen Kebab fand, der auf dem obersten Regal klebte, und Chow-Mein-Nudeln, die an die Wände gespritzt waren. Der Fußboden ringsherum war voller Zigarettenkippen. Wenn sie nicht sauber machte, dann niemand, das wusste Glory. Sie knallte die Kühlschranktür zu.

»Was für ein Dreckloch«, sagte sie. »Hier stinkt's.«

»Dann geh doch woandershin, Kleine«, riet Nate ihr. Er kratzte sich unter seinem T-Shirt und enthüllte dabei die perfekte Bauchmuskulatur. Er trainierte wie besessen – im Souterrain von Nummer acht türmten sich die Sportgeräte –, und er war durchaus in der Lage, einen irgendwie lässigen, mürrischen Charme zu entwickeln. Aber auf Glory verschwendete er den nicht.

Glory zeigte ihm den Mittelfinger. Sie beschloss, eine Weile zu bleiben, und sei es nur, um Nate zu nerven. Aber sie konnte sich nicht entspannen. Ihre Sinne waren seltsam geschärft, zu stark, um sich damit wohlzufühlen. Bierschwerer männlicher Atem hing in der Luft und die grünbraune warme Schärfe von Hasch. Vorübergehend schien sie den Rhythmus der Musik zu schmecken – metallisch wie Messerklingen, wie Blut – und den Geschmack von Cola durch ihren Mund zischen zu hören. Aber sie schüttelte den Kopf und das Durcheinander klärte sich.

Gepolter und Gefluche aus dem Flur kündigte die Ankunft von Patch und Earl an, zwei der älteren Mitglieder des Zirkels, die, wie man aus den Geräuschen schließen musste, zwischen den Mikrowellen zu Schaden gekommen waren. Patch rieb sich das Schienbein, als er zur Tür hereinkam.

»Also …«, sagte er übers ganze pockennarbige Gesicht grinsend, »habt ihr denn schon das Neuste von den Wednesdays gehört? Charlie Morgan war mal eben los und hat sich mit der Frau vom Premierminister getroffen!«

Charlie Morgan war der Boss des Wednesday-Zirkels. Seine Brüder Frank und Vince waren der Finanzmann und der Schuldeneintreiber und seine Frau Kezia war die Oberhexe. Ihr Zirkel war nicht nur groß und grausam, ihnen gehörten auch legale Unternehmen, darunter ein angesagtes Restaurant und mehrere Nachtklubs. Und jetzt waren sie offensichtlich auch in die Welt der schönen Künste vorgestoßen. In der Boulevardzeitung, die Patch hochhielt, war nämlich das grobe, fleischige Gesicht von Charlie neben dem der Ehefrau des Premierministers zu sehen. Den Hintergrund bildete eine mit VIPs gut bestückte Benefiz-Gala für das Königliche Opernhaus. Charlie wurde in der Bildunterschrift als »Unternehmer und Investor« bezeichnet.

Unter brüllendem Gelächter wurde die Zeitung im Raum herumgereicht. Als Glory an der Reihe war, wurde sie so heftig angerempelt, dass sie sich ihre Cola übers Top kleckerte. »Verfluchte Hölle! Könnt ihr Penner denn nicht aufpassen?«

»Dieses PMS hat dich ja mal wieder total im Griff«, näselte Nate.

Das nicht, aber diese Stimmungsschwankungen waren noch viel extremer. Die ganze Woche schon hatte Glory zwischen himmelhoch jauchzend und zu Tode betrübt hin- und hergeschwankt. So wie heute, da hatte der Anblick von sich im Wind wiegendem Unkraut sie unbändig fröhlich gemacht, und jetzt war alles rabenschwarz, nur weil die blöde Cola verkleckert war. Wurde langsam Zeit, dass sie sich einkriegte.

»Du bist einfach nur widerlich«, sagte sie zu Nate und warf ihre leere Dose in seine Richtung. »Ich bin weg.«

Der schnellste Weg nach Hause war für Glory der durch die Schiebetür im ersten Stock von Nummer sieben. Von dort gelangte man in eine provisorische Küche mit einer Mikrowelle, einer Kochplatte und einem Minikühlschrank. Ihr Dad war da, er machte einen Becher Suppe warm. Bei ihrem Anblick schien er zu erschrecken.

»Gar keine – äh – Schule heute Nachmittag?«

»Lehrerfortbildung.«

»Aha … schon wieder?«

»Jaja.«

»Hm.«

Ihr Vater fuhr sich irgendwie nervös durch das immer lichter werdende braune Haar. Er wusste genauso gut wie Glory, dass niemand sie zwingen konnte, zur Schule zu gehen, wenn sie keine Lust dazu hatte. »Einen messerscharfen Verstand hat die«, sagte Tante Angel immer. Sie brauchte kein Zeugnis, das das belegte.

Tatsächlich schwänzte Glory aber weniger als sonst. Ihre Cousinen zweiten Grades, Candice und Skye Morgan, trugen die Nasen gern hoch, weil sie auf so eine feine Schule gingen und so enorm gebildet waren, und auch wenn sie selbst vor Langeweile umkam, wollte sie doch auf keinen Fall mit den Schulabbrecher-Tussis in einen Topf geworfen werden, die hier in der Siedlung rumhingen und Nate und Jacko und den anderen schöne Augen machten.

Aber egal, ihr Vater konnte ihr sowieso schlecht Vorhaltungen machen. Er hielt sich aus den Geschäften des Zirkels heraus und kümmerte sich lediglich um die Buchhaltung, davon abgesehen verbrachte er den größten Teil seiner Zeit in seinem Zimmer mit Computerspielen, in denen kickboxende Inquisitoren mit sagenhafter Ausrüstung eine ganze Reihe von kriminellen Hexen und ihre bösen Machenschaften bekämpfen mussten. Die illegalen Versionen für den schwarzen Markt sammelte er ebenfalls, in denen waren die Hexen die Guten, aber die Qualität der grafischen Gestaltung und die Geschwindigkeit ließen immer zu wünschen übrig.

»Wie läuft es denn mit Deathstar Enigma?«, erkundigte sich Glory. »Hast du Level fünf schon geknackt?«

Patricks Hände umschlossen den Becher, dünne Handgelenke staken aus dem ausgefransten Pullover hervor. Er lächelte sein vages, liebes Lächeln. »Noch nicht. Ganz schön vertrackt. Aber es geht immer voran und immer weiter, du weißt ja.«

Er sei nur noch der Schatten seiner selbst, sagten die Leute über ihren Vater. Er war nicht mehr derselbe, seit seine Frau weggegangen war, an einem Sonntagmorgen vor zwölf Jahren. Mittlerweile war es lange her, seit Glory ihn als ihren Beschützer gesehen hatte, als den Tröster in der Nacht, der letztlich die bösen Träume doch nicht hatte fernhalten können.

Sie wischte die mit Suppe bespritzte Mikrowelle mit einem Spültuch aus. Hier machte wirklich *niemand* hinter sich sauber. »Wo wir gerade über Aufstieg reden. Hast du das von Onkel Charlie gehört?«

»Er ist nicht dein Onkel.«

»Okay, dann eben Vetter.«

»Vetter zweiten Grades.«

»Egal.« Glory hatte kein Interesse an den genealogischen Feinheiten. »Also, von dem ist ein Bild in der Zeitung, auf dem er gerade die Frau des Premierministers umgarnt. Demnächst übernimmt er noch die Downing Street. Wundern würd's mich nicht.«

Patrick legte die Stirn in Falten. »Hoffentlich muss ich das nicht mehr erleben.«

»Komm schon, Dad. Ich bin bestimmt kein Fan von den Methoden der Morgans, das weißt du. Aber komisch ist es doch, was? Der Boss von einem Hexenzirkel, der mit Staatsoberhäuptern rumscharwenzelt! Da sieht man doch mal, wie weit Leute wie wir kommen können, wenn wir nur wollen.«

»Leute wie wir … und was soll das heißen? Hm?« Ihr Dad schlurfte langsam auf sein Zimmer zu. »Vorsicht, überleg dir gut, was du dir wünschst, Glory.«

KAPITEL 5

In dieser Nacht schlief Lucas schlecht. Eine Art Vorahnung lastete auf ihm, als gäbe es da etwas, worauf er nicht vorbereitet war oder was er nicht erledigt hatte. Unruhig wälzte er sich in verknoteten Laken herum. Schließlich nickte er ein, doch nur um wenige Stunden später wieder hochzuschrecken. Sein Kopf brodelte vor Hitze, eine Dunkelheit voll von seltsamem Huschen und Flüstern schien ihn von allen Seiten zu überfluten. Und obwohl er hätte Angst haben sollen – er hatte Fieber, er war krank, er halluzinierte –, war Lucas von einem merkwürdigen Hochgefühl erfüllt. In einem Wachtraum erhob er sich vom Bett und griff mit ausgestreckten Armen in die ungeheure wallende Finsternis. Worauf er auch wartete, es sollte kommen. Es sollte ihn verzehren …

Aber dann war plötzlich Sonnenschein auf seinem Kissen gewesen und Musik im Radio. Und im Licht eines gewöhnlichen Samstagmorgens hatte sich die Seltsamkeit der Nacht bald verflüchtigt.

Seine Stiefschwester Philomena und ihre Mutter frühstückten in der Küche, wobei der Familienlabrador Kip sabbernd jeden Bissen verfolgte, den sie zum Mund führten. In den vier Jahren, seit Marisa seinen Vater geheiratet hatte, war sie Lucas noch nie ohne perfekt gerichtetes Haar und perfekt poliertes Gesicht unter die Augen getreten. Philly dagegen saß in ihrem Jogginganzug da und stocherte mies gelaunt an einer Reiswaffel herum. »Du siehst fertig aus«, ließ sie ihn wissen.

»Und auch dir einen guten Morgen!«

»Meine Güte, Lucas, du siehst wirklich ein bisschen käsig aus. Geht es dir gut?«

»Bestens, danke.« Er schüttelte den Kopf, um das leise Summen in seinen Ohren loszuwerden, und ging dann Kip streicheln. Der Hund bleckte die Zähne und wich zurück. Lucas sah ihn erstaunt an. »Äh … ich hab nur nicht so gut geschlafen.«

»Nun, dann übertreib mal nicht heute Abend auf dieser Party bei den Charltons.« Marisa nippte zierlich an ihrem grünen Tee. »Aber ich nehme doch an, dass Philly schon auf dich achtgeben wird.«

Sowohl Lucas als auch Philomena erstarrten. »Gott, Mummy. Ich bin kein Babysitter. Als wenn es nicht schon schlimm genug wäre, dass Sophies Eltern sie zwingen, Nicks kleine Freunde mitmachen zu lassen.«

»Oh, aber Liebling, ich finde, es ist eine reizende Idee, eine gemeinsame Geburtstagsfeier zu veranstalten. Da fühlt sich keiner ausgeschlossen. Wir sollten auch über so etwas nachdenken, wenn du und Lucas …«

»Ist Dad da?«, warf Lucas eilig ein.

»Vor einer Stunde ist er ins Büro gerufen worden. Eine weitere Krise im Goodwin-Prozess, könnte ich mir vorstellen.«

Ashton war der Chefankläger im Fall Bradley Goodwin,

einer männlichen Hexe, die beschuldigt wurde, als freier Mitarbeiter für den Wednesday-Zirkel tätig zu sein. Die Inquisition forderte die Todesstrafe mit der Begründung, einer seiner Flüche habe den Tod eines Polizeibeamten herbeigeführt. Sie hofften, die Androhung des Scheiterhaufens könne Goodwin Angst machen und ihn dazu bewegen, sich auf einen Deal einzulassen. Wenn es gelang, ihn zu überreden, seine früheren Partner zu denunzieren, würde das den Zirkel schlimm treffen.

Bisher war der Prozess allerdings von Problemen geplagt. Beweismittel waren manipuliert worden, einer der Zeugen war verschwunden, und ein anderer hatte seine Aussage zurückgezogen.

In Hexenprozessen setzte man keine gewöhnlichen Geschworenen ein, sondern ein Tribunal von Richtern, die aus einem Pool von Inquisitoren im Ruhestand, aktiven Offizieren der Streitkräfte, Beamten und Amtsrichtern ausgewählt wurden. Alle Mitglieder des Tribunals standen unter inquisitorischer Aufsicht.

Marisa seufzte. »Ich weiß wirklich nicht, warum diese Notfälle immer an Wochenenden eintreten müssen … Wie auch immer. Es wird wohl Zeit, dass ich mich anziehe.«

Sobald ihre Mutter weg war, sah Philomena Lucas mit zusammengekniffenen Augen an. »Im Ernst, ich rate dir, heute Abend nicht hinter mir herzukötern. Wahrscheinlich kommt Gid auch, und der will auf gar keinen Fall von einem jugendlichen Fan in eine Ecke gedrängelt werden, der immer nur von der verdammten Inquisition faselt.«

Lucas reckte sich und gähnte. »Glaubst du nicht, dass ich

was Besseres vorhabe, als meine Zeit damit zu verbringen, deinem Image zu schaden?«

»Davon hast du dich früher auch nicht abhalten lassen.«

Philomena hatte dieselbe fachmännisch aufgetragene Haarfarbe und denselben teuren Geschmack wie ihre Mutter, doch ihr kräftiger Körperbau und die groben Gesichtszüge waren von ihrem Vater, dem Banker Rupert Carrington. Allerdings war sie so gut gestylt und so modisch gekleidet, dass sie als attraktiv durchging, und wegen ihrer guten gesellschaftlichen Verbindungen und des einschüchternden Auftretens als beliebt. Doch nichts davon war naturgegeben. Mit Lucas war das anders. Die Tatsache, dass er jünger war und ein Junge und dass er deshalb keine Bedrohung für sie sein sollte, war wie ein Dorn in ihrem Fleisch, den sie nicht wahrhaben wollte.

Auf irgendeiner Ebene war Lucas das bewusst. Es machte ihn ein wenig nachsichtiger mit Philomena, als er normalerweise gewesen wäre.

Allerdings hatte seine Toleranz Grenzen.

Lucas warf einen Blick auf Philomenas Reiswaffel und ging zum Kühlschrank. »Also, worauf ich *wirklich* Lust habe«, sagte er hämisch, »ist ein schönes, fettes, saftiges Bacon-Sandwich. Mmmh …«

Der wahre Grund dafür, dass Ashton Stearne zur Arbeit gerufen worden war, wurde eine Viertelstunde später offenbar, als Marisa Philomena und Lucas zurief, sie sollten die Nachrichten einschalten. Im Büro der Abgeordneten Helena Howell war ein Hexensturm heraufbeschworen worden, der Fenster zertrümmert, Möbel umgeworfen und Dokumente verstreut hatte. Obwohl das Gebäude am Samstag in den frühen Morgenstunden hätte leer sein müssen, war eine von der Nachtschicht kommende Reinigungskraft von einer Lampe am Kopf getroffen und getötet worden. Das Motiv für den Angriff lag auf der Hand: Howell war dabei, eine kontroverse Gesetzesvorlage einzuführen, die die für Hexen verfügbaren Sozialleistungen beschränkte.

Im Wohnzimmer verfolgten die drei den jüngsten Bericht im Fernsehen. Jack Rawdon, der Chef von WICA, wurde im Studio interviewt. Der Journalist fragte ihn, ob seine Agenten der Inquisition behilflich sein würden, den Täter vor Gericht zu stellen. Rawdons Miene war ernst, als er sich zur Kamera wandte.

»Ein Verbrechen ist ein Verbrechen, ganz gleich, wer es begeht. Und Recht ist Recht, ganz gleich, wer es vertritt, ob es nun eine Hexe ist oder ein Inquisitor. Sowohl WICA als auch die Inquisition bringen einzigartige Fähigkeiten in den Kampf gegen Hexenverbrechen ein. Das Engagement und die Sachkompetenz der Inquisition werden zu Recht gepriesen. Es ist meine Hoffnung, dass auch der Beitrag von WICA eines Tages anerkannt werden wird. Je mehr Arbeitsmöglichkeiten man uns gewährt, desto sicherer wird unser Land werden.«

Opportunistischer Schwachkopf, dachte Lucas. *Er hat die Frage nicht mal beantwortet.*

Auf das Interview folgten eine Zusammenfassung der bisherigen Ereignisse und die Reaktion des Schwiegervaters der toten Reinigungskraft, die zwei kleine Kinder hinterließ.

»Die arme Familie …«, murmelte Marisa und presste ihre

Hand aufs Herz. Mit der anderen griff sie nach der von Lucas.

Philomenas Blick schoss rüber zu der Federzeichnung von Camilla Stearne, deren Porträt über dem Kaminsims hing. Es war in dem Jahr, bevor Lucas' Mutter von der Hexenterroristengruppe Endor getötet worden war, angefertigt worden.

Sobald er konnte, entzog Lucas Marisa höflich seine Hand. Er achtete auch darauf, nicht zum Kaminsims zu schauen. Lucas hatte die Zeichnung nie besonders gemocht. Er wusste, dass seine Mutter eine hübsche Frau gewesen war, aber der Künstler hatte ihr etwas Wehmütiges gegeben, das im Widerspruch zu anderen Aussagen stand, denen zufolge sie lebhaft und entschlossen gewesen war. Obwohl Lucas bei Camillas Tod noch ein Baby gewesen war, ärgerte ihn diese Macht des Porträts, eine Erinnerung zu erschaffen, die reine Romantik und schicksalhafte Melancholie war. Das war etwas, dem er zu widerstehen versuchte, und da folgte er dem Beispiel seines Vaters.

Als Lucas schließlich auf die Party kam, war die Feier schon in vollem Gang. Er hatte die Charltons schon immer gemocht, sie waren ein lauter, fröhlicher Haufen – und ihr Haus gefiel ihm auch. Es war groß und weitläufig, auch wenn seine wahre Pracht von einer Flut von Familienkrimskrams verdeckt wurde. Sämtliche Räume im Erdgeschoss platzten schon aus allen Nähten mit Gästen und Musik aus rivalisierenden Soundsystemen.

Der Lärmpegel war schwer erträglich für ihn. Im Laufe des Tages war das Spannungsgefühl in seinem Kopf zurückgekehrt, er spürte ein heißes, schweres Pochen im Schädel. Eigentlich war das kein richtiger Schmerz, aber trotzdem fiel es ihm schwer, so locker wie sonst mit seinen Freunden herumzualbern. Er fragte sich, ob Bea wohl schon hier war und wie lange es wohl dauern mochte, sie im Gedränge zu finden. Tom versuchte ihm irgendwas zu erzählen, aber wegen des Hämmerns in seinem Kopf entging ihm das meiste davon. »... unten im Fernsehzimmer«, wiederholte Tom und winkte ihn mit. »Komm mit und guck's dir an.«

Im Souterrain war es viel ruhiger. Überall im Zimmer glitzerten bunte Lichter, sie warfen ihren heimeligen Schein auf ein durchgesessenes Sofa und einen großen Fernseher – und die übereinandergeschichteten Filmposter und Konzertplakate, die die Wände bedeckten. Gideon war da, inmitten einer Gruppe von fünf oder sechs Leuten hielt er Hof. Sie bewunderten gerade etwas, das er ihnen zeigte. Einen Helm oder eine Art Maulkorb. Es war ein Hexenzaum.

Als Lucas näher kam, schaute Gideon auf und sah ihm in die Augen. Er lächelte. »Komm, sieh dir das an, Stearne. Das wirst du ziemlich lehrreich finden.«

Und Lucas wurde klar, dass Gideon den Vorfall mit dem Video von der Hexenverbrennung ebenso wenig vergessen hatte wie er.

Lucas hatte derartige Gerätschaften allerdings schon gesehen. Der Zaum war eine Art eiserner Käfig für den Kopf mit einem Metallgitter, das so gearbeitet war, dass es in den Mund ragte und die Zunge nach unten drückte. Bei diesem Zaum war die Sperre glatt und flach, aber es gab auch welche mit Nägeln, bei denen Blut floss, wenn der Träger zu sprechen versuchte. Viele Jahre lang hatten die Leute nämlich gedacht, Hexenwerk werde in erster Linie durch das Aussprechen von Wörtern vollbracht. Inzwischen wusste man es besser, aber das eigentlich Wichtige am Zaum war das Material. Eisen unterdrückte das Fae.

Heutzutage wurden eiserne Handschellen von Hexen getragen, die beschlossen hatten, auf ihr Fae zu verzichten und ein normales Leben zu führen. Aber in vergangenen Zeiten waren die Zäume so etwas wie tragbare Gefängnisse von der Stange gewesen.

»Das ist ein Modell aus dem 19. Jahrhundert«, erklärte Gideon gerade, »und das Besondere daran ist die Art, wie die Handfesseln in diesen Entwurf integriert worden sind.« Er hielt eine Kette hoch, die auf der Rückseite des Zaums befestigt war, an ihrem Ende befanden sich Handschellen. Der Zaum war zwar mit einer einfachen Spange leicht zu öffnen und zu schließen, aber für die gefangene Hexe wäre es unmöglich, diese zu erreichen und zu betätigen. »Das war zur damaligen Zeit der letzte Schrei. Und seht euch nur die Verzierungen an.« Er zeigte auf die eisernen Streben, die ein Muster von Vögeln und Blumen trugen. »Das muss von einem wirklichen Kunsthandwerker angefertigt worden sein.«

»Ein Folterer der Sonderklasse«, sagte Lucas.

Bei der schwachen Beleuchtung wirkten Gideons Augen beinahe farblos. »Die Leute haben getan, was sie tun mussten. Die Welt war härter, damals.«

»Und seitdem hat sich nicht viel geändert«, sagte ein Mädchen unter zustimmendem Gemurmel. »Seht euch doch an, was heute mit dem Büro von dieser Abgeordneten passiert ist.«

»Wir stehen vielleicht derselben Bedrohung gegenüber«, meinte Lucas, »doch zumindest haben wir bessere Werkzeuge.«

»*Wir* haben bessere Werkzeuge?«, näselte Gideon. »Komisch, ich wusste ja gar nicht, dass du schon Inquisitor bist, Stearne. Aber möglicherweise gibt es da ein alternatives Überholspursystem, von dem ich nichts weiß. Vielleicht etwas, das Daddy leitet?«

An der allgemeinen Belustigung merkte Lucas, dass er bei dieser Gelegenheit das Publikum einmal nicht auf seiner Seite hatte. Sogar Tom war still.

»Und nun«, fuhr Gideon fort und gab damit nachdrücklich zu verstehen, dass der Wortwechsel beendet war, »wer will den Zaum anlegen? Gibt es hier irgendwelche angehenden Hexen, die mein Opfer sein wollen?«

Ein wenig unsicher schauten sich die Leute in der Runde um. Einige Mädchen kicherten.

»Ich probiere es mal aus«, verkündete Nell Dawson. Normalerweise war sie ziemlich still, aber sie hatte gerade ein Glas Wein hinuntergestürzt. Sie warf die Haare auf eine Art zurück, die zweifellos verwegen wirken sollte. Als Gideon sie anschaute, wurde sie knallrot.

»Gutes Mädchen.« Er berührte ihre Wange und Nell wurde wieder rot. Langsam senkte sie den Kopf und fügte sich.

Es war ganz still im Raum, als Gideon den Zaum anlegte.

»Mund weit auf«, befahl er.

Nell machte den Mund auf und Gideon schob die Metallsperre auf ihre Zunge. Dann zog er ihr ziemlich unsanft die Arme auf den Rücken und klemmte ihre Handgelenke in die Handschellen. Sie gab einen kleinen erstickten Laut von sich.

»Wie fühlt sich das an, Nell?«, fragten verschiedene Leute, doch sie brachte nur ein verzerrtes Schulterzucken zustande.

»Unheimlich, würde ich sagen«, bemerkte Gideon. »Denkt bloß an all die Hexen, die das Ding zum Schweigen gebracht hat.«

»Pass bloß auf, dass du dir nichts einfängst, Nell«, sagte jemand.

»Ja«, sagte ein anderer. »Vielleicht kommt das Fae über sie.«

»Ooooh, gibt es vielleicht irgendwelche Hexenweiber im Stammbaum der Dawsons, von denen wir nichts wissen?«

»Ist das da auf ihrem Arm eine Sommersprosse oder ein Teufelsmal?«

»Ich fand ja schon immer, dass Nell etwas Unheimliches an sich hat …«

»Hütet euch vor der Hexe!«

Lachend fingen sie an, Nell mit zerknüllten Servietten und Kronkorken zu bewerfen.

Lucas beobachtete das Geschehen und wartete ab. Die Wut hatte das glühende Pochen in seinem Kopf verstärkt.

Vielleicht hatte Gideon seine Bemerkung über die Folterer ja zu Recht angefochten. Die Vergangenheit nach modernen Befindlichkeiten zu beurteilen, war ja nicht immer angemessen. Der Hexenzaum war ebenso eine Verteidigungswaffe wie ein Instrument der Unterdrückung, ein Relikt aus einem Krieg, der noch nicht gewonnen war. Doch die Inquisition hatte hart daran gearbeitet, zu einer angesehenen Institution zu werden, der man vertrauen, die man aber auch fürchten konnte. Und der Zaum mochte zwar mit Sorgfalt gefertigt worden sein, aber dennoch war er ein widerwärtiges, hässliches Ding, das primitiveren Zeiten angehörte. So etwas zum Teil eines Spiels zu machen, das betrunken auf einer Party gespielt wurde … das war … wie wenn man heimlich die Raubkopie einer Hexenverbrennung anguckte. Das war … wie diese Männer, die Gin Tonic tranken, während Bernard Tynan brannte.

Indessen saß Nell allein auf dem Sofa, Heiterkeit und Wurfgeschosse regneten auf sie herab. Unter dem Gewicht des Eisens hielt sie den Kopf linkisch gesenkt. Lucas bemerkte ihren unruhigen Blick. Sie gab noch ein ersticktes Geräusch von sich und ihre Schultern zuckten.

»Ich glaube, sie möchte es abnehmen«, sagte er und bereitete damit dem Spaß ein jähes Ende.

»Das möchte sie sicher. Aber so läuft das nicht, fürchte ich«, antwortete Gideon.

Er griff nach der Kette hinter Nells Rücken und zerrte sie vom Sofa. Sie verlor das Gleichgewicht und fiel auf die Knie. Gideon schob sich eine blonde Haarsträhne aus der Stirn und leckte sich die Lippen, während er auf das Mädchen mit dem Maulkorb hinabstarrte. Er ruckte noch einmal an der Kette. »Erst muss sie ihre Lektion lernen.«

Es macht ihn an, dachte Lucas angewidert und schockiert. »Und welche Lektion soll das sein?«

Gideon lächelte vage. »Dass Hexenverbrechen sich nicht lohnen.«

Lucas' Züge verhärteten sich. Schnell ging er zu Nell, tastete nach dem Verschluss hinten am Helm und befreite sie aus dem Käfig. Nach einigem Gefummel schaffte er es auch, die Handschellen zu lösen. Nell japste und hustete, ihre Augen wurden feucht.

»Ist alles in Ordnung mit dir?«, fragte er.

Das nächste Husten war eher ein Würgen. Mit zittrigen Händen fasste Nell sich an die Kehle. An ihren Handgelenken hatte sie rote Striemen. »Klar«, sagte sie übertrieben heiter. Ihre Stimme war heiser. »Mir geht's bestens.«

Niemand verschwendete auch nur einen Blick auf sie. Alle beobachteten Gideon, der Lucas nicht aus den Augen ließ.

Lucas stellte fest, dass der Hexenzaum schwerer war, als er erwartet hatte. Er fühlte sich auch kälter an, als Metall sein sollte, die eisernen Streben brannten eisig auf seiner Haut. Die Hitze in seinem Schädel flimmerte und flackerte. Er war außergewöhnlich müde.

»Du siehst ein wenig grün aus, Stearne«, bemerkte Gideon. »Vielleicht solltest du dich mal ein bisschen locker machen, was? Das Leben sollte ja nicht nur aus Arbeit bestehen. Man muss sich doch auch mal vergnügen.«

Lucas drückte ihm den Zaum in die Hände. »Das Problem ist, dass ich für deine Spiele nicht viel übrighabe.«

Erst jetzt bemerkte er, dass Bea da war. Sie musste hinter ihm die Treppen runtergekommen sein. Wie viel mochte sie gesehen haben und was hielt sie wohl davon?, fragte er sich, aber er ging trotzdem einfach an ihr vorbei. Er brauchte frische Luft.

Lucas bedauerte sein Eingreifen sofort. Er war als aufgeblasener, humorloser Langweiler rübergekommen. Und Nell war ohnehin nur eine alberne kleine Tussi, die sich auf diese Art bei Gideon hatte einschleimen wollen. Es war nicht nötig gewesen, sie zu retten. *Was ist bloß los mit mir?*, dachte er, während er schlecht gelaunt durch den Wintergarten nach draußen ging. Aber die Frage hatte etwas Beunruhigendes. *Natürlich ist nichts*, redete er sich schnell ein. *Ich hab nur einen schlechten Tag, ich werde krank und deshalb bin ich sofort genervt. Gott, wenn mein Kopf doch endlich Ruhe geben würde …*

Einige Leute, hauptsächlich Sophies Freunde, rauchten auf der Terrasse inmitten von Teelichtern. Einer der Jungen spielte laut und falsch Gitarre. Trotzdem empfand Lucas die Nachtluft und die relative Friedlichkeit hier draußen als Erleichterung. Alles im Garten wuchs üppig, der Frühling erstrahlte in all seiner Pracht. Lucas ging über den Rasen zum Teich und schaute mit gerunzelter Stirn sein Spiegelbild an.

Jemand sagte seinen Namen, er erkannte Beas Stimme. »Hallo.« Sie war ein wenig atemlos.

»Hallo.«

»Was du da drinnen gemacht hast, hat mir gefallen«, sagte sie. »Es war richtig von dir einzuschreiten, die Sache war dabei, aus dem Ruder zu laufen. Eigentlich hätte Nell es besser wissen müssen. Aber sie schwärmt nun mal wahnsinnig für Gideon, verstehst du.«

»Tun das nicht alle?«

»Oho! Das klingt aber ein bisschen bitter.«

Beas Lächeln hatte etwas Schelmisches. Das gefiel ihm. Lucas gefielen Mädchen, die selbstbewusst waren, ohne es allzu sehr raushängen zu lassen. Ihr dünnes goldenes Top gefiel ihm auch – und wie die tropfenförmigen Ohrringe sich in ihrem Haar verfangen hatten …

Er fuhr sich selbst durchs Haar und grinste sie an. Sie setzten sich auf die steinerne Umrandung des Teichs.

»Ich glaube, heute sind die Leute irgendwie alle ein bisschen nervös«, sagte Bea. »Wegen der Hexerei, meine ich. Das ist wegen des Angriffs. Dad meinte, die Hexen aus den Zirkeln würden sich hüten, Kapitalverbrechen zu begehen, deshalb könnten nur Fanatiker wie Endor verantwortlich dafür sein. Er meint, normale Hexenkriminelle würden es nicht riskieren, vors Verbrennungsgericht gestellt zu werden. Stimmt das?«

»Na ja, es ist wahr, dass die Zirkel ihre Hexen hinter den Kulissen halten. Sie leisten häufiger die Vorarbeit, als dass sie die eigentlichen Verbrechen begehen. Aber der …« Lucas hielt inne. Sein Spiegelbild sah genauso blass aus wie zuvor, aber auf einmal lief Hitze in glühenden Wellen durch seinen Körper. Es war kein völlig unangenehmes Gefühl, doch er tauchte eine Hand ins Wasser und hoffte, die Kühle würde ihn wieder ins Gleichgewicht bringen.

»Ja?«, hakte Bea nach.

»Äh … der Tod von dieser Putzfrau war eindeutig ein Fehler. Einen Hexensturm heraufzubeschwören, ist ein Ding, ihn unter Kontrolle zu behalten aber was ganz anderes. Dieser Sturm sollte Leute erschrecken, nicht töten. Das ist nicht der Stil von Endor. Außerdem ist Endor schon seit zwölf Jahren nicht mehr aktiv in England.«

»Hast du dich je gefragt …« Sie zögerte. »Ich weiß, wie das ist mit dem Diensteid und dass Inquisitoren gesetzlich dazu verpflichtet sind, die Rechte der Hexenschaft zu respektieren. Aber hast du dich je gefragt, ob du … was du tun würdest, wenn irgendeine Ungeheuerlichkeit passieren würde und du der verantwortlichen Hexe von Angesicht zu Angesicht gegenüberstehen würdest?«

»Zum Beispiel der, die meine Mutter umgebracht hat?«

Ihre Wangen liefen rosa an. »Tut mir leid. So unsensibel wollte ich nicht sein.«

»Macht nichts. Darüber habe ich nachgedacht. Dad sicherlich auch. Ich hoffe, dass ich das Richtige tun würde. Man muss immer im Kopf behalten, dass Hexen ... nun, ihr Verhalten wird von Impulsen bestimmt, die normale Menschen nicht verstehen können. In ihnen steckt etwas Primitives ... etwas Widernatürliches.«

»Meinst du damit, wir sollten Zugeständnisse machen?«

»Nein. Ich meine, wir müssen bedenken, dass sie nicht so sind wie wir anderen. Wenn ich die Hexe finden würde, die meine Mutter umgebracht hat, würde ich das Richtige tun wollen, weil das beweisen würde, dass ich besser bin als sie oder er. Besser als die.«

»Toleranter?«

»Einfach nur menschlicher.«

Auf der Straße drehte ein Motorrad lärmend auf hohe Touren. Aus den glitzernden Kräuseln des Teiches tauchte die Szene der Ermordung seiner Mutter so auf, wie Lucas sie sich vorstellte. Der Ausweichversuch, der Satz, den das Auto machte, der tiefe Fall – das Knautschen des Metalls und das Splittern von Glas. Die Feuerwand.

Man hätte es als einen von vielen Verkehrsunfällen verbuchen können, wenn da nicht dieser Zeuge gewesen wäre, der gesehen hatte, wie seine Mutter am Steuer herumgerudert hatte, mit einem schreckensstarren Gesicht und steifen, ruckartigen Bewegungen, die nicht ihre eigenen zu sein schienen. Da eine Hexe ihr Opfer im Blick haben musste, um einen Bann wirken zu können, musste auch noch ein zweiter Zuschauer oder eine Zuschauerin in dieser Kurve zugegen gewesen sein, der oder die vermutlich mit einer Puppe von Camilla Stearne in den Händen dagestanden und auf das Auto gewartet hatte. Irgendwo im Hintergrund hatte diese Hexe die Schattenstränge des Fae in die Gliederpuppe und damit in ihr menschliches Gegenstück eingefädelt, sie hatte ihre Finsternis mit dem Blut und dem Gehirn seiner Mutter verflochten und deren Glieder an ihren Hexenwillen gebunden.

Der Autounfall war auf dem Höhepunkt der Endor-Aktionen passiert, nach den Bombenanschlägen von Southampton und der Ermordung des Innenministers. Vor der Sabotage der HMS Thrace. Die Behörden waren der Ansicht, der Mord sei eine Warnung für Ashton Stearne gewesen. Doch auch Camilla kam aus einer alten Inquisitorenfamilie. Für Endor-Fanatiker wäre das eine hinreichende Begründung gewesen.

Lucas schaute Beas Hand an, die neben seiner auf dem Stein lag. Wie nah sie sich auch kommen mochten, sie würden immer zwei verschiedene Körper bleiben, zwei verschiedene Seelen. Was mochte das bloß für ein Gefühl sein, in das Bewusstsein einer anderen Person einzudringen, wie es einige Hexen taten? Wie mochte es sein, wenn man eine andere Seele an seine eigene band, wenn sich der fremde Körper nach dem eigenen Kommando bewegen musste? Vielleicht war Gideon deshalb so fasziniert vom Hexenzaum, dachte Lucas. Er fürchtete die Macht der Hexenschaft nicht nur, er war neidisch darauf.

Das Motorrad drehte wieder auf, synchron zum Summen in seinen Ohren. Obwohl er sich nicht sehr gut an die letzte Nacht erinnerte, kam ihm dieses Heranfluten einer fiebrigen Bewusstseinstrübung vage bekannt vor. Tausend Stecknadeln fingen an, unter seiner Haut zu kribbeln.

»Lucas, geht es dir nicht gut?« Bea schaute ihn besorgt an.

»Mir geht es bestens … Ich …«

Ich werde verrückt.

Aber nein, nein, das stimmte nicht. Bea konnte das bestimmt sehen. Sie würde für sein Wohlergehen sorgen. Ihre sanfte Berührung würde dieses Brennen in seinem Blut mildern, ihr Rosenknospenmund würde den anschwellenden Lärm dämpfen. Er musste sich nur konzentrieren, sonst gar nichts. Er lächelte und lehnte sich zu ihr rüber.

»Lucas!«

Philly marschierte quer über den Rasen. Ihr Make-up war verschmiert, ihr Haar zerzaust, und in einer Hand hielt sie eine Flasche. »Was war das denn eben?«, rief sie kriegerisch. »Was hab ich da gehört, du hast dich mit Gid angelegt?«

Lucas und Bea rückten auseinander. »Das geht dich nichts an«, sagte Lucas knapp über das Dröhnen in seinen Ohren hinweg.

»Doch, das tut es, verdammt noch mal, wenn du dich immerzu vor meinen Freunden zum Affen machst. Gid …«

»Gideon hat null Interesse an dir, ob ich nun da bin oder nicht.«

Eine hässliche Pause entstand.

Dann explodierte sie: »Du aufgeblasenes Arschloch. Weißt

du, was dein Problem ist? Du bist die ganze beschissene Zeit so verdammt eingenommen von dir selbst. Du …«

Ihre Stimme verschmolz mit dem Summen in seinem Schädel, dem Gezische in den Schatten. Beides steigerte sich zu einer ganz neuen Intensität.

»Sei still.« Er sagte das mit leiser Stimme, weil er das Getöse ringsum nicht noch verstärken wollte. Aus irgendeinem Grund hatte er eine von Philomenas Haarspangen in der Jackentasche und die umklammerte er nun wütend. Er konnte keinen klaren Gedanken fassen.

Philomena ignorierte ihn. Sie ignorierte auch das Geflüster der Gruppe vor dem Wintergarten und dass sie sich anstießen. Und sie ignorierte Beas feindseligen Blick. Philomenas Abend war kein Erfolg gewesen und hiermit war der Höhepunkt einer Vielfalt von Frustrationen erreicht.

»Ich warne dich, wenn du dich weiterhin so überheblich aufführst …«

So ging es immer weiter. Lucas schloss die Augen, versuchte seine Gedanken auf den Balsam des taubedeckten nächtlichen Gartens zu konzentrieren. Er stellte sich vor, wie er diesen Frieden mit beiden Armen umschlang, um ihn dann auf Philomenas geifernden Mund zu drücken. Er packte die Haarspange fester und verbog das dünne Metall, während er inständig um Stille bat. Eine eiserne Kandare, eine Wolke der Gefühllosigkeit. *Sei still, sei still*, betete er tonlos. *Still.*

»Die Sache ist die, Lucas, dir scheint gar nicht klar …« Philomena hustete. »Du weißt gar nicht …« Sie gab ein würgendes Geräusch von sich, wie Nell, als ihr der Zaum abgenommen wurde. »Du …« Sie krächzte, dann flüsterte sie nur noch. Dann – nichts mehr. Sie blinzelte benommen.

Eine ihrer Freundinnen, die in der Nähe herumgestanden hatte, kam zu ihr und legte den Arm um sie. »Nun komm, Phil«, sagte sie beschwichtigend. »Wir gehen jetzt wieder rein. Da besorgen wir dir ein Glas Wasser und dann ist alles wieder gut.«

Sie gingen aufs Haus zu, während Philomena mit der Hand an der Kehle einen schwachen Protest krächzte.

»Verflucht«, sagte Lucas.

»Sie ist total dicht«, meinte Bea. »Mach dir keine Sorgen.«

Lucas ging es tatsächlich besser. Der Druck in seinem Kopf hatte nachgelassen und die Hitze hatte sich gelegt. »Trotzdem sehe ich lieber mal nach, ob ihr auch nichts fehlt.« Er stand auf, ein bisschen unsicher auf den Beinen.

»Komisch«, sagte Bea. »Sieh doch mal, die Glocken.«

Wie an allen Hauseingängen hing über der Schwelle der Wintergartentür eine Reihe von eisernen Glocken, die Alarm schlagen würden, wenn sich eine magisch aktive Hexe näherte. Alle drei Glocken hatten angefangen zu zittern.

Bea fand das eher rätselhaft als besorgniserregend. »Wie seltsam. Was das wohl ausgelöst haben mag? Egal, sie klingeln schließlich nicht.«

Aber sie drohten, es zu tun, es stand so unmittelbar bevor wie ein Echo. Lucas hatte das Gefühl, als könne er das Metall synchron zu dem Klingeln in seinem Kopf spüren. Was auch passieren mochte und aus welchem Grund auch immer, er wusste, dass er nicht einen Schritt näher an die Glocken herangehen durfte. Er durfte diese Schwelle nicht überschreiten.

Indessen lachte, rauchte und trank die Menge auf der

Terrasse weiter. Die Teelichter flackerten in der Brise. Und doch hatte die Nacht ihren Frieden verloren, ebenso wie Philomena ihre …

Ihre Stimme. Philomena hatte ihre Stimme verloren.

Wie seltsam und wie plötzlich die Geräusche aus ihr herausgepresst worden waren. Es war fast so, als ob … als ob sie …

O Gott, dachte Lucas panisch, *wir sind verhext worden*. Er sah sich um, starrte tief hinein in den raschelnden Garten. Wer wusste schon, was dort lauerte? Mit der Angst kam die brüllende Hitze mit solcher Wucht zurück, dass er keuchen musste. Bea musterte ihn forschend.

»Tut mir leid«, stammelte er. »Ich fühl mich echt … äh … krank. Ich muss gehen. Sorry.«

»Warte«, rief sie, aber er stolperte schon auf die Tür in der Mauer am Ende des Gartens zu.

Er musste hier weg.

Der Taxifahrer musterte ihn argwöhnisch, aber Lucas sagte sich, dass das nur natürlich war. Für diesen Mann war er bloß irgendein komasaufender Typ, der sich in seinem Taxi übergeben könnte. Und Lucas war jetzt auch wirklich schlecht. Schlecht vor Scham. Weil er Bea, Philly und alle anderen einfach so zurückgelassen hatte. Was, wenn nun wirklich irgendein Bösewicht auf der Lauer lag? Er war abgehauen und hatte sie im Stich gelassen. Hatte alle im Stich gelassen. Doch im tiefsten Inneren wusste er, dass seine Angst um die anderen fehl am Platze war. Sie war nicht mal echt. Sondern frei erfunden, um von diesem anderen Grauen abzulenken, das er sich nicht eingestand. Weil der Instinkt ihm sagte, dass was auch immer da in der Brise geflüstert und die Glocken zum Zittern gebracht hatte, das Haus bereits verlassen hatte.

Ehe er sich versah, hielt das Taxi auch schon vor seiner Haustür. Lucas drückte dem Fahrer einen Zwanzig-Pfund-Schein in die Hand und stolperte nach draußen, ohne auf das Wechselgeld zu warten. Der Nachtwächter Andy tat am Tor Dienst, wo Lucas all seine Kraft aufbringen musste, um mit dem üblichen Lächeln in die Überwachungskamera zu gucken, während er den Code für den Haupteingang eintippte. Mit trockenem Mund und feuchten Händen näherte er sich der Haustür. Als er eintreten konnte, ohne den Alarm auszulösen, war er nur teilweise beruhigt. Glocken warnten nicht vor allen Hexen, nur vor denen, die gerade einen Zauber wirkten.

Das Haus war leer. Philomena war noch immer auf der Party. Ashton und Marisa waren ebenfalls ausgegangen. Die Stille wurde nur vom kehligen Ticken der Standuhr in der Diele gestört. Trotzdem fühlte er sich von der Vertrautheit seines Zuhauses nicht willkommen geheißen. Wie ein Eindringling mied er die Augen der Porträts.

Etwas Dunkles regte sich in einer Ecke. Verunsichert blieb er stehen und hörte ein lang gezogenes dunkles Knurren. »Kip? Alles in Ordnung, Junge, ich bin's.« Das Knurren wurde stärker. Aber einen Moment später klackerten Pfoten über den polierten Holzboden und der Hund war weg.

Lucas straffte die Schultern. Dann ging er hoch in sein Zimmer und holte ein paar Sachen aus dem Schrank, in dem er alte Bücher und Ordner verwahrte. Trotz aller Hetze zwang er sich zur Ordnung: Nur keine Panik jetzt. Er zog einen Aufsatz aus dem letzten Schuljahr aus dem Ordner, *Merkmale von Hexenwesen und Hexenwerk,* und starrte auf seine eigene Schrift. Wie zügig und selbstsicher die schwarze Tinte über die Seiten geflossen war.

> Der einleitende Absatz begann mit den Worten: *Man schätzt, dass sich ungefähr einer von tausend Menschen als der Hexenschaft zugehörig erweist …*

Das waren weniger als 0,1 Prozent der britischen Bevölkerung. Das wusste Lucas natürlich. Er verfügte schon über sämtliche Informationen, nach denen er suchte. Er musste sie nur noch mal von eigener Hand geschrieben auf Papier sehen.

> *Unter diesen überwiegen die Hexen weiblichen Geschlechts die männlichen im Verhältnis 3 : 1. Der Siebte Sinn (Fae) wird in der Regel zwischen dem zwanzigsten und dem dreißigsten Lebensjahr entwickelt …*

Rein statistisch betrachtet lag seine persönliche Chance also noch weit niedriger als tausend zu eins. In rasender Eile rechnete er das durch.

> *… obwohl es in Ausnahmefällen auch früher auftreten kann, im Teenageralter oder vereinzelt bereits in der Kindheit.*

Und wie viele Ausnahmefälle gab es da? Jetzt wären Lucas ein paar handfeste Daten lieb gewesen. Listen, Tabellen, Schaubilder, wie die in den Forschungsberichten im Arbeitszimmer seines Vaters. Doch egal, denn:

Fae ist nahezu ausnahmslos erblich.

Nahezu ausnahmslos. Nahezu, nahezu, nahezu.

Aber nicht hundertprozentig.

Nicht unfehlbar, kontinuierlich und auf ewig.

Lucas atmete tief durch, biss die Zähne zusammen und blätterte um.

Das Entwickeln des Siebten Sinnes wirkt sich auf die Betroffenen unterschiedlich aus. Zu den Symptomen können Ohrenklingen, Synästhesie (Verknüpfung von Sinneseindrücken), nächtliche Halluzinationen und ein Brennen oder Jucken gehören. Diese Beschwerden verschwinden durch den ersten Akt der Hexerei der betroffenen Hexe.

»Nein«, sagte Lucas laut, doch seine Stimme zitterte. Sein Blut hatte sich abgekühlt und das Echo im Kopf war verschwunden, aber er hatte keine Hexerei begangen. Um Himmels willen! Philomena hatte einfach zu viel getrunken und sich an ihrer eigenen Empörung verschluckt. Das war ein Zufall gewesen, weiter nichts. So musste es sein.

Indessen ging sein eigener Aufsatz gnadenlos weiter.

Eine Hexe nutzt ihren Siebten Sinn, indem sie mentale Kräfte (wie Telepathie, Gedankenkontrolle, Psychokinese und Präkognition) durch oder in Menschen, Tiere und Objekte leitet. Fae kann sich aber auch auf normale physikalische Fähigkeiten auswirken, wie etwa auf das Sehen, Fühlen, Hören.

Er konnte sich noch so sehr anstrengen, die Erinnerungen auszublenden, sie stürmten auf ihn ein, ein Kaleidoskopmuster aus visuellen Eindrücken, Berührungen und Geräuschen. Das Bild des schwarzen Schweigens, das er in seinem Kopf erschaffen hatte, bedeckte Philomenas Mund. Die Haarspange, die er mit der Hand umklammerte. Diese geflüsterten Bitten um Ruhe. Das Zittern der Glocken.

Zum ersten Mal erinnerte er sich, wie er in der Nacht aufgewacht war und welche seltsame Begeisterung er empfunden hatte, als er die Arme der Dunkelheit entgegengestreckt hatte. Begeisterung und … Macht.

Doch ein letzter Test stand noch aus. Eine letzte Hoffnung gab es.

… das sogenannte »Teufelsmal« ist das physische Zeichen von Fae, das alle Hexen tragen, es wächst und schwindet proportional zur vollbrachten Hexerei …

Lucas legte den Aufsatz sorgfältig wieder weg. (*Wirklich eine ausgezeichnete Arbeit!*, hatte sein Lehrer auf die erste Seite gekritzelt.) Dann ging er unten im Hauswirtschaftsraum an den Nähkasten der Haushälterin. Systematisch durchsuchte er ihn nach der längsten und dicksten Nadel, die er nur finden konnte. Damit ging er wieder nach oben in sein Bad. Langsam und bedächtig begann er sich auszuziehen.

Lucas stellte sich vor den Spiegel und betrachtete seinen nackten Körper. Sein Aussehen machte ihm nur selten zu schaffen, aber heute kam es ihm vor, als würde er seinen Körper zum ersten Mal mustern. Er fing bei den Händen an und untersuchte jede Runzel und jede Hautfalte. Er wusste, wonach er suchte. Nach einem neuen und unerklärlichen Fleck, größer als eine Sommersprosse oder ein Leberfleck, aber nicht viel größer. Eine Art Blüte oder Bluterguss unter der Haut.

Doch je länger er guckte, ohne etwas zu finden, desto ängstlicher wurde er. Hoffnung war unerträglich. Er suchte zwanghaft, dann wurde er hektisch. Er fing an, seine Haut zu kneifen und zu ziehen und die gestraffte Haut mit den Fingernägeln aufzukratzen.

Dann …

Konnte es sein?

Da.

Ein kleiner, ihm nicht vertrauter Fleck unter dem linken Schulterblatt. Er war lila-schwarz, dunkel wie die Sünde. Lucas berührte ihn und spürte, wie ein sanftes Pochen in seinem Kopf laut wurde – wie ein Echo.

Wo man vom Teufel geküsst worden war, sagten die Leute, starb der Körper. Das Zeichen des Fae war gefühllos. Man konnte die Spitze eines glühenden Schürhakens daraufhalten, ohne dass der Träger des Mals auch nur zusammenzuckte. Die Hexenpieker der Inquisition verwendeten allerdings Nadeln.

Blindlings griff Lucas nach der Nadel und stach sie in den

Fleck. Das Metall durchbohrte die Haut bis auf den Knochen. Kein Blut, kein Stechen. Nicht die Spur von einem Schmerz. Nichts. Er machte weiter und rammte sich die Nadel bösartig in Arme, Hals und Brust, bis er blutbefleckt war und wimmerte. Dann warf er sie weg.

Nackt kauerte Lucas sich auf den Fußboden, die Tränen brannten in seinen Augen und die blutigen Flecken auf seiner Haut verliefen. Er bemerkte sie kaum. Wie lange er dort hockte und sich vor und zurück wiegte, wusste er nicht. Klare schwarze Buchstaben marschierten durch die Leere in seinem Kopf.

Mein Name ist Lucas John Augustin Stearne. Ich bin fünfzehn Jahre alt. Mein Vater ist Inquisitor in der zwölften Generation. Meine Mutter ist tot.

Ich bin Lucas Stearne.
Ich bin fünfzehn Jahre alt.

Ich bin Lucas.
Ich bin eine Hexe.

KAPITEL 6

Glory war häufig genervt von ihrem Vater, doch nach ihrer letzten Begegnung empfand sie einfach nur Niedergeschlagenheit. Plötzlich verspürte sie den Drang, den Freitagabend zu feiern, sich in die Menge zu stürzen und tanzen zu gehen. Am Ende schloss sie Frieden mit Nate und verschaffte sich Zutritt zu einem Klub, für den er sich Tickets erschwindelt hatte.

Der Türsteher war ein Freund von Earl, reinzukommen war also kein Problem. Aber das war nicht Glorys Szene, eine überteuerte Kellerbar voller schmuddeliger Hipster und Privatschultypen, die es stilvoll primitiv liebten. Von so einem Typen hatte Nate auch die Tickets bekommen, ein verwöhnter Trustfundbengel, der auf Gangster machen wollte und blöd genug war, Nate für einen von den echten zu halten.

Es war ein seltsamer Abend. Glory war zum Heulen zumute, und sie hatte Panik, trotzdem lachte sie am lautesten und redete am meisten. Da war so ein Kribbeln in allen ihren Sinnen, schwarze Flecken und grelle Funken tanzten vor ihren Augen. Kurz vor Sonnenaufgang war sie wieder zu Hause, und sie stand erst mittags auf, denn da wurde sie von einem Streit nebenan geweckt. Jacko und seine On-off-Freundin schrien Zeter und Mordio. Es klang ganz so, als ob sie ihm gerade ihr Handy an den Kopf geworfen hätte. Dann knallte eine Tür und es war wieder ruhig.

Immer dieselbe Leier … Glory stolperte stöhnend aus dem Bett. Das blasse Gelb der Bettdecke tat ihren Augen weh. Die Gardine, die sie berührte, raspelte an ihrer Haut. In ihrem Schädel kratzte monoton das Weinen eines Kindes irgendwo draußen.

Ihr Fenster ging auf ein Wirrwarr von Dächern hinaus, das sich bis an den dunstigen Rand Londons hinzog. Diese Aussicht liebte sie. Heute allerdings schien die Stadt nicht ihre grenzenlosen Möglichkeiten zu offenbaren, sondern sie einsperren zu wollen. In der Cooper Street zeigten sich kaum Vorboten des Frühlings. Da Tante Angel Natur für eine Brutstätte von Keimen hielt, bestand ihr Garten hauptsächlich aus Zement und Topfblumen aus Plastik. Im Garten von Nummer sieben gediehen Matsch, Bierdosen und Brennnesseln, und Nummer acht war ein von Stacheldraht umzäuntes Gefängnis für die Bullterrier von Joe Junior.

Das ist es, dachte Glory. *Mein Leben, meine Welt. Gaunereien, Dreck und blödes Gezänk … Ich sollte besser sein als das hier. Allmächtige Mab, ich muss besser sein.*

Wie Lily und Cora: Frauen, die etwas aus sich gemacht hatten, Oberhexen, die diesen Titel auch verdient hatten. Stil mit Substanz. Und im Gegensatz zu Lilys Söhnen, Schlägertypen, durch die der Wednesday-Zirkel zum Inbegriff von Gemeinheit und Gier geworden war, hatten sie ihre Integrität bewahrt. Darum sprachen die Leute noch immer mit Respekt von ihnen. Glory dachte an die anderen Frauen der Zirkel, die sie im Laufe der Jahre kennengelernt hatte, die verkniffen und sauer geworden waren, weil sie immer erst an zweiter Stelle nach der letzten Gaunerei oder der neuesten Affäre ihrer Männer kamen. Nicht mal Tante Angel, so abgebrüht und gewieft sie auch war, hatte dem entgehen können. Mit neunzehn hatte sie einen Fiesling geheiratet, der ihr Fae benutzt hatte, wann immer es ihm passte, und der alles, was sie gespart hatte, für Alkohol und Glücksspiel verprasst hatte … Wie standen Glorys Chancen, diesem Schicksal zu entgehen? Sie lehnte sich an den Fensterrahmen und legte ihre heiße Wange an die Scheibe.

Hinten, auf dem Zaun des Zementgartens, leckte sich eine gestreifte Katze die Pfoten. Glory erinnerte sich, wie sie sie gestern Nachmittag gestreichelt hatte, obwohl sie so ein räudiges altes Ding war. Jetzt schaute das Tier mit gespitzten Ohren zu ihr hoch. Und in diesem kurzen Augenblick veränderte sich die Welt.

Plötzlich war alles verwaschen, nahezu farblos und unscharf, obwohl sogar die kleinsten Staubkörnchen vor Leben sprühten. Doch nicht nur die Qualität von Glorys Sehvermögen hatte sich verändert. Ihre Perspektive hatte sich umgedreht. Sie war draußen hinter dem Haus und schaute vom Garten hoch zum Dachkammerfenster. Für eine Sekunde sah Glory sich mit den Augen der Katze.

Sie unterdrückte einen Aufschrei und kniff die Augen zu, dann starrte sie erneut hinaus. Alles war wieder normal. Und doch waren alle ihre Sinne geschärft und verwirrt und knisterten vor glühender Energie.

Auf Hexerei reagierten Tiere empfindlicher als Menschen. Deshalb gaben sie so gute Hausgeister ab. Man sagte ihnen nach, dass sie das Aufkommen von Fae wahrnehmen konnten, manche Leute glaubten sogar, sie hätten ein eigenes Fae, das sie benutzten, um mit Hexen zu kommunizieren.

Ob das …? War das etwa …?

Nein. Fang bloß nicht damit an, sagte sie sich in einer Art Panik. *Denk nicht drüber nach, tu es einfach.*

Die Katze putzte sich unbekümmert weiter. Das brachte sie auf eine Idee.

Wie benommen holte sie den Pullover, den sie gestern getragen hatte, als sie die Katze gestreichelt hatte. Und ja, selbstverständlich war die Vorderseite voller Katzenhaar. Ihre zitternden Finger kratzten über die Wolle, bis sie ein kleines grau-braunes Büschel zusammengesammelt hatte. Die Tätigkeit beruhigte sie, sie konnte sich auf den ansteigenden Druck in ihrem Kopf konzentrieren.

Hekate sei Dank. Das Tier war immer noch da, als sie wieder ans Fenster trat. Starr und wachsam saß es da und lauschte, als wäre es gerufen worden … Glory riss sich ein paar Haare aus und verwickelte sie mit dem Katzenhaar. Dann spuckte sie drauf. Wie alles andere machte sie auch das rein instinktiv. Obwohl sie nie jemanden hatte tun sehen, was sie jetzt versuchte, verschwand ihr Zittern, und sie fühlte sich stark und sicher.

Sie behielt die Katze im Blick, während sie den spuckefeuchten Strang aus Haar und Fell auf der Handfläche zu einem Faden rollte. Vorsichtig schlang sie diesen wie einen Kragen oder Ring um ihren rechten Zeigefinger. Dann streckte sie ihre Hand zum Fenster hinaus und winkte.

Die Katze schlug mit dem Schwanz, aber an ihrer unnatürlichen Steifheit änderte sich nichts. Irgendetwas fehlte.

Glory dachte an ihre erste Begegnung zurück, an die gurrenden Geräusche, die sie beim Schmusen mit der Katze gemacht hatte. Sie wiederholte sie. Die Katze reagierte darauf, indem sie den Mund zu einem tonlosen Fauchen aufmachte. Glory gurrte weiter und winkte die Katze vom Zaun herunter. Dieses Mal gehorchte das Tier. Glorys Finger beschrieb einen Kreis in der Luft. Die Katze drehte sich am Boden im Kreis. Sie zeigte nach links, die Katze folgte. Nach rechts, und sie kam wieder zurück. Glory lachte entzückt.

Und währenddessen erlebte sie immer wieder kurze Augenblicke, in denen sie eine andere visuelle Wahrnehmung hatte, ohne Farbe und doch unglaublich lebendig, voller Bewegungen, die eher fühlbar als sichtbar waren. Ihre Nase zuckte, weil sie Blut und Erde roch. Und als sie die Katze quer durch den Garten führte, spürte sie das grobe Kratzen des Zements unter ihren Pfoten.

Das Tier kam näher. Dunkle Sterne tanzten am Rande ihres Blickfelds. Die Welt schwankte und funkelte und Glory stürzte zu Boden.

Als sie aus ihrer Ohnmacht, ihrem Schlaf oder was auch immer es gewesen sein mochte erwachte, war es später Nachmittag und das Haus war still. Sie fühlte sich ein bisschen steif, aber sonst ging es ihr gut. Keine überscharfen Sinne oder Sternschnuppen vor Augen.

Ob sie das Ganze wohl geträumt hatte? Oder hatte sie übertrieben und durcheinandergebracht, was sie gesehen zu haben glaubte? Es hatte mal ein äußerst peinliches Ereignis gegeben, als sie elf war und die Grippe bekam. In ihrem überhitzten Zustand hatte sie vor allen geprahlt, dass ihr Fae erwacht war. Beim Gedanken daran wollte sie sich immer noch winden.

Doch sie zweifelte nicht wirklich an sich selbst. Was immer sie gefühlt, gesehen und getan hatte, war wahr. Es war in ihre Seele eingebrannt. Seine Aura war immer noch in der Luft um sie herum präsent.

Glory ging an die Schublade von ihrem Nachttisch und holte das Foto heraus, das sie dort aufbewahrte. Jetzt, wo sich alles verändert hatte, fragte sie sich, ob sie wohl eine Ähnlichkeit mit der Fremden im Rahmen feststellen konnte … dem Gesicht, das sie in ihren Visionen vom Brandgericht verfolgte. Im Blick der Frau lag etwas Reserviertes, obwohl sie lächelte. Auf jedem anderen Foto von ihrer Mutter war es dasselbe, sogar auf denen von ihrem Hochzeitstag. Edie Starling, dachte Glory, hatte immer so ausgesehen wie jemand, der im Begriff war wegzugehen.

Vielleicht hing es damit zusammen, wie Edie aufgewachsen war. Ihre Mutter Cora war der wildere Starling-Zwilling gewesen; Edies Vater hätte jeder der Promis, Politiker und Ganoven sein können, mit denen Cora damals gefeiert hatte. Als Edie acht wurde, hatte Cora eine Art Zusammenbruch gehabt und war nach einem Streit mit Lily verschwunden. Ihre Tochter hatte sie mitgenommen. Fünf Jahre lang hörte niemand von den beiden. Als Cora schließlich wieder Kontakt mit ihren Schwestern aufnahm, war es zu spät. Ehe die drei sich treffen konnten, wurde Cora von der Inquisition verhaftet. Sie starb im Verlauf ihrer Befragung.

Damals war Edie dreizehn gewesen. Lily hatte sie adoptiert und sie im Wednesday-Zirkel heranwachsen lassen. Edie sprach nie über die fünf Jahre, die sie auf der Flucht verbracht hatte, aber Glory fragte sich manchmal, ob ihre Mutter nicht vielleicht damals auf den Geschmack gekommen war, abzuhauen. All diese Neuanfänge, das Verschwinden und Verkleiden und die falschen Namen … Wie viele Leben mochte sie gelebt haben? War es möglich, dass sie auch jetzt ein anderes Leben lebte? Vielleicht würde Glory eines Tages davon träumen anstatt vom Brandgericht.

Doch obwohl Glory nicht so aussah wie die großäugige Blonde hinter dem Glas, fühlte sie sich heute ihrer Mutter näher als je zuvor. Das Fae, das in ihrem Körper jubilierte, war einmal durch die Adern ihrer Mutter gesprudelt und durch die ihrer Großmutter und davor durch die ihrer Urgroßmutter.

Vorsichtig stellte Glory das Foto auf den Fußboden. Im Schneidersitz setzte sie sich vor ihren Spiegel. Ihr ganz gewöhnliches braunes Haar war gefärbt, damit es zu den weißblonden Starling-Zwillingen passte. Auch ihre Augen waren braun, je nach Lichteinfall wirkten sie mal hell, mal schwarz. Sie hatte eine leichte Hakennase wie ihr Vater, aber die starken Brauen und den großen, geschwungenen Mund hatte nur sie allein. Vielleicht waren diese Züge zu dominant, um sie zu einem hübschen Mädchen zu machen, aber wenn man sich an ihr Gesicht erinnerte, dann aus den richtigen Gründen.

Glory atmete tief durch und zog den Halsausschnitt von ihrem T-Shirt herunter. Wieder führte der Instinkt sie genau zu der Stelle, nach der sie suchte. Unter dem Schlüsselbein war eine kleine Blüte in Nachtschwarz entstanden. Samtweich, perfekt, ein echter Schönheitsfleck.

Noch viele Stunden lang saß Gloriana Starling Wilde vor ihrem Spiegel, ihre Hand ruhte auf dem Siegel ihres Fae: ihr Geburtsrecht und Schicksal.

KAPITEL 7

Am nächsten Tag wachte Glory früh auf. Ein paar vernebelte Sekunden lang hätte es ein x-beliebiger Sonntagmorgen sein können. Dann stürmten die Erinnerungen auf sie ein und es war, als wäre sie wieder ein kleines Mädchen, das zu seinem Geburtstag oder zu Weihnachten aufstand. Von Kopf bis Fuß prickelte alles vor Freude.

Als ihre Cousine Candice Morgan im November zur Hexe geworden war, hatten ihre Eltern Charlie und Kezia eine Party gegeben, die drei Tage gedauert hatte. Dabei hatte es keine Rolle gespielt, dass ihr Fae ziemlich schwach ausgeprägt und es nicht besonders wahrscheinlich war, dass sie davon in irgendeiner Weise Gebrauch machen würde – zurzeit unterzog sie sich einer zweiten Entzugskur in einer Privatklinik in Arizona. Candice war immer schon eine strohdumme Tussi gewesen und jetzt war sie auch noch ein strohdummer Junkie.

Gloria freute sich schon auf ihr eigenes Fest, inklusive Champagner und Schmeicheleien. Ha. Sogar Nate würde sie mit ein bisschen Respekt behandeln müssen.

Weil eine Oberhexe in spe auch entsprechend aussehen sollte, verwendete sie auf Kleidung und Make-up besondere Sorgfalt. Grundierung, Selbstbräuner, ein kräftiger schwarzer Lidstrich, knallpinkes Lipgloss. Goldene Ohrreifen und spitze Stiefel. Ihr rotes Top hatte einen tiefen Ausschnitt, doch sie strich über das Mal unter ihrem Schlüsselbein und stellte sich intensiv vor, wie das Dunkle auf ihrer Haut schrumpfte, und auf diese Weise konnte sie es auf die Größe einer Nadelspitze verkleinern. Den Schal schlang sie sich trotzdem um, nur für alle Fälle.

Das war die erste von vielen Vorsichtsmaßnahmen, die sie würde treffen müssen. Risiken und Beschränkungen würden bald ihr Leben bestimmen und sie musste darauf vorbereitet sein. Gestern war ihr Geheimnis noch zu neu, zu intim gewesen, um es mit anderen zu teilen. Heute sehnte sie sich danach, die Neuigkeit von den Dächern zu rufen – zum Teufel mit der Inquisition. Aber sie hatte Tante Angel schwören müssen, dass sie als Erste erfahren würde, wenn Glory das Fae bekam, und sie würde ihr Wort nicht brechen.

Als sie dann jedoch um halb zehn an die Tür ihrer Großtante klopfte und keine Antwort bekam, war die Enttäuschung einfach niederschmetternd. Sie fühlte sich betrogen. Wo zum Teufel steckte die alte Dame? Ihren Vater zu fragen war sinnlos, der stand selten vor Mittag auf. Glory hörte zwar Gelächter aus dem Wohnzimmer, aber sie war noch nicht bereit, dem Rest des Zirkels gegenüberzutreten.

Die Wartezeit zog sich hin, ihre Aufregung versiegte langsam und Frustration trat an ihre Stelle. Sie wollte Action und eine Aufgabe. Sie wollte diese feine, gefährliche Spannung spüren, die sie empfunden hatte, als das Fae sie erreicht hatte und sie zum ersten Mal in ein anderes Lebewesen eingedrungen war …

Sie wollte Hexerei begehen.

Glory hatte Angeline oft genug bei der Arbeit gesehen, um die Wege und Mittel zu kennen, mit denen Fae praktiziert wurde, und sie wusste, sie musste mit etwas Kleinem anfangen, das schwer zu entlarven war und nicht allzu schlimm in die Hose gehen konnte. Aber sie wollte auch nützlich sein. Mit kühlem Kopf dachte sie darüber nach, was den Zirkel in letzter Zeit beschäftigt hatte, und suchte nach einer Lücke, die gefüllt oder einem Problem, das gelöst werden musste. Dann fiel ihr Jimmy Warren ein.

Jimmy war ein Hehler, der seinen Lebensunterhalt mit dem Verkauf gestohlenen Schmucks verdiente. Ein Teil seines Gewinns ging an die Cooper Street, weil die Cooper Street ihm Aufträge verschaffte. Aber letzte Woche war er untergetaucht und hatte den Zirkel als einen seiner vielen Gläubiger in die Röhre gucken lassen. Doch er hatte auch seine Schwester Trish zurückgelassen. Sie behauptete, keine Ahnung zu haben, wo er sich aufhielt. Doch Nate hatte vor, ihrem Gedächtnis mit ein wenig Gewalt auf die Sprünge zu helfen.

Glory mochte Trish gern, sie hatte schon öfter auf ihre kleine Tochter aufgepasst. Sie wollte nicht, dass die Zirkelschläger ihr zusetzten. Da war es doch viel besser für alle Beteiligten, wenn sie die Informationen auf andere Art beschaffte …

Eine Stunde später saß Glory Trish Warren am Küchentisch gegenüber und wärmte ihre Hände an einem Becher Tee. Normalerweise sah man Trish an, wie hübsch sie einmal gewesen war, doch heute war ihr Gesicht fleckig und abgezehrt. Glory würde leichtes Spiel haben.

Den Hausmüll zu durchsuchen war unangenehm gewesen, hatte aber zu Ergebnissen geführt. Glory hatte die rosa Plastikverpackung eines künstlichen Fingernagels in der Hand. Jetzt legte sie den auf die leere Packung Kopfschmerztabletten in ihrer Tasche und nickte mitfühlend, als Trish von den Verfehlungen ihres nichtsnutzigen Ex erzählte und von den Belastungen ihres neuen Jobs in einer Bar. Sie schien froh über Glorys Gesellschaft zu sein und hatte sie ohne Argwohn in ihrer Wohnung willkommen geheißen. Die Glockenreihe über dem Eingang des Gebäudes war schon vor langer Zeit kaputt geschlagen worden, in einer Siedlung wie Rockwood behelligte man die Behörden nicht mit Dingen wie Hexenverbrechen.

Das schmuddelige Tischtuch war mit gelben Blumen und rosa Punkten gemustert. Perfekt. Glory spürte, wie das Teufelsmal unter ihrem Schlüsselbein warm wurde. Sie dachte an den lila-schwarzen Fleck, der unter ihrer Haut pulsierte.

Dann konzentrierte Glory sich wieder auf das Tischtuch. Vor ihrem geistigen Auge schuf sie die Punkte neu, sodass sie heiß und rot waren. In ihrer Vorstellung sammelte sie diese ein und drückte einen nach dem anderen auf Trishs Stirn.

Trish verzog das Gesicht und legte die Hand auf die Stirn.

»Geht's dir nicht gut?«

»Zwickt ein bisschen. Manchmal krieg ich diese Migräneanfälle.«

Ich weiß, dachte Glory und schabte mit Trishs künstlichem Fingernagel am Plastik der Tablettenverpackung. *Popp, popp,*

popp, dachte sie, im Einklang mit der Bewegung der roten Punkte.

»Puh. Die kommen ohne Vorwarnung.« Glorys Opfer stand auf und holte sich ein Glas Wasser. »Der Arzt sagt, das ist der Stress. Ist alles zu viel für mich. Aber wie soll ich das ändern?«

»Hm. Wegen Jimmy machst du dir bestimmt auch Sorgen.«

Trish erstarrte, als der Name ihres Bruders fiel. Doch wegen der nahenden Migräne fiel ihr das Denken schwer. »Ist wohl so«, murmelte sie.

Jetzt war die Zeit reif für Glorys anderen Müllfund. Fetzen zerrissener Rechnungen mit roten Zahlen. Den Text würde sie benutzen, wenn sie ihren Fluch ausbrachte.

Hinter Trishs Rücken sagte sie tonlos *Letzte Aufforderung, Letzte Mahnung* und schickte die Worte wie die roten Punkte in den Kopf ihrer Zielperson. Die aus Plastik und Alufolie bestehende Verpackung der Schmerztabletten knisterte unter ihrem Finger.

»Apropos Jimmy«, sagte sie sanft. »Wir wollen ihn alle unbedingt finden.«

»Und wie ich dem Zirkel schon gesagt hab, weiß ich nicht, wo er ist«, sagte Trish schwach.

»Aber du musst doch irgendeine Vermutung haben«, murmelte Glory.

Letzte Mahnung … rote Punkte … aufgesprungene Folie. *Popp, Punkt, Popp, Punkt.*

»Ich muss mich hinlegen …«

Doch irgendwie konnte Trish nicht weg von der Spüle. Sie wollte Glory sagen, sie solle gehen, aber der Druck in ihrem Kopf machte sie träge.

»Dir wird es bald besser gehen«, sagte Glory beruhigend. »Du musst es nur loswerden.«

Und plötzlich fand Trish auch, dass es wirklich eine Erleichterung wäre, alles zu erzählen. Familienzusammenhalt war ja gut und schön, aber dieser Loser Jimmy hatte sich für sie noch nie ein Bein ausgerissen. Sie war ihm rein gar nichts schuldig.

»Jimmy hat so eine Tussi drüben in Bermondsey«, sagte sie benommen. »Die arbeitet da in einer Frittenbude – The Hungry Bite. Kann sein, dass er sich bei der versteckt.«

Glory lächelte. »Verstehe.« Ein Gefühl der Freude perlte ihr Rückgrat hinauf, es war herrlich. »Vielen Dank auch.«

Nachdem sie Earl, Jimmys Verbindungsmann im Zirkel, per SMS mitgeteilt hatte, wo Jimmy abgeblieben war, kühlte Glorys Hochgefühl langsam ab. Sie konnte nicht leugnen, dass sie jemandem aus eigennützigen Gründen Schmerz zugefügt hatte. Trishs Unbehagen hatte ihr zwar keine Freude bereitet, doch sie hatte den ganzen Prozess eindeutig genossen. Jetzt schämte sie sich. Wenn sie ihr Fae das nächste Mal benutzte und sich an dem Hochgefühl weidete, dann wollte sie ihre Hexerei für etwas Sauberes und Strahlendes einsetzen. Sie wollte sich treu bleiben.

Das Fae war nicht so, wie sie erwartet hatte. Irgendwie war es wie mit ihrer ersten Regel oder dem ersten Kuss oder ihrem ersten Alkoholrausch: Die Erfahrung entsprach nicht ihren Erwartungen, aber als es dann passiert war, konnte sie es sich überhaupt nicht mehr anders vorstellen.

Ein Anflug von Kopfschmerzen war um einiges besser,

als von Nate und seinen Leuten herumgeschubst zu werden, sagte sie sich. Und was Jimmy Warrens Schicksal anging, wenn der Zirkel ihn erwischte … Nun ja, das ging Glory nichts an. Er hatte einen Haufen Leute betrogen und jetzt musste er die Konsequenzen dafür tragen. Jimmy kannte die Regeln. Trish auch. Und alle anderen ebenfalls.

Bis Glory wieder zu Hause war, hatte sie sich ihre Bedenken ausgeredet. Noch besser war, dass in Tante Angels Wohnzimmer das Licht an war, die Tür stand offen. Glory huschte hinein und wartete auf ihre Rückkehr.

Es war ein Raum, in dem sich einfach jeder Gegenstand in den Vordergrund drängen wollte. Auf allen Flächen wimmelte es nur so von Spitzendeckchen und Porzellanfiguren, die Lampen hatten Perlenborten, die Sofakissen Quasten und die Gardinen Rüschen. Die Wände waren mit Zeitungsauschnitten und Fotos aus der Karriere der Starling-Zwillinge tapeziert. Glorys Lieblingsbild war ein Schwarz-Weiß-Schnappschuss von Cora, Lily und Angeline, die Arm in Arm eine Straße entlanggingen. Man hätte sie für eineiige Drillinge halten können, so große Ähnlichkeit hatte Angeline auf diesem Foto mit ihren jüngeren Schwestern. Alle drei trugen die platinblonden Haare im Bob der Sechzigerjahre, sie hatten schwarz umrandete Augen und blasse Lippen – und strahlten vor Übermut. Jung sahen sie aus und sorglos, unschlagbar.

Sie bemerkte, dass Tante Angel die gläserne Schale hervorgeholt hatte, die sie zum Wahrschauen benutzte, und überlegte, wen sie wohl dieses Mal ausspioniert hatte. Heutzutage war Überwachungstechnologie so leicht zu beschaffen, dass es für diese Art Hexerei nicht mehr viel Bedarf gab, aber – wie ihre Großtante gern sagte – technischer Kram ging kaputt, Fae nicht. Glory nahm die Schüssel mit beiden Händen hoch und schwenkte gerade grüblerisch das Wasser darin herum, als die Besitzerin zurückkam.

»Lass die Finger davon«, sagte die alte Dame, »du kleckerst nur auf meine Möbel. Ich kann mich auch nicht erinnern, dich eingeladen zu haben, neugieriges Ding.«

Dann sah sie sich Glorys Gesicht noch einmal an. Und Glory musste feststellen, dass sie nun, als der Augenblick der Offenbarung gekommen war, überhaupt nichts zu sagen brauchte.

»Es ist gekommen, nicht wahr?«, flüsterte Angeline. »Bei Gottes eigenem Scheiterhaufen, es ist gekommen.«

Glory nickte atemlos.

Angelines altes, grimmiges Gesicht wurde nicht weicher, aber Tränen rollten ihr die Wangen hinunter.

»All diese Jahre … Diese Jahre, die ich gewartet habe, beobachtet, gehofft … Aber ich habe es immer gewusst. In meinem Blut und in meinen Knochen, ich wusste es. Du bist eine von uns.« Sie schloss die Augen. »Es hat sich alles ausgezahlt«, murmelte sie wie zu sich selbst. »Das Opfer, das Leiden. Ja, am Ende ist alles gut geworden.«

Sie stieß einen langen, zittrigen Seufzer aus. Dann ging sie auf ihre Großnichte zu und ergriff feierlich ihre Hand, als wollte sie einen Pakt schließen.

»Ein durch Fae gelebtes Leben ist das beste und kühnste auf der Welt. Ich hatte nie die Chance, mein Potenzial auszuleben, und deine liebe Mutter auch nicht. Aber für dich wird es anders sein. Dafür werde ich sorgen.«

Glory versuchte das Lächeln zu erwidern. Ihr standen

Tränen in den Augen, sie wollte lachen und brüllen und weinen, alles gleichzeitig. Aber Tante Angel stopfte ihre Gefühle schon wieder ordentlich unter den Deckel. Schnell setzte sie sich auf das mit Chintz bezogene Sofa und klopfte auf den Platz an ihrer Seite. »Na gut, dann setz dich mal her und erzähl mir alles. Jede Einzelheit, denk daran.«

Darauf hatte Glory gewartet. Als sie von der Katze anfing, stieß Tante Angel ein Zischen aus. »Du hast einen Hausgeist beschworen? Bei Hekate! Weißt du denn nicht, wie gefährlich das ist? Es hat Hexen gegeben, die dabei verrückt geworden sind – die haben ihren Verstand mit dem eines blöden Tieres verbunden und ihn nie wiedergekriegt.«

»Es ging so schnell, ich hatte gar keine Zeit zum Überlegen.«

»Pah.« Tante Angel spitzte die Lippen. »Nun, dazu braucht man besondere Fähigkeiten. Alles spricht dafür, dass du eine mächtige Hexe wirst. Und das ist auch gut so, denn diese Pyros von der Inquisition haben dich sowieso schon seit dem Tag deiner Geburt auf der Beobachtungsliste.«

Glory warf einen flüchtigen Blick auf die drei lächelnden Mädchen an der Wand. Ihre Heldentaten waren Glorys Gutenachtgeschichten gewesen, aber sie hatte immer gewusst, dass Hexen wie in alten Märchen oft ein schlimmes Ende fanden. Den Legenden zufolge hatte ihre eigene Familie seit dem 17. Jahrhundert unter den Verfolgungen zu leiden gehabt.

Eine Hexe an die Obrigkeit zu verraten war immer noch das größte Tabu in der Welt der Hexenzirkel. Vor zwei Jahren war ein freier Mitarbeiter, der Hexenwerk für Charlie Morgan verrichtet hatte, an die Behörde für Hexenverbrechen verraten worden. Der Informant wurde drei Tage später tot aufgefunden, jeder Zentimeter seines Körpers war mit rostigen Nadeln gespickt. Es war Tradition in den Zirkeln, Hexenverräter mit den Foltermethoden der Inquisition zu bestrafen. Offenbar war diese Abschreckungsmethode wirksam, denn trotz der eifrigen Kampagnen der Inquisition waren Denunziationen selten.

Daran dachte Glory, als sie sagte: »Zumindest wird der Zirkel ein Auge auf mich haben.«

»Der Zirkel darf es nicht wissen. Noch nicht.«

Glory starrte sie an. »Was?«

»Du hast ganz richtig gehört. Das hier muss unter uns bleiben.«

Aber was war dann mit ihrer Party und den Geschenken und der Angeberei vor Nate … »Du meinst, ich kann es niemandem erzählen? Nicht mal Dad?«

»Keiner einzigen Seele.«

»Das versteh ich nicht. Der Zirkel braucht mich. Du brauchst mich. Ich hab gedacht, ich würde helfen und was von dir lernen und …«

»Und das sollst du auch, mein Mädchen. Aber wenn du als Hexe auch nur halb so gut bist, wie ich glaube, dann musst du dich nicht nur vor der Inquisition in Acht nehmen. Der Wednesday-Zirkel wird ebenso schnell hinter dir her sein.«

Glory runzelte die Stirn. »Die Wednesdays brauchen nicht noch mehr Hexen. Die können sich die besten leisten. Abgesehen davon, Kez bildet Candice schon aus, damit sie nach ihr Oberhexe werden kann.«

»Das Einzige, was man dem Mädchen beibringen kann, ist, wie man sich so schnell wie möglich weißes Pulver die

Nase hochzieht. Außerdem ist ihr Fae noch schwächlicher als das von ihrer Ma.« Angeline schnaubte. »Kezia Morgan mag ja ein Schlitzohr sein, aber als Hexe ist sie nichts Besonderes.«

»Und was ist mit Candices Geschwistern?«, fragte Glory. »Skye ist erst neunzehn. Sie könnte das Fae immer noch kriegen. Troy übrigens auch.«

»Könnten sie. Aber es ist nicht sehr wahrscheinlich und Charlie Morgan ist kein Spieler. Nein, wenn er erst mal weiß, dass du zur Hexenschaft gehörst, wird er dich in seinem Laden haben wollen, damit du nach seiner Pfeife tanzt wie die anderen.«

»Ich werde für niemanden den Handlanger machen, schon gar nicht für diese Truppe. Die spielen sich uns gegenüber schon genug auf.«

»Aus gutem Grund. Die Cooper Street darf nur in Aktion treten, wenn die Wednesdays ihr Okay dazu gegeben haben. Ohne ihre Rückendeckung sind wir erledigt.« Sie schaute Glory verschlagen an. »Und da ist noch was. Hexen zu züchten ist eine riskante Angelegenheit, aber Charlie Morgan plant auf lange Sicht. Ich würde vermuten, dass er schon alles eingefädelt hat, um dich mit seinem Sohn und Erben zu verkuppeln. Troy hat Verstand mitbekommen und Ehrgeiz auch, ganz im Gegensatz zu seinen blöden Schwestern. Wart's ab, in ein, zwei Jahren wird er dafür sorgen, dass du ein Hexenbaby nach dem anderen für die Morgan-Sippe wirfst.«

»Ihhh. Nein, verdammt, das mach ich nicht.«

»Vielleicht hast du gar keine Wahl, mein Fräulein. Wenn du nicht zu ihren Aktivposten zählen willst, dann wirst du zur Bedrohung. Und du weißt, wie die Morgans mit so was umgehen.«

Glory wurde blass, ihr wurde kalt und dann wieder heiß. »Das würden sie nicht tun. Wir sind nicht nur Verbündete, wir sind auch verwandt, verdammt noch mal. Ich glaub das nicht.«

»Dann hast du noch genauso viel über Familien zu lernen wie über das Fae. Sieh dir doch nur an, wie sie deine Mutter verladen haben.«

Lily Starling hatte Edie mit der Absicht adoptiert, sie zu ihrer Nachfolgerin als Oberhexe zu erziehen. Doch als Lily starb, entschieden die anderen Mitglieder des Wednesday-Zirkels, dass die einundzwanzigjährige Edie zu unerfahren war, um ihren Platz einzunehmen, und Charlie Morgans Frau Kezia wurde an ihrer Stelle Oberhexe. Damals war Edie zu Angeline gekommen. Wenn Angeline nicht gewesen wäre, hätte sie auf der Straße gestanden.

»Charlie Morgan hat dich beobachtet, und er hat gewartet, genau wie ich. Genau wie diese Hexenpieker von der Inquisition. Dein Glück, dass ich denen einen Schritt voraus bin.« Angeline zündete sich eine Zigarette an und blinzelte sie durch eine Qualmwolke hindurch an. »So, ich hab da einen Plan für uns, aber ein paar Dinge müssen dazu noch geregelt werden. Bis dahin warten wir geduldig ab und halten den Mund. Alles läuft wie immer.«

»Ein Plan? Was ist das für ein Plan?«

»Alles zu seiner Zeit.« Sie tätschelte Glory das Knie, dann lachte sie über ihre finstere Miene. »Und rumgemault wird nicht! Vor allem: Bist du ganz sicher, dass dich niemand gesehen hat, als du mit dieser Katze Unfug getrieben hast?«

»Bestimmt nicht. Aber …«

»Aber was?«

»Da war … da war noch eine andere Sache. Weißt du … ich, äh, hab vorhin ein bisschen Hexenwerk betrieben. Nur um die Sache mal anzutesten.«

»Wie denn?«

Glory beschrieb ihr Treffen mit Trish. »Ist aber alles in Ordnung«, sagte sie abschließend. »Trish hat keinen Verdacht geschöpft.«

Aber sie fragte sich, ob das auch wirklich stimmte. Sie erinnerte sich an den forschenden Blick, mit dem Trish sie angesehen hatte, als der Schmerz langsam nachgelassen hatte, und wie die Frau an der Tür vor ihr zurückgewichen war. Wieder schämte sie sich.

»War doch nur ein bisschen Kopfweh«, sagte sie lahm.

»Darum geht es nicht«, blaffte ihre Großtante. »Allmächtige Mab! Weißt du denn nicht, wo Trish Warren zurzeit arbeitet? In dieser Bar in der Cannonby Street: The Angel. Und die wird von Felton Cobbs gemanagt.«

Das nahm ihr den Wind aus den Segeln. Felton war Informant des Wednesday-Zirkels. »Oh … Okay. Aber ich glaub nicht, dass das ein Grund für sie wäre …«

Jemand klopfte an die Tür.

»Hau ab«, rief Angeline. »Ich hab zu tun.«

»Ich wollte Glory Bescheid sagen.« Nates Stimme klang maulig. »Charlie M ist am Telefon. Er will sie sehen, und zwar sofort.«

KAPITEL 8

»Kann ich dich sprechen, Dad?«

»Wenn's schnell geht.«

Ashton Stearne lächelte angespannt hinter dem Stapel von Papieren auf seinem Schreibtisch. Am Nachmittag wurde er auf der Gedenkfeier für einen Kollegen erwartet, deshalb trug er seine Ausgehuniform, ein silbergraues Teil mit scharlachroten Bordüren, das mit seinen Orden geschmückt war. So trat er auch bei Gericht auf, stellte Lucas finster fest.

»Ich – äh … Es ist ziemlich wichtig.«

»Dann ist es wohl das Beste, wenn du hereinkommst.«

Lucas schloss die Tür hinter sich und ging auf den Schreibtisch zu. Er wusste nicht recht, ob er sich setzen oder stehen bleiben sollte. Die wahnsinnigen Schrecken der Nacht waren vorüber und im Moment spürte er nur Leere. Er fühlte sich benommen, unwirklich. Alles war so irreal. Dieses Geständnis im Arbeitszimmer war jedenfalls zu theatralisch, um wahr zu sein. Er schaute steif vor sich hin, wie ein schlechter Schauspieler in einem noch schlechteren Theaterstück.

Ashton spielte mit seinem Stift herum, aber als er sah, dass Lucas das bemerkte, legte er ihn aus der Hand. Dann versuchte er es mit einem ermunternden Lächeln. »Also, mein Freund. Nun sag schon. Worum geht es?«

Lucas räusperte sich und erwiderte hastig: »Es gibt da etwas, das du über mich wissen solltest, und ich fürchte, das wird ein ziemlicher Schock für dich sein.«

Sein Vater wartete, doch all die zurechtgelegten, geprobten, unmöglichen Worte waren Lucas im Hals stecken geblieben.

»Bist du in Schwierigkeiten?«

Ein halbes Nicken, ein halbes Achselzucken.

»Hast du etwas angestellt?«

»Nicht mit Absicht. Es ist … das Problem ist … was Persönliches.«

»Ein Problem mit deinen Freunden? Oder mit einem Mädchen?«

Lucas spürte so etwas wie eine komische Bitterkeit. Beinahe hätte er gelacht. Er atmete tief durch. »Nein, das Problem bin ich. Weißt du, ich hab da eine Entdeckung gemacht, hab festgestellt, dass ich anders bin. Es ist nicht leicht, das einzugestehen, aber ich muss dir sagen, was es ist … was ich für ein Mensch bin.«

Sein Vater schaute zu Boden. Zum ersten Mal war er genauso zögerlich wie sein Sohn. »Hier geht es also um … Jungs?«

»Jungs?«, wiederholte Lucas verdutzt. Dann ging ihm ein Licht auf. »Nein! Himmel, nein …«

»Wenn das so ist«, sagte Ashton Stearne, dessen Geduld mittlerweile überstrapaziert war, »was genau willst du dann eigentlich sagen?«

Lucas wartete. Sein Vater wartete. Noch immer wollten

die Worte nicht kommen. Stumm begann Lucas sein Hemd aufzuknöpfen. Den Kopf hielt er gesenkt, er war sich der aufsteigenden Schamesröte nur zu bewusst. Sobald das Hemd offen war, drehte er sich um, zog es runter und zeigte sein nacktes Schulterblatt her – und den kleinen samtigen Fleck.

Er hörte, wie Ashton aufstand, etwas nuschelte und sich über den Schreibtisch hinweg zu ihm rüberlehnte. Er spürte die Wärme seines Vaters auf der Haut, nahm seine leichte Neugier wahr, auf die ganz plötzlich ein bohrender zielgerichteter Blick folgte – und ein scharfes Einsaugen der Luft.

»Ist das … ist es …?«

»Ja.«

Ashton berührte das Mal nicht. Sein Rücken war sehr gerade und sein Gesicht völlig regungslos. In der Stille zog Lucas sein Hemd glatt und knöpfte es wieder zu, unbeholfen jedoch, weil seine Hände so zitterten.

»Wie lange weißt du es schon?«, fragte sein Vater schließlich wie von ganz weit her.

»Seit gestern Abend.«

»Und hast du sonst noch jemandem davon erzählt?«

»Nein.«

»Das wirst du bald müssen. Du musst die Inquisition in Kenntnis setzen. Innerhalb von vierundzwanzig Stunden, so lautet die Regel.«

»Ja. Ja, selbstverständlich.«

Noch mehr Stille.

»Du bist noch sehr jung.«

»Ich weiß. Es sollte unmöglich sein. Die ganze Sache kann doch eigentlich gar nicht angehen. Es …«

Lucas' Vater schien gar nicht zuzuhören. »Du bist doch noch so jung«, wiederholte er leise. Er schloss die Augen, sein Gesicht wirkte ganz alt.

Doch als er die Augen wieder aufmachte, war sein Blick fest und sein Ton forsch. Er legte Lucas die Hand auf die Schulter und lächelte ihn resolut an.

»Ich bin mir sicher, dass du das sehr gut verkraften wirst. Bewundernswert geradezu. Wir brauchen gar nicht erst so zu tun, als würde das nicht vieles ändern, doch wir stehen das gemeinsam durch und tun, was getan werden muss. Selbstverständlich hast du meine volle Unterstützung. Das wird immer so bleiben, nichts kann das ändern, ich hoffe, das weißt du. Zweifellos werden Marisa und Philomena dich ebenfalls voll unterstützen.«

Er sagte nicht, alles würde bestens sein. Er sagte nicht *tut mir leid* und *ich hab dich lieb* – und Lucas tat es auch nicht. Doch sie wussten beide, dass der andere es sagen wollte. Im Moment mussten sie es dabei bewenden lassen.

Für den Rest des Tages fühlte Lucas sich einsamer als je zuvor in seinem ganzen Leben. Benommen von einer so tiefen Fassungslosigkeit, dass er sich vorkam wie unter Drogen, schloss er sich in sein Zimmer ein. Gelegentlich überfiel ihn die Panik. Seine Gedanken rasten manisch. Immer wieder musste er aufstehen, die Arme um sich schlingen und auf und ab gehen, bis das Zittern nachließ.

Im Haus herrschte tödliche Stille. Philomena lag noch im Bett und pflegte ihren Kater, Marisa war im Tennisklub. Ashton nahm wie geplant an der Gedenkfeier teil. Alles andere, hatte er mit für ihn untypischer Vagheit gesagt, würde Montag geregelt werden, nach dem Wochenende. Auf dem Heimweg würde er »im Büro vorbeischauen«.

Damit wollte er sagen, dass er die Neuigkeit dem Obersten Hexenriecher mitteilen würde. Danach würde er einen Termin für Lucas' Registrierung vereinbaren.

Lucas wusste, dass die Registrierung einen Test seiner hexerischen Fähigkeiten einschloss, ihm war jedoch nicht ganz klar, wie das ablaufen würde.

Inquisitorische Verfahrensweisen wurden nicht öffentlich gemacht, er hatte nur Allgemeines darüber gelernt. Seinen Personalausweis würde er gegen ein mit einem H gestempeltes neues Exemplar eintauschen müssen. Und dann war da noch das Zäumen selbst. Die eisernen Handschellen würde er behalten müssen, bis er die Schulzeit beendet hatte und als praktizierende Hexe einen Job im Staatsdienst fand. Selbst dann würde er überwacht werden, damit sichergestellt war, dass er Hexerei ausschließlich im Rahmen autorisierter Regierungsaufträge betrieb.

Dies waren also die letzten Stunden der Freiheit. Lucas sah sich seine Handgelenke an und stellte sich dabei die Metallreifen vor, die sie bald umschließen würden. Eine gezäumte Hexe war wie jemand mit einer Entstellung. Nicht hinzuschauen war die höfliche, zivilisierte Art, damit umzugehen. Natürlich bemerkte man es immer, aber sowohl die Hexe als auch der Betrachter taten so, als wäre nichts. Anders lief es, wenn man nicht zivilisiert war. Die Leute spuckten und höhnten dann, Lucas hatte es selbst gesehen. Und geprügelt wurde auch.

Was seine Freunde anging, so wusste er nicht recht, was schlimmer sein würde – ihr Mitleid oder ihre Verachtung.

Er erinnerte sich daran, wie er und Tom die Augenbrauen hochgezogen hatten, als Ollie ihnen von seiner Cousine erzählt hatte. Damals fanden sie ihre Reaktion bewundernswert zurückhaltend. An Beas hoffnungsvolles Gesicht versuchte er nicht zu denken, sie war rot geworden, als sie sich am Teich zu ihm hinübergelehnt hatte.

Stattdessen dachte Lucas immer wieder an seinen einzigen Akt der Hexerei zurück. Wie besessen ging er jede Einzelheit von Philomenas Fluch noch einmal durch. Es war wie an einer verschorften Wunde zu kratzen: widerlich, aber lustvoll.

Er sann auch darüber nach, was Ashton Stearne wohl zu seinen Kollegen sagen würde. Entscheidungen würden getroffen und ein Prozess in Gang gesetzt werden, über den Lucas keine Kontrolle hatte. *Wenn ich doch nur wüsste, was sie alle wirklich denken. Wenn ich doch nur wüsste, was sich hinter den Kulissen abspielt*, dachte er. *Ich muss vorbereitet sein.*

Aber das kannst du doch, meldete sich eine kleine, tückische Stimme. Du hast jetzt ganz andere Mittel zur Verfügung. Und eine weitere innere Stimme, eine, die Lucas nicht mal zugab hören zu können, flüsterte: Das ist deine letzte Chance. In seinem Blut war ein brennendes Verlangen, das noch unanerkannt und unbefriedigt war.

Im Laufe des Nachmittags erinnerte er sich immer wieder an eine Diskussion zwischen Ashton und einem Kollegen, die er mitbekommen hatte. Es war um die Nutzung des Fae bei Überwachungsoperationen gegangen. Vielleicht war es an der Zeit, sein Insiderwissen auf die Probe zu stellen.

Gegen vier Uhr nachmittags hörte Lucas, wie Philly den Flur entlang- und die Treppe runterstapfte. Die Haustür knallte zu. Etwa einen Augenblick später, und ehe er es sich anders überlegen konnte, war er schon auf dem Weg ins Arbeitszimmer seines Vaters.

Lucas begutachtete den Raum und stellte fest, dass er den Schock nahezu überwunden hatte. Nun, wo er eine Aufgabe gefunden hatte, an der er arbeiten konnte, war alles einfacher. Mit der Abgebrühtheit eines Menschen, der nichts zu verlieren hat, machte er sich ein Bild von den Anforderungen.

Mit einer Schale voll Wasser zum Wahrschauen konnte eine Hexe durch Wände und bis ans andere Ende der Stadt sehen. Die Ein- und Ausgänge eines Gebäudes waren die Schwachpunkte. Normalerweise waren die Schalen zum Wahrschauen aus Glas, weil die Fenster aus Glas waren, denn das ermöglichte dem Fae, durch die Scheiben zu dringen. Eine Schale aus Holz oder Stahl hingegen versetzte eine Hexe in die Lage, durch Türen aus Holz oder Stahl zu sehen.

Aber das Wahrschauen war eine der wenigen Hexereien, die durch Eisen abgeblockt werden konnten. (Normalerweise wurde nur die Hexe und nicht ihre Hexerei durch das Eisen behindert.) Leute, die etwas zu verbergen oder zu beschützen hatten, ließen eiserne Rollläden vor ihren Fenstern anbringen und eine Eisenplatte mitten auf den Türen anschrauben. Ashtons Arbeitszimmer war eisengeschützt. Und außerdem konnte man in einer Schale ohnehin nichts hören.

Lucas hatte schon früher versucht, an Türen zu lauschen. In der Zeit, als sein Vater Marisa näher kennenlernte, hatte er sogar den Trick mit dem Glas an der Wand ausprobiert.

Theoretisch sollte die Wand die Schallwellen im Raum aufnehmen, und das Glas sollte dabei helfen, sie zu kanalisieren. Als Lucas elf gewesen war, hatte es nicht funktioniert. Doch jetzt lagen die Dinge anders.

Ashtons Arbeitszimmer befand sich neben dem Esszimmer. Dort nahm Lucas sich zwei Kristallgläser aus der Vitrine. Sein Puls beschleunigte sich und der Fleck auf seiner Schulter wurde warm.

Ein Talisman war ein beliebiger behexter Gegenstand, ein Amulett dagegen eine Hexenarbeit, die eigens angefertigt worden war. Soweit sich Lucas an den Ausspähtrick erinnern konnte, den sein Vater beschrieben hatte, musste er sein Fae auf die beiden Gläser übertragen, damit sie zu Talismanen wurden, die Töne weiterleiten und verstärken konnten. Es gab keine genauen Regeln für das Einsetzen des Siebten Sinnes, und das Fae verlangte oft die Verwendung von Körpersubstanzen und physischen Hilfsmitteln. Lucas teilte die gängige Meinung, dass Hexerei zu improvisiert, zu zwielichtig war, um als Handwerk gelten zu können.

Das klappt doch niemals, dachte er, als er eins der Gläser am Fuß anfasste. Er musste spontan entscheiden, wie er es machen wollte, eine andere Möglichkeit gab es für ihn nicht. Mit einer kleinen Grimasse steckte er seinen Zeigefinger ins rechte Ohr, betastete Knochen und Haut und das warme Loch vor dem Trommelfell. Nachdem er auf den Finger gespuckt hatte, rieb er mit der nassen Fingerspitze über den Rand des Glases.

Als das Glas in Schwingung geriet, fing es zunächst an zu summen, dann sang es. Das hatte er im Physikunterricht gelernt, damals in der Mittelstufe, als sie das Thema Schallwellen behandelt hatten. Doch dieses Mal schwang das Fae in seinem Kopf mit und das ergab einen tieferen, volleren Ton.

Sogar als er den Finger vom Rand des ersten Glases nahm und ihn auf das zweite legte, hielt das dünne Wimmern des ersten Glases an. Eine Weile tönten beide zusammen, ihre kristallenen Körper vibrierten ein wenig. Als die Stille wiederkehrte und er Anstalten machte, die Gläser wieder zur Hand zu nehmen, summten sie schon bei der ersten Berührung. Sie erkannten und begrüßten ihn.

An den Wänden des Arbeitszimmers standen überall Bücherregale. Lucas stellte eins der behexten Gläser an einen leeren Platz auf einem der unteren Regalbretter. Mit ein bisschen Glück würde es dort unbemerkt bleiben. Das andere Glas nahm er wieder mit ins Esszimmer und versteckte es hinter den Gardinen. Während das Fae nachließ, zitterten und summten seine Nerven, als ob sein Körper ebenfalls aus Kristall bestehen würde. Zum ersten Mal an diesem Tag war er im Einklang mit sich selbst.

Ashton Stearne kam eine halbe Stunde später nach Hause zurück. Als Lucas die Schritte seines Vaters im Flur hörte, stand er schnell von seinem Bett auf und setzte sich an den Schreibtisch, wo er irgendein Schulbuch aufschlug. Ashton betrat das Zimmer und sah, dass sein Sohn offenbar in seine Schulaufgaben vertieft war.

»Wie war die Gedenkfeier?«, fragte Lucas, so lässig er nur konnte.

»Gut, danke. Wie … wie geht es dir?«

»Bestens.«

»Gut.« Ashton wies mit einer Kopfbewegung auf den Schreibtisch. »Alles wie immer, wie ich sehe. Sehr vernünftig.«

»Und im Büro ist es gut gelaufen?«

»Bestens.«

»Was haben sie gesagt? Hast du mit Sir Ant…«

»Ich hab doch gesagt, es lief bestens.«

Lucas schaute weg. »In Ordnung. Tut mir leid.«

»Du brauchst dich nicht zu entschuldigen. Übrigens habe ich einen Termin für dich vereinbart. Montag. Wir fahren hier um neun los.«

»Ich sollte besser allein hingehen.«

»Oh.« Ein Schatten legte sich auf das Gesicht seines Vaters. »Ich dachte … ich dachte, du hättest vielleicht gern Unterstützung.«

»Danke«, sagte Lucas unbeholfen. »Es ist nur so, dass es leichter wird, nicht aufzufallen, wenn ich allein hingehe. Obwohl du vermutlich eine … äh … offizielle Stellungnahme abgeben musst …?«

»Hm. Vorerst bin ich gebeten worden, die Sache vertraulich zu behandeln, bis wir genau wissen, womit wir es zu tun haben.«

Lucas legte das so aus, dass noch nicht entschieden worden war, ob sein Vater zurücktreten musste. Der Goodwin-Prozess hatte eine kritische Phase erreicht, wenn er jetzt abgezogen wurde, könnte die ganze Anklage in sich zusammenbrechen.

»Selbstverständlich muss Marisa in Kenntnis gesetzt werden. Wahrscheinlich ist es das Beste, wenn sie Philomena die Situation selbst erklärt.«

»Okay. Klar. Und dann können wir in Ruhe über alles sprechen. Da ist so viel zu bereden, meine ich. So viel, das geregelt werden muss. Ich muss wissen, wie …«

»Eins nach dem anderen, mein Junge, eins nach dem anderen.«

Marisa kam schon bald nach ihrem Mann nach Hause. Oben an der Treppe hörte Lucas das für ihr Eintreffen übliche Gewusel und wie es von Ashtons ruhigem Einwurf abgekürzt wurde: »Marisa, kann ich dich sprechen …?«

Wegen des Verrates, den er begehen würde, plagten Lucas erstaunlich wenig Schuldgefühle. Sein Vater hatte deutlich gemacht, dass es das Beste war, wenn Lucas so wenig wie möglich über die Vorkehrungen wusste, die für sein neues Leben getroffen wurden. Abgesehen davon war allgemein bekannt, dass Hexenvolk bis ins Mark hinterlistig war. Er verhielt sich schlicht artgerecht.

Ein paar Augenblicke gestand er Marisa und Ashton im Arbeitszimmer zu, bevor er das Ohr an die Tür legte. Nicht mal ein Murmeln war da drinnen zu hören. Dann schloss er sich mit sehr trockenem Mund im Esszimmer ein. Er holte das Weinglas hinter der Gardine hervor und ging zu dem Wandabschnitt, hinter dem das Gegenstück dazu stand.

Ob sein Talisman funktionieren würde? Er suchte Bestätigung, indem er über das Glas strich, und hörte, wie das Summen des Kristalls auf das in seinem Kopf beginnende Summen antwortete. Seine nächste Sorge war, dass das Glas im Esszimmer das im Arbeitszimmer in Schwingung versetzen könnte. Von jetzt an war alles Spekulation.

Lucas setzte sich mit dem Rücken zur Wand auf den

Fußboden. Er atmete tief ein, wischte mit dem Finger durchs Ohr, leckte ihn an und begann, am Rand des Glases entlangzureiben. Dabei stellte er sich die Diskussion vor, die auf der anderen Seite der Wand im Gange war, und das Glas auf dem Regal, das stumm vibrierte.

Als sein Finger auf dem Glas in seiner Hand kreiste, sprach das Fae in beidem das Glas im anderen Zimmer an. Zwischen den Gläsern entspann sich ein Geräuschfaden, der sich um den kristallenen Rand legte und durch seinen Finger ins Ohr lief. Da … die Stimmen im Arbeitszimmer drangen zu ihm durch.

»Vielleicht setzt du dich lieber hin«, sagte Lucas' Vater gerade. »Das war ein ziemlicher Schock für dich.«

Den Augenblick der Enthüllung hatte Lucas also verpasst. Er war erleichtert, stellte er fest.

Er hörte eine Art unterdrücktes Keuchen. Als seine Stiefmutter sprach, klang ihre Stimme schwach. »Hat man … hat man dich gebeten zurückzutreten?«

»Bis zum Ende des Goodwin-Prozesses werde ich bleiben, wo ich bin. Eventuell lässt sich irgendwas arrangieren. Eine Versetzung auf einen Posten in der Verwaltung vielleicht.«

»Selbst wenn die Inquisition dich unterstützen sollte, die Presse wird Blut sehen wollen. Diese Demütigung! Nach allem, was du für das Land getan hast! Ich kann das nicht ertragen!«

»Musst du aber. Unsere Prioritäten haben sich geändert.«

Wie in Trance strich Lucas über das Glas. Auf seiner Haut pulsierte das Fae. Und es gab noch einen anderen Effekt. Wenn er die Augen schloss, waren die beiden Stimmen –

oder genauer gesagt: die einzelnen Töne – farbig. Marisas nahm er dunkelrot wahr, sie legten eine Wut bloß, die sie in ihren tränenreichen Worten nicht ausdrückte. Ashtons Farbe stimmte auch nicht mit seinem ruhigen Auftreten überein. Ein wirbelndes, körniges Schwarz. War das etwa … Panik?

»Wie konnte das geschehen?«, fragte Marisa schließlich.

»Ausschließen kann man so etwas nie.«

»Aber deine Familie … Biologisch ist das unmöglich … Es sei denn, Camilla …«

»Nein. Definitiv nicht. Ich habe die üblichen Untersuchungen vorgenommen, ihr Stammbaum war tadellos.«

Der Seufzer seines Vaters drang durch das Glas. Lucas nahm ihn als wässriges Grau wahr, wie Regen.

»Das Fae ist nicht einfach ein entartetes Gen. Ja, es ist erblich, doch das ist nur ein Teil der Geschichte. Nehmen wir den Krieg als Beispiel, die Nazis haben nicht nur die Juden ausgelöscht, sondern ganze Hexengemeinschaften. Das britische Empire hat in seinen Kolonien genau das Gleiche gemacht. Und wenn dann an diesen Orten eine sogenannte »bereinigte« Generation geboren wurde, waren immer noch Hexen darunter. Fae ist eine Abweichung, aber eine natürliche. Es wird immer unter uns existieren.«

»Langsam sehe ich das auch.« Ihr Ton war forsch, doch das grünliche Gefühl dahinter hatte etwas Ätzendes. »Nun gut. Wie soll es jetzt weitergehen?«

»Wir haben uns darauf verständigt, dass Lucas' Zustand erst offenbart wird, wenn diese Goodwin-Sache vorüber ist. Es kann gut sein, dass eine Pressekonferenz abgehalten werden muss. In diesem Fall wäre es von Nutzen, wenn wir vier gemeinsam erscheinen würden – eine Familie, die zusammenhält und so weiter. Fühlst du dich dem gewachsen?«

Pause. Dann: »Selbstverständlich.« Marisas Stimme war zu einem theatralischen Lila erstarkt. »Selbstverständlich. Was immer du für das Beste hältst. Gemeinsam können wir das durchstehen. Wir können alles durchstehen. Mein Liebling…«

Lucas ließ das Glas in seinen Schoß fallen. Nicht, dass er etwas Neues erfahren hätte. Eine Abweichung, aber eine natürliche. Wie groß diese Abweichung war, würde er morgen erfahren.

KAPITEL 9

Ashton Stearne hatte es so eingerichtet, dass sein Sohn auf der anderen Seite von London privat von einem Kollegen eingeschätzt wurde. Die Notwendigkeit, die Sache geheim zu halten, ersparte Lucas die Schmach einer öffentlichen Einschätzungsstelle und die Blicke und das Geflüster, das ihm dort durch die Korridore folgen würde. »Sie wissen doch sicherlich, wer das ist? Der Stearne-Junge. Ja, es hat sich herausgestellt, dass der Sohn des Oberstaatsanwalts eine Hexe ist! So ein Schock. So ein Skandal …«

Das würde später kommen. Als Lucas allerdings in die Gasse neben einem schäbigen Bürogebäude einbog und den Summer einer nicht gekennzeichneten Tür drückte, fühlte er sich alles andere als privilegiert. Dieses Herumschleichen war nur eine andere Art der Erniedrigung.

Der Kontaktmann seines Vaters empfing ihn an der Tür und stellte sich als Dr. Simon Smith vor. Er hatte ergrauendes Haar, nichtssagende glatte Gesichtszüge und sein Auftreten war ebenso tüchtig wie unpersönlich. Lucas beschloss, sich genauso zu benehmen und sich vorzustellen, die ganze Angelegenheit hätte überhaupt nichts mit ihm zu tun und er würde das alles nur pro forma für jemand anders durchziehen.

In einem fensterlosen Kellerbüro protokollierte Dr. Smith Lucas' Angaben über das Einsetzen seines Fae und Philomenas Fluch, danach fotografierte er das Mal auf Lucas' Schulterblatt. Kopien von Lucas' Schulzeugnissen und seiner Krankenakte befanden sich bereits in den Unterlagen des Inquisitors.

Es dauerte mehr als eine Stunde, die Aussage zu machen. Danach händigte man Lucas ein dünnes graues Baumwollhemd mit passenden Hosen aus. Während er sich umzog, wurde er lückenlos von einem bewaffneten Wachmann beaufsichtigt. Lucas wusste, dass dies geschah, damit er keine behexten Dinge zum Test einschmuggelte, doch als er barfuß und in der dünnen Uniform den Korridor entlangeskortiert wurde, fror er und fühlte sich ungeschützt. Obwohl es ihm zuwider gewesen wäre, wenn sein Vater ihn so gesehen hätte, wünschte sich ein kleiner, ängstlicher Teil in ihm, er wäre da.

Der Einstufungsraum war kahl und hatte etwas von einer Zelle. In der Ecke war eine Überwachungskamera angebracht, eine Kiste stand auf dem Fußboden und auf einem Tisch befand sich ein Gestell, an dem eine Glocke hing. Lucas und Dr. Smith nahmen einander gegenüber am Tisch Platz. Der Wachmann bezog neben der Tür Stellung.

»Wie du weißt«, sagte Dr. Smith, »wird das Fae von Eisen behindert.« Er zog eine Schublade heraus, in der eiserne Armreifen paarweise angeordnet waren. Die Dicke war bei allen gleich, die Breite unterschiedlich. »Ich werde dich nun bitten, diese Reifen zu tragen, während du eine kleine Hexerei vollbringst. Jedes Mal, wenn du die Aufgabe erfolgreich erledigst, werde ich dir einen neuen, breiteren

Reifen geben, bis wir an den Punkt gelangen, an dem du nicht mehr in der Lage bist, irgendwelche Hexereien durchzuführen.«

»Und dann wissen Sie, welchen Zaum ich brauche.«

»Genau. Je stärker dein Fae ist, desto mehr Eisen ist nötig, um es einzudämmen.«

Lucas schaute auf die Glocke. *Glocken warnen, Eisen schützt.* Eisen war eins der Elemente, die auf der Erde am häufigsten vorkamen, in nahezu jedem lebenden Organismus gab es Spuren davon. Dass Hexen darauf allergisch reagierten, war ein weiterer Beweis für ihre Abartigkeit. Eisen wiederum reagierte empfindlich auf Hexerei. Eine aus Eisen gegossene Glocke nahm die Energie des schädlichen Fae auf, was sie erst zum Schwingen und dann zum Klingen brachte. Lucas hatte immer gedacht, dass er diesen Prozess ganz gern näher untersuchen würde, wenn er erst Inquisitor war … Er schüttelte sich, um wieder in die Gegenwart zurückzukommen. »Wozu brauchen wir die Glocke?«

»Deine Aufgabe ist, einen kleineren Bann zu hexen. Sobald du beginnst, müsste die Glocke unentwegt klingeln. Solltest du lediglich vorgeben zu hexen, bleibt sie folglich stumm, und somit werde ich wissen, dass du zu betrügen versuchst.« Wieder dieses nichtssagende Lächeln. »Und nun kommen wir zu deinem Opfer.«

Aus der Kiste zu seinen Füßen holte Dr. Smith ein Metalltablett und eine etwa zwölf Zentimeter große, aus Stroh geflochtene Puppe. In der Mitte war ein durchsichtiges Zellophansäckchen angebracht. Dieses enthielt eine winzige schwarze Spinne.

Er legte die Puppe auf das vor Lucas befindliche Tablett.

»Ich möchte, dass du dies durch Hexerei in Brand setzt.«

Wie einen Scheiterhaufen. Wie passend. Unwillkürlich flammte das Bild von Bernard Tynan in seinem Kopf auf. Das schmelzende, verkohlende Fleisch, die zischenden Flammen … Feuer war oft das Schlüsselelement von Hexerei. Vielleicht war das der Grund dafür, dass Leute Hexen brennen sehen wollten.

»Ich … ich weiß nicht, wie das geht.«

»Da fällt dir sicherlich etwas ein. Nimm dir Zeit. Beim ersten Versuch legen wir dir keinen Zaum an.«

Die Spinne in ihrer Zellophanzelle regte sich ein wenig. Natürlich musste sie lebendig sein: Flüche richteten sich immer gegen lebende Wesen.

Lucas biss die Zähne zusammen, er konnte Dr. Smiths neutralen Blick, das Starren des Wachmanns und die Kamera in der Ecke deutlich spüren. Wer wohl sonst noch zuschaute?

Zögerlich nahm er die Spinnen-Puppe in die Hand und dachte dabei immer noch an die brennende Hexe. Er wollte es nicht, aber er wusste, dass es helfen würde, wenn er sich die Flammen vorstellte. Eine Welle des Mitleids überkam ihn: für sich selbst und für den Funken Leben, den er gleich auslöschen würde. Er zog einen Strohhalm heraus.

Ohne den Blick von dem Strohmännchen mit dem Spinnenherz abzuwenden, rieb er den Halm zwischen seinen Handflächen. Der Teufelskuss wurde warm, unter seinem dünnen Hemd dehnte sich das Mal sichtbar aus, und während das geschah, läutete die Glocke leise. Was brauchte Feuer? Hitze, Brennstoff, Sauerstoff. Lucas pustete leicht auf den braunen Halm in seinen Händen und stieß ein leises

Zischen aus, mit dem er knisternde Flammen imitierte. Der Strohfaden qualmte, schlug dann Funken, und die Puppe und ihr Gefangener gingen mit einem heißen, grellen Zucken in Flammen auf.

Dr. Smiths Miene verriet nichts. Er nickte nur ein Mal und griff dann nach einem Paar eiserner Armreifen aus seiner Schublade. Sie waren ungefähr zwei Zentimeter breit und nur ein paar Millimeter dick. Sobald sie Lucas um die Handgelenke gelegt worden waren, wurden sie mit einem kleinen Schloss dort fixiert.

»Noch einmal, bitte«, sagte der Inquisitor leise. Er holte eine weitere Puppe aus der Kiste. Noch eine Spinne.

Das Eisen war unangenehm kalt auf Lucas' Haut, lenkte ihn jedoch nur leicht ab. Das zweite Aufflammen war weniger dramatisch als das erste, aber das Ganze war innerhalb von wenigen Augenblicken vorbei.

Noch eine Spinnen-Puppe, noch ein Paar eiserne Armreifen. Dieses Mal dauerte es länger, bis der Strohhalm anfing zu qualmen und die Puppe in Flammen aufgegangen war. Es war auch ermüdender.

Das dritte Paar Armreifen war sechs Zentimeter breit. Das Metall fühlte sich unnatürlich schwer und kalt an, und als Lucas die Hände hob, schwappte ihm ein Schwindelgefühl durch den Kopf. Er hatte Mühe, sich auf seine Aufgabe zu konzentrieren, und brauchte fast drei Minuten, bis die Flamme züngelte.

Das nächste Paar Armreifen war das letzte. Als Lucas es anlegte, stieg Übelkeit in ihm auf. Erschöpft zog er einen weiteren Halm aus einer weiteren Puppe. Ihm war zu kalt und er fühlte sich zu träge, um irgendwas zu tun, geschweige denn zu hexen. Doch das unregelmäßige Pulsieren seines Fae spürte er immer noch. Nach fünf langen Minuten begann die Puppe zu qualmen und dann zu glimmen. Die Spinne zuckte hektisch, ehe sie verbrannte. Völlig ermattet schloss Lucas die Augen.

»Offensichtlich benötigen wir weitere Reifen«, stellte Dr. Smith fest. »Entschuldige mich bitte einen Augenblick.«

Er stand auf und verließ den Raum. Der Wachmann glotzte Lucas an. Lucas schaute auf seine Handgelenke. Die Armreifen der gezäumten Hexen, denen er bislang begegnet war, waren nie breiter als zwei Zentimeter gewesen. Und er trug jetzt schon sechs Zentimeter breite Handschellen – und das war noch nicht das Ende. Jetzt verstand er, welchen Sinn die Glocke hatte. Es war wirklich verführerisch, sich nicht weiter anzustrengen, keinen Schritt weiter zu tun und damit der Strafe einer noch größeren Einschränkung zu entgehen.

Ich muss eine mächtige Hexe sein, dachte er. Und gefährlich obendrein, doch diese Vorstellung war geradezu lachhaft, so schwach, wie er sich gerade fühlte. Vermutlich war das eine Nachwirkung des gegen das Eisen ankämpfenden Fae. Er würde sich besser fühlen, wenn er den Versuch zu hexen aufgeben würde. Aber dann würde die Glocke nicht mehr läuten und Dr. Smith würde wissen, dass er schummelte. Es sei denn …

Es sei denn, er hexte einen ganz anderen Fluch, einen, der nichts mit Spinnen und Puppen zu tun hatte. Etwas Geheimes, das weder der Inquisitor noch der Wachmann ausfindig machen konnten.

Das einzig mögliche Opfer war er selbst. Ob er ein neues

Mal oder eine Wunde hervorbringen konnte? Aber diese dünnen Baumwollsachen reichten vielleicht nicht aus, um sein Erscheinungsbild zu verhüllen, und der Wachmann könnte etwas bemerken, wenn er seine eigenen Sachen wieder anzog. *Nun mach schon, denk nach!* Der Inquisitor konnte jeden Moment zurückkommen.

Lucas' Blick fiel auf das Jackett von Dr. Smith, das dieser während des Tests ausgezogen und über die Stuhllehne gehängt hatte. Die Lehne war schmal und abgerundet, und während Lucas hinsah, rutschte das Jackett runter und klatschte auf den Boden. Mit einer einzigen schnellen, geschmeidigen Bewegung bückte er sich danach. Sofort war der Wachmann da und riss es ihm aus den Händen. Er beäugte Lucas und das Kleidungsstück mit demselben Argwohn, ehe er das Jackett ausschüttelte und es sorgfältig wieder über den Stuhl hängte.

Mit einem entschuldigenden Achselzucken lehnte Lucas sich zurück. Er hatte seinen Zug beinahe schneller gemacht, als er hatte überlegen können. Und doch war etwas dabei herausgekommen. Ein kurzes silbernes Haar. Mit der Hand hatte er es vom Revers gebürstet. Lucas' zwei Pulse – sein Herzschlag und das Pochen seines Fae – beschleunigten sich erwartungsvoll. Vielleicht, aber nur vielleicht, würde das reichen.

Gleich darauf war Dr. Smith schon wieder da, er brachte ein weiteres Dreierset eiserner Handschellen mit. Die größten waren mindestens vierzehn Zentimeter breit.

»Tut mir leid, dass es so lange gedauert hat. Bist du bereit? Wir werden dich mit zehn Zentimetern anfangen lassen.«

Lucas nickte, wobei er darauf achtete, möglichst matt zu

wirken. Es würde sicher noch eine Weile dauern, bis er seinen Zustand akzeptiert hatte, doch die Vorstellung, dass seine Kräfte außergewöhnlich waren, verschaffte ihm so etwas wie eine kleine, bittere Genugtuung. Es war doch wohl besser, jemand mit einem Fae von ernst zu nehmender Stärke zu sein als irgendein mickriger Amateurpfuscher in Sachen Hexerei. Den Beweis dafür würde er erbringen, indem er den Einschätzer überlistete. Aber das wäre auch ein Verstoß gegen das Gesetz und ein Akt des Widerstands gegen das ganze inquisitorische System. Daran wollte Lucas jedoch nicht denken. So weit war er noch nicht.

Noch eine Puppe wurde auf das Tablett gelegt. Irgendwo musste es ein Fließband geben, an dem Nachwuchsinquisitoren Spinnen eintüteten und in Puppen steckten. Vielleicht verbrachten Gideon und die übrigen Schüler des Eliteprogramms ihre Zeit ja auf diese Weise. Ein hysterisches Lachen stieg wie eine Luftblase in ihm auf. Lucas hustete es weg und fuhr sich mit der Hand durchs Haar, ehe er den mattesten, brüchigsten Strohhalm aus der Puppe zupfte, den er finden konnte. Wie zuvor rieb er das Stroh zwischen den Handflächen, doch dieses Mal war es mit dem silbernen Haar des Inquisitors und einem schwarzen Haar von seinem eigenen Kopf verwickelt. Beim Reiben der drei Fäden verwob sich auch das Fae mit ihnen.

Es war schwer. Sehr schwer. Die Anstrengung, seinen Siebten Sinn trotz des Eisens zu mobilisieren, trieb ihm den Schweiß aufs Gesicht und Kälteschauer jagten ihm über den ganzen Körper. Es war auch schwierig, die Puppe im Blick zu behalten. Doch obwohl weder Rauch noch Funken vom

Stroh aufstiegen, läutete die Glocke und warnte davor, dass jemand versuchte, einen Fluch anzubringen.

Dieses Mal wurden nur Lucas' Fingerspitzen heiß. Er sank auf dem Stuhl zusammen und strich sich mit den heißen Fingern über das Haar genau über seinem Ohr.

Bei der Berührung vergröberte sich das weiche junge Haar. Sofort ließ er den Kopf hängen, sodass ihm eine Strähne über die Stirn fiel. Der kleine silberne Streifen, den er in sein Haar gezogen hatte, blieb damit hoffentlich unbemerkt.

»Ich kann das nicht«, murmelte er. »Ich schaffe es nicht mehr.«

Dr. Smith nickte. Der Strohkörper der Puppe fühlte sich kühl und trocken an, die Spinne war ruhig. Lucas dagegen war ein Wrack, verschwitzt, zerzaust, mit blutunterlaufenen Augen.

»Nun gut«, sagte der Inquisitor. »Dann hören wir hier auf.« Er kommentierte das Testergebnis mit keinem Wort, doch Lucas spürte, dass er hinter seiner ausdruckslosen Miene immer noch beim Kalkulieren war: beim Messen, Spekulieren, Beurteilen.

Lucas wurde mit Zehn-Zentimeter-Handschellen gezäumt. Danach durfte er sich unter Aufsicht des Wachmannes seine eigenen Sachen wieder anziehen. Wie entwürdigend das war, spielte jetzt kaum noch eine Rolle, das Einzige, woran er denken konnte, war sein Haar. Er zerzauste es etwas, um die graue Stelle zu verdecken – die tote Stelle, wie er sie nannte –, und er musste seine ganze Willenskraft aufbringen, um sie nicht immer wieder anzufassen.

Das Eisen fühlte sich nun, wo er sein Fae nicht benutzte, nicht mehr so kalt und schwer an, doch die Handschellen zogen ihm die Arme lang. Sie waren ein Provisorium, das er tragen würde, bis man ein Paar für ihn angefertigt hatte. Bis er achtzehn wurde und eine Stelle als Hexe im Staatsdienst fand, würden diese Handschellen Teil seines Lebens sein.

Das mattschwarze Metall des Zaums war dünn wie ein Blatt Papier, es war mit einer Emulsion behandelt worden, die es wasserabweisend machte.

Solange er die Arme nicht hob oder streckte, blieben die Fesseln unter seinen Hemdsärmeln verborgen. Er versuchte sich vorzustellen, wie er ganz lässig im T-Shirt mit in der Sonne glänzenden Handschellen herumlief… aber es gelang ihm nicht. Auf dem Titelbild der Broschüre »Mit Fae leben« war genau so ein Foto abgebildet. Das Heft gehörte zu dem Infomaterial, das Dr. Smith ihm mitgegeben hatte. Die Hexe auf diesem speziellen Bild, Typ Katalogmodel mit künstlicher Sonnenbräune und noch künstlicherem Lächeln, hielt Händchen mit einer hübschen (nicht gezäumten) Blondine. Abschnitt eins der Broschüre trug die Überschrift *Freunde, Familie, Beziehungen.* Lucas las nicht weiter. Er wusste genau, wenn er anfing, an Tom und Bea und die anderen zu denken, würde dieses lähmende, panische Gefühl wieder zurückkommen.

»… im günstigsten Fall wird er oder sie in den nächsten Tagen berufen werden, bald darauf könnt ihr euch dann treffen. Es geht nicht allein darum, deine Aktivitäten zu überwachen, sondern Unterstützung zu leisten bei einer Reihe von …«

Vermutlich redete Dr. Smith von seinem Hexenwart. Wie durch einen Nebelschleier sah Lucas die Grübchen und das neckische Blinzeln der Anwerberin vor sich, die neulich diesen Vortrag in der Schule gehalten hatte. *Wenn ich jemanden wie sie kriege, dann fall ich tot um*, dachte er. *Ich hexe uns beide ins Nirwana. Das mach ich, ganz bestimmt.* Dass die Sitzung vorüber war, bemerkte er erst, als der Inquisitor sich von seinem Platz erhob und ihm die Hand reichte.

»Danke«, sagte Lucas und stand ebenfalls auf. Er durfte nicht vergessen, dass er diesem Mann verpflichtet war. »Ich weiß Ihre Hilfe zu schätzen und mein Vater sicherlich auch.«

Dr. Smith nickte. Einen peinlichen Augenblick lang dachte Lucas, er würde ihm sein Beileid oder Mitgefühl aussprechen. Doch der Mann sagte nur: »Es ist zu deinem eigenen Besten, weißt du.« Er schaute auf Lucas' Ärmel, die er über das Eisen gezogen hatte. »Zum Besten aller. Vergiss das nicht.«

Lucas schaffte es, ein Taxi anzuhalten, ohne seine gezäumten Handgelenke zu enthüllen, aber es war eine angstbesetzte Fahrt. Jede Bewegung konnte ihn bloßstellen. Er war erschöpft, fühlte sich mental besiegt und wund. Er würde es nicht als Härte empfinden, sich zu Hause zu verstecken, bis der Prozess seines Vaters beendet war, stellte er fest. Er wollte ohnehin niemanden sehen und er konnte sonst nirgendwo hin.

Wenigstens hatte die Sitzung bei der Inquisition nicht so lange gedauert, wie er erwartet hatte. Mit etwas Glück hätte er das Haus jetzt für sich und ihm bliebe vor der Rückkehr seines Vaters noch genügend Zeit, seine Gedanken zu ordnen. Doch als er die Diele betrat, kam ein nervenzerfetzender schriller Schrei aus dem Wohnzimmer.

»Ogottogottogott. Er hat mich verhext. Ich bin behext worden. Ogottogott.«

Hexerei war hier nicht nötig, wenn man lauschen wollte. Die Tür war nicht mal geschlossen.

»Reiß dich zusammen.« So barsch hatte er Marisa noch nie reden hören. »Dir fehlt überhaupt nichts.«

»Ich bin in tödlicher Gefahr! Das sind wir alle. Wir sind nicht sicher hier.«

Philomena begann zu jammern, es hörte und hörte nicht auf und wurde immer lauter. Dann klatschte eine Hand auf Fleisch, und geschockte Stille folgte, in die Marisa blaffte: »Hysterie nützt hier gar nichts. Nein, wirklich in Gefahr ist nur unsere gesellschaftliche Stellung. Und das nach all der Zeit und Arbeit, die ich in diese Familie investiert habe, ganz zu schweigen von Ashtons Karriere. Kampflos gebe *ich* nicht auf.«

»Aber Daddy …«

»Dein Vater hat jetzt ein neues Leben und eine neue Familie. Das hat er ganz klar gemacht. Und wenn du ihm oder sonst irgendjemandem auch nur ein Wort verrätst, ist Hexerei deine geringste Sorge. Hast du mich verstanden?«

»Aber …«

»Ob du mich verstanden hast?«

»Ja, klar, klasse, ist ja auch egal.«

Philomena rauschte aus dem Zimmer. Beim Anblick von Lucas schreckte sie zurück und legte sich die Hände schützend um den Hals. Ihre Lippe zitterte.

»Hexe«, flüsterte sie mit zitternder Stimme und weit aufgerissenen Augen.

»Drama Queen«, gab Lucas zurück. Darauf folgte das für sie typische Kopf-Zurückwerfen, dann stürmte sie die Treppe empor.

Marisa kam bald danach aus dem Zimmer. Wenn es ihr peinlich war, ihren Stiefsohn hier anzutreffen, zeigte sie es nicht.

»Nun«, sagte sie ruhig zu ihm, »das ist ja eine schöne Bescherung, was?«

Er nickte befangen. »Es … tut mir leid.«

»Das glaube ich dir gern.« Sie lächelte kurz und angespannt, ehe sie den Flur hinunterging. »Und ich genehmige mir jetzt einen Drink.« Ihre Stimme war wieder ganz die der strahlenden Dame aus den besseren Kreisen, man hätte denken können, sie wären auf einer Cocktailparty.

Ein Drink, das hörte sich gut an. Die traditionelle Reaktion auf eine Katastrophe: sich völlig hemmungslos zu besaufen. Vielleicht sollte er das auch mal versuchen.

Aber Lucas hatte nicht mal genug Energie, sich vom Fleck weg zu bewegen. Der Spiegel in der Diele zeigte ihm einen Fremden mit dunklen Schatten um die Augen und der silbernen Strähne eines alten Mannes im Haar.

KAPITEL 10

»Nur ein Abendessen im Familienkreis«, hatte Onkel Charlie bei seinem Anruf am Sonntag gesagt. Glory hatte den Hörer so fest umklammert, dass ihre Fingerknöchel weiß wurden. »Kez quengelt, dass wir dich einladen sollen. Wir haben uns viel zu lange nicht gesehen.«

Jetzt war Montag und Glory saß im Bus nach Hampstead, unterwegs zur Höhle der Morgans. Dieses Mal war es ihre Handtasche, die sie im Würgegriff hielt. Als kleines Mädchen waren die Besuche bei ihren Morgan-Verwandten immer so etwas wie ein Ausflug nach Disneyland gewesen. Alles in ihrem Haus war funkelnagelneu. Die beiden Mädchen hatten jeweils ein Zimmer ausschließlich für Kleider und mehr Spielzeug, als irgendwer je zum Spielen brauchen konnte. Es gab ein Kino und ein Schwimmbecken und die Mahlzeiten kamen weder aus der Mikrowelle noch aus Dosen. Welche Rolle spielte es da, dass Candice ihr immer an den Haaren zog oder dass Skye über ihre geerbten Klamotten lachte? Ihr Vetter Troy trug sie huckepack durch den Garten und Onkel Charlie steckte ihr Zehn-Pfund-Scheine und Bonbons in die Tasche, wenn Tante Angel nicht guckte.

Die besten Besuche waren die zu besonderen Gelegenheiten wie Weihnachten, Ostern oder die Nacht der Scheiterhaufen, wenn das Haus in Schwarz gehüllt war und sie für Guy Fawkes und die anderen Hexenmärtyrer beteten, während außerhalb der Hexenzirkel die Abbilder der Märtyrer bei Gartenpartys und Feuerwerk abgefackelt wurden. Der Abend von Allerheiligen war der ureigene Festtag der Hexenwelt. Er war ebenso geheim wie die Zusammenkünfte in der Nacht der Scheiterhaufen, aber man hatte viel mehr Spaß. Ein großes Festessen mit den Hexen der Zirkel und ihren Familien fand da statt, es wurde getanzt und man übertrumpfte sich gegenseitig mit Fae-Tricks.

Doch Glory hatte die Nase voll davon, die arme Verwandte zu sein. An Allerheiligen war sie in der Cooper Street geblieben und hatte mit Nates Clique Trinkspiele gespielt. Triefend vor Selbstmitleid war sie vor Mitternacht zu Bett gegangen. Und hatte wieder vom Brandgericht geträumt …

Alles war anders, seit ihr Fae eingesetzt hatte. Sie war kein kleines Mädchen mehr, das man tätscheln, hätscheln und dann wieder in der Versenkung verschwinden lassen konnte. Und sie würde sich auch nicht wie das Mädchen für alles im Hexenzirkel herumkommandieren lassen.

Was mochte Charlie wollen? Ob er ihr Geheimnis kannte? Selbst wenn Trish Warren die Sache mit der Migräne ausgeplaudert hatte, war das doch nicht mehr als eine vage Vermutung. Und bekanntermaßen war es schwer nachzuweisen, dass jemand Hexe war – sogar die Inquisition hatte da Schwierigkeiten. Als Hexe lernte man als Allererstes, wie man den Teufelskuss zum winzigsten Punkt schrumpfen ließ, und Hexentauchen gab auch nur über jene Aufschluss, die ihr Fae noch in derselben Stunde eingesetzt hatten. War das der Fall, führte anhaltendes, gewaltsames Eintauchen in kaltes Wasser zu einer verräterischen Verfärbung um Augen, Nase und Mund, so als würde der Teufelskuss unter der Haut heraussickern. Tante Angel und Kezia Morgan waren beide von der Inquisition getaucht worden und ohne Verfärbungen davongekommen, um dann triumphierend davon zu berichten. Für Oma Cora war es allerdings nicht so günstig gelaufen. Sie war eine von denen gewesen, die ertrunken waren.

Beim Gedanken an die Nadeln der Hexenstecher und das lange Untertauchen im eisigen Wasser zitterte Glory. Aber heutzutage waren die Methoden der Inquisition angeblich per Gesetz eingeschränkt. Im Gegensatz zu den Vorgehensweisen der Hexenzirkel.

Hör auf, sagte sie sich. Der Bus sauste die letzte Strecke des Weges entlang. *Du hast ja Verfolgungswahn.* Selbst wenn Charlie – und das war unwahrscheinlich – Verdacht geschöpft hatte, würde er zu diesem Zeitpunkt noch nichts versuchen. Er würde beobachten und abwarten – und seine Spione ausschicken. Indessen hatte Tante Angel einen Plan. Sie hatte Glory gesagt, sie solle ihr vertrauen und sich keine Sorgen machen. Heute Abend musste sie nur unschuldig tun und ihnen Zeit verschaffen, weiter nichts.

In der Cardinal Avenue waren ein Spitzenfußballer, ein paar Filmstars und ein russischer Ölmagnat zu Hause. Hinter stachelbewehrten elektronischen Toren führte eine breite Auffahrt zu der modernen Villa im römischen Landhausstil, deren blendend weißer Säulenvorbau sich vom hellen Rot der Ziegel abhob.

Ein Hausmädchen ließ Glory in das marmorgeflieste Foyer ein. Es war zwei Stockwerke hoch, die Wände waren mit Spiegeln behängt und von glitzernden Kronleuchtern beleuchtet. Ein breiter Treppenaufgang, gerahmt von gläsernen Doppeltüren, nahm die gegenüberliegende Wand ein. Die Eingangshalle war der einzige Teil des Interieurs, der sich seit Glorys Kindheit nicht dramatisch verändert hatte. Damals hatte das Dekor ziemlich viele Gemeinsamkeiten mit ihrem Barbie-Traumschloss gehabt. Seither waren die rosa Satinvorhänge und goldenen Statuen von minimalistisch anmutendem gebürstetem Stahl, schwarzem Leder und hellem Holz ersetzt worden.

Das Hausmädchen ließ Glory wissen, dass Mrs Morgan einen Anruf zu tätigen hatte und in Kürze bei ihr sein würde. Allerdings befinde Miss Skye sich im Wohnzimmer – wenn sie bitte so gut sein würde durchzugehen.

Glory trat durch die Türen links von der Treppe in das am wenigsten formelle der drei Wohnzimmer ein. Wie in der Cooper Street wurde der Wohnraum von einem schwarzen Ledersofa und einem Großbildfernseher beherrscht, aber damit endeten die Übereinstimmungen auch schon. Dieses Sofa war butterweich und groß wie eine Limousine. Der weiße Teppich sah aus, als hätte ihn noch nie ein Fuß betreten. Eine Schiebetür hinten führte zu einem glitzernden Innenpool, in dem jemand seine Bahnen zog, gedämpft vom Glas war das Schwappen von Wasser zu hören.

Skye lackierte sich ihre Nägel vor dem Fernseher. Als Glory hereinkam, schaute sie hoch und kniff die Augen zusammen. »Was willst du denn hier?«

»Dein Dad hat mich eingeladen.«

»Oh. Na, ich geh aus.«

So viel zum Essen mit der Familie. Skyes ältere Schwester Candice würde auch nicht da sein, für die nächsten zwei Monate saß sie in ihrer amerikanischen »Gesundheitsoase« fest.

»Schade.«

»Hm.« Skye gähnte. »Ist ja ewig her, seit ich dich zuletzt gesehen habe. Viel los bei dir?«

»Eigentlich nicht. Alles wie immer.«

Ihre Cousine schien zu schwanken, ob sie sich darüber freuen oder sie bedauern sollte. Mit neunzehn Jahren hatte sie ihre teure Ausbildung ohne nennenswerte Qualifikationen, aber gut vernetzt beendet. Und abhängig davon, mit wem sie gerade ausging (Model/Schauspieler/DJ), bezeichnete sie sich als »in der Mode-/Film-/Musikbranche tätig«.

Small Talk beendet, Skye widmete sich wieder ihren Nägeln. Sie glitzerten golden, passend zu ihrem Schmollmund. Ihre gebräunte Haut war nur eine Nuance heller als ihr Haar und glänzte beinahe genauso. Sie trug ein orangerotes Minikleid, tief ausgeschnitten, damit ihre quellenden Plastikbrüste auch zur Geltung kamen.

Glory hatte sich ebenfalls mit Sorgfalt gekleidet. Kriegsbemalung, hatte sie gedacht, als sie ihre Wimpern borstig schwarz und ihre Lippen kühn rot gefärbt hatte. Neben Skye fühlte sie sich allerdings blass. Glanzlos. Öde. Aus Sicherheitsgründen hatte sie einen Rollkragenpullover angezogen, und so nervös, wie sie schon war, spürte sie, wie der Teufelskuss sich unter dem eng anliegenden lila Stoff ausdehnte.

Ich hab was, was du nicht hast, sagte sie in ihrem Kopf zu Skye, *und mehr als das werde ich nie brauchen*. Dieser Gedanke wäre noch befriedigender gewesen, wenn Skye sich irgendwas aus dem Fae gemacht hätte. Doch warum sollte jemand wie sie zum Hexenvolk gehören wollen? Das wäre für sie doch nur ein Klotz am Bein. Kein Wunder, dass ihre Schwester in der Entzugsklinik gelandet war.

Mit einem schwappenden Geräusch entstieg der Schwimmer dem Pool. Es war Troy, ging Glory auf. Er machte die Schiebetür auf und blieb tropfend im Eingang zum Wohnzimmer stehen. Hinter ihm wogte das Wasser sanft und unglaublich blau im blanken Becken.

»Hallo, Cousinchen. Lange nicht gesehen. Gut siehst du aus.«

Zu ihrem Verdruss stellte Glory fest, dass sie rot wurde. Tante Angels Bemerkung über das Heranzüchten von Hexenbabys war ihr wieder eingefallen.

Früher, als sie noch jünger gewesen waren, war Troy immer netter gewesen als seine Schwestern. Sie hatte sich sogar mal gewünscht, dass er auch ihr großer Bruder wäre. Das war jetzt schwer nachvollziehbar. Zwar waren seine kantigen Züge, die breiten Schultern und sein rotbraunes Haar nicht unattraktiv, doch sowohl sein Gesicht als auch sein Auftreten waren härter geworden. Andere Männer im Zirkel gaben gern an, doch Troy war zurückhaltend. Unruhig und wachsam. Er wirkte älter, als er eigentlich war – und einundzwanzig, fand Glory, war wirklich schon jenseits von Gut und Böse.

»Kannst du nicht irgendwo anders abtropfen?«, maulte seine Schwester. »Es gibt schließlich einen Umkleideraum.«

»Ja, und da stapelt sich dein Mist.«

Troy knotete sich ein Handtuch um die Hüften und schlenderte langsam, nasse Fußabdrücke hinterlassend, durch den Raum. Als er die Tür erreicht hatte, kamen seine Mutter und sein Vater gerade herein, und gleichzeitig klingelte Skyes Telefon, ihr Taxi war da. Alle wurden in den Trubel von Ankunft, Abfahrt und Erklärungen verwickelt. Und mittendrin spürte Glory das Gewicht von Onkel Charlies Arm auf ihren Schultern. Ehe sie sich versah, wurde sie auch schon in sein Büro gescheucht. »Ein kleines Gespräch vor dem Essen«, sagte er dröhnend munter.

»Wir essen in einer Viertelstunde«, rief seine Frau ihnen hinterher. Drahtig und abgebrüht wie sie war, konnte Kezia ziemlich Eindruck machen, wenn sie es darauf anlegte. Sie hatte Roma-Blut und wie allgemein bekannt lag das Auftreten des Fae bei Zigeunern über dem Durchschnitt der allgemeinen Bevölkerung. Heute Abend jedoch hatte sie einen leichten Ton angeschlagen, sie wirkte berechnend. Glory schaute sich um und sah Troy und seine Mutter auf der anderen Seite des Foyers stehen und sie beobachten.

Mit dem schweren, dunklen Holz und den Samtpolstern hatte das Büro von Charlie Morgan etwas Majestätisch-Beklemmendes. Die Wände waren mit Familienfotos behängt, dazu noch mit einigen Aufnahmen von seiner Jacht, der Queen Kezia – und seiner Villa in Spanien. Sogar ein seltenes Bild von seinem Vater Fred war hier zu finden, einem kleinen Auftragskiller, der die letzten zehn Jahre seines Lebens im Gefängnis verbracht hatte – mehr oder weniger vergessen von Lily und ihren Kindern.

Charlie öffnete einen Barschrank. »Was ist dein Gift?«

»Ich will nichts, danke.«

Glory setzte sich auf einen der Polstersessel. Sie achtete darauf, nicht herumzuzappeln, und bemühte sich um einen angenehmen, unverdächtigen Eindruck. Um sich abzulenken, richtete sie den Blick auf das Bildnis einer Wassernymphe, ein Gemälde aus dem 19. Jahrhundert, das über dem Schreibtisch hing. Das Mädchen badete in einem Teich, ihre perlweiße Nacktheit setzte sich von dem dunkel erblühenden Teufelskuss über ihrer linken Brust ab. Es war ein sentimentales Bild, doch ebenso wie Pornografie durften auch künstlerische Darstellungen des Fae nicht öffentlich gezeigt werden. Sogar private Sammler mussten mit Zensur durch das Amt für kulturelle Integrität der Inquisitionsbehörde rechnen.

Indessen schenkte Charlie sich einen Whisky ein und prostete ihr mit erhobenem Glas zu. »Schön, dass wir dich mal wieder in die Klauen bekommen.« Die Zähne, die er beim Lächeln zeigte, waren ebenso strahlend weiß wie die Säulen vor seinem Haus. Seine schütteren Haare waren rötlich, seine Augen eisig blau. Glory sah direkt hinein und lieferte ihm ihr bestes Lächeln.

Ein Mann wie Charlie Morgan brauchte das Fae nicht. Sein Siebter Sinn war auf die Ängste anderer Menschen ausgerichtet, auf ihre Gier, ihre Hoffnungen und Wünsche – alles, was sie verletzlich machte und er ausbeuten konnte. Das war die wahre Quelle seiner Macht. Jetzt hatte er natürlich auch noch Reichtum und Einfluss zur Unterstützung. Und einen gewissen Charme, obwohl sein Gesicht vom guten Leben fleckig und speckig geworden und die einst muskulöse Gestalt aus dem Leim gegangen war.

»So … dann erzähl mir mal, was es Neues gibt«, sagte er. »Jungs, Schule, Familie – was läuft?«

»Nicht viel. Immer dasselbe.«

»Trittst auf der Stelle, was? Na, früher oder später wird sich das ändern. Immerhin könntest du jetzt von einem Tag auf den anderen zur Hexe werden.«

»Jaja, ich bin das Warten langsam leid.« Glory versuchte, ihre Nervosität zu ihrem Vorteil zu nutzen, indem sie ein besorgtes, unglückliches Gesicht aufsetzte. »Manchmal mache ich mir Sorgen … wenn die Zeit so dahingeht … Es ist ja nicht absolut sicher, dass ich das Fae bekomme, oder? Gewissheit gibt es nicht.«

»Mach dich bloß nicht fertig. Nicht mal ich bin mit dem Fae gesegnet, aber ich bilde mir ein, dass ich es genauso gut rausschnüffeln kann wie jeder x-beliebige Stecher von der Inquisition.« Er schaute ihr in die Augen und hielt ihren Blick fest. »Alle meine Instinkte sagen mir, es wird sich erweisen, dass du bis ins Mark Hexe bist.«

Sie schluckte. »Hoffen wir's.«

Onkel Charlie lehnte sich wieder im Sessel zurück. »Du bist ein schlaues Mädchen, Glory. Mumm hast du auch, wie deine Mutter. Und du weißt ja, wie viel meine Ma von ihr gehalten hat. War wie ihre eigene Tochter für sie, unsere Edie.«

Ja, dachte Glory. *Und als deine Mutter tot war, hast du meine im hohen Bogen aus dem Zirkel geworfen.* Doch sie sagte nur: »Familien sollten zusammenhalten.«

»Genau! Die Familie ist alles. Deshalb waren Kez und ich auch so stolz, als unsere Candice ihr Fae bekam – und wir waren am Boden zerstört, als sie krank geworden ist. Ihre

Behinderung könnte sie davon abhalten, ihre Gabe je nutzbringend einzusetzen.«

Behinderung, dachte Glory. *So nennt ihr das also.*

»Manchmal schlägt der Blitz ja zwei Mal ein. Oder sogar drei Mal – wie im Fall der Starling-Mädels. Aber ich muss den Tatsachen ins Auge sehen. Skye und Troy könnten immer noch das Fae bekommen, aber höchstwahrscheinlich wird das nicht geschehen.«

Glory hatte das hässliche Gefühl, dass sie wusste, worauf das hier hinauslaufen würde.

»Troy hat auch so genug am Hals. Er entwickelt sich im Zirkel zu einem guten Boss. Und das ist gut so, denn keine meiner beiden Prinzessinnen zeigt viel Sinn fürs Geschäft.« Er wiegte nachsichtig den Kopf. »Ich hab sie zu sehr verwöhnt, da gibt's kein Vertun … Und wie ist das bei dir? Wirst du sehr in die Geschäfte der Cooper Street eingebunden?«

Sein entspannter Tonfall hatte sich nicht verändert, aber Glorys Nerven waren auf höchster Alarmstufe. »Ich halte mich auf dem Laufenden«, sagte sie vorsichtig. »Tante Angel bindet mich ein, wo sie kann.«

»Das höre ich gern. Es ist eine verdammte Schande, dass Angelines Tage als praktizierende Hexe zu Ende gehen. Wenn sie abtritt, ist eine Ära zu Ende.« Bedauerndes Seufzen. »Aber ich habe das Gefühl, dass du für Größeres bestimmt bist als für die Cooper Street – egal, ob du nun Hexe wirst oder nicht.« Er beugte sich vor. »Und deshalb bitte ich dich um Hilfe.«

So, nun ging es endlich zur Sache.

»Wie meinst du das?«

»In deinem Zirkel sind die Einnahmen gesunken, und ich will wissen, warum.«

Als Gegenleistung für die gemeinsame Nutzung von Kontakten und Territorium und für das Prestige ihrer Allianz kassierte der Wednesday-Zirkel einen Anteil von den Profiten der Cooper Street. Es war eine in jeder Beziehung ungleiche Partnerschaft. Die Wednesdays verdienten Millionen mit Geldwäsche, Betrug, Drogenhandel, Erpressung und Überfällen, während die Cooper Street sich mit Dingen wie Raubkopien von DVDs, Online-Betrug und dem Diebstahl persönlicher Daten den Lebensunterhalt zusammenkratzte.

Glory brachte ein Achselzucken zustande. »Unsere Oberhexe ist alt und klapprig, unser Boss ein Säufer und sein Sohn ein Nichtsnutz. Das Geschäft ist nicht mehr, was es einmal war.«

»Hm. Und was war das mit dem Überfall auf das Depot von Bishops Green? Und diesen vom Lastwagen gefallenen Designeruhren, die zu Weihnachten so ein tolles Geschäft waren? Da hätte doch was für eure Sparschweine übrig sein müssen. Aber die Zahlen stimmen nicht.«

Beim Stichwort Zahlen überfiel Glory eine neue Angst. »Mein Dad führt unsere Bücher. Und er betrügt nicht.« Ihr Gesicht wurde ganz heiß. »Bevor ich das glaube, lasse ich mich verbrennen.«

Beruhigend hob Charlie die Hand. »Dein Dad ist so ehrlich, wie man nur sein kann. Aber Patrick führt nur die Barbeträge und so weiter auf, die man ihm auf den Tisch legt. Wenn ein Stück vom Kuchen verloren geht, erfährt er es gar nicht.«

»Bist du sicher, dass jemand die Profite abschöpft?«

»Frank ist es jedenfalls. Er hat mir die Bücher gezeigt. Wohlgemerkt, Vince hab ich nichts davon gesagt. Noch nicht.«

Frank und Vince waren Charlies Brüder. Frank kümmerte sich um die finanziellen Angelegenheiten des Zirkels. Vince war derjenige, der je nach Weisung bedrohte, verstümmelte und tötete – der Mann, von dem selbst die hartgesottenen Burschen im Zirkel nur im Flüsterton sprachen. Er war auch der einzige Morgan-Bruder, der je gesessen hatte. Glory hatte ihn schon eine ganze Weile nicht mehr gesehen.

Sie begriff, welche Drohung mit der Erwähnung seines Namens verbunden war. Dass Vince Morgan die Nase in ihre Geschäfte steckte, wollte keiner. Sie begriff auch, dass Geld hier nicht das eigentliche Problem war. Ganz gleich, welchen Anteil die Wednesdays auch von den Einnahmen der Cooper Street abzogen, für einen Mann wie Charlie Morgan war das nichts weiter als Kleingeld. Hier stand sein Ruf auf dem Spiel. Ihn zu betrügen bedeutete, ihm den Respekt zu versagen, und Respekt war alles in der Welt der Hexenzirkel.

»Ich bin ein vielbeschäftigter Mann«, fuhr Charlie fort. »Die Inquisition schwirrt um uns herum wie ein Haufen Fliegen, ich muss mich mit Bradley Goodwins Prozess herumschlagen und hab noch zehn andere Sorten Ärger an der Backe. Das heißt aber nicht, dass ich weich werde. Weit gefehlt. Wenn in der Cooper Street also was faul ist, dann möchte ich, dass du es rausfindest.«

»Du willst mich zur Informantin machen.«

Onkel Charlie guckte gequält. »So würde ich das nicht

formulieren. Was wir haben, ist eine ganz besondere Beziehung. Unsere Zirkel sind ebenso durch Blutsbande wie durch geschäftliche Beziehungen miteinander verbunden und – wie du schon sagtest – Familien sollten zusammenhalten. Stimmt's?«

»Stimmt.«

»Das ist mein Mädchen! Ich vertrau auf dich, Glory. Und ich hab auch Pläne für dich … große Pläne. Und jetzt hast du Gelegenheit, mir zu zeigen, wozu du fähig bist.«

Seine Zähne blitzten strahlend.

Da es ein zwangloses Abendessen war, aßen sie in der Küche, einer sterilen Weite aus schwarzen Marmorflächen und Mattglasschränken. Kezia und Troy standen am Herd, als Glory hereinkam. Offenbar hatte er sie gerade mit irgendwas aufgezogen, denn sie tupfte ihm Soße auf die Nase. Das war so ein kleiner Moment zwischen Mutter und Sohn, bei dem Glory einen neidischen Stich verspürte. Sie drehte sich um und konzentrierte sich darauf, die topmodernen Küchengeräte zu verachten.

Obwohl Kezias Stellung als Oberhexe eine Vollzeitbeschäftigung war und sie ein Heer von Hausangestellten zur Verfügung hatte, gehörte es zu ihrer Tarnung, die Rolle der traditionellen Hausfrau zu spielen. Alle vier setzten sie sich zu Schweinebraten mit sämtlichen Beilagen, gefolgt von selbst gemachtem Trifle, an den Tisch. Charlie war in Topform, gab grobe Witze und Zirkeltratsch zum Besten und schenkte allen nach.

Für Glory war es unmöglich, sich zu entspannen. Das Gespräch im Büro war so eine aalglatte Mischung aus

Schmeicheleien und versteckten Drohungen gewesen, dass sie nicht recht wusste, was davon zu halten war. Und die Aufgabe, die Charlie ihr gestellt hatte … Vielleicht war ja wirklich jemand in der Cooper Street so blöd zu versuchen, Charlie übers Ohr zu hauen. Möglicherweise hatte er das Ganze aber auch nur erfunden, um Ärger zu machen.

Jeder fette, schwere Mundvoll blieb ihr unverdaulich im Magen liegen. Wein mochte sie ohnehin nicht, und dieser war sauer, dabei hatte die Flasche wahrscheinlich mehr gekostet, als die meisten anderen Leute für eine ganze Kiste ausgaben. Ihr war zu heiß und der Kopf tat ihr weh.

Dann war es endlich vorbei. Als sie aufstand und sich bedankte und verabschiedete, stand Troy auch von seinem Platz auf. »Ich fahr dich nach Hause, muss sowieso in die Richtung.«

Glory konnte es kaum glauben. So schnell würde sie also nicht entkommen.

Die Garage des Anwesens beherbergte einen Bentley-Oldtimer und eine Reihe von Sportwagen, die aussahen wie Kampfjets. Im Vergleich dazu nahm sich Troys Mercedes eher bescheiden aus.

Die ersten paar Minuten der Fahrt verbrachten sie schweigend. Glory waren Troys prüfende Blicke während des Essens nicht entgangen, und beim Warten vor der Ampel an der Baustelle am Blythe Hill bemerkte sie, dass er sie wieder anschaute.

»Was guckst du? Hab ich Rotz an der Backe oder was?«

»Kleine Kratzbürste, was? Vielleicht genieß ich ja bloß den Anblick.«

Glory wusste nicht, worüber sie sich mehr ärgern sollte, über das »klein« oder die Bemerkung, die darauf folgte. Aber er hatte das so trocken gesagt, dass sie beschloss, es durchgehen zu lassen.

»Und wie läuft's so an der Uni?«, fragte sie, teils, weil sie das Thema wechseln wollte, teils, weil es sie wirklich interessierte, wie Troy das Leben als Student und Examenskandidat der Wirtschaftswissenschaften mit dem des künftigen Bosses eines Hexenzirkels unter einen Hut kriegte.

»Ganz gut. Stress macht nur das Zeugs zu Hause. Mum rauft sich die Haare wegen Candice. Dad meint, dieser neue Entzug wird's schon richten, aber …« Er zuckte die Achseln. »Er will's nicht wahrhaben. Als Candice ihr Fae bekam, ist sie auf eine Sauftour gegangen, die drei Wochen dauerte. Und man hatte nicht das Gefühl, dass sie es gefeiert hat. Sie hat nie eine Hexe sein wollen. Zu viel harte Arbeit. Na, egal, Dad will ja nicht mal eingestehen, dass sie ein Problem hat, und das macht Mum wahnsinnig.«

Interessant. Tante Angel meinte, Kezia würde zwar nur über durchschnittliche Fähigkeiten verfügen, aber sie sei eine schlaue Geschäftsführerin. Musste sie auch sein, denn eine Oberhexe dirigierte alle auf Fae basierenden Transaktionen des Zirkels, angefangen bei schlichter Hexerei und dem Herstellen von Talismanen bis zu komplexeren Arbeiten wie zum Beispiel dem Verhüllungszauber, der das Aussehen eines Menschen veränderte, und dem Illusionszauber, der bei Schmuggel und Betrug eingesetzt wurde. Die große Beschränkung, die Zirkelhexen auferlegt war, bestand darin, dass sie ihr Fae nicht für Gewalttaten nutzen durften. Ein normaler Krimineller, der des

Mordes überführt wurde, kam ins Gefängnis – eine Hexe auf den Scheiterhaufen.

Wahrscheinlich war Kezias und Charlies Bund fürs Leben eher eine arrangierte Ehe gewesen als eine Liebesheirat. Kezia hatte ihre Sache gut gemacht. Eine Oberhexe war eine mächtige Figur im Zirkel und stand in vielerlei Hinsicht auf gleicher Stufe mit dem Boss. Aber die Ehefrauen im Zirkel fügten sich immer ihren Männern. Wenn sie keine Hexerei betrieb, blieb Kezia zu Hause und gab die treue Ehefrau und Mutter. Währenddessen erteilte Charlie die Befehle, pflegte die Kontakte, machte die Geschäfte … und ging mit seinen zahlreichen Freundinnen fremd. Ob Mrs Morgan wohl mit dem zufrieden war, was sie sich eingehandelt hatte?

»Mum hofft immer noch, dass bei mir oder Skye das Fae einsetzt«, fuhr Troy fort, »allerdings ist das bei Skye wohl wahrscheinlicher, weil sie ein Mädchen ist. Für mich würde das nur Ärger bringen. Der Boss sollte der Mann sein, der in der Öffentlichkeit steht, die Oberhexe die Macht hinter dem Thron. Man muss die Verantwortungsbereiche aufteilen. Wenn man beide Rollen miteinander verknüpft, wird das Leben nur kompliziert.«

»Deine Oma Lily hat es geschafft.«

»Seitdem hat sich vieles verändert. Und Oma Lily war ein Sonderfall.«

Glory dachte an die drei blonden Schwestern auf dem Foto und lächelte, obwohl sie das gar nicht wollte. »Weil sie ein Starling-Mädel war.«

»Ja … Wo kann ich wohl so eins herkriegen, frag ich mich?«

Wieder spürte sie seinen Blick. Jetzt war sie sicher, dass Angeline mit Charlie Morgans Plänen für die Erbfolge recht gehabt hatte. Er und Troy und Kezia hatten wahrscheinlich schon darüber geredet. Vor Wut und Ekel verknoteten sich ihre Eingeweide.

Endlich hatten sie die Abzweigung zur Cooper Street erreicht. »Heimat, süße Heimat«, sagte Troy, als er am Straßenrand hielt. »Gott. Ich hatte ganz vergessen, was das für eine Bruchbude ist.«

»Es ist *meine* Bruchbude, wenn du nichts dagegen hast.« Glory tastete nach dem Türhebel, doch Troy hielt sie am Arm fest und zog sie zurück auf den Sitz. Seine schmalen grünen Augen waren ganz auf sie fixiert.

Wenn er irgendwas versucht, dachte sie, dann kriegt der was auf die Nuss.

Doch anscheinend hatte Troy was anderes im Sinn. »Hör zu. Ich weiß, dass Dad dich gebeten hat, die Ohren aufzuhalten. Ich weiß auch, dass er nicht gerade pflegeleicht im Umgang ist. Wenn du dir also nicht ganz sicher bist bei dem, was du rauskriegst, kannst du die Sache ruhig erst mal mir erzählen.«

»Sehr nett, aber ich bin sicher, ich krieg das schon hin.«

»Das hoffe ich«, sagte er ernst. »Die Zeiten sind schwer, Glory. Die Inquisition fährt immer heftigere Geschütze auf und wir stehen vor ganz neuen Herausforderungen. Dad will es nicht zugeben, aber wenn der Goodwin-Prozess nicht so läuft, wie wir wollen, wird das ein schwerer Schlag für den Wednesday-Zirkel.«

»Nicht mein Problem.«

»Mach dir nichts vor. Die beiden …«

Sie machte die Tür auf. »Ich weiß, ich weiß. Blutsbande plus Geschäftsbeziehung gleich eine ganz besondere Beziehung.«

»Pass du nur auf dich auf, Glory.«

Das war eher eine Warnung als ein Abschiedsgruß.

Bei Tante Angel brannte Licht, aber Glory war nicht in der Stimmung für eine Einsatznachbesprechung. Deshalb beschloss sie, sich via Nummer sieben nach Hause zu schleichen. Es war erst zehn, aber sie war hundemüde. Vom Rumstaksen auf den Stilettos taten ihr die Füße weh.

»Hallo, Kleine.« Nate saß auf der Treppe von Nummer acht und rauchte. »Hast dich wohl mit deinen reichen Verwandten amüsiert, was?«

»Nicht wirklich.«

»Na, hier hättest du was erleben können. Dad hat sich im Anker volllaufen lassen und mit ein paar Punks aus der Siedlung Zoff angefangen. Earl und ich konnten ihn gerade noch abschleppen, bevor die Bullen kamen.«

»Ist er okay?«

»Glaub schon. Liegt wahrscheinlich irgendwo in seiner eigenen Kotze. Wen interessiert das schon?«

Nates Mutter, Lola, hatte vor zwei Jahren die Geduld verloren und war gegangen. Sie kam nur zu Besuch, um Geld zu schnorren oder wenn der Zirkel ihr einen Gefallen tun sollte. Als Glory das einfiel, überkam sie ein plötzliches Mitgefühl. »Vielleicht sollten wir ihn in eins von diesen Entziehungsdingern schaffen.« Wie Candice Morgan – aber sie war so schlau, die vor Nate nicht zu erwähnen. »Therapie und so.«

»Und was soll das bringen?« Grübelnd saugte Nate an seinem Joint. »Der alte Mann ist fertig. Dein altes Hexentantchen pfeift auch auf dem letzten Loch. Wird Zeit, dass sie jemand anders ans Ruder lassen, der den Laden wieder auf Trab bringt.«

»Wenn man einen Zirkel führen will, muss man schon mehr draufhaben, als sich zuzudröhnen und hinter Mädchen her zu sein.«

»Ach? Und wie sieht dein Plan aus? Hast du vor, dich nach oben zu schlafen? Denn, ich muss schon sagen, das sah ganz schön kuschelig aus mit dir und Troy da hinten im Auto.«

»Hex ab, Nate.«

Glory riss die Tür von Nummer sieben auf. »Eines schönen Tages wirst du dich entscheiden müssen, auf wessen Seite du stehst«, rief er hinter ihr her.

Im schmalen Flur holten die angestauten Spannungen des Abends sie schließlich ein und sie fing an zu zittern. Sie atmete schnell und flach. Mehr, als das Fae zu bekommen, hatte sie sich nie gewünscht. Ihr größter Wunsch war in Erfüllung gegangen. Und doch hatte sie sich noch nie so in der Falle gefühlt.

KAPITEL 11

Die vier wichtigsten Unterabteilungen der Inquisition waren das Referat für Hexenverbrechen, das Büro für Hexenassimilation, der Geheimdienst (zur Überwachung) und die Behörde des Inquisitionsgerichts. Das Büro für Hexenassimilation war zwar die größte der Einrichtungen, doch jedermann wusste, dass dort nur Inquisitoren arbeiteten, die für einen Einsatz an anderer Stelle entweder nicht klug oder nicht ehrgeizig genug waren. Sonst hätte Jonah Brannings stetiger Aufstieg in den Rängen der Behörde vom kleinen Verwaltungsbeamten bis zum Oberhexenwart vermutlich mehr Aufmerksamkeit erregt.

Abgesehen von den Ein-Herz-für-Hexen-Witzen mochte Jonah seine Arbeit und er hielt sie für wichtig. Sein Geheimnis – und er wusste, dass er sich dafür schämen musste – war, dass er sich als kleiner Junge wirklich gewünscht hatte, dass er den Siebten Sinn bekam, bis sein Vater ihn bei dem Versuch, ein Amulett herzustellen, erwischt und ihm eine solche Ohrfeige verpasst hatte, dass er laut aufgejault hatte. Noch heute bereitete es ihm manchmal Kopfzerbrechen, dass sein Interesse an Hexerei vielleicht nicht ausschließlich professionell sein könnte. In der Inquisition bezeichnete man das Fae als eine Anlage, nicht als Fähigkeit – und ganz bestimmt nicht als Gabe. Aber Jonah hatte nie aufgehört, darüber zu staunen.

Und dann war dieser Anruf gekommen, am späten Montagabend, und er war in das Büro seines Abteilungsleiters gerufen worden. »Das hier ist eine streng geheime Angelegenheit«, hatte sein Chef warnend gesagt, bevor er die Bombe mit dem Stearne-Jungen zum Platzen gebracht hatte.

Jonah bewunderte den Oberstaatsanwalt sehr. Seine Fähigkeiten im Gerichtssaal waren legendär, ebenso wie die Prozesse, die er gewonnen hatte. Der tragische Mord an seiner Frau hatte ihm noch mehr Autorität und Würde verliehen, das mussten sogar seine Gegner anerkennen. Und jetzt erzählte der Chef Jonah, dass Ashton Stearnes einziges Kind, der Erbe von zwölf Generationen Inquisitionsadel, eine Hexe war. Und eine mächtige obendrein: Typ D. Er war am Morgen eingeschätzt worden.

Auf diese Nachricht folgte der zweite Schock des Abends: »Wir möchten Sie, Jonah, zu seinem Aufseher bestimmen.«

Jonah stammelte etwas wie, dass er noch zu jung und unerfahren sei. Sein Chef winkte ab.

»Ich habe die Angelegenheit bereits mit Ashton besprochen. Er meint, und da stimme ich ihm zu, dass es Lucas guttun würde, wenn seine Aufsichtsperson nicht wesentlich älter ist als er. Wichtiger jedoch ist, dass Ihre Personalakte in dieser Abteilung nur Vorbildliches enthält. Sie entwickeln sich zu einem verdammt guten Beamten.« Der Chef nickte anerkennend. Jonah wurde rot. »Wir wollen uns nichts vormachen, das wird ein schwieriger Fall. Lucas' Alter ist ebenso ungewöhnlich wie seine Anlage. Und dann sind da noch seine Familiengeschichte und die gesellschaftliche Stellung …«

Der Chef erklärte, Lucas Stearne werde in der zugangsbeschränkten Abteilung der Nationalen Datenbank für Hexenwesen registriert werden. Seine Akte würde bei den Unterlagen der Hexenagenten im Geheimdienst und anderen vertraulichen oder sensiblen Fällen gelagert werden – jedoch unter einem anderen Namen. Bis zum Abschluss des Goodwin-Prozesses konnten sie nicht riskieren, dass Informationen über seinen Zustand an die Öffentlichkeit drangen. »Außer uns und der Familie Stearne wissen nur vier Personen davon. Sir Anthony persönlich, Commander Saunders vom Referat für Hexenverbrechen, der Inquisitor, der Lucas' Einschätzung vorgenommen hat, und der Wachmann, der dabei für die Sicherheit zuständig war. Und im Augenblick beabsichtigen wir, es dabei zu belassen.«

Das war alles ausgesprochen regelwidrig. Zunächst einmal hätten zwei Inquisitoren bei der Einschätzung des Jungen anwesend sein müssen. Und Jonah fragte sich, welche anderen Punkte des Protokolls wohl noch unbeachtet geblieben waren. »Ich fürchte, ich verstehe das nicht ganz …«

»Ich bin mir sicher, dass Sie sich der Bedeutung des Goodwin-Prozesses in unserem Kampf gegen die kriminellen Aktivitäten der Hexenzirkel bewusst sind. Ashtons Rolle als Ankläger darf durch nichts unterminiert, die Verhandlung auf keinen Fall gestört werden. Aus diesem Grund haben wir uns darauf verständigt, der Öffentlichkeit Informationen über den Zustand seines Sohnes bis zur Beendigung des Verfahrens vorzuenthalten. Danach wird Ashton eine Erklärung zu Lucas' Fae abgeben, in Verbindung mit der seines Rücktritts – und dann wird alles dem üblichen Ablauf folgen.«

Jonah war noch nicht überzeugt. »Wird das Timing denn keinen Verdacht erwecken, Sir? Man könnte uns doch immer noch Vertuschung vorwerfen.«

Der Chef zuckte mit den Schultern. »Solange es vor Gericht zu einer Verurteilung von Bradley Goodwin kommt, wird niemand deswegen Ärger machen. Ich befürchte allerdings, dass Ashtons Ausscheiden ganz andere Folgen nach sich ziehen wird … Aber darüber müssen Sie sich nicht den Kopf zerbrechen, Branning. Ihre einzige Sorge ist es, sicherzustellen, dass der Stearne-Junge sich zu einer gesetzestreuen, gut angepassten Hexe entwickelt.«

»Ja, Sir. Selbstverständlich, Sir.«

Der Chef klopfte ihm auf die Schulter. »Guter Mann. Der junge Lucas wird zweifellos sehr dankbar für Ihre Unterstützung sein.«

* * *

Diese Worte versuchte Jonah im Gedächtnis zu behalten, als er am Mittwochmorgen zum Haus der Stearnes unterwegs war. Der Akte zufolge war Lucas intelligent, in hohem Maße leistungsfähig und angenehm im Umgang. Aber der Junge würde in einem traumatisierten, potenziell labilen Zustand sein. Jonah würde die Dinge sachte angehen müssen.

Das Haus war so eindrucksvoll, wie er erwartet hatte – inklusive eines wichtigtuerischen Wachmannes vor der Tür. Mit einem gewissen Bammel überlegte er, ob der Oberstaatsanwalt wohl auch zu Hause war. Ashton Stearne verkörperte den Typus des elitären Beamten, dem Jonah nacheiferte, dem er jedoch nicht ganz traute. Die meisten Inquisitoren von Jonahs Rang oder höher waren privat erzogen worden und brachten das diesem Privileg entsprechende Selbstvertrauen mit. Dieses Selbstvertrauen fehlte Jonah, aber ohne Ehrgeiz war er nicht. Er wusste, dass ein Fall wie Lucas Stearne über das Wohl und Wehe seiner Karriere bestimmen konnte.

Das machte es nicht leichter, einen kühlen Kopf zu behalten, als der Oberstaatsanwalt ihm persönlich die Tür öffnete. Jonah verhaspelte sich bei seiner Vorstellung. »Ich habe Gutes von Ihnen gehört, Officer Branning«, unterbrach ihn der Oberstaatsanwalt und fixierte ihn mit seinem berühmten stahlblauen Blick. »Hier entlang. Mein Sohn wartet in der Bibliothek.«

Lucas Stearne fläzte sich in einem Sessel vor dem Kamin herum. Als Jonah ins Zimmer kam, erhob er sich halb und reichte ihm eine schlaffe Hand. Beim Händeschütteln gelang es Jonah, einen Blick auf die Handschellen unter den Manschetten des Jungen zu werfen. Zehn Zentimeter, wie es für einen Typ D angemessen war. Lucas musterte Jonah geschwind, er registrierte das langweilige sommersprossige Gesicht, die sandfarbenen Haare und den breiten Unterkiefer. Auf seinem Schlips war ein Fleck, weil er seinen Kaffee verkleckert hatte. Lucas musterte diesen Fleck geringschätzig.

Vorsichtig setzte Jonah sich auf den zerbrechlich wirkenden Stuhl, der für ihn bereitstand. Wahrscheinlich ein antikes Stück. Die Wände waren voll verblasster Drucke und in Leder gebundener Bücher mit vergoldeten Rücken. Eine Frau mit traurigen Augen blickte vom Kaminsims herab.

»Meine Mutter«, ließ Lucas ihn wissen. »Sie wurde ermordet.«

»Ja. Das tut mir leid.«

»Wirklich? Sie haben sie schließlich nicht gekannt … Hexen sind ideale Attentäter. Sind irgendwelche von Ihren Fällen in ein kriminelles Hexenleben abgedriftet?«

»Nein.«

Spöttisch zog er eine Augenbraue hoch. »Dann wollen wir hoffen, dass ich Ihnen Ihre Erfolgsquote nicht verderbe.«

»Das wirst du sicher nicht tun.«

Jonah begann den offiziellen Text abzuspulen, den über Verpflichtungen, Verordnungen und Belohnungen.

Lucas bemühte sich kaum, sein Gähnen zu verbergen. »Wie alt sind Sie?«, unterbrach er ihn.

»Ich bin dreiundzwanzig.«

»Und schon in leitender Position … Waren Sie im Eliteprogramm?«

»Nein.«

»Sie waren also auf keiner Universität?«

»Nein.«

»Ist ja komisch. Das hatte ich mir schon gedacht.«

Als Jonah sechzehn war, war seine Mutter krank geworden. Da sein Vater daraufhin Sonderschichten in der Autofabrik übernehmen musste, hatte Jonah Unterricht geschwänzt und war zu Hause geblieben, um sie zu versorgen. Seine Mutter hatte sich wieder erholt, seine Zensuren dagegen nicht. Mit achtzehn war er mit einem mittelmäßigen Abgangszeugnis und einem Empfehlungsbrief vom Schuldirektor in das Büro für Hexenassimilation eingetreten. Aber nichts von alledem hatte irgendetwas mit Lucas Stearne zu tun.

Er lehnte sich vor. »Nun, es ist nie zu früh, über Karriereoptionen nachzudenken. Das Fae für den Dienst am Staate einzusetzen, kann sehr bereichernd sein. Dann ist da natürlich noch die Polizei, jemand mit deinen Fähigkeiten könnte sogar WICA in Erwägung ziehen. Das Militär rekrutiert ebenfalls. Und möglicherweise hast du auch davon gehört, dass das Landwirtschaftsministerium bei Saatgut und Viehzucht zunehmend in Unterstützung durch Hexerei investiert. Als Alternative zur Genmanipulation …«

»Eine Karriere im Kuhstall. Welche Inspiration.«

»Oder das Gesundheitswesen. Fortschritte in der Medizin haben zwar die Nachfrage nach Hexenheilern eingeschränkt, doch viele Krankenhäuser stellen immer noch welche ein. Soweit ich verstanden habe, wird das Fae eingesetzt, um Tod und Geburt zu erleichtern.«

»Und Sie meinen, ich könnte eine gute Hebamme abgeben?«

»Du könntest dich wiederum auch dazu entscheiden, weiterhin gezäumt zu bleiben. Eine nicht praktizierende Hexe kann in den meisten Bereichen eine Stellung finden. Nur nicht in der Politik und in der Kirche natürlich.«

»Oder in der Inquisition.«

Das klang immer noch spöttisch, aber Jonah konnte den bitteren Unterton heraushören. Er versuchte es auf einem anderen Kurs.

»Wie fühlen die sich an?«

Er zeigte auf die eisernen Handschellen. Die Haut rings herum sah rot und wund aus.

»Alles bestens.«

»Und wie fühlst du dich?«

»Auch bestens.«

»Wirklich? Du hast da graue Haare.«

Lucas hob die Hand zum Kopf, dann ließ er sie wieder fallen. Er zuckte mit den Schultern.

»Probleme mit den Mädchen. Das bringt mich noch ins Grab.«

Trotz der schlagfertigen Antwort war das der einzige Zeitpunkt ihrer Begegnung, zu dem sich der Junge unbehaglich zu fühlen schien, dachte Jonah. Irgendwie wirkte er sogar verschlagen. Aber das ging vorüber und während der restlichen Zeit von Jonahs Besuch war Lucas so aalglatt unverschämt wie zuvor.

Lucas war fest entschlossen gewesen, denjenigen nicht zu mögen, der zu seinem Aufseher bestimmt war – und an Officer Branning war tatsächlich alles nervig. Diese kindischen Sommersprossen, die geduldige Miene … und die offensichtliche Ehrfurcht des Mannes vor seinem Vater.

Lucas wusste, dass er sich wie ein arrogantes Gör benommen hatte. Er hatte es genossen. Wenn der Aufseher Mumm gehabt hätte, dann hätte er auf die Provokationen reagiert und ihm den Kopf zurechtgerückt. Schließlich sollte er doch die Führung übernehmen. Er hatte die ganze Macht. Aber nein, der Typ hatte nur dagesessen, seine leisen Fragen gestellt und interessiert und aufrichtig getan, wo sie doch beide wussten, dass das ganze Arrangement eine Farce war.

Obwohl Lucas ganz klar war, dass seine wirklichen Schwierigkeiten erst nach Abschluss des Goodwin-Prozesses anfangen würden, konnte er schon am Ende der ersten Woche vor lauter Langeweile und Verbitterung nicht mehr an sich halten. Die Aussicht auf einen weiteren Monat praktisch unter Hausarrest war unerträglich. Dass er nicht richtig schlafen konnte, war auch keine Hilfe, die eisernen Handschellen hielten ihn ebenso wach wie seine Gedanken. Das maßgefertigte Paar, das er am Montag bekommen sollte, würde besser passen, die Kanten waren glatt geschliffen und abgerundet, damit sie nicht so sehr scheuerten. Dennoch war ein permanentes Zäumen nichts, worauf man sich freuen konnte.

Dem Sekretariat von Clearmont war mitgeteilt worden, dass Lucas am Pfeiffer-Drüsenfieber erkrankt war, und das brachte ihm einen Strom von E-Mails und SMS von Mitschülern ein, die ihm gute Besserung wünschten. Viele kamen von Mädchen: Bea schickte ihm eine Karte mit »XXX« neben ihrem Namen. Lucas ignorierte sämtliche Nachrichten. Er ignorierte auch das häusliche Studienprogramm, das Officer Branning ihm bereitstellte, und verbrachte die langen Tage und Nächte damit, sich wirklich jeden Schund im Fernsehen anzusehen und Krimis zu lesen. Wenigstens leistete Kip ihm Gesellschaft, der Hund war nämlich über seine ursprüngliche Reaktion auf das Fae hinweggekommen und sabberte ihn wieder hingebungsvoll wie eh und je voll.

Vom Rest des Haushalts sah er wenig. Sein Vater war meistens bei Gericht oder in seinem Büro. Philomena hielt sich von ihm so fern wie möglich. Wenn sich ihre Wege trotzdem mal kreuzten, zog sie die Opfer-Nummer mit den von Tränen gefluteten Augen und der zitternden Unterlippe ab. Marisa war indessen freundlich, aber wachsam. Total berechnend, dachte Lucas. Er hatte schon immer den Verdacht gehabt, dass sie zäher war, als sie aussah. Na, gut für sie. Das würde sie auch sein müssen. Das würden sie alle sein müssen.

Manchmal saß er allein da, strich über den silbernen Streifen in seinem Haar und überlegte, ob er es je wagen würde, sein Fae auszuprobieren. Er wusste, dass das Eisen um seine Handgelenke nicht ausreichte, um es einzusperren. Und die beiden Gläser, die er behext hatte, standen immer noch an ihrem Platz und warteten auf seine Berührung. Aber er hatte schon genug gelauscht. Es stimmte tatsächlich, dass der Lauscher an der Wand nie irgendwas Gutes über sich hörte.

Bei einem seiner eiligen Besuche kündete Ashton an, dass er am Freitag früh nach Hause kommen werde und sich auf ein Abendessen mit der ganzen Familie freue. Ob sein Vater wohl eine Familienkonferenz abhalten wollte?, fragte sich Lucas. Vielleicht könnten sie dann endlich alle vier über das reden, was geschehen war, und wie sie am besten damit umgehen sollten. Vereint stehen wir … Wahrscheinlicher war allerdings, dass es eine Stunde voll quälendem Small Talk und langem Schweigen werden würde, während alle versuchten, den behexten Elefanten im Raum zu übersehen.

Nur zehn Minuten nach seiner Heimkehr empfing Lucas' Vater einen Besucher. Es war kurz nach sechs. Marisa begann gerade mit den Vorbereitungen fürs Abendessen, Philly sah in ihrem Zimmer fern. Lucas war auch in seinem Zimmer, vor sich hin brütend saß er am Fenster. Von dort sah er Commander Saunders am Tor eintreffen.

Josiah Saunders stand dem Referat für Hexenverbrechen vor und war als Großinquisitor einer von Ashtons Kollegen. Seine Abteilung unterstützte das Büro der Staatsanwaltschaft beim Inquisitionsgericht während des Goodwin-Prozesses. Lucas wusste, dass er in Kürze aus gesundheitlichen Gründen in den Ruhestand treten würde. Und er sah wirklich krank aus: dünn, mit fahler Gesichtsfarbe, und im Bewegungsablauf so steif wie ein weitaus älterer Mann.

Neugierig stellte sich Lucas in die Schatten am Kopf der Treppe, von dort hatte er die Diele unten im Blick. Der Wachmann musste den Besucher über die Gegensprechanlage im Arbeitszimmer angekündigt haben, denn Ashton kam an die Tür, ehe die Klingel gedrückt werden konnte. »Josiah«, sagte er. »Deinen Besuch hatte ich nicht erwartet.«

»Ich bedauere, deinen Feierabend stören zu müssen. Aber ich hatte hier in der Gegend zu tun, und ich fürchte, das hier duldet keinen Aufschub.«

»Das klingt nach einer ernsten Angelegenheit.«

»Ja.« Er senkte die Stimme. »Die Situation, über die wir geredet hatten, ist eher eingetreten als erwartet.«

Ashton schaute in der Diele herum. »Komm mit ins Arbeitszimmer.«

Lucas zögerte keine Minute. Er ging geradewegs ins Esszimmer und nahm eines der behexten Gläser zur Hand. Schwitzend und zitternd kämpfte er sich am Eisen vorbei zum schwachen Zucken seines Fae vor. Er musste all seine

Kraft aufbringen, um es zu mobilisieren und auf den Talisman zu übertragen, und die Geräusche, die er hörte, waren viel dünner als zuvor. Die Farbe der Töne war schwach, und von der Anstrengung, den Sinn darin zu erkennen, klapperten ihm die Zähne und schmerzten ihm die Knochen. Doch je länger er lauschte, desto schwerer war es für ihn, sich wieder loszureißen.

KAPITEL 12

»… ich vermute, es war unvermeidlich«, sagte der Commander gerade. »Bestechung lässt sich nicht mit Glocken entlarven oder von Zäumen unterdrücken. Hexerei zu bekämpfen wäre sonst in mancherlei Hinsicht leichter. Zurzeit wissen wir nicht mal, welches der sechs Mitglieder des Gerichts aufs Korn genommen worden ist. Aber der Hinweis kommt von einer verlässlichen Quelle.«

»Jemand aus dem Hexenzirkel?«, fragte Lucas' Vater.

»Ein Informant bei der Polizei. Bisher sind alle unsere Versuche fehlgeschlagen, den Wednesday-Zirkel zu unterwandern.«

Ashton gab einen angewiderten Laut von sich, den Lucas hinter geschlossenen Lidern als schleimfarben empfand. »Der Prozess wird nur noch etwa einen Monat weiterlaufen. Wir haben keine handfesten Beweise dafür, dass jemand vom Gericht bestochen worden ist, und ohne einen Informanten im Zirkel werden wir auch keine kriegen. Und das war's dann.«

»Nicht … zwingendermaßen. Man könnte immer noch weitere Optionen in Erwägung ziehen und eine andere Wahl treffen. Das wird allerdings nicht einfach werden.« Der Commander räusperte sich. »Genauer gesagt, ich sollte

Sie warnen, denn das, was ich hier mit Ihnen besprechen möchte, geht weit über den Rahmen des Protokolls hinaus.«

»Dann ist es vielleicht das Beste, Sie erklären mir die Sache von Anfang an.«

»Es ist eine ziemlich lange Geschichte.«

»An so was hab ich mich bei Gericht gewöhnt.«

Dieses Mal lachte der Commander kurz. »Wie wahr. Sie wissen ja, dass die Inquisition zwar den Kampf gegen die Aktivitäten der Hexenzirkel anführt, meine Beamten jedoch in den letzten Jahren immer enger mit dem Inlandsgeheimdienst zusammengearbeitet haben. Und die haben auch den Vorschlag gemacht, dass wir unsere Aufmerksamkeit auf einen kleinen Nachbarschaftsbetrieb lenken, der als Cooper Street bekannt ist. Das ist eigentlich nur noch dem Namen nach ein Hexenzirkel, doch durch Blutsbande und geschäftliche Interessen steht er in Verbindung mit den Morgan-Brüdern. Wir haben sogar eine Agentin dort, obwohl ihre Möglichkeiten begrenzt sind. Sie ist eine ältere Frau, die praktisch ans Haus gefesselt ist.«

»Verstehe. Sie glauben, das könnte eine Hintertür zum Wednesday-Zirkel sein.«

»Einen Maulwurf in der Cooper Street unterzubringen wäre mit Sicherheit ein leichteres Unterfangen. Und angesichts dessen haben meine Kollegen und ich mit den Agenten von WICA eine Spezialeinheit gebildet. Operation Echo ist ihr Name.«

»Damit haben Sie sich nicht beliebt gemacht, könnte ich mir vorstellen.«

»Selbstverständlich ist man dieser Idee anfangs mit einer gewissen Feindseligkeit begegnet. Wie Ihnen ja bekannt ist, bin ich zu der Ansicht gelangt, dass es Umstände gibt, unter denen Hexerei eine nützliche Waffe gegen Hexenverbrechen sein kann – Feuer mit Feuer bekämpfen, gewissermaßen. Aber ich muss respektieren, dass andere da anders empfinden.«

»Zum Beispiel Silas Paterson.«

Colonel Silas Paterson war Saunders' Stellvertreter. Lucas sah, dass die Stimme seines Vaters zwar neutral klang, jedoch die grünlich-braune Färbung der Abneigung angenommen hatte.

»Silas wird akzeptieren müssen, dass die Zeiten sich ändern. WICA hat die Schwarzseher bislang Lügen gestraft. Mit Jack Rawdon an der Spitze scheint die Ausweitung der Abteilung unvermeidlich. Tatsächlich hat Rawdon selbst die Tarnung des Maulwurfs vorgeschlagen. Er meinte, es solle jemand sein, der jung ist, unerfahren und ohne vorherige Beziehungen zur Welt der Hexenzirkel. Ein Schuljunge also.«

»Wie soll das gehen? Ein Verhüllungszauber kann das Aussehen eines Menschen verändern – aber ist so etwas nicht höchst unzuverlässig, wenn man damit ein anderes Alter vortäuschen will?«

»Das stimmt. In solchen Fällen hält der Zauber nie lange. Wir hätten die Operation gar nicht erst ins Auge gefasst, wenn Rawdon nicht einen bestimmten Kandidaten im Sinn gehabt hätte. Der Agent Andrew Barnes ist bereits in sehr jungen Jahren zur Hexe geworden, mit achtzehn, und bald darauf wurde er von WICA angeworben. Jetzt, mit zwanzig, klein und nicht besonders kräftig gebaut, wirkt er immer noch jünger, als er ist. Und als zusätzliche Vorsichtsmaßnahme sind seine Züge durch einen Verhüllungszauber verfremdet worden.«

Der Commander klang völlig gefasst. Aber Lucas beobachtete das flackernde Gelb hinter seinen Worten. Josiah Saunders war ein nervöser Mann.

»Agent Barnes hat also die Rolle ›Harry Jukes‹ erschaffen, ein junger Straftäter aus privilegierten Verhältnissen. Bei seinem Erstkontakt mit der Cooper Street ging es um den Ankauf von Drogen. Nicht für den persönlichen Gebrauch, sondern zum Weiterverkauf an Freunde. Seitdem hat er den Zirkel mit Informationen über die Alarmanlagen seiner Nachbarn versorgt, was zu mehreren Einbrüchen geführt hat, ferner hat er bei einer getürkten Spendenaktion mitgewirkt … Selbstverständlich werden alle Geschädigten angemessen abgefunden.«

»Selbstverständlich.« Ashtons Stimme war silbern vor Argwohn. »Und wie wird Ihr ungebärdiger Teenager den Übergang von der Schule in den Zirkel bewerkstelligen?«

»Er wird natürlich das Fae bekommen.« Lucas spürte einen rötlich-braunen Hauch von Amüsement. »Nächste Woche beginnt Phase zwei der Operation. ›Harry‹ wird in der Cooper Street mit der Neuigkeit auftauchen, dass er zur Hexe geworden ist. Die Geschichte läuft so, dass er bereits vom Schulbesuch ausgeschlossen wurde und zu Hause ausgezogen ist, ehe sein Fae entdeckt werden konnte.«

»In der Cooper Street ist die Moral schlecht und die Sicherheitsvorkehrungen sind es auch. Eine unregistrierte Hexe in Harrys Alter und mit seinem gesellschaftlichen Hintergrund wird zwangsläufig den Eindruck erwecken, leicht auszubeuten zu sein. Warum sollten sie ihn da nicht aufnehmen und für ihre eigenen Zwecke einsetzen? Sogar unter Kriminellen wird ein Junge von sechzehn Jahren nicht so streng überprüft wie ein reifer Erwachsener. Und natürlich ist das nur das erste Stadium der Operation. Wenn nämlich die junge Hexe ihr Fae effektvoll einsetzt, wird Charlie Morgan davon hören, hat unsere Kontaktperson im Zirkel uns versichert, und Morgan wird dann auf unseren Mann zugehen und ihn für sein eigenes Unternehmen anwerben. Er ist es gewohnt, sich die Talente der Unterwelt herauszupicken, und wird nicht wollen, dass die Cooper Street anfängt, sich für was Besseres zu halten.«

»Klingt plausibel. Ehrlich gesagt, verstehe ich nicht ganz, wo das Problem …«

»Agent Barnes war in das Zugunglück in Ealing am Montag verwickelt. Er wird noch mindestens sechs Wochen im Krankenhaus bleiben müssen.«

Ashton stieß scharf die Luft aus. »Könnte da Hexerei im Spiel gewesen sein? Nach diesem Hexensturm …«

»Gegenwärtig spricht alles für einen mechanischen Defekt. Auf alle Fälle war es absoluter Zufall, dass unser Agent zum fraglichen Zeitpunkt im Zug saß. Wir haben uns unter Agent Barnes' Kollegen umgesehen, in der Hoffnung, einen von ihnen behexen und an seiner Stelle einsetzen zu können, aber niemand ist geeignet. Unsere jeweiligen Organisationen haben über ein Jahr an dieser Operation gearbeitet. Monate der Vorbereitung wurden darauf verwendet.« Pause. »Agent Barnes' Fähigkeiten sind ebenso bemerkenswert wie seine Jugend. Wirklich außergewöhnlich. Noch einmal einer solchen Person zu begegnen wäre ein derart unerhörter Glücksfall, dass es beinahe schon als … Schicksal zu bezeichnen wäre.«

In der darauf folgenden Stille konnte Lucas seinen Herzschlag spüren, schnell und laut. Dass sie ihn im angrenzenden Raum nicht hören konnten, schien unvorstellbar. Aber es herrschte absolute Stille.

Als Ashton dann das Wort ergriff, war seine Stimme eisweiß.

»Passen Sie auf, was Sie jetzt sagen, Josiah.«

»Ich glaube, Sie wissen schon, worum ich bitte.«

»Und ich denke, Sie sollten jetzt aufhören, ehe einer von uns etwas sagen kann, das uns leidtun wird.«

»Ashton, wenn Sie nur darüber nachdenken würden …«

»*Er ist erst fünfzehn Jahre alt.*«

»Lucas ist kein Kind. Er ist ein junger Erwachsener. Eine Hexe vom Typ D, deren Status geheim gehalten wurde und deren Akte unter Verschluss ist. Er ist einzigartig positioniert …«

»Tut mir leid, Josiah. Dieses Gespräch ist jetzt beendet.« Dann, mit einem finalen Gefühlsausbruch, der sich in Lucas' Kopf als Explosion in Rot und Schwarz zeigte, fügte er hinzu: »Und ich würde wohl auch nicht anders reagieren, wenn es nicht um meinen Sohn ginge. Himmel! Es muss Grenzen geben, die wir nicht überschreiten. Wofür zum Teufel stehen wir denn sonst?«

»In Ordnung«, sagte Commander Saunders milde. »In Ordnung. Verstehe. Es tut mir leid, Sie in diese Lage gebracht zu haben. Wir reden nicht mehr drüber.«

»Ich begleite Sie noch zur Tür.«

Im Nebenraum stellte Lucas mit zitternder Hand das Glas

weg. Beim Aufstehen wurde ihm schwarz vor Augen, und er dachte, er würde ohnmächtig werden.

Aber jetzt konnte er sich keine Schwäche erlauben. Er richtete sich gerade auf, wischte sich den kalten Schweiß mit dem Hemdsärmel vom Gesicht und strich sich das Haar glatt. Es war wichtig, einen gefassten Eindruck zu machen. Er trat im selben Augenblick in die Diele, in dem sein Vater und sein Gast die Haustür erreichten.

»Commander Saunders«, sagte er, »ich bin Lucas.«

Beide Männer erstarrten. Doch das fahle Gesicht des Commanders verriet nichts. »Natürlich. Wie schön, dich wiederzusehen.«

»Ich habe an der Tür gelauscht, als Sie im Arbeitszimmer waren«, fuhr Lucas schnell fort, damit er nicht unterbrochen werden oder die Nerven verlieren konnte. »Das war nicht richtig, ich weiß. Aber andere Leute treffen eine Menge Entscheidungen für mich und ich will einbezogen werden.«

»Halt dich da raus, Lucas.«

Lucas hatte seinen Vater noch nie ängstlich erlebt und in seiner eigenen Ängstlichkeit nahm er nur Ashtons Wut wahr: hart und kalt. Doch er ließ sich nicht aufhalten.

»Das kann ich nicht. Tut mir leid. Zum ersten Mal, seit all diese …«, er hob die gezäumten Handgelenke, »Sachen passiert sind, kommt mir etwas sinnvoll vor. Ich werde gebraucht, so wie ich bin.« Wieder wandte er sich an den Commander. »Mein Vater und ich müssen reden. Aber diese Angelegenheit ist nicht abgeschlossen, und ich hoffe, Sie wiederzusehen.«

Der Commander lächelte knapp. »Ich freue mich darauf.«

* * *

Wieder im Arbeitszimmer lehnte Ashton sich an die Tür. Seine Fingerknöchel trommelten aufs Holz. Lucas war auf einen Wutausbruch gefasst, aber Ashton sagte nur: »Hierdurch kannst du nichts gehört haben.«

»Nein. Ich habe es mit Hexerei gemacht.« Es war ein gutes Gefühl, das zu gestehen.

»Und wie bist du über den Zaum hinweggekommen?«

»Ich hab bei der Einschätzung geschummelt. Aber das ist hier nicht das Thema. Wir müssen …«

»Untersteh dich, mir zu sagen, was das Thema ist.« Sein Vater sprach immer noch leise, aber die Worte knallten wie Peitschenhiebe. »Du hast das Gesetz gebrochen. Der Beamte, der deine Einschätzung durchgeführt hat, hat mir einen persönlichen Gefallen erwiesen. Man könnte ihm deswegen ein Disziplinarverfahren anhängen. Abgesehen davon werde ich das Haus auf Schadenszauber untersuchen lassen müssen, den mein *eigener Sohn* begangen hat. Du hast dich in jeder Beziehung als sträflich unzuverlässig erwiesen.«

Irgendwie hielt Lucas dem Blick seines Vaters stand. »Tut mir leid. Besonders, wenn ich deinen Kollegen in Schwierigkeiten gebracht habe. Aber ich musste herausfinden, was vorgeht. Du redest nicht mit mir. Keiner tut das. Ihr alle …« Er hörte schon das Winseln in seiner Stimme, schluckte heftig und unterdrückte es. »Egal. Das spielt jetzt keine Rolle mehr, denn ich weiß nun, was ich mit meinem Leben machen werde. Ich will bei WICA einsteigen.«

Josiah Saunders hatte geschafft, was Jonah Branning nicht gelungen war. Er hatte Lucas seine wahre Berufung gezeigt. Inquisitor konnte er nicht werden, doch er konnte trotzdem

Hexenverbrechen verfolgen und bestrafen. Er konnte Buße tun für sein Fae.

»Ein würdiges Ziel. Ich freue mich darauf, mit dir darüber zu sprechen, wenn du achtzehn wirst.«

»Aber was jetzt ist, zählt. Wenn du nicht herausfindest, wen der Wednesday-Zirkel besticht, war deine ganze Arbeit im Goodwin-Prozess umsonst. Das ist die wichtigste Strafverfolgung deiner Karriere, und es wird auch deine letzte sein, sobald meine Situation öffentlich gemacht wird. Das wissen wir beide. Und mir bietet sich tatsächlich die Möglichkeit zu helfen. Wenn du es mich nicht für dich tun lässt, dann lass es mich für die Sache tun.«

»Um Himmels willen, Lucas! Das ist jetzt nicht der Zeitpunkt, den Helden zu spielen. Die einzige ›Sache‹, die du vorantreiben solltest, ist deine Schulbildung.« Mit sichtbarer Anstrengung mäßigte Ashton seinen Ton. »Ich verstehe ja, warum du nicht nach Clearmont zurückkehren möchtest. Vielleicht würdest du gern einige Zeit im Ausland zur Schule gehen? Marisa hat ein paar Erkundigungen eingezogen. Es gibt da eine Einrichtung in …«

Lucas lachte. »Ein geheimes Internat für Hexen im Teenageralter? Nein, danke.« Er versuchte es anders. »Komm schon. Ich bitte nur darum, meine Optionen abwägen zu können. Wenn sich herausstellt, dass ich für Commander Saunders' Operation nicht geeignet bin, oder wenn ich mich entscheide, doch nicht mitzumachen … gut, das ist es dann. Aber ich möchte die Gelegenheit haben, es herauszufinden. Und wer weiß, was WICA sucht? Möglicherweise kann ich in ein Ausbildungsprogramm einsteigen oder einen Schreibtischjob kriegen, den ich neben der Schule machen kann. Dann müsste ich nicht gezäumt werden und ich könnte auf eine ordentliche Karriere hinarbeiten.«

»Du bist ein Schuljunge, kein Spion. Außerdem …« Ashton räusperte sich und schaute Lucas in die Augen. »Du bist mein einziges Kind.«

»Dad …«

»Hör mir zu. Du machst dir keine Vorstellung von den Risiken, den Gefahren, von der Komplexität der ganzen Sache. Glaub mir, du bist nicht bereit dafür.«

»Dann muss ich es lernen. Denn ich bin keine gewöhnliche Hexe. Ich bin ein Ausnahmetalent. Nein, Dad … ich weiß, dass es so ist. In mir ist eine Hitze und eine Kraft, die ich noch nie zuvor gespürt habe … Ich habe nicht darum gebeten und ich will sie auch nicht haben, aber so ist es nun mal. Und manchmal hab ich das Gefühl, ich werde verrückt, wenn ich keine Möglichkeit finde, meine Fähigkeiten anzuwenden.«

Ashton Stearne musterte seinen Sohn eingehend. Es war, als würde er vor einem Fremden stehen.

»Bitte«, sagte Lucas leise. »Du musst mich meinen Weg finden lassen.«

KAPITEL 13

In den Tagen, die auf ihren Besuch bei den Morgans folgten, konzentrierte sich Glory auf die Ausübung von Hexerei. Ihre Großtante leitete sie an und zeigte ihr, wie man Flüche ausbrachte, die Magenkrämpfe oder Ohrensausen auslösten. Sie lernte, wie man am besten Essen verfaulen ließ und Wasser vergiftete – und wie man mit einer bloßen Berührung die Blutung einer Wunde stillte oder Fieber senkte. Sie übte das Wahrschauen mithilfe von Wasserbecken, bis sie Abbilder von Leuten an anderen Orten sehen konnte. Sie lernte, wie man einen Verhüllungszauber wirkte, der ihr Aussehen veränderte, wie man einen Illusionszauber erschuf, der die Leute so verblendete, dass sie das sahen, was sie wollte … und wie man Talismane und Amulette herstellte, Tiere dazu brachte, ihren Befehlen zu folgen, verlorene Gegenstände wiederfand, einen Wind heraufbeschwor …

Viele dieser Dinge konnte Tante Angel nicht mal selbst bewerkstelligen. Aber sie erzählte Glory, wie sie es andere hatte ausführen sehen, und zog berühmte Beispiele aus der Geschichte und aus Legenden heran. Einige Dinge wollte Glory nicht ausprobieren, wie etwa das Fertigen von Puppen, mit denen man den Willen eines Menschen binden konnte. Oder das Wirken sogenannter Schwarzer Flüche, die nicht mehr rückgängig zu machen waren und das Herz brechen und die Augen erblinden lassen konnten. Aber die Vorgehensweise lehrte Angeline sie trotzdem. Das Einzige, worauf sie nicht eingingen, war der Hexensprung. In London war es einfach zu gefährlich, so etwas auszuprobieren. Tante Angel versprach ihr einen Ausflug aufs Land, wo sie einen schönen, menschenleeren Wald oder einen unbewohnten Bauernhof für sie finden würden, um sich daran zu versuchen, weit weg von neugierigen Blicken.

Alles war ganz so, wie Glory gehofft hatte. Ihre Instinkte waren goldrichtig, sie konnte alles umsetzen, was sie sich vornahm, und jeder neue Akt der Hexerei begeisterte sie.

Glorys Großtante freute sich ebenso sehr über ihre Gabe wie sie selbst. Doch manchmal wurde die alte Dame sentimental. »Natürlich hätte deine Ma dir das beibringen sollen. So wie meine eigene liebe Ma auch hätte da sein sollen, um mich und die Zwillinge zu unterrichten.«

Angelines Mutter war am Ende des Zweiten Weltkriegs in Haft gekommen und ein Jahr später in einem Inquisitionsgefängnis gestorben. Die Alliierten hatten im Krieg Hexen eingesetzt – in diesem Punkt waren sie den Nazis überlegen gewesen –, aber das war eine Geheimstrategie gewesen und zivile Hexen waren trotzdem immer hart bestraft worden. Man hatte Mrs Starling erwischt, als sie mittels Hexerei Kontakt zu ihrem Ehemann bei der Marine aufnehmen wollte. Tatsächlich war sein Schiff da schon von einem Torpedo getroffen worden und er längst ertrunken, sodass nach dem Tod seiner Frau die dreizehnjährige Angeline und die zehnjährigen Zwillinge Lily und Cora als Waisen zurückblieben. Zu jener Zeit war die Cooper Street noch eine ordentliche Stadtteilbande gewesen und die Kinder waren von diversen Zirkel-Familien versorgt worden. Doch es war ein hartes Leben gewesen.

Glory vergaß nie, was sie für ein Glück hatte. Ab und zu schaute sie auf ihre schlanken, starken Handgelenke und zuckte zusammen, wenn sie sich vorstellte, dass sie von eisernen Klammern umschlossen sein könnten. Die Inquisition war der Buhmann ihrer Kindheit gewesen und sie kannte sämtliche Gruselgeschichten. Die meisten davon begannen mit einer Razzia um Mitternacht: Fäuste, die an die Tür schlugen, Stiefel auf den Treppenstufen, brutale Hände, die einen aus dem Bett zerrten. Dann kam der Abstieg in die unterirdischen Zellen mit den Bottichen voller Eiswasser, den eisernen Maulkörben, die immer fester um den Kopf gespannt wurden, die langen Nadeln, die in die empfindlichsten Höhlungen des Körpers eindrangen … Natürlich tat die Inquisition jetzt so, als hätten sich die Dinge mittlerweile geändert. Die geheimen Prozesse und Todesschwadronen waren mit Hochglanzprospekten und sonnigen Slogans zugepflastert worden. Aber Glory wusste so gut wie jeder andere in den Zirkeln, dass sich eigentlich nichts geändert hatte. Inquisitoren behandelten das Fae immer noch wie eine Krankheit, die aus der menschlichen Rasse herausgebrannt werden musste.

Die Mitglieder der Cooper Street waren es gewohnt, dass Glory Zeit mit ihrer Großtante verbrachte, aber als Vorsichtsmaßnahme hielten die beiden viele ihrer Sitzungen entweder früh morgens oder am späten Abend ab. Angeline sicherte den Raum mit eisernen Fensterläden und Schutzamuletten. Indessen erschien Glory so häufig in der Schule, dass sie die Beamten loswurde, die sich um notorische Schulschwänzer kümmerten. Es war ein anstrengendes Programm, besonders weil sie dabei immer die Frage im Hinterkopf hatte, wer den Zirkel ausplünderte.

Der naheliegendste Kandidat war Nate. Er war mit Sicherheit der einzige Mensch, der dumm und dreist genug war, so etwas zu versuchen. Sein Vater, Joe Junior, hatte nicht den Mut dazu, außerdem verbrachte er den größten Teil seiner Zeit in der Kneipe nebenan. Jeder wusste, dass er nur dem Namen nach der Boss war. In Wirklichkeit waren es die alten Hasen Patch und Earl, die die Dinge am Laufen hielten. Glory selbst hatte wenig bis gar nichts in Sachen Zirkelmanagement zu sagen. Wenn die anderen gewusst hätten, dass sie eine Hexe war, wäre das natürlich anders gewesen, doch so, wie die Dinge lagen, stand sie ganz am Rand. Und um Beweise für Nates Betrug zu sammeln, würde sie Zugang zu allen Bereichen brauchen.

Sie hatte Angeline von der Aufgabe erzählt, die Charlie Morgan ihr gestellt hatte, doch wann immer sie versuchte, das Thema mit ihrer Großtante richtig zu diskutieren, winkte die nur mit einem Zwinkern und einem Lächeln ab. »Viele Wege führen zum Ziel. Warte nur ab, du wirst schon sehen.« Was mochte die alte Dame nur vorhaben?

Die Antwort darauf erhielt Glory am Samstagnachmittag, eine Woche nachdem sie zur Hexe geworden war. Sie und Tante Angel hatten vereinbart, gemeinsam das Wahrschauen mit dem Wahrschaubecken zu üben. Der größte Teil des Zirkels war unterwegs, um gefälschte Eintrittskarten für das Fußballspiel im nahe gelegenen Stadium zu verticken, und in Nummer acht war bis auf das *Biep … Biep* des Computers in Patricks Zimmer alles still.

Vor Kurzem hatte Tante Angel Glory den Schlüssel zu ihrem Zimmer anvertraut. Nachdem Glory etwa eine Viertelstunde gewartet hatte, ging sie rein und beschloss, sich schon mal allein im Wahrschauen zu üben. Das wäre die perfekte Gelegenheit, um Nate hinterherzuspionieren.

Wie alles Hexenwerk war Wahrschauen eine »zeitsensible« Aktivität. Man brauchte dazu einen Gegenstand aus dem persönlichen Besitz der Zielperson, doch je länger dieser Gegenstand von seinem Besitzer weg gewesen war, desto weniger nutzbringend war er. Am besten funktionierte die Sache, wenn die Zielperson sich im Freien aufhielt, nicht weiter vom eigenen Standort entfernt, als fußläufig noch bequem zu erreichen. Dagegen funktionierte es überhaupt nicht, wenn der Raum, in den man Einblick erhalten wollte, mit eisernen Fensterläden und einer mit einer Eisenplatte geschützten Tür versehen war. Der Keller der Cooper Street war eisengeschützt und Tante Angels Wohnzimmer auch. Glory musste also die Fensterläden aufklappen und für die Dauer ihres Wahrschauens die Tür offen lassen.

Sie hatte Nate an diesem Morgen das Feuerzeug geklaut. Das legte sie jetzt in eine mit Wasser gefüllte Glasschüssel und setzte sich auf den Fußboden. Summen half ihr beim Konzentrieren, deshalb stimmte sie ein leises, unmelodisches Gebrummel an und spürte, wie ihr Fae mit dem Wirbeln des Wassers anschwoll, während sie sich sanft hin und her wiegte. Als sie merkte, dass das Fae durch sie hindurch in die Schale zu strömen begann, stellte sie das Gefäß ab, spuckte auf ihren Zeigefinger und fing an, mit kreisenden

Bewegungen im Wasser herumzurühren. Dabei summte sie immer noch und behielt das Bild von Nate fest in ihrer Vorstellung. Winzige Bläschen stiegen vom Grund der Schale auf. Sie waren klitzeklein und doch so zahlreich, dass das Wasser ganz silbrig wirkte.

Sobald es vollkommen trübe geworden war, hörte Glory auf zu rühren und lehnte sich zurück. Die Bläschen waren wie Pixel, die auf der Oberfläche des Wassers ein Bild entstehen ließen. Das war farblos und trübe, nicht mehr als ein paar Schemen, die auch nur so lange sichtbar blieben, bis die Blasen zerplatzten. Das Bild in Glorys Kopf hingegen war viel klarer. Und das bedeutete, dass Nate relativ nah war. Leider hörte sie nichts, aber sie beobachtete gerade, wie Nate sich vor einem Pub zwei anderen Leuten anschloss, als Angeline zurückkam.

»Du und ich, wir müssen uns unterhalten«, kündigte die alte Frau an.

»Hm.« Glory starrte noch immer in die Blasen.

»Es geht um diese Pyros von der Inquisition.« Sie schloss die Tür hinter sich ab.

»Was ist mit denen?«

»Sie brauchen unsere Hilfe.«

Glory wartete noch auf die Pointe dieses Witzes, als Angeline Starling ihr die Neuigkeit beibrachte, dass sie Informantin der Inquisition geworden war und helfen musste, einen Hexenagenten der Regierung in den Zirkel einzuschleusen.

Glory fühlte sich, als hätte man ihr in den Bauch getreten. Den letzten Teil von dem, was ihre Großtante ihr da erzählte, hörte sie sich nicht mal mehr an. Es war genau wie nach ihrer Rückkehr vom Abendessen bei den Morgans, als die Flurwände von Nummer sieben ihr auf die Pelle gerückt waren. Keuchend rang sie nach Luft.

Tante Angel spritzte ihr Wasser ins Gesicht. »Das ist jetzt nicht die Zeit, hysterisch zu werden. Reiß dich zusammen, Mädchen.«

»Ich versteh das nicht«, sagte sie heiser. »Nach allem, was die Inquisition getan hat … sie … du …«

»Ziemlich unwahrscheinlich, dass ich das vergesse«, gab die alte Frau zurück. »Die Inquisition hat meine Schwester ermordet und mir die Mutter weggenommen. Sie haben mich in ihre Zellen geschleift und mich mit ihren Nadeln gepikt, dann haben sie mich getaucht, bis ich beinahe ertrunken wäre … Diesen Bastarden würde ich nicht mal die Spucke von meinen Lippen überlassen.«

Glory atmete durch, um sich wieder zu fassen. »Gut. Dann erpressen sie dich also. Sie haben endlich Beweise dafür, dass du zur Hexengemeinschaft gehörst, und sie …«

»Bei einem alten Weib wie mir lohnt sich die Mühe nicht. Nein, als Informantin bin ich ihnen nützlicher als ein weiterer Hexenskalp an ihrer Wand. Deshalb bin ich zu ihnen gegangen. Ein armes altes Mütterchen, das seine Sünden bereut. Ha! Diese Stecher konnten ihr Glück nicht fassen.«

»Und … warum … warum tust du das?«

»Deinetwegen.«

»Was?«

»Du bist die rechtmäßige Erbin des Wednesday-Zirkels. Wenn deine Ma nicht rausgeschmissen worden wäre, könnte sie immer noch unter uns sein, und zwar als Oberhexe – so, wie Lily es gewollt hat.« Die alte Frau schniefte ein wenig und wischte sich die Augen. »Es bricht mir das Herz, wenn ich sehe, was aus Charlie und seinen Brüdern geworden ist. Man würde nie darauf kommen, dass das Lily Starlings Söhne sind. Wenn sie und Cora sehen könnten, was aus ihrem Hexenzirkel geworden ist! Es gibt Zeiten, da denke ich, meine Schwestern sind tot wirklich besser dran. Aber genug davon. Mit einem Fae wie deinem hast du echte Macht verdient, eine Chance, die Dinge richtigzustellen und in der Welt Zeichen zu setzen. Und das geht nur, wenn wir die Morgans stürzen.«

Verwirrt schüttelte Glory den Kopf. »Aber der Wednesday-Zirkel ist unantastbar. Die Inquisition und der Geheimdienst haben ihnen nie was anhaben können.«

»Die Zeiten ändern sich. Sieh dir Bradley Goodwin an … der ist vor die Inquisition geschleift worden, bei der Verhandlung geht es um sein Leben. Und weißt du, warum? Weil ihm jede Hexerei angehängt worden ist, die der Morgan-Clan je in Auftrag gegeben hat.« Angeline lächelte säuerlich. »Na ja, Bradley ist begabt, aber zum Märtyrer taugt der nicht. Wenn er verurteilt wird, fängt er an zu singen. Und dann wird das ganze verdammte Reich Stück für Stück auseinanderfallen. Und dann kommst du, mein Küken, und sammelst die Teile auf.«

Glory schaute auf die verblassten Zeitungsausschnitte an den Wänden. Lily und Cora Starling: Outlaws, Promis, Heldinnen. Und Angeline, die Schwester, die im Hintergrund blieb und überlebte. Die Beschützerin und Pläneschmiederin, Hüterin der Flamme. Alles nur zum Wohle von Glory.

»Dieser Hexenagent … sagtest du Harry? Ich erinnere mich, dass Nate und Jacko über ihn geredet haben. Irgendein hochnäsiger Affe, der Gras und Pillen bei ihnen kauft. Sie halten ihn für eine Witzfigur.« Harry war es auch gewesen, der letzten Freitag die Karten für die Klub-Nacht beschafft hatte.

»Nun, er wird der sein, der zuletzt lacht.«

Glory konnte nicht sehen, was daran komisch sein sollte. Natürlich wusste sie, dass manche Hexen für die Polizei und andere Sicherheitsdienste arbeiteten. Gelegentlich halfen sie sogar der Inquisition. Aber Verbrechen zu bekämpfen war eine Sache, Mithexen zu bekämpfen eine ganz andere. Und hier wurde nun von ihr verlangt, genau dieses Tabu zu brechen.

Angeline erzählte ihr, hinter welcher Art von Informationen Harry Jukes her war und was ihn gerade in ihren Zirkel brachte. »Ich möchte, dass du ihn kumpelhaft behandelst und ihn herumführst. Wir müssen den Argwohn abbauen, damit er seine Einladung zu den Morgans kriegt. Darum geht es, denk dran. Für die Cooper Street interessiert sich niemand.«

»Bist du dir da sicher?«

»Das ist Teil der Abmachung: Immunität vor Strafverfolgung.« Angeline lachte keckernd. »Die Inquisition ist auch nicht mehr, was sie mal war. Heutzutage gibt es Regeln und Verordnungen. Nur so kriegen sie diese Polizeihexen und so dazu, mit ihnen zusammenzuarbeiten. Mach dir also keinen Kopf, wir haben nichts zu befürchten.«

Von der Inquisition hatten sie vielleicht nichts zu befürchten. Aber wenn die Wahrheit je herauskommen sollte, würde die Rache des Zirkels durchaus Grund zur Sorge bieten.

Glory dachte an die Villa in Hampstead, deren Luxus mit dem Blut und Schweiß anderer Menschen erkauft worden war. Sie dachte an das verächtliche Gehabe von Candice und Skye, an Troy, der sie ansah, als ob ein Preisschild auf ihr klebte, an Kezias Verschlagenheit und Charlies Drohungen. Sie hatte eine Abneigung gegen die Morgans und alles, wofür sie standen. Aber sie hasste sie nicht. Jedenfalls nicht genug, um alles dafür zu riskieren, sie zu Fall zu bringen.

»Ich … ich weiß nicht, Tantchen«, sagte sie schließlich. »Ich bin mir nicht sicher, ob ich das bringe. Es … kommt mir nicht richtig vor.«

Angeline beobachtete sie vorsichtig.

»Das Gesetz hat gegen die jungen Morgans nichts in der Hand, weißt du. Denen passiert nichts. Und auf den Scheiterhaufen kommt auch keiner, nicht mal Kez.«

Glory guckte weg. »Vielleicht bin ich nicht so stark, wie ich dachte«, murmelte sie. »Aber sosehr ich auch meine Rechte einfordern will, auf diese Art möchte ich es nicht machen. Tut mir leid. Das muss auch anders gehen.«

Tante Angel seufzte. »Ist ja ganz natürlich, dass du Zweifel hast. Ich hatte gehofft, es würde nicht so weit kommen … aber … Nein!« Sie schüttelte sich ein bisschen. »Hekate, hilf mir, ich werde dir jetzt reinen Wein einschenken. Du verdienst es, die Wahrheit zu hören.«

Trotz allem war Glory nicht nur ungeduldig, sondern auch ängstlich. Für einen einzigen Nachmittag waren das jetzt mehr Enthüllungen als genug, fand sie. Aber die alte Dame verwendete so viel Zeit aufs Räuspern und Händeringen, dass Glory kurz davor war, die Worte aus ihr herauszuschütteln.

»Weißt du«, begann Angeline schließlich, »als die Morgan-Jungs deine Ma aus dem Zirkel rausgeschmissen haben, ist sie zuerst zu mir gekommen. Mein Alter, Joe, möge er verrotten, war schon eine Weile tot, aber mit Joe Junior war kein Staat zu machen, und wir saßen ziemlich in der Patsche.«

Glory nickte. Das hatte sie alles schon gehört.

»Einige haben gesagt, ich hätte Edie niemals aufnehmen dürfen. Sie meinten, es würde nur Gerangel mit dem Wednesday-Zirkel geben, wenn der Anschein erweckt wurde, dass Edie und ich die Cooper Street als Konkurrenzunternehmen aufbauen. Wenn Zirkel anfangen, sich gegenseitig zu bekämpfen, gehen sowohl Leben als auch Geschäfte den Bach runter. Aber Edie hielt sich sehr zurück, als sie herkam. Sie war sehr ruhig. Nachdem sie deinen Dad kennengelernt hatte, hat sie sich sogar wieder mit den Morgans ausgesöhnt. Dann wurdest du geboren und das Leben wurde noch besser … Und da ist Edie dann wieder auf die Hexerei zurückgekommen. Und gerade als das Geschäft gut lief und der Zirkel dabei war, sich einen Namen zu machen, ist Edie verschwunden.«

»Sie ist weggegangen«, sagte Glory leise. »Das ist was anderes. Wir haben eine Nachricht bekommen.«

Ich hab euch lieb, aber es ist besser, wenn ich gehe. Verzeiht mir …

»Aber danach hat es keine weiteren Benachrichtigungen gegeben, oder?«

»Was willst du damit sagen? Mum war ihre halbe Kindheit

auf der Flucht. Sie wusste, wie man sich neu erfindet. Gut möglich, dass sie ein neues Leben hat, eine andere Familie.«

Tante Angel schaute sie traurig an. »Das glaubst du doch nicht.«

»Nein.« Sie biss sich auf die Lippe. »Eher nicht. Sie hätte es mich wissen lassen, mir ein Zeichen geschickt oder so.«

»Natürlich hätte sie das getan. Ich behaupte ja nicht, dass Edie nicht auch ihre Sorgen gehabt hätte oder schlechte Tage, aber sie hat dich und deinen Dad mehr geliebt als ihr Leben. Und einen Abschiedsgruß zu fälschen, ist ja nicht so schwer, oder?«

Glory schloss die Augen. Weiße Fliesen, ein erstarrter Schrei, lichterloh brennendes Haar. »Du glaubst, die Inquisition hat sie geschnappt. So was muss ja nicht offiziell ablaufen. Ich hab die Gerüchte gehört. Die geheimen Einsatzkommandos …«

»Irgendjemand hat sie mit Sicherheit geschnappt. Aber die Inquisition war es nicht.«

»Onkel Charlie«, flüsterte Glory.

Vielleicht hatte sie das irgendwie schon erraten, als Edies Name gefallen war. Die Tatsache, dass sie dieses Wissen verdrängt hatte, milderte den Schock jedoch nicht.

»Onkel Charlie«, bestätigte Angeline. »Nicht, dass er die Tat selber vollbracht hätte. Seine Spezialität ist ja, Befehle zu geben. Aber seine Brüder Frank und Vince hätten davon gewusst, denn so haben die drei damals gearbeitet, einer für alle, alle für einen.«

Glory presste die Hände auf die Augen, ganz fest. Die Dunkelheit schmerzte. Sie drückte noch fester, als ob sie die Welt auslöschen wollte.

»Wie hast du das rausgekriegt?«, fragte sie schließlich. Sie sah nur Schwärze, ihre Stimme war Staub.

»Ich hab von Anfang an Lunte gerochen. Aber dann hat mir ein kleines Vögelchen was zugeflüstert … Eine Hexe war beerdigt worden, draußen in Dunstan Wood. Ohne diesen Tipp hätte ich die Stelle nie gefunden. Es gab keine Markierungen, bis auf einen Leichenschleier. Und der … nun ja, enthielt eine Strähne vom Haar deiner Ma.«

Der Leichenschleier einer Hexe war ein Amulett, das dazu benutzt wurde, jemanden oder etwas zu verstecken – man »beerdigte« es vor den Blicken, es war nicht mehr sichtbar. Manchmal benutzte man so etwas, damit Tiere dem Grab fernblieben und es nicht störten – oder damit Menschen es nicht fanden. Ein rostiger, herzzerreißender Seufzer drang aus Glorys Kehle.

»Du bist mein Liebling.« Angelines Wangen waren nass, doch ihre Stimme blieb fest. »Ich habe die Wahrheit vor dir verborgen, damit du in Sicherheit bist, aber ich kann dich nicht länger beschützen. Du bist mündig geworden, als du dein Fae bekommen hast, Gloriana. Und mit der Mündigkeit bist du auch in Gefahr geraten. Du weißt jetzt, womit du es zu tun hast. Das wird ein schmutziger Kampf werden und ein langer Krieg. Aber Verlieren kommt gar nicht infrage. Verstehst du?«

Glory nickte. Sie hatte die Schluchzer runtergeschluckt. Fäuste und Kiefer waren angespannt. »Ich gewinne oder ich verbrenne. Ich werde alles dransetzen.«

KAPITEL 14

Beim zweiten Gespräch mit Lucas Stearne hatte Jonah Branning das Gefühl, einem ganz anderen Jungen zu begegnen. Lucas war höflich, kooperativ, offen. »Mir ist klar, dass ich mich nach meinem vorherigen Benehmen schon ordentlich ins Zeug legen muss. Ehrlich gesagt, ist mir schon der Gedanke daran peinlich …« Ein professioneller Auftritt.

Natürlich wollte er etwas. Jonah konnte die Ungeduld hinter dem Charme spüren. Er selbst war nur ein lästiges bürokratisches Hindernis, das es zu umschiffen galt. Als Lucas' Hexenwart war seine Zustimmung erforderlich, wenn der Junge sich um eine Stellung bei WICA bewerben wollte. Aber Jonah wusste auch, dass seine Zustimmung nicht mehr als eine Formalität war. So viel war ihm von seinem Vorgesetzten mitgeteilt worden, der seine eigenen Instruktionen hatte.

»Lucas ist nicht die erste junge Hexe, die auf diese Art eingesetzt wird – und er wird auch nicht die letzte sein«, hatte der Vorgesetzte bei einer weiteren Zusammenkunft außerhalb der Dienstzeiten gesagt. »Jugendliche Hexen können sowohl eine Bereicherung als auch eine potenzielle Bedrohung sein.«

»Wertvoll für wen, Sir?«

»Für die Obrigkeit, natürlich. Nun ja, minderjährige Hexen sind schließlich nicht wie andere Teenager. Das Fae sondert sie aus. Das macht sie in gewisser Weise härter, doch auf andere Weise auch wieder verletzlicher. Und da ist es doch sehr viel besser, wenn man von ihren Möglichkeiten Gebrauch macht, solange sie noch jung und leicht zu beeindrucken sind und niemand sie auf Abwege bringen konnte.« Der Vorgesetzte lächelte. »Wir müssen in diesen Angelegenheiten immer aufgeschlossen bleiben, Branning.«

Sir Anthony Brady, Oberster Hexenriecher, hatte die Politik der beschränkten Zusammenarbeit mit WICA eingeführt. Und trotzdem war sie nicht unumstritten, schon gar nicht im Referat für Hexenverbrechen. Es war allgemein bekannt, dass Silas Paterson, der stellvertretende Leiter, strikt dagegen war. Und Paterson hatte viele Unterstützer.

Manche waren überzeugt davon, dass alle Hexerei Teufelswerk war. Andere waren gegen die Zusammenarbeit mit einer anderen Behörde, ganz gleich, ob sie für Hexenangelegenheiten oder andere Belange zuständig war, und begründeten das damit, dass die Autorität der Inquisition auf diese Weise untergraben werde. Diejenigen, die eine Zusammenarbeit befürworteten, führten die Überlastung des Referats für Hexenverbrechen als Argument an. Wenn die oberste Zielsetzung der Inquisition die Bekämpfung von Hexenverbrechen war, sollte sie dann nicht willens sein, sämtliche verfügbaren Mittel zu nutzen? Das hatte Jonah selbst oft genug betont. Wie auch immer, Lucas Stearnes Situation ließ das Wesen einer solchen »Nutzung« in einem anderen Licht erscheinen.

»Ich verstehe ja, dass ein Kinderspion nützlich sein könnte«, gestand Jonah ein. »Aber … trotzdem … wenn das nun *Ihr* Kind wäre …?«

Er war zu weit gegangen. Ein Stirnrunzeln zeigte sich auf dem freundlichen rosa Gesicht seines Vorgesetzten.

»Lucas' Vater respektiert den Mut und das Pflichtgefühl seines Sohnes, genau so wie wir alle es tun müssen.«

Also hatte Jonah sich einverstanden erklärt, Lucas' Bewerbung für WICA zu bearbeiten. Das Ablegen des Zaumes autorisierte er ebenfalls. Es hatte sich erwiesen, dass es bei Lucas' Einschätzung irgendein Missverständnis gegeben hatte, tatsächlich war er eine Hexe vom Typ E, stärker noch als zuvor angenommen. Wie die ursprüngliche Einschätzung hatte schieflaufen können, war ihm allerdings unverständlich. In den Akten war kein Vermerk über den Fehler zu finden. Er dachte daran zurück, wie Lucas sich für seine Anwerbung ins Zeug gelegt hatte, leidenschaftlich, doch mit Selbstbeherrschung, in den blauen Augen hatte die Überzeugung gelodert. Wie bei seinem Vater. Das war jedoch nicht unbedingt etwas Gutes, dachte Jonah. Er hatte den Eindruck, dass Lucas das Zeug zu einer gewaltigen Hexe hatte.

Intern bestand WICA aus zwei Abteilungen: Einheit A, die mit Fragen der inneren Sicherheit befasst war, und Einheit B, die auf geheimdienstliche Aktivitäten im Ausland spezialisiert war. Sie teilten sich ein Zentrum für Arbeit und Ausbildung. Dort würde sich Jonah am frühen Montagmorgen mit Lucas treffen, eine gute Woche nachdem Lucas zur Hexe geworden war.

Die Zeit war knapp. Nach nur einer Woche Vorbereitung würde Lucas sich dem Zirkel anschließen. Den größten Teil dieser Zeit würde Jonah ihn überwachen und während des Undercover-Einsatzes eng mit Lucas' Führungsoffizier von der Einheit A zusammenarbeiten. Ashton Stearne hatte darauf bestanden, dass dieser Einsatz nicht über das Ende des Goodwin-Prozesses hinausging. Doch obwohl Lucas es nicht ausdrücklich gesagt hatte, wusste Jonah, dass er hoffte, nach Ablauf dieser Zeit dauerhaft von WICA übernommen zu werden.

Ihr Ziel war ein umgebautes Lagerhaus in den Docklands. Ein großer Teil der Gegend war zu einer strahlend glänzenden Welt aus Glas, Granit und Stahl umgestaltet worden, zu einem »Luxusambiente mit Blick auf den Fluss«. Aber WICAs Hauptquartier war ein schmuddeliger Klotz am Rande eines Industriegebietes. Auf dem Schild über dem Haupteingang war zu lesen: *Avalon Atlantic Plc: Internationale Spedition.* Im schäbigen Foyer von Avalon lag hinter einer Schiebetür verborgen der sichere Eingang zum übrigen Teil des Gebäudes. Jonah, der sich drinnen mit Lucas treffen sollte, wurde von der falschen Empfangsdame zum richtigen Empfangstresen geleitet. Dieser war glatt und funktional, in einer Nische hinter der Telefonanlage stand eine Büste von John Dee. Dee war ein getreuer Berater von Königin Elisabeth I. gewesen (angeblich eine Hexe und sogenannte Fae-Königin) und hatte einen geheimen Rat von Hexenspionen eingerichtet, um ihr im Krieg gegen Spanien zu helfen. WICA sah Dee als ihren Gründervater an, obwohl die Dienststelle offiziell erst nach dem Zweiten Weltkrieg eingerichtet worden war.

Die Inquisition drückte ein Auge zu. Aktive Hexerei

wurde von Überwachungskameras aufgezeichnet, die meisten Büros und Telefone wurden abgehört, und Beamte der Inquisitionspolizei hatten ihre eigene Wache im Gebäude. Ihre Gegenwart hatte etwas Beruhigendes, musste Jonah zugeben. Er war noch nie an einem Ort gewesen, an dem so viele Hexen auf einmal zusammenkamen. Auch Lucas wirkte angespannt. Sein Benehmen war höflich distanziert, wie das eines gut erzogenen Gastes auf einer Party, die nicht unbedingt nach seinem Geschmack war.

Lucas war nicht durch den Haupteingang gekommen, sondern durch die sogenannte Hintertür, einen unterirdischen Gang, dessen Eingang im rückwärtigen Teil einer Computerreparaturwerkstatt um die Ecke lag. Abgesehen davon und von dem falschen Empfang deutete bei Avalon Atlantic wenig darauf hin, dass es sich um ein Spionagezentrum handelte. Als Lucas und Jonah herumgeführt wurden, sahen sie weder Computeranlagen noch technische Bereiche, nur normale Büros und eine Reihe von fensterlosen Räumen. Die meisten davon standen leer, abgesehen von einem Tisch mit ein oder zwei Gegenständen darauf. Ein Glasgefäß, ein Knäuel Schnur … eine an einen Fingerknochen gebundene Feder. Jonah fand diese Dinge beunruhigend. Lucas hingegen schaute sie mit sehr wachem Blick an. Wahrscheinlich stellte er bereits Zusammenhänge her und reimte sich dies und das zusammen.

Eine Hexenagentin namens Zoey Connor begleitete sie auf ihrem Rundgang. Wenn alles nach Plan lief, würde sie Lucas' Führungsagentin sein. Sie war Mitte zwanzig, klein und drahtig, mit einem borstigen dunklen Schopf. Ihre Züge waren von Entschlossenheit und Verantwortungsgefühl geprägt. Sie behandelte Lucas mit freundlichem Entgegenkommen, doch als sie ihre Aufmerksamkeit auf Jonah richtete, empfand der deutliche Kälte. Er war ein wenig enttäuscht, aber nicht erstaunt. Hexen und Inquisitoren harmonierten nicht.

Alle Gespräche und Aktivitäten, die Lucas betrafen, fanden in den wenigen Räumen statt, die nicht von der Inquisition überwacht wurden. Durch diese Maßnahmen sollte das Risiko begrenzt werden, dass seine Identität und sein Zustand innerhalb der Inquisitionsbehörde allgemein bekannt wurden. Jonahs Aufgabe bestand darin zu beobachten, wo Kameras, Abhörvorrichtungen und Wachen es nicht vermochten.

Im Laufe dieses langen ersten Tages beobachtete Jonah, wie Lucas mit seiner Ausbildung begann. Jede Hexe arbeitete anders, dennoch war Grundsätzliches zu erlernen. Lucas und Zoey besprachen zuerst, wie man das Fae am besten zu Überwachungs- und Verteidigungszwecken einsetzte. Dabei wurden keinerlei Hilfsmittel oder Waffen eingesetzt, nur eine Handvoll normaler Haushaltsgegenstände in Verbindung mit persönlicherem Material – einer Wimper, einer Träne, einem Tropfen Schweiß oder Blut. Jonah hatte die Aufgabe, jeden Akt der Hexerei zu dokumentieren und Lucas' Reaktionen zu beobachten. Wichtig war vor allem, ob er Anzeichen von Waghalsigkeit oder Missmut gegen die Obrigkeit registrierte. Die andere Gefahr, auf die er zu achten hatte, bestand – mit den Worten des Handbuchs ausgedrückt – in einem »ungesunden und fanatischen Interesse und/oder ebensolcher Freude am Ausüben des Fae«.

Bislang war Lucas' Verhalten vorbildlich. Er war ruhig und gefasst, bewältigte jede Aufgabe wirkungsvoll und ohne besonderes Aufhebens davon zu machen. Trotzdem spürte Jonah eine unterdrückte Aufgeregtheit hinter der Zurückhaltung. Es war beinahe so, als würde Lucas gar nichts Neues lernen, sondern aus einer Art Urwissen schöpfen. Vielleicht verfügten sie alle über dieses Wissen, dachte Jonah, doch die meisten Leute hatten einfach nicht mehr die Mittel, es wiederzufinden. Doch das war ein ketzerischer Gedanke und er schob ihn beiseite.

Um sechs Uhr wurde Lucas gesagt, er habe genug getan für diesen Tag und solle nach Hause gehen. Jonah musste mit dem Bus zurück ins Büro fahren und dort seinen Bericht schreiben, mit seinem Vorgesetzten sprechen und seine anderen Fälle überprüfen.

Nach seiner Beförderung zum Oberaufseher war Jonah von seiner Bezirkszweigstelle zum Hauptquartier der Inquisition umgezogen. Hierbei handelte es sich um eine unabhängige Enklave, die als Outer Temple bekannt war, nicht weit von den Gerichtsgebäuden und dem historischen und wirtschaftlichen Zentrum von London. Dort hatten Hexenriecher 1401 nach dem ersten vom Parlament verabschiedeten Gesetz gegen die Hexerei eine Siedlung gegründet.

Die Kirche von St. Cumanus war eines der wenigen erhaltenen Gebäude aus dem 15. Jahrhundert. Die Katakomben darunter waren sogar noch älter, doch der größte Teil der Anlage war im 18. und 19. Jahrhundert neu erbaut oder umgestaltet worden. Die einzelnen Gebäude waren um einige kleine Innenhöfe und Rasenflächen herum angeordnet. Eingezwängt zwischen Hochhäusern und hohen Bürogebäuden wirkte die Enklave bei aller Würde etwas eng und geduckt.

Hier waren eine Bibliothek, der große Versammlungssaal und das Inquisitionsgericht selbst untergebracht, sowie die Hauptverwaltung für sämtliche Abteilungen. Da Inquisitoren auf Technologie setzten, um der Hexerei entgegenzusteuern, gab es im Untergeschoss einen Komplex von Hightech-Laboratorien. Einige Verhörräume und Zellen waren ebenfalls vorhanden. Das oberirdische Leben orientierte sich hingegen, wie in den Führungen gern betont wurde, am Vorbild eines Oxbridge Colleges, mit all dem Prestige, das dies mit sich brachte. Das Brandgericht war schon vor langer Zeit an einen anderen Ort verlegt worden.

Der Bereich war von einer schmiedeeisernen Einfriedung umschlossen, die mit Glocken gespickt war. Jonah näherte sich gerade der Hauptkontrollstelle, als jemand seinen Namen rief. Lucas' Führungsoffizier Zoey stand ein kleines Stück weiter an der Straße.

»Hallo«, sagte er erstaunt. »Sind Sie zu einer Besprechung hier?«

»Nein. Ich hatte mit Ihnen reden wollen, bevor Sie gegangen sind, aber ich war verhindert. Deshalb hab ich mir ein Taxi hierher genommen und gewartet, dass Sie auftauchen.«

»Dann kommen Sie doch mit rein. Mein Büro ist gleich da drüben.«

»Ich hab keine Zugangsberechtigung.«

Jonah warf einen Blick durchs Tor auf die patrouillierenden Wachen in Blutrot und Grau. Er hätte wissen müssen, dass nicht mal einer WICA-Agentin, einer Agentin, die mit dem Referat für Hexenverbrechen an einer Operation auf höchster Ebene zusammenarbeitete, ohne jede Menge Stempel Einlass gewährt werden würde. Das Gelände zu betreten war beinahe ebenso aufwendig wie das Passieren der Sicherheitskontrollen am Flughafen. Sogar Großinquisitoren mussten sich einer Überprüfung der Fingerabdrücke und einem Iris-Scan unterziehen, nachdem sie ihren Ausweis vorgelegt hatten.

»Abgesehen davon ist das, was ich zu sagen habe, nicht für die Akten bestimmt. Auf der Straße gibt es wenigstens keine Wanzen.«

Ein Bus rollte dröhnend vorüber und Jonah trat näher an sie heran, damit er sie besser verstehen konnte. »Gibt es ein Problem?«

»Da haben Sie verdammt recht, das gibt es.« Sie fuhr sich mit den Händen durchs Stoppelhaar. »Ich wüsste gern, was zum Teufel Sie sich eigentlich dabei denken, einen so jungen Typen in einen Hexenzirkel zu schicken.«

Er begriff, dass sie sich ihre Wut den ganzen Tag verbissen hatte. »Ich hatte Bedenken«, sagte Jonah ruhig. »Und ich habe sie geäußert. Aber es ist Lucas' Entscheidung. Und aufgrund der Verbindungen seines Vaters …«

Zoey schnaubte. »Ja, klar. Geht doch nichts über die guten Beziehungen zu den alten Weggefährten … Hören Sie, ich mag Lucas. Er ist helle und kann was, er ist schon beinahe so was wie ein Wunderkind. Jedenfalls bin ich sonst noch nie jemandem begegnet, von dem man das sagen könnte. Ich selber bin nur Typ C. Aber darum geht es nicht: Er wird in die Höhle des Löwen geschickt, und zwar ohne ausreichende Ausbildung, ohne gründliche Vorbereitung und – wenn es hart auf hart kommt – auch noch ungeschützt. Was glauben Sie denn, warum zum Teufel er sich für so etwas freiwillig meldet? Damit sein Dad stolz auf ihn ist? Oder weil er so eine Art rebellischen pubertären Todeswunsch hat?«

»Lucas ist den Herausforderungen seines Zustands gewachsen und stellt sich gern seinen neuen Aufgaben.« Jonah war schon angewidert von seinen Worten, während er sie aussprach. »Er weiß, dass er immer anders sein wird als andere. Das ist seine Art, damit umzugehen.«

»Sie meinen, er wird immer entbehrlich sein.«

Jonah wollte etwas sagen, sie kam ihm jedoch zuvor. »Lassen Sie's mal gut sein, mit all diesem Gelaber über die bürgerlichen Werte und das Wohl der Allgemeinheit. Für Leute wie Sie sind wir doch nichts weiter als Kanonenfutter.«

Nach seiner Begegnung mit Zoey war Jonah müde und deprimiert. Das Licht verblasste langsam auf den alten Steinmauern und hohen Fenstern der Inquisition. Die Leute machten sich auf den Heimweg und verabschiedeten sich laut und fröhlich, ehe sie in den Londoner Feierabendverkehr eintauchten. Als Jonah über den kleinen, kopfsteingepflasterten Platz vor der Kirche ging – den Kindle Yard, in vergangenen Zeiten Schauplatz zahlloser Hexenverbrennungen –, ließ er die Schultern hängen. Eigentlich müsste er einen Akteneintrag über Zoeys Bemerkung machen. Ruchlosigkeit und Missmut über die Obrigkeit sollte er aufspüren, dazu war er ausgebildet. Das Problem war in diesem Fall nur, dass er sie dafür respektierte.

Das Büro für Hexenassimilation lag auf der anderen Seite der Enklave, wo es vom Hochhaus der Geheimdienstlichen Überwachungsbehörde überragt wurde. Neben Lucas war Jonah der Aufseher einer gezäumten Hausfrau, eines Hexenbeamten im Polizeidienst und eines Biologiestudenten. Alle drei hatten ihre besonderen Schwierigkeiten. Der Polizeibeamte wurde böswillig beschuldigt, jemanden mit einem Fluch belegt zu haben. Der Student stand vor der Entscheidung, entweder als gezäumter Biologe sein Examen abzulegen oder sich dem Programm *Landwirtschaftliches Arbeiten mit Fae* des Landwirtschaftsministeriums anzuschließen. Indessen wurde die kleine Tochter der Hausfrau in der Schule als »Hexenbalg« drangsaliert. Und als er an den Berg von Papierkram dachte, der auf seinem Schreibtisch wartete, ließ Jonah die Schultern noch mehr hängen.

»He, hallo, Jonah!«

Er schaute sich um. Eine schlanke, große Gestalt schlenderte über das Kopfsteinpflaster. Es war Gideon Hale, einer der Neuzugänge aus dem Eliteprogramm, der bereits als künftiger Star gehandelt wurde. Vor Kurzem hatte er ein Praktikum in Jonahs Abteilung absolviert, wo er sich aufmerksam und dienstwillig gezeigt hatte, aber Jonah hatte sich nicht für ihn erwärmen können. Hin und wieder hatte er das Gefühl gehabt – und er vermutete, dass dies auch so beabsichtigt war –, Gideon würde einfach nur mitspielen.

»Gerüchten zufolge hast du dich in der Hexenspukzentrale rumgetrieben«, sagte Gideon. »Ist das wirklich so eine Freakshow, wie alle behaupten?«

Manchmal drängte sich der Eindruck auf, dass es so etwas wie vertrauliche Informationen in der Inquisitionsbehörde gar nicht gab. Die ganze Organisation wurde durch Tratsch angetrieben. »Du weißt, dass ich dazu nichts sagen kann.«

Gideon tippte sich an die Nase wie in der Schmierenkomödie. »Verstehe. Alles streng pst-pst. Aber wenn man einen Hexenagenten zu beaufsichtigen hat, ist das doch ein Schritt nach vorn im Vergleich zu den gezäumten Omis und den plattfüßigen Wachtmeistern, oder nicht?«

»Ich muss weiter«, sagte Jonah knapp.

»Oh, tut mir leid. Ich dachte, du wärst auch auf dem Weg zu dem Treffen.« Dann, als Jonah nicht antwortete, machte er eine Kopfbewegung in Richtung Kirche. »Heute Abend treffen sich die Hammer.«

»Ist nicht so meine Szene.«

Die Hammer waren ein Klub. Der Name leitete sich von dem berühmten Handbuch eines Inquisitors aus dem 15. Jahrhundert ab, dem *Malleus Maleficarum* oder *Hexenhammer.* Die Mitglieder trafen in der Krypta von St. Cumanus zusammen, um sich mit Inquisitionsgewändern im alten Stil zu verkleiden, berühmte Hexenprozesse nachzuspielen und Trinkspiele zu treiben. Das Mitgliederverzeichnis las sich wie das Namensregister der uralten Inquisitorenfamilien: Altham, Balfour, Grindal, Paterson, Hopkins, Hale … Mitglied wurde man nur auf Einladung, und Jonah wusste, dass Gideon sich dessen bewusst war.

»Ah.« Gideon sah ihn milde belustigt an. »Nun denn … einen schönen Abend dann.«

Ihre Wege wollten sich gerade trennen, als ein schrecklicher hoher Schrei die Abendstille zerriss. Er kam von draußen von der Straße. Beinahe gleichzeitig begannen die eisernen Glocken auf der Einfriedung um die Inquisitionsbehörde zu klingeln, ein harsches Gebimmel, das laut genug war, die Luft zum Vibrieren zu bringen.

Jonah und Gideon schauten sich entsetzt an und liefen auf das Tor zu. Ein Stück die Straßen hinunter war eine Bushaltestelle, nur ein paar Meter weiter hatte Jonah Zoey in ihr Taxi steigen sehen. Eine junge Frau entfernte sich schwankend von der Bushaltestelle und hielt auf den Outer Temple zu, wobei sie weinend an ihren Kleidern zupfte. Ihr Gesicht war mit eiternden schwarzen Pusteln bedeckt. Drei oder vier andere Personen folgten ihr, alle litten sie unter der gleichen Entstellung. Sobald sie das Tor erreichten, stolperten sie und fielen hin, dann krochen sie wie betrunken auf dem Pflaster herum und murmelten unzusammenhängendes Zeug.

Innerhalb kürzester Zeit war eine Truppe von Wachleuten der Inquisition herbeigeeilt und hatte einen Schutzwall um die Opfer gebildet. Jemand rief, dass ein Team Sanitäter unterwegs sei. In der Ferne heulten die Sirenen der Krankenwagen. Auf der anderen Straßenseite standen die entsetzten Passanten eng beieinander. Ein kleiner Junge heulte laut. Währenddessen füllte sich der Kindle Yard mit Inquisitoren, die einander furchtsam zuraunten, und nach und nach verbreitete sich die Nachricht.

»Das ist Hexerei, was?«, stammelte Gideon. »Ich hätte nie gedacht … hier doch nicht, so doch nicht …«

Ein Hexenangriff vor den Toren der Inquisition! Zum ersten Mal im Leben spürte Jonah die volle Kraft von etwas, das über die üblichen menschlichen Ängste hinausging: das Gefühl einer fremden und bösartigen Macht, unerkennbar und unerbittlich. Er bekam eine Gänsehaut.

Gideons Augen funkelten fiebrig. »Das ist ein Zeichen

von den Zirkeln. Wahrscheinlich versuchen sie uns einzuschüchtern, wegen des Goodwin-Prozesses.«

Die Sanitäter waren nun eingetroffen, und obwohl schwer zu erkennen war, was eigentlich los war, schienen die Symptome des Angriffs so schnell wieder zu verschwinden, wie sie gekommen waren. Eines der Opfer hatte sich bereits aufgesetzt und redete wieder klar.

Weitere Zuschauer gesellten sich zu Jonah und Gideon. Eine Frau schüttelte finster den Kopf. »Dieser Hexensturm im Büro des Abgeordneten war erst der Anfang. Und Sie haben doch von dem entgleisten Zug in Ealing letzte Woche gehört? Zwanzig Verletzte, drei davon schwer. Die Untersuchungskommission hielt es für einen technischen Defekt. Jetzt hat sich herausgestellt, dass der Lokführer unter einem Fluch stand. Er war behext worden und hat ein riesiges schwarzes Pferd gesehen, dass über die Schienen auf ihn zugerannt ist! Das passt alles zusammen.«

Andere sagten genau dasselbe. Die Angst wich der Wut und einer neuen Entschlossenheit.

Gideon hatte seine Selbstbeherrschung ebenfalls wiedergewonnen. Sein Gesicht war starr. »Wenn das wahr ist, ändert das alles. Es geht nicht mehr um Kontrolle und Assimilation. Das hier ist Krieg.«

Lucas erfuhr erst später von dem Angriff an der Bushaltestelle – der *Beulenpest*, wie die Boulevardblätter ihn nannten. Nachdem er WICA verlassen hatte, war er auf direktem Weg nach Haus gegangen und hatte sich mit dem Armvoll Akten, die Zoey ihm gegeben hatte, in seinem Zimmer eingeschlossen.

Abgesehen von Zoey hatte er kaum etwas von den anderen Hexenagenten gesehen und vom berühmten Jack Rawdon überhaupt nichts. Er hatte erwartet, auf eine übereifrige, leicht defensive Kumpelhaftigkeit zu treffen, wie sie unter Menschen üblich war, die einen Fetisch oder irgendein peinliches gemeinsames Hobby haben. Doch die wenigen Hexen, denen er vorgestellt worden war, waren sachlich und professionell gewesen, weiter nichts. Lucas war erleichtert. Er wollte nicht das Gefühl haben, dazuzugehören.

Außerdem musste er Abstand gewinnen von der brodelnden Mischung verschiedener Energien und Impulse, welche die Hexerei des Tages in ihm erweckt hatte. Morgen würde er mehr über Harry Jukes lernen und die Rolle, die er im Zirkel spielen würde. Heute Abend musste er seine Gedanken ordnen und Vorbereitungen treffen.

Er begann damit, sich den Stammbaum des Morgan- und Starling-Clans anzuschauen. Berichte über Mitglieder des Cooper-Street-Zirkels waren ihm beigefügt. Beim Durchblättern der Akte hielt er inne, als er auf ein etwas verwackeltes Foto eines Mädchens stieß. Laut Aktennotiz handelte es sich um Gloriana Starling Wilde. Fünfzehn Jahre alt. Zwei Verwarnungen wegen Ladendiebstahls, eine Reihe von Einträgen wegen Schulschwänzens. Risiko, zur Hexe zu werden: hoch.

Das war keineswegs erstaunlich. Schließlich war sie die Enkelin einer der berüchtigtsten Hexen des 20. Jahrhunderts. Außerdem war ihre Mutter Edie Wilde, geborene Starling, wahrscheinlich auch Hexe, allerdings eher niedrigen Grades. Im Bericht war vermerkt, dass dies nicht belegt werden konnte, da sie nie registriert worden war. Die Inquisition hatte den Verdacht, dass sie im Alter von etwa dreiundzwanzig Jahren zur Hexe geworden war. Mit vierundzwanzig hatte sie ihre Tochter geboren, und drei Jahre später war sie verschwunden, man hielt sie für tot. In der Akte war vermerkt, dass sie wahrscheinlich Opfer eines Zirkel-Attentats geworden war, als Folge einer Fehde mit den Morgan-Brüdern wegen Erbstreitigkeiten. Deshalb arbeitete ihre Tochter mit dem Referat für Hexenverbrechen zusammen.

Lucas warf noch einen Blick auf das stark raubvogelähnliche Profil des Mädchens und ihre hellblonden Haare. Ihren albernen Namen fand er irgendwie passend, jetzt, nachdem er die Akten der Operation Echo gelesen hatte. Gloriana war ein Ehrentitel für die Fae-Königin Elisabeth I. gewesen. Die Stearnes waren nicht die einzige Familie, die große Ambitionen für ihre Kinder hatte.

KAPITEL 15

Das erste Treffen von Glory und Angeline mit »Harry Jukes« war für zwei Tage vor seinem Beitritt in den Zirkel angesetzt. Es war ein Samstag und Glory kannte die ganze Geschichte erst seit einer Woche. Sie war immer noch aufgewühlt wegen Tante Angels Enthüllungen, akzeptierte aber, dass es momentan nicht möglich war, das alles zu verarbeiten. *Ich denke später drüber nach,* sagte sie sich immer wieder, wenn sie einen der kleinen hysterischen Anfälle unterdrückte, die sie plötzlich wie ein Schluckauf überfielen. *Jetzt nicht. Ich kann nicht, ich darf nicht. Sonst werde ich verrückt.*

Denn sie hatte keine Kontrolle über die Ereignisse. Angeline hatte schon Verbindung zu ihrer Kontaktperson im Referat für Hexenverbrechen aufgenommen und bestätigt, dass ihre Großnichte mit im Boot war. Offenbar hatte sie von Anfang an darauf beharrt, dass Glorys Einbindung unverzichtbar war, wenn Harry im Zirkel aufgenommen und schließlich dem Morgan-Clan vorgestellt werden sollte.

Also brachen sie und Angeline am Samstagnachmittag zum Safe House von WICA auf, wo sie Harry Jukes kennenlernen und Instruktionen für die vor ihnen liegende Aufgabe erhalten sollten. Dem Zirkel hatten sie weisgemacht, dass sie sich auf die Suche nach einem alten Bekannten von Angeline, einem Fälscher, machen wollten. Beide trugen ein von Glory angefertigtes Verwirrzauberamulett. Sie hatte zwei billige Spielzeugkompasse gekauft, die sie zertrampelt hatte, dann hatte sie ihr Fae in ein kompliziert verwobenes Netz von Schnüren geknotet, es um die kaputten Kompasse gewickelt und sie in zwei kleine Stoffbeutelchen gesteckt. Der Tradition zufolge vergrub man so etwas auf Wegkreuzungen. Da es jedoch nicht praktisch war, in der Stadt die Straßen aufzubuddeln, hatte Glory sie unter einem Gulli im Pflaster angebracht. Ein paar Stunden mussten Fußgänger nun hin und her über die Amulette stapfen, bis sich die Hexerei gesetzt hatte.

Heute hatte sie die Amulette wiedergeholt und sie hatten sie in ihre Schuhe gesteckt. Bequem war das nicht, aber wirksam. Sollte jemand versuchen, ihnen zu folgen, würde er sich in einem Netz der Verwirrung verfangen, nicht mehr recht wissen, was er eigentlich verfolgte, rechts und links und Nord und Süd verwechseln. In einem Wasserbecken konnten sie auch nicht erspäht werden. Trotzdem war es Angeline lieber, auf Umwegen zu Fuß und per Bus zum Ziel zu kommen. Sie waren lange unterwegs, zumal sie unterwegs mehrere Pausen einlegen mussten.

Ihr Ziel war letztlich ein unspektakuläres Mietshaus in einem unspektakulären Wohngebiet. Sie legten die Amulette am Ende ihres Weges ab, denn es konnte ja sein, dass sie durchsucht wurden. Ohnehin waren sie ihnen nicht mehr von Nutzen, ein Verwirrzauber hielt nur für einen einzelnen Weg.

Glorys Eingeweide verknoteten sich, als sie in die Straße einbogen. Die Behörden wussten, dass Angeline eine Hexe war, ihr eigener Status war jedoch geheim – und bei dem Treffen wäre mindestens ein Inquisitor anwesend.

»Vergiss nicht«, hatte die Tante sie gewarnt, »dass wir nicht zu sehen kriegen werden, wie dieser Harry Jukes und seine Hexenfreunde tatsächlich aussehen. Die setzen Verhüllungszauber ein, rauf und runter und in jeder Ecke, denk an meine Worte.«

Das Erscheinungsbild von Glory und Angeline war den Behörden bereits bekannt. Dennoch unterzog Angeline sich einer physischen Veränderung. Gestern Abend hatte sie die Lockenwickler weggelassen, sie trug weder ihren üblichen korallenroten Lippenstift noch Rouge und hatte sich eine Stola um ein trutschiges Paisleykleid gewickelt. Während sie die Straße entlanggingen, sackte ihre aufrechte Gestalt zusammen und schrumpfte. Hexerei war das nicht, nur gute Schauspielkunst. Vor Glorys Augen verwandelte sie sich in ein tattriges altes Weib.

Die Tür der Wohnung 9a wurde von einem mattblonden jungen Mann mit verlegenem Lächeln geöffnet. Er stellte sich als Officer Branning vor. Als er Glory die Hand schütteln wollte, musste sie sich gewaltig zusammennehmen, um nicht zurückzuzucken. Er war der erste Inquisitor, dem sie je begegnet war. Sowie er ihr den Rücken zugekehrt hatte, wischte sie sich die Hand an ihren Leggins ab.

Officer Branning führte sie in die Wohnküche. Die war ein bisschen zu sauber und zu kahl, sodass man nicht das Gefühl hatte, dass sie je bewohnt worden war. Der Inquisitor half Angeline auf einen Platz am Tisch, Glory konnte nicht erkennen, ob das Zittern ihrer Großtante nur gespielt war. Ihr eigener Körper verkrampfte sich mitfühlend. Sie steckte sich ein Kaugummi in den Mund, wie so oft, wenn sie nervös war. »Tee? Kaffee?«, fragte der junge Mann, und sie hätte fast losgekreischt vor Lachen. Nicht zu glauben.

Dann piepte seine Hosentasche und er warf einen prüfenden Blick auf seinen Pager. »Die anderen sind da. Einen Moment noch.«

Der Moment war allzu schnell vorüber. Sekunden später standen Harry Jukes und seine Führungsagentin im Raum.

Glory verschränkte die Arme schützend vor der Brust. Sie würde keine Hand mehr schütteln. Mechanisch kaute sie auf ihrem Kaugummi herum und versuchte sich so zu beruhigen. Der Junge zog den Stuhl ihr gegenüber unter dem Tisch hervor. Mit kühlem Interesse musterte er sie von oben bis unten und sie erwiderte seinen Blick unerschrocken. Er hatte wirres, dunkelblondes Haar und ein dickliches rosa Gesicht. Seine Begleiterin war eine sommersprossige Rothaarige.

»Ich bin Harry«, sagte der Junge. »Ich freue mich, Ihre Bekanntschaft zu machen.« Die Stimme: ruhig, klangvoll, lässig. War das auch getürkt?

»Und ich bin Anne«, sagte seine Begleiterin. »Anne Jones.« Glory hätte fast wieder gelacht, ein Deckname, das war richtig dick aufgetragen. Sie wäre jede Wette eingegangen, dass ›Anne‹ sich auch in einen Bildzauber gehüllt hatte.

Sowohl physisch als auch psychisch ging es Glory absolut gegen den Strich, mit einem Inquisitor am Tisch zu sitzen, aber diese beiden kollaborierten vermutlich regelmäßig mit der Inquisition. »Harry« und »Anne« waren eindeutig einer Gehirnwäsche unterzogen worden, damit sie all den Propagandamist glaubten, der ihnen weismachen wollte, dass sie nur ihre Freiheit aufgeben und die dreckige Arbeit für den Staat erledigen mussten, um als Lohn dafür irgendeine Legitimation zu erhalten. Als ob es nach Jahrhunderten der Verfolgung immer noch etwas geben würde, wofür die Hexen sich zu entschuldigen hatten. Als ob das Fae eine Behinderung wäre und keine Gabe!

Aber ihre Neugier war geweckt. Wer auch immer dieser Harrytyp in Wirklichkeit sein mochte, älter als Anfang zwanzig konnte er nicht sein. Wenn er da schon als Agent eingesetzt wurde, war er sicher eine starke Hexe.

Glory war dankbar, dass man von ihr nicht erwartete, viel zum Gespräch beizutragen. Tante Angel hatte ihr ihre Aufgabe schon erklärt: Sie sollte Harry helfen, von den anderen in der Cooper Street akzeptiert zu werden, und ihre Familienbeziehungen nutzen, um ihn bei den Morgans einzuführen. All das gingen sie in weiteren Einzelheiten durch, dazu kam langweiliges Zeug über Protokoll und Vorgehensweise und den Dienstweg. Ab und zu nickte Glory, um zu zeigen, dass sie zuhörte, doch davon abgesehen war sie so frei, ihren eigenen Gedanken nachzuhängen.

Aufmerksamer wurde sie, als Harry davon erzählte, wie er den ersten Kontakt zum Zirkel hergestellt hatte, angeblich um Drogen zu kaufen, und wie er daraufhin locker mit Nate und seiner Truppe Bekanntschaft geschlossen hatte.

Glory hatte nur ein paar Mal gehört, wie Nate von Harry gesprochen hatte – und das immer verächtlich. Trotzdem beschlich sie der Verdacht, dass Nate insgeheim stolz auf die Verbindung war. Die Starling-Zwillinge hatten immer mit Aristokraten und Playboys Party gemacht, und es gehörte zu dem von ihm angestrebten Gangsterimage, mit betuchten Losern abzuhängen, die es eigentlich besser wissen sollten. Die Inquisition und WICA hatten diese Schwäche ausgenutzt. Sie dachten, sie würden leichtes Spiel haben mit der Cooper Street und allen Beteiligten.

Blödmänner, dachte Glory. *Ihr werdet schon sehen*. Für einen flüchtigen Moment musste man ihr ihre Befriedigung angesehen haben, denn sie ertappte Harry dabei, wie er sie anschaute und dabei ein wenig die Stirn runzelte. Seine Augen waren braun und ein bisschen blutunterlaufen. Sie starrte so lange zurück, bis er wegguckte.

Es nervte sie, dass dieser Typ ihr in die Augen schauen konnte, während seine eigenen verborgen blieben. Wie bei einem Gespenst. Irgendwo musste es ein Amulett geben, das das Rohmaterial dieses Bildzaubers enthielt. An Ort und Stelle beschloss sie, es zu ihrer Mission zu machen, das Ding aufzutreiben. Sein Fae mochte ja stark sein, aber sie war ein Starling-Mädchen, ein Wunderkind – eins von einer Million. Auf keinen Fall würde er es mit ihr aufnehmen können.

Zum ersten Mal hatte Lucas Stearne sich am Mittwochabend in Harry Jukes verwandelt, drei Tage nachdem er bei WICA eingetreten war. Da Agent Barnes nach wie vor im Krankenhaus lag, hatte Lucas nie Gelegenheit gehabt, sich anzuschauen, wie sein Vorgänger in Wirklichkeit aussah, er hatte lediglich seine Aufzeichnungen zum Fall und das Filmmaterial von ihm in seiner Rolle als Harry studiert. Als Teil seiner Deckung war Barnes den letzten Monat als Schüler einer Privatschule im Norden Londons eingeschrieben gewesen, Lucas musste sich also mit Harrys Lehrern und Klassenkameraden vertraut machen. WICA hatte bereits diverses Begleitmaterial zusammengestellt, von einem MP3-Player mit Harrys Musik bis zu einem Schrank mit Harrys Klamotten.

Auch andere Recherchen waren nötig. Es war zu erwarten, dass Harry nicht viel Ahnung vom Leben in den Zirkeln hatte, trotzdem musste Lucas Namen, Orte, Gesichter, Geschäftliches und Familiengeschichte pauken. Damit zurande zu kommen nahm mehr Zeit in Anspruch als die eigentliche Hexerei. Vieles davon musste geübt werden, und er war regelrecht erleichtert gewesen, als er erfuhr, dass die Zeit nicht reichen würde, um seine Fähigkeiten im Hexensprung zu testen. Von allen Fähigkeiten, die Hexen haben konnten, war der Hexensprung die größte Abnormität.

Die schwerste Aufgabe bisher war die Herstellung eines Verhüllungszaubers gewesen. Ursprünglich hatte Agent Barnes Harrys Erscheinungsbild anhand einer computergenerierten Zeichnung erschaffen. Lucas hatte stattdessen ein Foto, an das er sich halten konnte. Dunkelblondes Haar, braune Augen, dicke Backen. Ansonsten war sein Aussehen absichtlich unscheinbar gehalten.

Er fing mit der Arbeit an dem Verhüllungszauber an, indem er zwei kleine Bilder malte: eins von Harry, eins von ihm selber. Wie das Endergebnis bewies, verfügte er über keinerlei künstlerische Fähigkeiten. Das spielte jedoch keine Rolle. Es ging vielmehr darum, mit jedem Bleistiftstrich, mit jeder Farbe und Nuance sein Fae zum Vorschein zu bringen, damit die Intensität des Bildes in seinem Kopf in das primitive Bild auf dem Papier geleitet werden konnte.

Unter Zoeys Anleitung hatte er sein Selbstporträt auf einem flach auf den Tisch gelegten Spiegel platziert und es dann angezündet. Als das Bild zu Asche wurde, war sein Abbild im Spiegel immer schwächer und undeutlicher geworden, als ob seine eigenen Züge sich auflösen würden. Zoey hatte ihn schon vorgewarnt: Für den Betrachter war es, als ob er plötzlich aus dem Fokus verschwunden wäre. Jonah, der aus einer Ecke zuschaute, war ein wenig blass um die Nase.

Lucas ignorierte sein eigenes mulmiges Gefühl und mischte eine Strähne blondes Haar, eine Träne von einem braunen Auge und ein Stück Fingernagel in die Asche. Wo das alles herkam, wusste er nicht, er stellte auch keine Fragen, sondern konzentrierte sich auf das Bild von Harry Jukes in seinem Kopf, das er vom Filmmaterial und dem Foto kannte. Dann spuckte er in die Aschemixtur und arbeitete das Fae durch seine Fingerspitzen ein, wobei ihm der Spiegel als Arbeitsfläche diente.

Am Ende schmierte er den Aschebrei auf seine Zeichnung von Harry – ein besseres Strichmännchen mit kleinen braunen Augen, einem runden, rosigen Gesicht und krakeligem gelben Haar. Als er das schmuddelige Blatt Papier zusammengefaltet in ein Säckchen von der Größe eines Teebeutels steckte, klärte sich die Nebelhaftigkeit seines Spiegelbildes allmählich. Und nachdem er das Säckchen kräftig zwischen den Handflächen zusammengedrückt und dabei Harry Jukes' Namen gewispert hatte, zeigte der Spiegel ihm das dazu passende Gesicht.

Zoey nickte. »Schon ganz gut. Deine Nase ist aber zu knollig, und du hast vergessen, die Augenbrauen der Haarfarbe anzupassen.«

Zögernd berührte Lucas Harrys Nase. Sie fühlte sich genauso gerade an wie immer. Die Konturen seines Gesichtes kamen ihm nicht anders vor als sonst, und doch zeigte ihm der Spiegel, dass seine Hände über Wangenknochen und Kinn eines anderen Jungen wanderten. Er konnte noch immer die grobe graue Strähne fühlen, die er sich am Tag seiner Einschätzung ins Haar gemacht hatte. Doch als er ein paar Haare herauszog – mit Harrys großen, weichen Händen –, sahen sie irgendwie blond aus und waren länger, als sie hätten sein sollen.

»Physisch hat sich nichts verändert«, versicherte Zoey ihm. »Du bist immer noch da, der Verhüllungszauber ist nur ein Schleier, hinter dem du dich versteckst. Deshalb kann deine Identität mit biometrischen Tests überprüft werden, obwohl die Technologie dafür noch nicht ganz störungsfrei arbeitet. Als Vorsichtsmaßnahme erstellen wir falsche Unterlagen mit deinen Fingerabdrücken und so weiter.«

In dem Moment klopfte es an der Tür. Es war Jack Rawdon. »Sehr eindrucksvoll«, sagte er. »Nicht mal ich hätte es besser machen können.«

Er ging auf Lucas zu und schüttelte ihm die Hand. »Wir sind hocherfreut, dich in unserem Team zu haben, Lucas. Ich habe deinen Vater immer sehr verehrt, und ich bin sicher, dass du ihn stolz machen wirst mit deiner Arbeit. Schließlich kann man seinem Land auf viele Arten dienen. Mein eigener Lebensweg hat auch manch unerwartete Wendung genommen, aber ich bedauere keine davon. Hoffentlich wirst du auch einmal so empfinden.«

Rawdon war zwar kein großer Mann, aber dennoch füllte er mit seiner Präsenz den ganzen Raum. Sogar in einem

Nadelstreifenanzug brachte er es fertig, abgerissen auszusehen. Das grau gesprenkelte Haar und der starke Kiefer, der offene, männliche Blick … Lucas konnte langsam sehen, warum Rawdon das männliche Aushängeschild für die Hexenschaft der oberen Liga war. Er hätte fast als Model auf einer der grausigen »Mit Fae leben«-Broschüren durchgehen können.

»Ich bin froh, dass ihr beiden euch endlich kennengelernt habt«, sagte Zoey zu Lucas, nachdem Rawdon gegangen war. »Jack war von Anfang an stark an dieser Operation beteiligt. Er und Agent Barnes haben Harry Jukes weitgehend zusammen erschaffen.«

»Glaubst du, dass es ihm fehlt, kein richtiger Spion mehr zu sein – draußen im praktischen Einsatz, meine ich?«

»Im Moment liegen die größten Herausforderungen im Sitzungssaal. Die Organisation ist noch nicht aus den Kinderschuhen heraus, und wir brauchen eine Führungspersönlichkeit, der die Öffentlichkeit vertrauen kann.« Sie warf einen schnellen Blick zu Jonah hinüber. »Es gibt so viel unter Beweis zu stellen, und so viele Menschen, die uns scheitern sehen wollen.«

Wenn das so ist, dachte Lucas, sollte Rawdon vielleicht die Pressetermine und Fotoshootings einschränken. Seine ständig wiederkehrenden Bekundungen, dass Hexerei die beste Antwort auf Hexenverbrechen sei, ließen sein Ansehen bei WICA vielleicht anschwellen, aber nicht wenigen schwoll auch der Kamm dabei.

Er konzentrierte sich wieder auf den Zauber. »Okay. Und wie werde ich Harry wieder los?«

Als Antwort nahm Zoey ein Feuerzeug und hielt es an

das Amulett aus Asche und Papier. Als das kleine Säckchen verbrannte, kräuselte und trübte sich die Luft um Lucas herum. Innerhalb von Sekunden war sein eigenes Spiegelbild wieder da.

»Siehst du? Ganz leicht. Je nachdem, wie lange du das Amulett auf der Haut trägst, verlängert sich die Lebensdauer des Zaubers. So ähnlich wie beim Aufladen einer Batterie. Wenn du acht Stunden lang mit dem Amulett schläfst, kannst du am nächsten Tag noch acht Stunden ohne Amulett herumlaufen, der Verhüllungszauber bleibt erhalten. Wir zeigen dir auch, wie man es verstecken kann. Andrews war so klein, dass er es in das Armband seiner Uhr stopfen konnte.«

Als Lucas dann mit Glory und Angeline zusammentraf, fühlte er sich schon sehr viel wohler in seiner zweiten Haut. Er konnte Harrys Verhüllungszauber in weniger als einer Viertelstunde herstellen und erzielte jedes Mal ein perfektes Ergebnis. Zoey verwendete für die Undercoverarbeit ebenfalls einen Verhüllungszauber, doch obwohl sie mehr Übung hatte, brauchte sie bedeutend länger, bis er vollständig war. Und danach war sie müde und ihr war schwindelig.

»Okay?«, fragte sie, als sie vor der Wohnung 9a standen und darauf warteten, von Jonah hereingelassen zu werden. Lucas nickte. Irgendwie hatte das eine gewisse Ironie, aber als anderer Mensch verkleidet – eine Person, die gar nicht existierte – fühlte er sich wieder mehr wie früher. Vielleicht war dieses Gefühl, alles unter Kontrolle zu haben, genauso eine Illusion wie sein Erscheinungsbild, doch er war fest entschlossen, es voll auszukosten.

Sie betraten die Wohnküche, Lucas in Harrys latschigem, schlingerndem Gang. In einer Ecke hatte ein Wachmann Position bezogen, und am Tisch saßen zwei Personen, eine ältere Frau und ein Mädchen im Teenageralter. Lucas nahm vor dem Mädchen Platz.

Glory Wilde entsprach so ziemlich seinen Erwartungen. Zu viel Make-up, schlecht gefärbtes Haar, das sie in einem straffen Pferdeschwanz trug, ein großer, mauliger Mund. Sie kaute deutlich hörbar Kaugummi, und als er seinen Stuhl unter dem Tisch hervorzog, verschränkte sie die Arme auf aggressive Art vor der Brust.

Lucas war mehr an Angeline interessiert. Sie war eine Hexe, die sich der Registrierung ihr ganzes Leben erfolgreich entzogen hatte, jetzt allerdings freiwillig mit dem Gesetz kollaborierte. Vielleicht war die Regierungskampagne in Sachen Öffentlichkeitsarbeit ja doch nicht so schlecht, wie immer behauptet wurde.

Über Angelines Schwestern wusste er schon Bescheid, genau wie alle anderen. Die Starling-Zwillinge hatten offenkundig Starqualitäten, wenn auch eher krimineller Art. Damit waren die Versuche einiger Leute, sie als Volksheldinnen zu rehabilitieren, wohl kaum gerechtfertigt, doch es war schon irgendwie traurig zu sehen, was von der Legende übrig geblieben war: eine hinfällige alte Frau und ein jugendlicher Proll mit steinharter Miene.

Im Verlauf der Besprechung stellte er fest, dass ihm irgendetwas an Glory bekannt vorkam. Es ließ ihn nicht los, und es hatte nichts damit zu tun, dass er ihr Foto vorher gesehen hatte. Irgendwann drehte sie ihren Kopf in Jonahs Richtung, sodass ihre Ohrreifen baumelten, und da ging ihm auf, dass dies das Mädchen war, das ihn und Tom angepöbelt hatte, nachdem sie den Vortrag über die Karrierechancen bei der Inquisition gehört hatten. Irgendwas mit Fröschen war das gewesen. Einen Moment lang hallte ihr heiseres Lachen in seinen Ohren wider … Aber sie ertappte ihn, als er sie musterte, und jetzt funkelte spitzer Stahl in ihrem Blick. Dumm wirkte sie wenigstens nicht. Das war schon mal gut, vermutete Lucas.

KAPITEL 16

Am Sonntag, seinem letzten Abend zu Hause, besuchte Lucas einen Vortrag im Athenaeum Club. Seit zwei Wochen war er nicht mehr in der Schule gewesen, und da in Clearmont Freitag die Osterferien begannen, kursierte als offizielle Version der Geschichte, dass er ins Ausland gehen würde, um sich von seiner soeben überstandenen Krankheit zu erholen. Sein Vater hielt es für eine gute Idee, wenn er sich in der Zwischenzeit bei einer öffentlichen Veranstaltung zeigen würde, nur um eventuellen Gerüchten entgegenzuwirken, irgendetwas könne an der Geschichte nicht stimmen. Diesen einen Abend würden sie also so tun, als würde alles laufen wie immer.

Für Lucas gab es noch einen anderen Grund, die Veranstaltung zu besuchen. Das Thema des heutigen Vortrags war: »Internationale Hexenverbrechen. Ursachen, Folgen, Konsequenzen«, und die Inquisition war stark vertreten. Man erwartete die Teilnahme der beiden Geschworenen, die unter Verdacht standen, vom Wednesday-Zirkel bestochen worden zu sein. Der Vortrag würde Lucas eine gute Gelegenheit bieten, sie zu beobachten.

Abgesehen davon war wirklich alles besser als eine Henkersmahlzeit zu Hause. Philomena war mitgeteilt worden, dass Lucas bei einem hochrangigen Forschungsprojekt der Regierung assistierte, und sie hatte eine Erklärung unterschreiben müssen, in der sie sich verpflichtete, sein Fae vertraulich zu behandeln. Ihr märtyrerhaftes Gehabe hing wie eine Wolke über dem Haus. Marisa hingegen war deutlich aufgelebt. Lucas' Einsatz bei WICA war ideal, um den peinlichen Zustand ihres Stiefsohnes unter den Teppich zu kehren.

Lucas' Vater hatte sich mit der Situation abgefunden, nicht jedoch seinen Frieden mit ihr gemacht. Er hatte nichts über Lucas' Ausbildung wissen wollen, lediglich höfliche und allgemeine Fragen gestellt, auf die Lucas höflich und allgemein geantwortet hatte. Auf der Taxifahrt zu der Veranstaltung gab es nur den allerkleinsten Small Talk.

Lucas näherte sich der Reihe eiserner Glocken über der Tür des Klubs und hoffte, nicht so verschlagen auszusehen, wie er sich vorkam. Als er sah, dass Jonah auf der anderen Seite auf ihn wartete, wich sein Unbehagen der Verärgerung. An seiner ursprünglichen Einschätzung des Mannes hatte sich nichts geändert. Ein gutmütiges Arbeitstier, aber eben doch ein Arbeitstier.

Zum Glück war Jonah nur da, um seinen Schützling zu beobachten, Kindermädchen spielen sollte er nicht. Vor dem Vortrag fand ein Empfang mit Getränken statt und die gut betuchte Menge im Vestibül plauderte gesellig durcheinander. Ashton wurde sofort von einem befreundeten Journalisten beiseitegenommen, damit war Lucas frei und konnte sich einen Überblick über die Zusammenkunft verschaffen. Bis jetzt war nur einer der beiden Geschworenen erschienen, die er beobachten sollte: Max Holland.

Max Holland war ein Strafrechtsanwalt, der gerade eine kostspielige Scheidung hinter sich hatte. Die andere Verdächtige, Ruth Mackenzie, war eine Beamtin im gehobenen Dienst. Die Firma ihres Mannes war vor Kurzem vor dem Bankrott gerettet worden. Mr Holland wirkte steif und wohlhabend, er war in Begleitung seiner zweiten Frau erschienen, die ihre Diamanten zur Schau stellte. Vielleicht waren die ja mit dem Geld des Hexenzirkels gekauft worden.

Lucas beschloss, ein wenig näher heranzugehen. Doch bei seinem nächsten Schritt befand er sich plötzlich Auge in Auge mit dem Menschen, den er am wenigsten sehen wollte. Gideon stand vor ihm, mit einer sehr hübschen Brünetten am Arm.

»Gut, dich wieder frisch und munter zu sehen, Stearne. Ich hab gehört, du warst krank. Neulich auf der Party hast du wirklich ein bisschen käsig ausgesehen. Und wenn ich das mal sagen darf, du wirkst immer noch ein bisschen angeschlagen.«

»Ich dachte, ich probier mal einen neuen Look aus, die ›interessante Blässe‹.«

»Na ja, ich hätte ja wissen müssen, dass dich nichts davon abhalten würde, heute Abend herzukommen.« Gideon wandte sich an seine Begleiterin. »Andere Jungs träumen davon, Fußballspieler oder Popstar zu werden, wenn sie mal groß sind. Lucas will nur Hexen jagen.«

Das Mädchen lachte wiehernd und wollte sich ein Glas vom Tablett eines vorübergehenden Kellners nehmen. Dabei stieß sie die Person hinter ihr an, die sich umdrehte. Es war Jonah.

»Na, da haben wir allerdings jemanden, den ich hier nicht erwartet hätte. Es sei denn, du bist offiziell als Begleiter unterwegs.« Gideon zwinkerte Jonah konspirativ zu.

»Warum sollte eine Hexe so eine Veranstaltung besuchen wollen?«, fragte Lucas – ein wenig zu schnell.

»Da drüben steht eine.« Das Mädchen streckte den Finger aus.

Eine Frau in einem tief ausgeschnittenen Kleid stand an der Seite eines wesentlich älteren Mannes. Sie trug einen dünnen eisernen Ring um den Hals. Noch nie hatte Lucas gesehen, dass jemand auf diese Art gezäumt war. Die Frau war sehr attraktiv, fiel ihm auf, mit vollem rotbraunen Haar und violetten Augen. Ihr Begleiter kam Lucas irgendwie bekannt vor, er konnte ihn jedoch nicht einordnen. Er war untersetzt und vom Alter gebeugt, hatte eine sommersprossige Glatze und Tränensäcke unter den kleinen Augen.

»Das sind Lord und Lady Merle«, sagte Jonah voller Respekt. »Er ist so eine Art Medienzar. Und ich glaube, sie war Model, bevor sie das Fae bekam.«

Lucas wusste über Lord Godfrey Merle Bescheid. Er war Gründer, Vorstandsvorsitzender und Generaldirektor der Cardex News Group. Marisa war eine Zeit lang im selben Wohltätigkeitskommitee gewesen wie seine Frau. Die Organisation kümmerte sich um kranke Kinder – er meinte sich zu erinnern, dass Lady Merle eine behinderte Tochter hatte.

»Was für eine seltsame Art, einen Zaum zu tragen«, bemerkte das Mädchen. »Puh. Wenn ich an ihrer Stelle wäre, dann würde ich alles tun, um ihn zu verdecken.«

»Vielleicht schämt sie sich nicht für das, was sie ist«, sagte Jonah leise.

»Na ja, mutig von ihrem Mann, zu ihr zu stehen.« Das Mädchen machte sich nicht mal die Mühe, leiser zu sprechen. »Und sie hat wahrscheinlich auch keinen Besseren abgekriegt.«

Lady Merle schaute zu ihnen herüber, was Lucas sehr peinlich war. Doch sie schien nichts gehört zu haben, denn sie schenkte ihnen ein süßes, ziemlich hohles Lächeln. Ihr pinkes Seidenkleid war für den Anlass etwas übertrieben, und das tiefe Dekolleté brachte das Metall des Zaumes auf der weißen Haut ihres Halses auf dramatische Weise zur Geltung. Das musste doch unbequem sein. Ob sie es dort als Zeichen der Schande trug – oder als Zeichen des Mutes? Was es auch sein mochte, der Anblick verstörte ihn.

Das Gespräch kam auf die Hexenangriffe, die kürzlich vor dem Hauptquartier der Inquisition stattgefunden hatten. Gideon und Jonah waren Augenzeugen gewesen und wurden schon bald von den anderen Gästen um ihren Bericht gebeten. Sogar Lord und Lady Merle wurden in das Gespräch hineingezogen. Es gab auch Berichte über Vergeltungsaktionen. Eine gezäumte Hexe, die einen Zeitungskiosk besaß, war von einer Bande Teenager mit Benzin übergossen und angezündet worden. Furchtbar, schockierend – da waren sich alle einig. Und doch … man konnte doch beinahe … Nun ja, es war nur natürlich, dass die Leute wütend waren. Großbritannien hatte Hexen gegenüber immer bemerkenswerte Toleranz gezeigt. Ja, wirklich: Die Hexengemeinde sollte bloß nicht vergessen, welches Glück sie hatte.

Lucas stellte mit Erstaunen fest, dass Lady Merle sich zu diesem Thema am unverblümtesten äußerte. Sie hatte eine hauchige, mädchenhafte Stimme und eine Art, die Augen ganz groß zu machen, wenn sie redete, die sie sowohl flatterhaft als auch zerbrechlich erscheinen ließ. »Oh, es regt mich so auf, wenn die Leute sagen, dass Zäumen eine Unterwerfung ist. Warum begreifen die denn nicht, dass mein Eisen mir das Gefühl von Sicherheit gibt? Eines Tages finden wir vielleicht ein Mittel, mit dem man vom Fae geheilt werden kann, doch zurzeit bin ich einfach nur dankbar dafür, dass der Zustand beherrschbar ist.«

»Und sogar dekorativ«, sagte ihr Ehemann und strich erst mit einem dicken Finger an ihrem Halsreifen entlang und dann neckend um ihren Hals herum.

»Du scheinst für eine Hexenkarriere nicht ganz die Richtige zu sein, Serena«, sagte jemand lachend. »Dabei würden wir dich wirklich gern in der Uniform der Hexenpolizei sehen.«

»Oder im Militäroutfit«, sagte jemand anders. »Und dann gibt es ja auch noch die Marine.«

Lord Merle lächelte. »Serena kennt ihre Grenzen – ist es nicht so, Liebling?«

Seine Gattin drückte seinen Arm und kicherte. Ihre violetten Augen waren glasig. Ob sie vielleicht nicht ganz zurechnungsfähig war?

Es war eine Erleichterung, schließlich in den Vortragssaal gebeten zu werden. Lucas setzte sich auf seinen Platz und bemühte sich, einen aufmerksamen Eindruck zu machen, obwohl der Redner, ein amerikanischer Wissenschaftler vom Salemer Institut für Hexenforschung, keine echte Inspiration war. Das einzig wirklich Interessante für ihn war, dass Silas Paterson am Ende auf die Bühne kam, um sich zu bedanken. Das war also der Stellvertreter des Kommandierenden Offiziers im Referat für Hexenverbrechen. Intelligent, aber streng sah er aus, fand Lucas, ein großer, silberhaariger Mann mit einem finsteren Blick und vornehmem Auftreten.

Danach wurde das Publikum aufgefordert, Fragen zu stellen, beziehungsweise den Vortrag zu kommentieren.

Gideon stand auf.

»Die Religion ist immer gegen Hexenwerk gewesen und war stets unser erstes Mittel zur Verteidigung gegen Hexerei. Bedeutet das nun, dass man sich im weltlichen Westen weniger verpflichtet fühlt, Hexerei einzuschränken, als in religiös geprägten Gesellschaften?«

»Hm, hm. Interessante Frage«, sagte der Wissenschaftler. »Vielleicht möchte jemand aus dem Publikum darauf antworten …?«

Ehe Lucas es sich richtig überlegt hatte, war er auch schon aufgestanden. »Mit Religion kann man alles rechtfertigen, was gerade ins Konzept passt«, sagte er. »Nehmen wir zum Beispiel den Islam: Der Koran verbietet die Hexerei – und doch argumentieren einige Geistliche, sie sei unter gewissen Umständen legitim. In der Bibel werden Hexen oft verdammt, aber König Saul sucht bei der Hexe von Endor Hilfe und Moses vollbringt hexereiartige Wunder vor dem Pharao. Unser Umgang mit dem Hexenvolk muss folglich auf Vernunft basieren, nicht auf Glauben oder Aberglauben.«

»Und zwar so, wie es von der UN-Deklaration 192 festgelegt wird, meinst du?« Gideons Stimme klang höhnisch.

»Die globale Entkriminalisierung nicht-praktizierender Hexen zu verlangen, mag ja ›vernünftig‹ sein, aber man erreicht damit rein gar nichts.«

»Es wäre effektiver, wenn die Leute tatsächlich verstehen würden, worum es da geht«, antwortete Lucas. »Oder wenn sie es zumindest fertigbringen würden, den richtigen Namen zu nennen. Ich vermute, du spielst auf die *Resolution* 192 an.«

Jemand lachte. Gideons Gesicht erstarrte in Wut, indessen wurde im Publikum geraschelt und geflüstert.

Der Wissenschaftler schien sich nicht wohlzufühlen in seiner Haut. »Ich danke Ihnen beiden für Ihre … zum Nachdenken anregenden Beiträge«, schaltete er sich ein. »Ich wünschte, wir hätten die Zeit, näher darauf einzugehen. So, möchte sonst noch jemand eine Frage stellen …?«

Lucas lehnte sich auf seinem Platz zurück. Er war beinahe so zufrieden mit sich wie nach der Fertigstellung seines ersten Verhüllungszaubers.

Seine Zufriedenheit hielt jedoch nicht lange an. Als sie den Vortragssaal verließen, konnte er Jonahs gerunzelte Stirn nicht ignorieren. Und auf der Heimfahrt war sein Vater noch schweigsamer als sonst. »Du hättest dich nicht auf einen Streit mit Gideon einlassen sollen«, sagte er schließlich. »Du musst alles vermeiden, womit du Aufmerksamkeit auf dich lenken könntest – ganz besonders die Aufmerksamkeit von Inquisitoren. Und Gideon Hale wird es weit bringen.«

Lucas spürte, wie sich sein Herz zusammenkrampfte. Sein Vater wollte ihn nur beschützen. Aber letzten Endes war Gideon die Art Sohn, den Ashton Stearne hätte haben sollen, und das wussten sie beide. *Gott sei Dank tauche ich bald in den Zirkel ab*, dachte er. *Es wird für uns beide besser sein, wenn ich weg bin.*

Harry Jukes nahm am Montagmorgen zu Nate Kontakt auf. Nate hörte eine Nachricht auf der Mailbox ab, dann nahm er sein Telefon mit raus auf den Flur und hörte sie sich noch mal an. Glory achtete darauf, keinen allzu interessierten Eindruck zu machen, als er zurückkam und an der Lippe kauend in der Tür zum Wohnzimmer stehen blieb.

»Was ist los?«, fragte Jacko. Er und Chunk packten mit Glorys Unterstützung gefälschte Chanel-No.5-Flaschen für den Online-Verkauf ein. Die digital ausgedruckten Etiketten sahen genauso aus wie das Original, und soweit Glory das beurteilen konnte, roch das Zeug auch ziemlich gut. Als sie allerdings einen Spritzer ausprobierte, bekam sie Ausschlag davon.

»Anruf von Lord Großkotz. Du weißt schon, der Typ, der unsere Partypillen vertickt. Und uns den Tipp für den Job in der Dalton Street gegeben hat.«

»Hat er wieder einen Einbruch für uns klargemacht?«

»Weißnich. Aus seiner Nachricht wird keine Sau schlau. Ich klingel ihn mal an.«

Nate ging zu Telefonieren nach draußen. Als er zurückkam, wirkte er beunruhigt. Nachdem er eine Weile auf und ab getigert war, ging er zu Tante Angel. Eine halbe Stunde später verließ er das Haus, immer noch mit Sorgenfalten auf der Stirn. Glory beobachtete, wie er die Straße hinunterging, konnte aber nicht erkennen, ob er am Ende nach rechts oder nach links abbog. Er musste die Alte gebeten haben, ihm einen Verwirrzauber anzufertigen. Vierzig Minuten später rief er Angeline an und sie verließ ebenfalls das Haus.

Am Nachmittag kamen die beiden von ihrer Unterredung mit Harry zurück. Dieses Mal lag etwas Angeberisches in Nates Gang. Earl, Patch und die Jungs wurden zu einer Konferenz in die Festung im Keller gerufen. Tante Angel hätte vermutlich darauf bestanden, dass Glory einbezogen wurde, aber bei dieser Gelegenheit informierte man sie überhaupt nicht. Nate warf Glory einen triumphierenden Blick zu, als er mit den anderen die Treppe runtertrampelte.

Glory ging raus und setzte sich auf die Vordertreppe von Nummer sieben. Einige der gefälschten Parfumflaschen hatten schadhafte Verschlüsse, und ihr süßlicher Inhalt tröpfelte ins Wohnzimmer, sie brauchte also dringend frische Luft. Auf dem Pflaster unter ihr waren Spuren von Erbrochenem. Joe Junior vermutlich. Da er dem Namen nach der Boss des Zirkels war, hätte eigentlich er die Diskussion über Harry Jukes leiten sollen, stattdessen schlief er seinen Rausch aus. Wahrscheinlich dachte Nate, er selbst würde zum echten Boss werden, wenn er eine Hexe für den Zirkel anwarb.

Glory machte ein finsteres Gesicht. Früher oder später würde Nate es total vergeigen und die anderen würden sehen, was für ein Blender er war. Dann musste Nate mal gezeigt werden, wo sein Platz war. Doch das war ihr Problem, nicht das der Inquisition, der Polizei oder gar das von WICA. Tante Angel behauptete felsenfest, sie habe alles so geregelt, dass die Cooper Street immun war gegen alles Unheil, das über den Morgan-Brüdern aufzog. Glory war jedoch nicht ganz überzeugt davon. Schließlich musste sie sich ja nicht nur um ihre eigene Sicherheit Gedanken machen, sie war auch für Nate und die anderen verantwortlich.

Jemand trat aus der Tür und setzte sich neben sie auf die Treppe. Es war ihr Vater.

»Wo stecken sie denn alle?«

»Konferenz im Keller. Ich war nicht eingeladen.«

»Aha. Wolltest du denn hin?«

»Klar. Ich bin doch Mitglied dieser Truppe, oder nicht? Da sollte ich hier doch nicht rumhängen wie ein Ersatzteil. Ich muss was tun.«

Patrick schaute auf seine abgetragenen Puschen. Sein großer Zeh schaute vorn heraus und er wackelte nachdenklich damit herum.

»Ja. Da bist du wie deine Mum.«

Ihr Herz hüpfte. Glory hatte vor langer Zeit beschlossen, Patrick keine Fragen mehr zu Edie zu stellen, denn sie merkte, wie weh ihm das tat. Die meisten Geschichten, die sie kannte, hatte sie von Angeline. Jetzt konnte sie sich jedoch nicht zurückhalten. »Bin ich das? Echt?«

»Edie war einzigartig.« Patrick schaute noch immer auf seine Füße. »Du bist genauso mutig wie sie und schlau. Ruhelos auch. Aber deine Mutter war ein sehr verschlossener Mensch. Man hatte ihr wehgetan, verstehst du, in ihrer Vergangenheit. In mancher Beziehung hat sie das stark gemacht, in anderer verletzlich. Ich … ich hab versucht, mich um sie zu kümmern. Aber das hat nicht gereicht.«

Patrick hätte nichts tun können, um Edie zu retten. Die Sache war gelaufen, sobald Charlie Morgan sie ins Visier genommen hatte. Bald würde Glory ihrem Vater die wahre

Geschichte erzählen müssen. Und deshalb war sie ihm in den letzten Tagen aus dem Weg gegangen – die Vorstellung war so niederschmetternd gewesen, dass sie nicht darüber nachdenken mochte. Doch jetzt überlegte sie, ob die Neuigkeit nicht vielleicht eine Erleichterung für ihn sein könnte. Ein Abschluss.

»Ich weiß, wie wichtig es für dich ist, eine … äh … Hexe zu werden«, sagte er zögernd. »Und ich hoffe, dein Wunsch geht in Erfüllung. Aber es ist … es ist ganz schön viel, das da auf einen zukommt. Der Druck und so weiter. Ich glaube, deine Mum … nun ja, es war hart für sie.«

»Damit beschäftige ich mich, wenn es so weit ist. Sofern es überhaupt dazu kommt.« Glory versuchte zu lächeln und spürte das Gewicht der Geheimnisse in sich wie einen unverdaulichen Klumpen. »Ich muss einfach dafür sorgen, dass ich vorbereitet bin.«

»Vorbereitet … ja …« Patrick nickte langsam. »Da fällt mir was ein: Charlie hat angerufen. Er wollte wissen, wie du vorankommst. Ein Forschungsprojekt, hat er gesagt.«

Auf den Scheiterhaufen mit ihm und anstecken! Ihren Dad anzurufen, war eine ganz besondere Art von Warnung. Eine deutliche Erinnerung daran, wer hier das Sagen hatte.

Es war schon lange her, seit Glory Patrick das letzte Mal eins ihrer Probleme vorgetragen hatte, aber da sie nun endlich wieder einmal Seite an Seite auf der Treppe saßen und richtig miteinander redeten, verspürte sie den Drang, sich ihm anzuvertrauen. »Frank hat sich unsere Bücher angesehen. Er hat Charlie gesagt, dass in der Cooper Street jemand bescheißt.«

»Und da hat Charlie verlangt, dass du der Sache nachgehst?«

»Ja. Ich bin mir ziemlich sicher, dass Nate schuld ist, aber ich muss es beweisen können.«

»Hmm.« Er schwieg so lange, dass es zum Ausrasten war. Dann sagte er: »Nate war das nicht. Es war Patch.«

Glory sah ihn mit offenem Mund an.

»Sein kleiner Bruder hat ein Glücksspielproblem«, fuhr Patrick seelenruhig fort. »Hat gewaltige Schulden bei ein paar gewalttätigen Typen. Patch hat gesagt, er würde ihm helfen. In alten Zeiten hätte er zu Joe gehen und um einen Vorschuss bitten können. Aber so wie die Dinge liegen, hielt er es für einfacher, die Angelegenheit selbst zu regeln. Also hat er ein bisschen Bares von dem Job in Bishops Green abgezweigt. Das sollte nur kurzfristig sein, aber als einer, der ihm was schuldete, nicht mit dem Geld rüberkam, hat er die Panik gekriegt. Und da ist er zu mir gekommen, hat mich gefragt, ob ich die Bücher frisieren und ihm Aufschub verschaffen könne. Er zahlt das Geld in Raten zurück. Ich hätte wissen müssen, dass Frank dahinterkommt.«

»Da hast du verdammt recht. Sag mal, bist du weich in der Birne, oder was?« Glory sprang auf. Sie war eher besorgt als wütend. Sie mochte Patch. Als sie klein war, hatte er auf ihren Geburtstagsfeiern immer Kartentricks vorgeführt, und erst letzte Woche hatte er für sie einen ganzen Stapel Hochglanzzeitschriften geklaut. Mit einiger Anstrengung mäßigte sie ihren Ton. »Ach, was soll's. Ich rufe Charlie selbst an und regele das.«

Patrick kratzte sich das unrasierte Kinn. »Öh, vielleicht sollte ich lieber anrufen«, sagte er unsicher. »Oder Angeline.

Du solltest mit deinen Freunden unterwegs sein und dich amüsieren, anstatt dir über Zirkel-Angelegenheiten Sorgen zu machen.«

»Jemand muss das doch tun.«

Er schaute sie mit einer Ernsthaftigkeit an, die sie nicht von ihm kannte. »Ich weiß, dass du eine Aufgabe suchst, Glory, und etwas, worauf du hinarbeiten kannst. Aber ich glaube nicht, dass das hier der richtige Ort ist.«

»Warum nicht?«

»Hm … na ja …« Patrick zuckte mit den Schultern und blinzelte, sein autoritärer Auftritt verblasste schon wieder. »Hier ändert sich doch nicht wirklich was, oder? Es bleibt alles beim Alten. Für uns ist es zu spät. Aber für dich könnte es anders sein.«

Nein, für mich ist es auch zu spät, dachte Glory. *Ich hab zugestimmt, einen Regierungsspitzel in unser Zuhause einzuschleusen.* Und was immer danach auch passieren mochte, das Leben von ihnen allen würde nicht mehr dasselbe sein. Das wusste sie.

Linkisch bückte sie sich und gab ihrem Dad einen Kuss auf seine kahle Stelle. »Ich weiß, was ich tu«, sagte sie.

KAPITEL 17

Lucas traf am Montagabend erst spät im Zirkel ein, es war schon fast zehn Uhr. Auf dem Weg von der U-Bahn war er an schönen viktorianischen Reihenhäusern und Yuppie-Weinbars vorbeigekommen, doch je weiter er sich der Rockwood-Siedlung näherte, desto runtergekommener wirkten die Häuser und die Leute. Wo die Cooper Street abzweigte, radelten zwei massige, volltrunkene Skinheads auf Fahrrädern, die zu klein für sie waren, mitten auf der Straße im Kreis herum.

Was machte er hier eigentlich? Wie war er nur in diese Sache hineingeraten? Das Ganze war unmöglich, völlig absurd. Dann schaute er in den gesprungenen Außenspiegel eines Autos und sah Harry darin. Merkwürdigerweise beruhigte ihn das. Er spielte eine Rolle. Er trug ein Kostüm, keine normale Kleidung, mehrere Shirts locker über Baggy Jeans, und sah aus wie Harry in seinem Schlabberlook. Was er auch tat, was auch passierte, es war Harrys Problem. In dieser Art Welt existierte Lucas Stearne nicht.

In Nummer sieben brannte Licht und Musik dröhnte auf die Straße hinaus. Lucas wusste, wenn er noch länger zögerte, würde er die Sache vielleicht nie durchziehen. Er drückte den Klingelknopf.

Nate Braddock ließ ihn ins Haus. Ein enges weißes Unterhemd betonte seine Sonnenbankbräune und den muskelgeblähten Oberkörper. Sein Haar war nach hinten gegelt, sein Grinsen großspurig, als sie sich im Flur an den Händen packten.

»Äh … alles klar?«, sagte Lucas schwächlich. Bei seinem Treffen mit Nate und Angeline am Nachmittag hatte er ein Drehbuch gehabt, an das er sich halten konnte. Adrenalin hatte ihm da durchgeholfen. Aber das war an einem öffentlichen Ort gewesen und Zoey hatte sich ganz in der Nähe aufgehalten. Von jetzt an war er auf sich allein gestellt.

Im Flur stapelte sich jede Menge Zeug, Kisten voller Fusel, Schuhkartons, elektronisches Gerät, das teuer aussah, und Besteckseṭs, auf die das nicht zutraf. Ehe er sich versah, hatte Nate ihn in einen großen Raum voller Leute gebracht. Riesige Lautsprecher dröhnten Schlagzeug und Bass heraus, dass die Tür, der Fußboden und die Fenster in ihren Rahmen wackelten.

»Glory!«, blaffte Nate. »Hol Tante A.«

Das Mädchen guckte giftig – das tat sie oft, fiel Lucas wieder ein –, aber sie folgte dem Befehl. Nate gab Lucas zu verstehen, dass er Platz nehmen sollte.

Er schwitzte ein bisschen. Der Raum war stickig und es roch nach ungewaschenen Klamotten und Hasch – mit einem ganz seltsamen blumigen Unterton. Als ob jemand einen besonders ekligen Raumduft versprüht hatte. Eine speckig wirkende Ledergarnitur und der riesigste Fernseher, den Lucas je gesehen hatte, nahmen den meisten Platz im Zimmer ein. Ein ergrauter schwarzer Mann reichte ihm ein Bier.

Earl, dachte Lucas, und versuchte die Gesichter den Fotos in seiner Fallakte zuzuordnen. Earl saß neben Patch, der untersetzt war und von Aknenarben gezeichnet. Dann waren da zwei jüngere Typen, einer mit einem langen, pickligen Gesicht, der andere dunkler mit einem Schlangentattoo auf dem Arm. Das mussten Chunk und Jacko sein, und denen war Harry – gespielt von Agent Barnes – vorher schon kurz begegnet. Lucas erwiderte ihr Nicken. Ein Mann mittleren Alters, der trotz seiner hängenden Backen Ähnlichkeit mit Nate hatte, lehnte in einer Ecke.

Niemand sagte etwas, während sie warteten. Sie tranken nur, rauchten und glotzten vor sich hin. Die Musik wurde erst ausgestellt, als Glory und Angeline kamen. Lucas stellte mit Interesse fest, dass die alte Dame längst nicht so hinfällig wirkte wie zuvor. Ihr faltiges Gesicht war in kindisch grellen Farben geschminkt wie das einer Puppe.

Sie zeigte auf Nate. »Habt ihr ihn durchsucht?« Ihre Stimme war auch kräftiger.

Durchsucht wurde man nach Hexenwerk, Waffen und Wanzen. Earl klopfte Lucas ab und durchsuchte seine Klamotten, während Nate sich seine Sporttasche vornahm. Obwohl Lucas damit gerechnet hatte, war er angespannt. Das Amulett für den Verhüllungszauber steckte im Armband seiner billigen Uhr. Aber er hatte noch einen Ersatz vorbereitet, der im doppelten Boden einer Deodose versteckt war.

In der Tasche war nicht viel, weil Harry ja angeblich überstürzt zu Hause aufgebrochen war. Nate war gründlich, drückte Zahnpasta aus der Tube und nahm die Kappe von der Deodose. Lucas hielt die Luft an. Aber Nate befasste sich schon bald mit interessanteren Gegenständen wie dem MP3-Player, den Earl gefunden hatte.

»Das neueste Modell. Nice«, sagte Nate und steckte ihn in seine Hosentasche, dann zog er ein Springmesser und schlitzte das Futter der Sporttasche auf. Lange brauchte er nicht, bis er das schmuddelige Bündel Geldscheine herausgezogen hatte, das dort versteckt war.

»Das ist alles, was ich habe«, sagte Lucas und versuchte, sowohl empört als auch bestürzt zu klingen.

»Das sind über dreihundert Pfund … Die hast du mit unseren Pillen gemacht, wette ich.«

»Vergiss nicht, ich hab auch dafür gesorgt, dass euer Geschäft lief.«

»Na ja, Kost und Logis kommt nicht billig hier. Wir nehmen das mal als Anzahlung.« Nate legte das Geldbündel zur Seite. Harrys Schlüsselbund wurde ebenfalls konfisziert und an Angeline weitergereicht. »Eine Kleinigkeit für dein Wahrschaubecken, Tantchen.«

»Ihr wollt mich ausspionieren?«

»Tantchen wird sehen wollen, wie du dich einlebst … und was du so vorhast, wenn wir nicht in der Nähe sind.« Nate zeigte mit der Messerspitze auf seine Brust, und das nicht ganz zum Spaß. »Also pass auf, dass du nicht vom rechten Weg abkommst.«

»Gut jetzt«, sagte Angeline und klopfte mit den Fingerknöcheln auf den ramponierten Couchtisch. »Kommen wir zur Sache. Alle hier wissen mittlerweile, wer Harry ist und was er will.«

»Ich würde es trotzdem gern von ihm hören«, fiel Glory

ihr ins Wort. Sie sah Lucas unfreundlich an. »Nur zu. Erzähl uns, warum du hier bist.«

»Weil ich Hexe bin – ich bin nicht registriert, und ich will, dass das so bleibt.« Pause. »Und wenn ich den Stechern entgehen will, brauche ich Hilfe.«

»Und da hast du also einfach deine Sachen gepackt und bist ohne ein Wort von zu Hause abgehauen?«

»Ich hab einen Zettel hingelegt. Hab geschrieben, ich würde ein bisschen rumreisen. Meine Schwester wird froh sein, dass sie mich los ist. Sie ist eine verklemmte Zicke, und ihr Mann ist noch schlimmer – sie mussten mich aufnehmen, nachdem Dad zu seiner neuen Familie in die Staaten gezogen war. Mum hat sich schon vor Jahren vom Acker gemacht. Und seitdem habe ich ihnen jede Menge Ärger gemacht.«

Klang das zu einstudiert? Er ging davon aus, dass der Zirkel schon die grundlegenden Erkundigungen über seine Herkunft eingezogen hatte. WICA war kein Risiko eingegangen: Es gab sogar eine Agentin, die sich in einem Haus in Fulham als Harrys Schwester ausgab.

»Gefällt mir nicht«, murmelte jemand aus der Ecke. Das war Joe Junior, der sogenannte Boss. Er rülpste. »Noch so'n verdammter Bengel, der sein Arsch nicht von seim Ellbogn unnerscheidn kann.«

»Mach dir man keine Sorgen, Dad.« Nate warf Glory einen verschlagenen Blick zu. »Der hier kann für seinen Aufenthalt bezahlen.«

Angeline beugte sich vor. »Harry, mein Junge, es wird Zeit, dass du die anderen mal sehen lässt, was du kannst. Mach schon, zeig ihnen, was du mir gezeigt hast.«

Lucas zog ein paar Grashalme aus seiner Tasche und einen Zweig, den Earl beim Durchwühlen nicht bemerkt hatte. Er leckte das Gras an, wickelte es um den Zweig, den er zwischen den Händen rieb, sodass er hin- und herschnellte. Dazu begann er unmelodisch zu pfeifen und sein Fae mit dem Atem herauszulassen. Zuerst bewegte es die losen Spitzen der Grashalme, dann kam eine ganz leichte Brise auf, die durch den Raum ging. Je länger er pfiff, desto stärker wurde die Brise, bis sich schließlich Gras und Halme wiegten wie ein Baum im Sturm. Plötzlich fuhr ein Miniwirbelsturm durch den Raum, der Zigarettenasche und Kronkorken erfasste und Glory das helle Haar um den Kopf pustete. Es war eine leichtere Version des Sturmes, der im Büro der Abgeordneten Chaos und Verwüstung angerichtet hatte.

Das Publikum war fasziniert. Patch lachte entzückt. Nate schaute so selbstgefällig drein, als hätte er das Werk selbst vollbracht. Die einzigen Leute, die sich davon anscheinend nicht beeindrucken ließen, waren Joe, der in der Ecke saß und trank, und Glory. Mit verärgerter Miene strich sie sich das Haar glatt. Sobald Lucas wieder Luft holen konnte, schauten alle zu Angeline. Wie eine Herrscherin erhob sie sich und wandte sich an die Anwesenden.

»Harry ist zu uns gekommen, weil er nirgendwo anders hinkann. Er ist weder der Erste noch der Letzte, dem es so ergeht. Und eine Hexe ist moralisch verpflichtet, ihresgleichen zu helfen, weil Fae dicker ist als Blut und schneller als Wasser. Das ist das Gesetz, an das meine Schwestern und ich uns gehalten haben. Er braucht unsere Hilfe, ja, aber das heißt nicht, dass wir dafür nichts bekommen. Ich bin alt und ich bin müde, und je früher wir anfangen, einen Nachfolger auszubilden, desto besser für uns alle. Hexerei ist das, was die Cooper Street aufrechterhält und wodurch wir uns von anderen abheben. Und wenn das jetzt auch schwere Zeiten sind, mit Hexerei überstehen wir sie.«

Sie wandte sich an Lucas. »Ich werde dir beibringen, was ich kann, aber du wirst nicht nur von mir lernen. Du triffst in diesem Raum auf viel Erfahrung, um nicht zu sagen, auf viel Begabung. Wenn du hierbleibst, dich an unsere Regeln hältst und an unsere Art, Dinge zu tun, dann werden wir dafür sorgen, dass es dir gut geht.«

Das war ein eindrucksvoller Auftritt. Als Lucas darauf eine Antwort geben musste, zeigte er Harry aber nicht gerade als wortgewandten Typen. »Ich … äh … werd mein Bestes tun«, nuschelte er. »Vielen Dank auch.«

»Harpyien«, lallte Joe. »Ihr seid doch alle gleich. Haltet euch wohl für was Besseres … macht aber bloß Scherereien …«

Keiner beachtete ihn. Alle Augen waren auf Angeline gerichtet, die eine aus Papier ausgeschnittene Puppe und eine Nadel aus ihrer Handtasche gezogen hatten. Feierlich reichte sie diese an Nate weiter, der die Nadel in seinen Daumen stach und das Blut auf der Puppe verschmierte. Alle machten das nach – sogar Joe.

Lucas war der Letzte. Angeline legte ihm die blutbefleckte Papierpuppe auf die Handfläche und gab ihm den Text vor.

»Ich schwöre diesem Zirkel Treue und allen, die dazugehören …«

Während er sprach, rieb Angeline ein behextes Stück

Papier zwischen ihren Daumen. Die Technik war mit der vergleichbar, die Lucas bei seiner Einschätzung angewendet hatte, aber die alte Frau keuchte und ächzte vor Anstrengung.

»... ihr Blut ist mein Blut, ihr Blut ist mein ...«

Die Puppe ging in Flammen auf. Lucas zuckte zusammen, schaffte es aber, die Hand ruhig zu halten.

»So soll mein Fleisch brennen, wenn ich den Schwur nicht halte ... au ...«

Die kleine Puppe flammte kurz auf und zerfiel. Seine Handfläche kribbelte, war aber nicht versengt.

Die Männer grinsten und klopften sich auf den Rücken. Außer Joe, der nur rülpste. Blöde Penner, dachte Lucas, als er sich den Staub von den Händen putzte.

Dann traf ihn Glorys spöttischer Blick. Der Aberglaube zupfte an ihm. Für einen Augenblick hatte er wirklich das Gefühl, einen Fluch heraufbeschworen zu haben.

Sobald Angeline den Raum verlassen hatte, wurde die Musik wieder aufgedreht und mehr Bier aus dem Kühlschrank geholt. Die älteren Männer fingen an Karten zu spielen. Jacko zog los, um Essen zu holen. Er kam mit Fritten und einem Trio nuttig aussehender Mädchen wieder, die sich sofort um ihn, Nate und Chunk wickelten. »Und das ist Prinz Harry«, sagte Nate. »Er hilft eine Zeit lang bei uns aus.«

Die Mädchen kreischten vor Lachen. »Auf seinen Thron setz ich mich jederzeit«, gackerte die Dickste.

Lucas lächelte höflich. Er war erleichtert, als Angeline wieder auftauchte. »Unser neuer Rekrut schläft im Stehen ein«, bemerkte sie, bevor sie einen Armvoll Bettwäsche auf Glorys Schoß fallen ließ. »Wird Zeit, ihm das Penthouse zu zeigen. Na los, ab durch die Mitte.«

Glory stand auf und schleuderte das Haar zurück. Lucas nahm seine Tasche und folgte ihr auf den Flur.

»Und welche Rolle spielst du in diesem Verein?«, fragte er, um die Stimmung etwas zu entspannen. »Haushälterin?«

Sie drückte ihm das Bettzeug vor die Brust. »Kammerjägerin, ich kümmer mich um das Ungeziefer.«

Sie kletterten die enge Treppe ins Dachgeschoss hoch. Was Lucas vom Rest des Hauses erkennen konnte, war dunkel und baufällig, und der Dachboden war keine Ausnahme. Er war mit einer Matratze, einem Waschbecken und einem Haufen kaputter Stühle ausgestattet. Irgendwo draußen heulte ein Hund.

»Das ist deins, solange du hier bist«, sagte Glory. »Toilette und Dusche sind unten im Erdgeschoss. Oder du pinkelst einfach ins Waschbecken.«

Lucas brachte es fertig, sich nicht zu schütteln.

Sie zeigte auf die Wand. »Ich bin auf der anderen Seite. Also klopf ich an die Wand, wenn es Zeit zum Aufstehen ist. Tante Angel will, dass ich morgen früh die große Führung mit dir mache.«

»Okay. Öh … danke.«

»Gehört alles zum Service.« Sie musterte ihn kurz. »War ein schöner Trick, das mit dem Wind und dem Pfeifen. Sieht ganz so aus, als hättest du den Zirkel dazu gebracht, dir aus der Hand zu fressen.«

»Ich mach nur meine Arbeit.«

Sie guckte verächtlich. »Na, werd bloß nicht zu großspurig. Mit den Morgans freundet man sich nämlich nicht so leicht an.«

»Glaub mir, ich unterschätze die Herausforderung keineswegs.«

»Die Leute hier solltest du auch nicht unterschätzen.«

Im Licht der nackten Glühbirne war ihr Gesicht nur Knochen und Schatten. Sie waren so verschieden, wie zwei Menschen nur sein konnten, und doch wusste er, dass sie eines gemeinsam hatten. Auch ihr war ganz früh die Mutter genommen worden, zugegeben, nicht durch ein Hexenverbrechen, aber infolge von dessen Erbe. Angeline hatte dem Referat für Hexenverbrechen erklärt, dass Glory Gerechtigkeit für ihre Mutter wollte und die Chance, ein normales Leben zu führen. Als Lucas sie jetzt ansah, hatte er seine Zweifel. Bei Blutfehden in Hexenzirkeln ging es einzig darum, Rache zu üben, nicht ausgleichende Gerechtigkeit.

Als Glory gegangen war, blieb Lucas eine geschlagene Minute absolut still stehen und ließ sich von der Leere überspülen. Dann spritzte er das Waschbecken von oben bis unten mit Duschgel voll und drehte den Hahn auf. Das Geräusch von fließendem Wasser hatte was Beruhigendes. Ein kleiner Schminkspiegel war mit Blu-Tack über dem Becken angeklebt worden, doch er mied Harrys Gesicht. Wenn er doch irgendwas hätte, das ihm gehörte. Ein Buch, eine Postkarte … oder auch nur seine alte Armbanduhr.

Unten dröhnte die Musik weiter. Lucas legte sich auf die durchgelegene Matratze und machte die Augen zu. Er versuchte, nicht an die letzte Begegnung mit seinem Vater zu denken, das Gewicht all der unausgesprochenen Dinge hatte ihre Umarmung so hölzern gemacht. Von dort gingen seine Gedanken zu seiner Mutter. Wie hätte sie sein Fae wohl aufgenommen? Und was würde sie denken, wenn sie ihn jetzt sehen könnte? Mehrere Stunden vergingen, ehe er einschlief.

KAPITEL 18

Auf der anderen Seite der Wand lag Glory ebenfalls schlaflos und mit offenen Augen da. Sie stellte sich vor, wie die Hexe der Inquisition nebenan herumschlich und ihren nächsten Zug plante. Eine starke Hexe war er, so viel war sicher. Sowie er mit seiner Hexerei begonnen hatte, hatte ihr eigener Siebter Sinn gespürt, wie das Fae zwischen ihnen in der Luft zuckte und knisterte. Angst hatte sie nicht vor ihm, wenigstens nicht solche Angst wie vor Charlie Morgan. Aber er machte sie nervös.

Als Folge ihrer ruhelosen Nacht verschlief Glory das Klingeln ihres Weckers und stand erst mitten am Vormittag auf. Der zusätzliche Schlaf hatte ihr gutgetan. Sie fühlte sich hoffnungsvoll und hellwach im Kopf. Als Erstes, beschloss sie, würde sie das Kuddelmuddel mit Patch und der Buchführung auf die Reihe bringen. Dann würde sie Harry herumführen. Vielleicht wurde er ja mitteilsamer, wenn sie allein mit ihm war – und der Rest des Zirkels anderswo.

Eine abhörsichere Telefonanlage befand sich im Besprechungsraum im Untergeschoss, der mit Telefon, Computer, einem ramponierten Konferenztisch und Stühlen bestückt war. Irgendwie hoffte sie damit durchzukommen, einfach eine Nachricht zu hinterlassen, aber ihr Anruf wurde mit einem gereizten »Was ist?« entgegengenommen.

»Morgen, Onkel C.«

Monster, Mörder. Ich mach dich fertig …

Ganz cool erklärte sie ihm die Situation mit Patchs Bruder und den Spielschulden und versicherte ihm, das Geld werde am Ende des Monats zurückgezahlt.

Am anderen Ende der Leitung war schweres Atmen zu hören. »Und was dann?«

»Wie meinst du das? Ich hab gemacht, was du wolltest, und hab dir zu deinem Geld verholfen. Patch hat es nicht böse gemeint. Und Dad … na ja, der hat ein weiches Herz. Aber er wusste, dass Patch die Sache wieder ausbügelt.«

Charlie schnaubte höhnisch. »Der Kopf von deinem Dad ist so hoch in den Wolken, der ist ja praktisch schon auf dem Pluto. So was passiert, wenn ein Zirkel vom Weg abkommt – ohne Disziplin nehmen die Leute sich was raus.«

»Kann schon sein. Aber das wär dann mein Problem, uns wieder auf die richtige Spur zu bringen und die Disziplin wieder herzustellen. Und die Sache der Cooper Street.«

Sie hielt die Luft an und versuchte sich den Mann am anderen Ende der Leitung vorzustellen. Die verschlagenen, grausamen Augen, das wohlgenährte Gesicht. War sie zu weit gegangen? Auf die Antwort musste sie lange warten.

»Wenn du nicht aufpasst, wird vom Geschäft bald nicht mehr viel übrig sein. Ich muss Ergebnisse sehen, Glory. Ich verlass mich auf dich.«

Er legte auf. Mörder, sagte sie tonlos zum Telefon. Arschloch. Mörderischer, heimtückischer Fieslingsdreckskerl.

Sie war gerade aufgestanden und wollte gehen, als Jacko und Earl sich durch die Tür drängelten. Sie redeten über Harry.

»... ich hab ihn ja nur das eine Mal gesehen«, sagte Jacko. »Is aber komisch. Irgendwie kommt er mir jetzt jünger vor.«

Earl kicherte. »Umso besser für uns. Er ist auch ein plüschigeres Leben gewohnt. Sieht doch jeder.«

»Na, ihr seid ja wohl die frühen Vögel«, bemerkte Glory, ehe die beiden fragen konnten, was sie hier machte. »Was läuft?«

»Müssen mal den Online-Parfümverkauf checken«, sagte Jacko. »Der Computer oben stürzt immer ab.« Er fuhr den PC hoch. »Chinesen-Dave hat angerufen, sagt, es würde da ein Problem mit den DVD-Bestellungen geben. Nate ist los und redet mit ihm, Harry hat er mitgenommen.«

»Im Ernst? Ich dachte, Harry sollte sich im Hintergrund halten und nicht rumgeführt werden wie ein preisgekrönter Pudel. Wenn wir so weitermachen, wird die Inquisition noch vorm Ende der Woche vor unserer Tür herumschnüffeln.«

Tatsächlich machte Nates Leichtsinn ihr die Arbeit leichter. Der Wednesday-Zirkel würde umso schneller von Harry Wind kriegen. Aber sie konnte nicht fassen, dass sonst keiner an die Risiken gedacht hatte.

Earl schien nicht wohl in seiner Haut zu sein. »Ich hab ihnen gesagt, dass sie sich vorsehen sollen. Und Nate hat geschworen, kein Wort zu sagen ...«

Aber Glory lief schon die Treppe zum Dachgeschoss von Nummer sieben hoch. Wenn Nate und Harry bei Chinesen-Dave waren, würden sie mindestens eine Stunde lang weg sein. Das war die perfekte Gelegenheit, Harrys Verhüllungszauber mal unter die Lupe zu nehmen.

Hätte Glory ihn öffentlich bloßstellen wollen, hätte sie das Amulett zerstören müssen, das er benutzte. Sie wollte aber nur hinter den Bildzauber schauen, ohne dass er es mitkriegte. Das hieß, dass sie die mit dem Zauber verflochtene Hexerei umkehren musste.

Glory wusste, dass das Trugbild des Verhüllungszaubers eine ganze Weile länger halten konnte als das entsprechende Amulett, so was hing davon ab, wie lange es Kontakt mit der Hexe gehabt hatte, die es hergestellt hatte. Aber um auf der sicheren Seite zu sein, würde Harry sein Amulett möglichst dicht auf der Haut tragen. Und um noch größere Sicherheit zu erreichen, hielt er bestimmt noch eins als Ersatz bereit. An dem konnte sie genauso effektiv arbeiten.

Ihre Suche begann in den verschiedenen Nischen und Ecken des Dachbodens, doch da fand sie nichts als Staub. Daraufhin ging sie den Stapel gefalteter Kleidungsstücke neben der Matratze durch und kontrollierte die Säume. Dann nahm sie sich die Sporttasche vor, aber das Futter war bereits von Nate untersucht worden, und sie fand nichts Neues.

Sie hockte sich hin und begutachtete das Zimmer. Was für ein Ordnungsfanatiker! Der Inhalt seines Waschbeutels war genauso penibel aufgereiht wie die Klamotten. Zahnbürste und Zahnpasta, Duschgel, Waschlappen und alles andere lagen auf der einen Seite des Waschbeckens. Das einzig Fehlende war das Deo, das im mit Reißverschluss verschlossenen Seitenfach der ansonsten leeren Tasche steckte. Weil alles andere so sorgfältig präsentiert war, kam ihr das komisch vor.

Glory schüttelte die Dose und sprühte aus dem Fenster, obwohl sie sich blöd dabei vorkam. Okay, funktionierte also. Was jetzt? Sie hatte schon zwanzig Minuten auf die Suche verwendet. Ein bisschen von ihrem Ärger darüber ließ sie an der Dose aus, an der sie frustriert herumhantierte. Und da sprang der Boden auf und ein zusammengefalteter schmuddeliger Zettel fiel heraus. Bingo.

Jetzt konnte die eigentliche Arbeit beginnen.

Als Erstes musste sie ihre Spuren verwischen. Am besten so einfach wie möglich, sie könnte irgendeine Geschichte erfinden und sagen, sie habe sich Harrys Tasche ausleihen müssen, und ihm später einen Ersatz liefern. Da er wegen einem fehlenden Deo wohl kaum Aufstand machen konnte, würde ihm nichts anderes übrig bleiben, als so schnell wie möglich einen neuen Verhüllungszauber herzustellen.

Zweitens musste sie einen günstig gelegenen Platz finden, an dem sie den Zauber zerlegen konnte. Sie musste einen freien Blick auf ihr Ziel haben und durfte dabei selbst nicht gesehen werden. Leichter gesagt als getan. Aber das Glück war auf ihrer Seite. Es war ein sonniger Tag, und als Nate und Harry um zwölf zurückkamen, gingen sie sofort raus auf das struppige Fleckchen Unkraut, das den Garten von Nummer sieben darstellte. Chunk folgte ihnen mit Pizza und Bier. Glory konnte die Sache also in der Sicherheit ihres Zimmers erledigen.

Sie zog einen Beistelltisch vors Fenster und legte einen Spiegel umgedreht darauf, um ihn als Arbeitsplatte zu benutzen. Wenn sie den Zauber auflösen wollte, musste sie so viele seiner Bestandteile wie möglich umkehren. Ganz vorsichtig entfaltete sie das Amulett. Es war mit einer Paste aus Asche und unbekanntem groben Dreck zusammengeklebt. Sie strich es glatt, um sich das kleine Strichmännchen mit dem gelben Kritzelhaar genauer anzuschauen. Als sie es berührte, spürte sie, wie das Teufelsmal unter ihrem Schlüsselbein warm wurde, als es auf das Fae reagierte, das sich in den Zettel eingeprägt hatte.

Glory wischte so viel von der Aschemixtur ab wie möglich, ehe sie ihren Zeigefinger anleckte und ihn über das grobkörnige Zeug rieb. Dann nahm sie ihr Radiergummi zur Hand. Sie war froh, dass das Bild nicht mit Tinte gezeichnet worden war, mit Tipp-Ex hätte sie mehr herumgeschmiert und weniger genau arbeiten können. Während sie Harry draußen im Garten mit seinem Bier in der Hand beobachtete, fuhr sie mit langsamen Strichen über das gelbhaarige Strichmännchen. Ihr Fae floss und löschte das Fae aus, das in die Striche und Schattierungen des Bildes eingearbeitet war.

Leicht war es nicht. Der Bleistift verblasste nicht so, wie er sollte. Das Fae der anderen Hexe widerstand ihrem Fae, und von der Anstrengung kribbelte ihre Hand, als wäre sie eingeschlafen. Ihr Teufelsmal tat weh. Doch immerhin sah Harry nun verschwommen aus – wie ein Aquarell, das nass geworden war. Schließlich nahm sie seinen Namen auseinander, ein falscher Name für eine falsche Identität. Rückwärtssprechen war die Methode für Umkehrungen. »Sekuj Yrrah«, flüsterte sie und sah zu, wie das Braun der mit Buntstift gemalten Augen schwächer wurde und das Rosa der Wangen verblasste. »Sekuj Yrrah.«

Jetzt sah sie Harry nur noch als grauen Nebel. Zwischen

ihren Handflächen drückte Glory den leeren Fetzen Papier. »Sekuj Yrrah«, sagte sie ein drittes Mal, diesmal im Befehlston. Ihre Augen brannten, die Tränen liefen. Und als der Nebel sich lichtete, schaute ein blasser, schlanker Junge zu ihrem Fenster hoch.

Unwillkürlich zuckte sie zurück, denn das war ein Schock. In Wirklichkeit war er nämlich in ihrem Alter – und kein mickriger Zwanzigjähriger. Ein Junge mit Kräften, die fast an ihre eigenen heranreichen konnten! Wenn die Inquisition ihn mit Undercover-Einsätzen betraute, musste er innerhalb von WICA schon eine wichtige Figur sein.

Wer war er und woher kam er? Er sah besser aus als sein Bildzauber, aber sie konnte sich nicht vorstellen, dass er und »Harry« einen grundverschiedenen Hintergrund hatten. Den Privatschulzögling roch man schon eine Meile gegen den Wind. Wie diese Blödis in den grünen Uniformen neulich an der Bushaltestelle. Die hatten so eine Art. Einen Glanz und was Gelacktes ... Vielleicht kam ihr dieser Junge deswegen irgendwie bekannt vor. Sie hätte darauf gewettet, dass seine eingebildete Art zu sprechen oder dieses überhebliche Benehmen nicht aufgesetzt waren. *Glaub mir, ich unterschätze die Herausforderung keineswegs.*

Aber für Herausforderungen hatte Glory auch etwas übrig. Das wahre Gesicht der Hexe zu sehen, hatte ihre Neugier nur noch gesteigert.

KAPITEL 19

Das Gesicht des Mädchens am Fenster war ein Fleck in der Ferne, aber irgendetwas an der Art, wie sie ihn ansah, beunruhigte Lucas. Plötzlich war sie aus dem Blickfeld verschwunden. Und Lucas tat wieder so, als würde er Nates letzter Anekdote bewundernd lauschen.

Sie waren alle mehr oder weniger gleich. Den morgendlichen Ausflug zum DVD-Lieferanten hatte Nate im Wesentlichen als Ausrede dafür genutzt, mit seinen »internationalen Verbindungen« angeben zu können, so als wäre er so was wie ein jetsettendes kriminelles Superhirn. Jetzt standen sie draußen im schäbigen Garten zwischen Disteln, während die verdammten Hunde auf der anderen Seite der Mauer jaulten und herumwuselten. Lucas hatte nur ein paar Stunden geschlafen und fühlte sich ganz hohl vor Müdigkeit.

»Übrigens, mach dir keinen Kopf, wenn Glory sich ein bisschen biestig aufführt«, meinte Nate. »Manchmal kann sie eine hochnäsige kleine Zicke sein. Tantchen hat sie verzogen, ihr Storys von den Starqualitäten der Starling-Mädels in den Kopf gesetzt. Dass du zu uns gekommen bist, pisst sie total an.«

»Wer pisst hier wen an?«, sagte Glory, die gerade aus dem Haus kam. »Und wo ist meine Hawaii-Pizza?«

»Pizza kriegen nur die, die sich eine verdient haben«, sagte Chunk. »Wir haben den ganzen Morgen gearbeitet.«

»Genau«, bestätigte Nate mit vollem Mund. »Solltest du nicht lieber dein Einmaleins lernen oder so?«

»Und solltest du nicht mal lernen, beim Essen den Rand zu halten?« Sie schnappte sich ein Stück Pizza aus der Schachtel. »Tantchen braucht mich, ich soll die Runde machen. Prinz Harry soll mitgehen.«

»Das ist meine Tasche.« Lucas runzelte die Stirn. Glory hatte sich die Tasche über die Schulter geschlungen, sie schien voller Zigarettenschachteln zu sein.

»Jaja, musste ich mir leihen«, sagte sie leichthin. »Kommst du jetzt, oder was?«

»Frag ordentlich«, sagte Nate. »Den darfst du nicht rumkommandieren.«

»Du hast hier aber auch noch nicht das Kommando«, erwiderte Glory.

Lucas folgte ihr ins Haus.

»Äh … vielleicht sollte ich die Tasche tragen …«

»Na, wenn du kein Gentleman bist …« Sie rückte den Trageriemen zurecht. »Aber du hast Glück, ich bin keine Dame.«

Selbst wenn jemand das Amulett in der Deodose entdeckte, würde er nichts damit anfangen können. Mit diesem Gedanken versuchte er sich zu beruhigen. Angelines Anstrengungen beim Versuch, die Papierpuppe in Brand zu setzen, ließen darauf schließen, dass ihre Hexenkraft eher gering einzustufen war.

»Dann sag mir mal, was genau wir hier tun«, bat er sie, als sie die Cooper Street runtergingen.

»Dich mit den Nachbarn bekannt machen.«

Wie sich herausstellte, enthielt die Tasche außer Zigaretten noch Pakete mit Hackfleisch, Tee und billiger Schokolade. Glory verteilte Carepakete. Bestechung, dachte Lucas, für die Leute, die auf dem Territorium der Cooper Street zu Hause waren.

Hauptsächlich besuchten sie junge Mütter und die Alten und Gebrechlichen. Die Leute konnten die Gelegenheit wahrnehmen und sich über die Störenfriede in der Siedlung beschweren oder diverse kleine Missstände auflisten (leckende Wasserhähne, kaputte Türschlösser), die die Verwaltung noch nicht hatte beseitigen können. Glory schrieb sich alles auf. »Earl ist ganz gut mit diesem Heimwerkerkram«, erklärte sie. »Er kommt später vorbei.«

Sie gab nicht nur Essen und Zigaretten aus, sie bot auch Hexerei an. Tante Angel hatte kleine Amulette für Glück und Gesundheit gebastelt, für die die Leute zwischen zwanzig und fünfzig Pfund berappten. Lucas fragte sich, wie sie sich das von der Sozialhilfe leisten konnten. Abgesehen davon versorgten die Leute Glory mit dem letzten Tratsch: wer kam und ging, welche Fehden und Liebschaften es gab und was für krumme Geschäfte. Und für Harry interessierten sich auch alle.

»Er macht ein Praktikum«, sagte Glory dann mit einem Grinsen und einem Augenzwinkern. Oder: »Das ist Tante Angels Steckenpferd.« Und: »Von dem werdet ihr noch einiges hören.«

Mehrere Leute fragten, ob er ihr »neuer Freund« sei. Bei den jüngeren warf Glory dann flirtend das Haar zurück. »Siehst du denn nicht, dass ich viel zu toll für ihn bin?« Bei den Älteren seufzte sie mit gespieltem Bedauern. »Er ist ein Junge aus einer feinen Gegend und ich bin ein Mädchen aus dem East End. Ihr wisst doch, das würde niemals gut gehen.«

Bis jetzt hatte Lucas nur zwei Seiten von Glory kennengelernt: die maulige und die aggressive. Das hier war eine ganz andere Glory, fröhlich und geduldig mit den Alten, kumpelhaft mit den jungen Müttern. Wenn sie auch sonst vielleicht nicht viel konnte, sie wusste, wie sie die Leute auf ihre Seite kriegte.

Für ihn war es ein Schock zu sehen, wie diese Leute das alles akzeptierten, nicht nur das organisierte Verbrechen, sondern das Hexenwesen im Allgemeinen. Bei ein paar von den alten Schachteln, die sie besuchten, standen gerahmte Fotos von den Starling-Zwillingen auf dem Kaminsims. In der Cooper Street gab es seit beinahe hundert Jahren einen Hexenzirkel, und wie es aussah, war alte Gewohnheit ebenso wenig totzukriegen wie alte Treue.

Vielleicht war es aber auch einfach nur so, dass die Leute, die hier lebten, für jede Hilfe dankbar waren, die sie kriegen konnten. Einige der neueren Siedlungshäuser waren gar nicht mal schlecht. Es gab ein paar ungepflegte, aber anständige Reihenhäuser. Doch hauptsächlich war die Rockwood-Siedlung ein Betondschungel mit rostigen Balkonen, unkrautüberwucherten Höfen und übel riechenden Ecken mit einem einsamen Hochhaus in der Mitte, dessen Fenster sich von der Erde bis in den Himmel erstreckten, wie haufenweise schmierige Augen, die alles beobachten.

Die meisten der Anwohner sahen genauso heruntergekommen aus wie ihre Umgebung. Es gab Mädchen mit

Kinderwagen und Buggys, die selbst noch Kinder waren, und finster dreinblickende junge Männer, die an den Ecken herumlungerten, den Mädchen hinterherschielten, auf die Straße rotzten und übel fluchten. Wenn Glory vor denen Angst hatte, dann zeigte sie es nicht. In ihren zu engen Jeans und der extravaganten Kunstpelzjacke schlenderte sie mit schwingenden Hüften und hoch erhobenem Kopf durch dieses Ödland.

Tatsächlich war die einzige lokale Besonderheit, zu der Glory einen Kommentar abgab, ein Graffiti-Tag, den sie in einer stinkenden Unterführung sahen. Ein rotes S, das von einem diagonalen Strich durchkreuzt war, wie ein verwackeltes Dollarzeichen. »Das ist der Tag von Strikers Truppe«, erklärte sie ihm. Sie hatte die Stirn in Falten gelegt. »So nah an der Cooper Street hab ich noch nie einen gesehen.«

»Eine Bande aus dieser Gegend?« Lucas kannte einige Geschichten über Typen in Kapuzenshirts auf dem Kriegspfad: Straßenschlachten mit Messern und Kampfhunden, manchmal auch Handfeuerwaffen. Man brauchte nicht zu einem Hexenzirkel zu gehören, um Krawall zu machen.

»Nicht so richtig. Ihr Anführer ist so ein durchgeknallter Priesterheini. Ist offenbar im Knast bekehrt worden. Der tut so, als hätte er einen direkten Draht zu Gott – und will für Ordnung auf der Welt sorgen, so selbstjustizmäßig.« Sie runzelte wieder die Stirn. »Aber hier haben die nichts zu suchen. Nach Rockwood sollten sie echt nicht kommen, das müssten die eigentlich wissen.«

Von der Unterführung aus gingen sie zum Minimarkt auf dem Vorplatz der Siedlung. Lucas musste ein paar Sachen einkaufen, unter anderem ein neues Deo. Nach dem letzten

Hausbesuch hatte Glory seine Tasche einfach in einen von Algen verseuchten Kanal geworfen. »Da war Tante Angels Hexenwerk drin«, war ihre Erklärung gewesen. »Wir wollen ja nicht, dass man das zu uns zurückverfolgen kann.«

Lucas durfte schweigend vor sich hin wüten.

Er war auch wütend über seine beschränkten Mittel. Sein ganzes Bargeld war konfisziert worden, obwohl ihm Nate heute Morgen einen Zehner in die Hand gedrückt hatte. »Taschengeld«, hatte er mit einem hämischen Grinsen gesagt. »Den Rest wirst du dir verdienen müssen.« Es war eine Kleinigkeit, aber Lucas hatte noch nie auf den Penny schauen müssen.

Danach setzten sie sich mit ihren Cola-Dosen auf eine Bank, die von oben bis unten mit Sauereien bekritzelt war.

»Wir haben heute gute Arbeit geleistet«, sagte Glory gähnend. »Uff. Wenn die Tratschmäuler vor Ort Charlies Spione nicht dazu bringen, die Ohren zu spitzen, dann weiß ich auch nicht, was wir noch anstellen müssen.«

Lucas nickte. Die Grundlagen waren geschaffen. Aber er hatte überhaupt keine Eile, wieder zur Cooper Street zurückzukehren, und Glory schien es genauso zu gehen. Sie war dabei, eine Reihe von Nachrichten in ihr Handy zu tippen. Weil er nichts zu tun hatte, sammelte er eine Zeitung auf, die unter der Bank lag.

Auf der Titelseite war ein Bild von der Abgeordneten Helena Howell, die vor einer Anti-Hexen-Demo vor dem Parlamentsgebäude sprach. In einem Update zum Goodwin-Prozess wurde berichtet, dass ein Zeuge der Verteidigung in der eingehenden Befragung durch den Staatsanwalt eingeknickt war und gestanden hatte, dass sein Alibi falsch gewesen sei. Der Journalist beschrieb das als »seltenen Erfolg der Inquisition in einem Fall, der von Unruhen und Verwirrung geprägt war«.

Sämtliche Nachrichten waren anscheinend schlechte Nachrichten. In einem Auffanglager für illegale Einwanderer hatte es vor ein paar Monaten einen Ausbruch gegeben, und eine Gruppe Asyl suchender Roma war noch immer auf der Flucht, darunter ein Kind von sechs Jahren. Einer aus dieser Gruppe war gestern wieder gefangen genommen worden und hatte sich aus Protest angezündet. Wie immer, wenn Lucas Nachrichten dieser Art hörte, dachte er an die Verbrennung von Bernard Tynan. Ein anderer Artikel enthielt ein Interview mit der Frau des behexten Lokführers. Offenbar litt der Mann noch immer unter den Halluzinationen, die die Entgleisung verursacht hatten. Ein monströses schwarzes Pferd war auf ihn zugeprescht …

Mit einem Seufzen wandte Lucas sich dem Leitartikel mit der Schlagzeile »Hexenterrorwelle« zu, dessen Autor »eine dringend notwendige Neubewertung von Hexenrechten und Verantwortlichkeiten« verlangte.

Glory lehnte sich zu ihm rüber und schlug auf die Zeitung.

»Da haben wir es mal wieder. Beim ersten Zeichen von Ärger marschiert der Lynch-Mob auf.«

»Die Leute haben Angst«, sagte er. »Sie haben das Gefühl, angegriffen zu werden. Und natürlich spielen die Medien das nur allzu gern hoch.«

»Stimmt genau. Denen ist jede Entschuldigung recht, solange sie nur einen schönen, großen Scheiterhaufen auftürmen dürfen, an den sie ein Streichholz halten können.«

»Wenn das so ist, spielen die Zirkel-Hexen ihnen ja genau in die Hände.« Er senkte die Stimme. »Ich weiß genauso gut wie du, was hier gespielt wird. Charlie Morgan und seine ganze Truppe setzen Hexerei ein, damit der Goodwin-Prozess scheitert.«

»Warum sollten sie derartige Aufmerksamkeit auf sich lenken wollen? Wahrscheinlicher ist, dass es irgendein x-beliebiger Durchgeknallter ist. Oder ein ausländischer Terrorist.«

»Das ist doch immer der gleiche Teufelskreis. Die Hexen beschweren sich darüber, dass sie verfolgt werden, also tun sie aus Protest jemandem etwas an oder machen Krawall. Und wenn es dann Vergeltungsmaßnahmen gibt, sind sie empört. Kein Wunder, wenn die Leute meinen, dass man ihnen nicht trauen kann.«

»Ihnen?«, wiederholte sie. »Bist du etwa keine Hexe?«

Er wurde rot. »Doch. Und ich bin mir der Verantwortung mehr als bewusst. Mit dem Fae ist es wie mit einer Waffe – so was benutzt man nur, wenn man gar keine andere Wahl hat. Der Zweck muss immer die Mittel rechtfertigen können.«

Das hörte sich aufgeblasen an und das wussten sie beide. Glory zog die Augenbrauen hoch. »Für die Königin und das Vaterland … Das bringen sie euch bei WICA bei, nehme ich an. Schade nur, dass sich nicht alle den Luxus so einer edlen Gesinnung erlauben können.«

»Nun, Tatsache ist, dass der größte Teil der Arbeit, den gesetzestreue Hexen leisten, dafür draufgeht, den Schaden wiedergutzumachen, den die anderen Hexen angerichtet haben.« Erst als er es ausgesprochen hatte, wurde Lucas bewusst, dass er seinen Vater zitierte. »Schau dir die Geschichte an. Schau dir die Verbrechensstatistik an.«

Sie schnaubte. »Und wer stellt die Statistik auf und schreibt die Geschichtsbücher? Wer leitet die Scheißdebatten? Du willst Zahlen? Gut. Nimm zum Beispiel die Zeiten der Hexenverbrennungen: Sechzigtausend Hexen, Männer, Frauen und Kinder – KINDER – verbrannt und zu Tode gefoltert, und das allein in Europa, nur im 16. Jahrhundert. Wenn ich nicht so bonzig daherrede, heißt das noch lange nicht, dass ich saublöd bin«, fügte sie hinzu.

Das Mädchen schleppte offenbar einige Minderwertigkeitskomplexe mit sich herum, aber das Hauptärgernis war, dass sie nicht unrecht hatte. Lucas bemühte sich, nicht laut zu werden. »Die Geschichte der Menschheit hat viel mit Leiden zu tun. Doch wenn ein Kult aus dem Opfersein gemacht wird, ist das gefährlich. So was nährt sich dann von Bitterkeit und Rachegefühlen und daraus werden Mythen gebildet.«

Glory funkelte ihn an. »Mythen! Meine Großmutter und meine Urgroßmutter sind durch die Hand der Inquisition zu Tode gekommen. Wie macht sich das denn als Gutenachtgeschichte?« Sie blieb stehen und holte tief Luft. »Okay … vielleicht hat deine Familie ja zu denen gehört, die Glück gehabt haben. Aber stell dir mal vor, wenn das nicht so gewesen wäre. Stell dir mal vor, deine Oma wäre wegen ihres Fae getötet worden. Oder deine Mutter. Würdest du der Hexenschaft dann immer noch sagen, dass sie sich einfach mal zusammenreißen soll?«

Lucas dachte an das träumerische Porträt zu Hause in der Bibliothek. Sein Vater hatte Camilla Stearnes Leiche identifizieren müssen, nachdem sie aus dem Wrack ihres brennenden Autos gezogen worden war. Er schaute Glory voll Widerwillen an. »Ich wüsste trotzdem, dass ich sie nicht zurückhole, indem ich hysterisch werde.«

Wahrscheinlich war es nur gut, dass Glorys Telefon sie mit dem Signal für eine eintreffende SMS unterbrach. Einen Augenblick lang hatte er gedacht, sie wäre kurz davor, ihm eins zu verpassen.

»Von Tantchen.« Mit entschlossener Miene stand sie auf. »Wird Zeit, unseren ersten Auftritt zu planen.«

»Arrogantes kleines Arschloch«, murmelte Glory. Nichts als Häme und herablassendes Getue. Doch als sie zurückgingen, Glory forsch vorweg und Harry Wer-auch-immer mit den Händen in den Hosentaschen lässig hinterher, zwang sie sich dazu, sich zu beruhigen. Viel hatte nicht gefehlt und sie hätte sich verraten.

Er musste wissen, dass sie schon auf der Beobachtungsliste der Inquisition war, zweifellos hatte er versucht, sie dazu zu verleiten, etwas Belastendes zu sagen.

Vor Nummer sieben trafen sie ihren Dad. »Und wer ist das?«, fragte Patrick mit einem nervösen Lächeln. »Ein neuer Freund?«

»Dad. Ich hab dir doch davon erzählt, denk nach. Das ist Harry. Er wird für den Zirkel arbeiten.«

»Schön, Sie kennenzulernen, Mr Wilde.« Harry streckte die Hand aus, und Patrick, der Glory leicht verwundert anguckte, schüttelte sie. Dann ging Harry an ihm vorbei ins Haus, wo er lautstark von Chunk und Jacko begrüßt wurde. Er sagte, er würde seine Einkäufe in sein Zimmer bringen, dann wollte er wieder zu ihr und Angeline runterkommen.

»Der arme Junge sieht fertig aus«, sagte Patrick. »Was für eine Arbeit macht er eigentlich?«

Glory brachte es fertig, nicht die Augen zu verdrehen. Das hatten sie doch alles längst durch. »Er ist eine Hexe, Dad.«

»Oh, ja, stimmt auch. Aber … ach du meine Güte … wenn ihr beide zusammen gesehen werdet, könnte das nicht Ärger geben? Mit den Behörden, meine ich. Du willst schließlich keine Aufmerksamkeit erregen.«

»Tante Angel überwacht uns. Wir passen auf.«

»Verstehe … Aber …«

»Alles bestens, Dad.«

»Gut, mein Schatz. Wenn du das sagst.« Patrick legte nachdenklich die Stirn in Falten. »Also, er hat ja eine sehr schöne Art zu reden. Das muss ich schon sagen. Sehr fein.«

Igitt. Sich so bei ihrem Dad einzuschleimen – echt widerlich war das. Harry war ein Handlanger der Inquisition, und Glory ging es gegen den Strich, wie schnell er vom Rest des Zirkels akzeptiert worden war. Er war noch keine fünf Minuten hier, sah weder so aus, noch redete und benahm er sich wie irgendwer sonst, den sie kannten – und trotzdem war er schon einer von den Jungs. Ein echter Gentleman-Verbrecher.

Zu Tante Angel zu gehen tat ihr gut. Zwischen den Spitzen, dem Porzellannippes und den rosa gestreiften Tapeten hatten die Starling-Mädels immer noch die absolute Herrschaft, so böse, tollkühn und hinreißend schön wie eh und je. Als Harry hereinkam, konnte sie sehen, dass auch seine

Blicke von ihren Bildern angezogen wurden. Ganz leicht berührte Glory das aufgelöste Amulett in ihrer Tasche (es war nur noch ein Fetzen dreckiges, leeres Papier). Die Augen seines Verhüllungszaubers waren matschbraun, aber solange sie das Amulett bei sich trug, konnte sie ihr wahres Dunkelblau sehen. Vermutlich waren die Schatten darunter auch auf seinem Bildzauber zu sehen.

»Bist du ein Fan der Starlings?« Sie konnte nicht widerstehen, diese Frage zu stellen.

Er zuckte die Achseln. »Ihre Anlagen waren bemerkenswert. Ich finde es nur bedauerlich, dass sie sie nicht für bessere Zwecke eingesetzt haben.«

Anlagen! Das klang ja so, als würde er von Haushaltsgeräten reden. Oder einer Designerküche.

»Vielleicht hatten sie keine andere Wahl.«

»Man hat immer eine Wahl. Du hast dich schließlich auch entschieden, mir zu helfen.«

»Wie wahr«, sagte Angeline, die ein Tablett mit Tee und Keksen brachte. Sie strahlte die beiden über das Porzellan hinweg an. »So, nun wollen wir uns mal hinsetzen und uns überlegen, wie wir den besten Raub hinlegen. Milch und Zucker, Harry?«

Wie versteinert hörte Glory zu, als ihre Großtante den Plan umriss, die Rollen verteilte und über die Vorbereitungen sprach. Danach wies Angeline Harry an, den Rest des Zirkels zusammenzurufen, damit die Sache ins Rollen gebracht werden konnte.

Sobald er den Raum verlassen hatte, langte sie über den Tisch und riss Glory so heftig am Haar, dass sie aufjaulte.

»Was ist denn aus *Verdacht zerstreuen und freundlich tun*

geworden? Das reicht mir jetzt mit dem Gemaule und der Pampigkeit. Und Harry auch, so wie's aussieht. Wird langsam Zeit, dass du auf deine Manieren achtest, Mädchen.«

Glory hatte gerade damit prahlen wollen, dass sie das Amulett des Hexenagenten zerlegt hatte. Jetzt beschloss sie, die Sache für sich zu behalten. In letzter Zeit hatte sie häufiger darüber nachgedacht, was wohl passiert wäre, wenn sie das Fae nicht gekriegt hätte, niemals, und wenn tatsächlich eine unbekannte Hexe wie Harry für den Zirkel angeworben worden wäre. Sie hätte gern geglaubt, dass Tante Angel sich trotzdem für sie eingesetzt und so viel Wirbel um sie gemacht hätte, aber sicher sein konnte sie sich nicht. Vielleicht hätte sie sich am Ende doch nur um den Haushalt kümmern müssen, wie Harry gesagt hatte.

Es tat weh, dass die alte Dame überhaupt nicht zu begreifen schien, wie schwierig das alles für sie war. Harrys Debüt im Zirkel sollte eine Kopie von einer der ersten und waghalsigsten Gaunereien der Starling-Zwillinge werden. Und um das Ganze noch auf die Spitze zu treiben, würde sie, Glory, dabeistehen und zusehen müssen, wie er sein Fae triumphierend zur Schau stellte.

KAPITEL 20

Die Starling-Zwillinge waren sechzehn gewesen, als sie den Raub vom House of Cleeve durchgezogen hatten, einem Diamantenhändler in der Bond Street. Das war ihr erstes Hexenverbrechen gewesen, das Schlagzeilen gemacht hatte, denn sie hatten sowohl Verhüllungs- als auch Illusionszauber benutzt, um mit Edelsteinen im Wert von mehr als zehntausend Pfund abzuhauen.

So ehrgeizig war die Cooper Street längst nicht. Sie hatten es auf einen kleinen Juwelierladen in einer ruhigen Straße in Islington abgesehen. Er wurde von einer jungen Frau geleitet, die den Job noch nicht lange hatte. Den größten Teil des Tages las sie Klatschzeitschriften und aktualisierte ihre Facebook-Seite. Es gab nur einen Wachmann und zwei Überwachungskameras. Der Laden und die Auslagen waren durch eine Alarmanlage gesichert und selbstverständlich hing die übliche eiserne Glocke über der Tür.

Der Bericht, den die Geschäftsführerin später dem Besitzer des Ladens und der Polizei gab, fing ganz einfach an. Sie und der Wachmann hatten sich am Freitagnachmittag allein in den Geschäftsräumen aufgehalten, als ein Mädchen im Teenageralter zur Tür hereingekommen war. Sie hatte langes dunkles Haar und trug ein kurzes schwarzes Kleid zu

Pumps mit Leopardenmuster. Sie hatte zwar etwas … Gewöhnliches an sich, hatte die Geschäftsführerin gedacht, doch ihre Kleidung sah teuer aus. Und ihre Gucci-Tasche und die große Chanel-Sonnenbrille waren es ganz bestimmt. Hinzu kam, dass sie in einem BMW mit getönten Scheiben vorgefahren war.

Das Mädchen sagte, es wolle sich nur mal umschauen. »Es soll was für meinen Geburtstag sein.« Ihre Stimme war auch ein wenig ungeschliffen. »Aber Blake hat genug vom Shoppen. Wir sind schon seit heute Morgen unterwegs.«

Die Geschäftsführerin schaute aus dem Fenster und sah einen Teenager neben dem BMW herumstehen. Sie musste zweimal hingucken.

Das war kein gewöhnlicher Teenager. Es war Blake Gordon, der Star der Serie *Küsse der Ketzer*. Er spielte einen heroischen jungen Inquisitor, der im 16. Jahrhundert die Hexen in Spanien bekämpft. In ihrer Zeitschrift hatte die Frau schon gelesen, dass er in London war, um für seinen letzten Film die Werbetrommel zu rühren. Und hier war er, kein Zweifel. Ein wenig abgerissen, mit einer Haut wie Karamell und Grübchen, wie auf all den Postern und Paparazzifotos. Der einzige Unterschied war, dass er ein bisschen kleiner war, als sie gedacht hatte, und jünger wirkte als achtzehn.

In ihrer Aussage bei der Polizei hatte die Geschäftsführerin Wert auf die Feststellung gelegt, dass ihre Aufregung darüber, ihn zu sehen, rein professioneller Art gewesen war. Dies war die Chance für sie, ein gutes Geschäft zu machen und dem Laden etwas Publicity zu verschaffen. Ihr Puls beschleunigte sich folglich.

Indessen probierte das Mädchen ein goldenes Medaillon mit herzförmig gefasstem Saphir an, schmollend schaute sie in den Spiegel. »Ob er das an mir mag? Ich weiß nicht recht …«

»Vielleicht«, sagte die Geschäftsführerin, »möchte Ihr … äh … Freund ja reinkommen und Ihnen bei der Auswahl behilflich sein?«

Das Mädchen zuckte mit den Schultern. »Er sagt, er hat genug vom Shoppen. Sie können es ja mal versuchen.«

Das ließ sich die Geschäftsführerin nicht zweimal sagen. Sie eilte hinaus auf die Straße und überließ es dem Wachmann, auf das Mädchen aufzupassen. Ehrerbietig lud sie Blake Gordon ein, zu ihnen in den Laden zu kommen.

Zuerst war der Promi mürrisch und zögerlich. Doch wenn er sich von Anfang an reizend gegeben hätte, dann wäre das ja auch wirklich zu schön gewesen, um wahr zu sein. Er wurde von seinem Bodyguard begleitet, einem muskulösen jungen Mann mit Glatze und dunkler Brille.

Im Laden ging Blake auf das Mädchen zu, er legte ihr die Arme um die Taille und drückte sie. Sie legte ihre Hände auf seine, drückte ihn auch und lächelte. »Wie findest du die?«

Es fiel ihr schwer, sich zwischen zwei Halsketten zu entscheiden. Die eine war das goldene Medaillon, die andere eine Diamantenkette. »Sind beide gut, egal«, gähnte Blake. Als er den Blick der Geschäftsführerin auffing, strahlte er sie mit dem Lächeln an, das sich Millionen von Mädchen an die Wände ihrer Zimmer gepinnt hatten. Blake Gordons Zauber war so viel verführerischer als Hexenwerk. Schließlich war er ein Promi.

Und da betrat dann jemand anders den Laden. Eine Frau mittleren Alters, vom altbackenen Typ. »Oh mein Gott«, hauchte sie. »Das ist Alanzo!« Alanzo war der spanische Inquisitor, den Blake Gordon in den Filmen spielte. »Ich habe es gewusst. Ich habe Sie durchs Fenster gesehen. Alanzo. Sie sind es wirklich.«

Der Wachmann trat voll Unbehagen von einem Fuß auf den anderen. So langsam wurde es hier drinnen ganz schön voll: der Filmstar, seine Freundin, der Bodyguard, die Geschäftsführerin – und jetzt noch der Fan. Blake Gordon schaute den Neuankömmling mit müder Verachtung an, ehe er wieder dem Mädchen seine Aufmerksamkeit schenkte.

Sie hatte das Medaillon in sein Kästchen zurückgelegt und nahm gerade die Diamantenkette ab. Es gab ein kleines Problem, weil sich der Verschluss in ihrem Haar verfangen hatte. Blake half ihr. Inzwischen war der Fan nicht abzuschütteln, die Frau beteuerte Blake, wie sehr sie ihn bewundere, und bat um ein Autogramm für ihre Nichte. Der Wachmann stand zwischen ihr und Blake, doch die Situation wurde dadurch kompliziert, dass Blakes Bodyguard aggressiv wurde. Die Geschäftsführerin versuchte zu vermitteln. Es gab ein kurzes Durcheinander, erhobene Stimmen und ein kleines Gerangel, bevor der Fan vor die Tür gesetzt wurde.

Die Ruhe war wiederhergestellt, aber es war passiert: Blake wollte gehen. Sofort. Ungeduldig drängte er seine Freundin nach draußen, wobei er die Diamanten in die Hand der Geschäftsführerin fallen ließ. »Sie sind ein Star«, murmelte er ihr mit seiner betörenden Stimme zu. Ja, sie musste es zugeben, sie war geblendet. Aber nicht so geblendet, dass sie sich die Halskette nicht genau angesehen hätte. Alles war in bester Ordnung. Sorgfältig legte sie das Schmuckstück wieder in die Auslage zurück und der Wachmann hielt die Tür auf.

Der verärgerte Fan war beleidigt abgezogen, jetzt wurde der BMW angelassen und fuhr die Straße hinunter. Der Wachmann ging wieder auf seinen Posten, die Geschäftsführerin fächelte ihren hochroten Wangen Luft zu. Die Aufregung war vorüber. Und es vergingen mindestens zwanzig Minuten, bis ihr Blick auf die Auslage fiel und sie bemerkte, dass die Diamanten sich in ein wertloses Kinkerlitzchen aus Papier, Geschenkband und Plastik verwandelt hatten.

Die Cooper Street hatte nur zwei Tage Zeit gehabt, um den Betrug einzufädeln, aber die Vorbereitungen waren intensiv gewesen und disziplinierter vonstatten gegangen, als Lucas je für möglich gehalten hatte. Glorys Perücke war aus echtem Haar, aber ihre Designer-Accessoires waren Fälschungen. Das galt auch für die Nummernschilder des BMW, den sie von einem Autoverkäufer geliehen hatten, der dem Zirkel noch einen Gefallen schuldig war. Nur Lucas hatte einen Verhüllungszauber benutzt. Er trug Blakes über dem von Harry, den er trotzdem weiterverwendete, damit der ursprüngliche Bildzauber auch noch unversehrt blieb, nachdem der von Blake zerstört worden war. Die anderen hatten die Dienste von Earls Schwägerin in Anspruch genommen, einer Maskenbildnerin namens Val. Ihre eindrucksvollste Leistung hatte sie an Nate vollbracht, dem sie eine Latexhaube über den Kopf gestülpt hatte, damit er eine

Glatze bekam. Val hatte den hartnäckigen Fan gespielt und Patch war der Fahrer gewesen.

Die Identität eines echten Menschen zu stehlen, unterschied sich wesentlich von der Erfindung einer Gestalt wie Harry – und Lucas empfand Schuldgefühle gegenüber Blake Gordon. Die Starling-Zwillinge, das wusste er, hatten bei ihrem Überfall Elizabeth Taylor imitiert.

Seine erste Aufgabe war es gewesen, die Halskettenattrappe herzustellen. Ein Illusionszauber war eine Hexerei, welche die Wahrnehmung der Menschen von ihrer Umgebung oder von Gegenständen darin veränderte. Die beliebteste Anwendungsweise war das Verschleiern von illegalen Waren und gefälschten Wertsachen. Lucas hatte sich an die Abbildung der Diamanten auf der Website des Juweliers gehalten und nach dieser Vorlage eine grobe Kopie angefertigt, indem er sein Fae durch ein goldenes Band und Plastikperlen gefädelt hatte. Doch es ging nicht nur darum, das äußere Erscheinungsbild zu imitieren. Die falschen Juwelen mussten die Aura von Schönheit und Luxus annehmen, die die echten repräsentierten. Als Symbol dafür nahm er ein Hochglanzfoto von einem Model aus einer Zeitschrift und einen seltenen Fünfzig-Pfund-Schein aus der Haushaltskasse des Zirkels. Beide Stücke Papier feuchtete er mit Spucke an und drehte sie zu dicken Strängen. Diese wiederum verknotete er mit dem goldenen Band. Das Endergebnis wickelte er schließlich in ein seidenes Tuch.

Die Verwandlung vollzog sich, als Glory die Verpackung aufmachte. Das konnte Lucas nicht selbst tun, ein Illusionszauber erwachte nämlich nur zum Leben, wenn man ihn mit neuen Augen ansah. Die Diamanten und das Gold waren in jeder Hinsicht echt. Im Unterschied zu einem Verhüllungszauber war der Gegenstand physikalisch verändert worden, es hatte sich also nicht nur die Wahrnehmung der Menschen verändert. Aber auch das war eine kurzfristige Verwandlung, die in unmittelbarer Nähe zu ihrem Urheber bleiben musste, damit das Hexenwerk hielt.

Eine weitere Herausforderung bestand darin, den Illusionszauber an Glory weiterzugeben. Darum war es beim Drücken der Taille gegangen. Die endgültige Übergabe fädelte Glory ein, indem sie ihr langes Haar nutzte, um ihre Handbewegungen zu verbergen, und ihre Fingerfertigkeit, um die falsche Kette aus ihrem BH zu angeln, in den sie sie versenkt hatte. Indessen schirmte Lucas sie von Blicken ab, indem er vorgab, sich am Verschluss der Halskette zu schaffen zu machen. Als sie die Übergabe die ersten paar Male geprobt hatten, waren sie todernst und mit steinerner Miene vorgegangen, doch dass Lucas die Sache immer wieder verpatzte, hatte Glory zuerst genervt und dann amüsiert. Als sie sich schließlich bis zum Kette-im-BH-Stadium vorgearbeitet hatten, fingen sie plötzlich an zu lachen – in schuldbewussten, peinlich berührten Salven, die nicht mal Tante Angels Zurechtweisungen unter Kontrolle zu bringen vermochten.

Glory war jetzt eindeutig freundlicher zu Lucas, obwohl er nie das Gefühl hatte, dass sie in seiner Gegenwart ganz entspannt war. Von ihrer Fingerfertigkeit war er einigermaßen beeindruckt. Er erinnerte sich, in ihrer Akte etwas über Verwarnungen wegen Ladendiebstahls gelesen zu haben. Wahrscheinlich hatte sie schon in den Windeln die Taschendiebin gespielt.

Im Vergleich zur Mühseligkeit ihrer Proben schien die echte Sache innerhalb von Sekunden vorbei zu sein. Wenn er später versuchte, sich daran zu erinnern, hatte er das Gefühl, einen Filmausschnitt anzusehen, der mit doppelter Geschwindigkeit abgespult wurde. Lucas hatte sich noch immer nicht ganz an den dunklen, süßen Rausch des Fae gewöhnt und misstraute ihm noch immer.

Das Hochgefühl hinterher, als sie sich in das Fluchtauto drängelten, war nicht so vielschichtig. Das war das reine Adrenalin.

Lucas löste Blakes Verhüllungszauber, Nate riss sich die Glatze ab und Glory die Perücke. Sie keuchten und kicherten alle. Auf dem vorderen Sitz juchzte Nate und stieß die Faust in die Luft. Patch sang.

Glory drehte sich zu Lucas, ihr Haar fiel ihr übers Gesicht, als sie die Diamanten vor seiner Nase baumeln ließ. Zum ersten Mal wurde ihm bewusst, wie schön sie waren: Mondlicht auf Eis. »Nun sag bloß, dass das keinen Spaß gemacht hat.« Ihre Augen strahlten so hell wie die glitzernden Steine und sie lachte triumphierend. Lucas grinste zurück.

Das war nichts weiter als eine Theatervorstellung, sagte er sich. Ein Überfall wie im Film oder in einem billigen Krimi. WICA war vorgewarnt gewesen. Während einer Pause bei den Proben hatte er sich aus dem Zirkel fortgestohlen und war mithilfe eines Verwirrzaubers zu einer Telefonzelle gelangt. Dort musste er eine bestimmte Nummer wählen. Als er dann mit dem Telefonisten vom Geheimdienst flüsterte, hatte er das Gefühl gehabt, selbst auch nicht echter zu sein als die Halskettenattrappe.

Zwanzig Minuten nach ihrem Abgang aus dem Laden

bog Patch in ein verlassenes unterirdisches Parkdeck ein. Er blieb dort, um die Nummernschilder auszuwechseln und den BMW von Fingerabdrücken zu reinigen, während die anderen drei, die immer noch laut und extrem aufgeregt durcheinanderredeten, sich auf den Weg zur Cooper Street machten, wo sie Tante Angel ihre Beute zeigen wollten.

Die Edelsteine waren zwar etwas über dreitausend Pfund wert – eine anständige Summe für drei Tage Arbeit –, doch kaum das Risiko, das sie eingegangen waren. Aber darum ging es nicht. Der Raub war in die Abendnachrichten gekommen und am folgenden Tag würden sämtliche Zeitungen darüber berichten und damit die Hysterie über den sprunghaften Anstieg von Hexenverbrechen noch steigern. Niemandem würden die Parallelen zu den Starling-Zwillingen entgehen. Und der Wednesday-Zirkel wäre ebenso fasziniert wie alle anderen.

KAPITEL 21

Die Cooper Street feierte bis in die frühen Stunden des Samstagmorgens. Auch Tante Angel blieb lange auf und tischte zu dem geschmuggelten Champagner Geschichten über die Triumphe der Starlings auf. »Du hast echte Langfinger, das muss man dir lassen«, sagte Nate zu Glory und tätschelte diese in trunkener Bewunderung. Sie fing Harrys Blick auf und hätte beinahe losgelacht. Im BMW vorhin hatte sie einen Augenblick lang fast vergessen, was er in Wirklichkeit war. Erhitzt von ihrem Erfolg, ohne die Hochnäsigkeit und mit einem Lächeln in den blauen Augen hatte er kurz wie ein echter Mensch gewirkt. Von nun an hätten sie es vielleicht leichter miteinander.

Glory nippte nur ein oder zwei Mal am Champagner, das hatte sie Tante Angels scharfen Augen zu verdanken und der Notwendigkeit, einen klaren Kopf zu behalten. Aber sie war auch so im Rausch, ganz natürlich. Es spielte kaum eine Rolle, dass sie nicht selbst hatte hexen können. Eine spektakulärere und gewagtere Eskapade hätte sie sich nicht wünschen können. So, sagte sie sich, würde es werden, wenn die Morgan-Brüder in ihre Schranken verwiesen waren, Harry Wer-auch-immer abgezogen und sie frei war, ihr Erbe einzufordern. Das hier war erst der Anfang.

Am Morgen danach beschloss Glory, die festliche Stimmung noch etwas zu verlängern, indem sie für alle Donuts zum Frühstück kaufte. Als sie am Zimmer ihres Dads vorbeikam, hörte sie die ewigen Pieptöne seiner Spielkonsole. Gestern Abend auf der Party war er noch wirrer und abgelenkter gewesen als sonst und nicht lange geblieben. Er war nicht froh darüber, dass sie an dem Raub beteiligt gewesen war, das wusste sie. Er wollte nicht mal eingestehen, dass sie hübsch aussah mit den Diamanten, da hatte ihm Tante Angel noch so sehr auf die Nerven gehen können. Jetzt schien er der einzige andere Mensch zu sein, der außer ihr schon wach war. Um halb zwölf war das Wohnzimmer noch immer voll von schlaff daliegenden Körpern und ratzendem Geschnarche.

Bis zum Bäcker ging man zehn Minuten. Glory kam gerade aus dem Laden, als ein silberner Mercedes vorfuhr. Troy lehnte sich aus dem Fenster. »Perfektes Timing – ich wollte euch gerade einen Besuch abstatten. Spring rein.«

In seinem schicken blauen Anzug war er ganz der junge Unternehmer, Laptop und lederne Aktentasche lagen hinter ihm auf dem Sitz. Erfolgreiche Gangster mussten gute Geschäftsmänner sein. Doch Glory war bereit für die nächste Verhandlungsrunde. Anders als beim letzten Mal, als er sie mitgenommen hatte, hielt sie jetzt alle Karten in der Hand.

Mit vorgetäuschtem Zögern rutschte sie auf den Beifahrersitz, die fettige Tüte mit den Donuts legte sie auf das Armaturenbrett. Troy zog eine Augenbraue hoch.

»*A moment on the lips, a lifetime on the hips …*«, zitierte er.

Mutwillig biss Glory in einen der Donuts, sodass die

Zuckerkristalle auf die Ledersitze rieselten. Er schnappte nach Luft. Gut. Mit ein bisschen Glück würde sie auch noch Marmelade draufkleckern.

Wenig später bogen sie in die Cooper Street ein.

Troy parkte am Ende der Straße, genau wie beim letzten Mal. Keiner der beiden machte Anstalten auszusteigen.

»Gratuliere zu den Klunkern«, sagte er.

»Danke«, antwortete sie mit vollem Mund. Sie schüttelte die Armreifen an ihrem Handgelenk. »Vom Markt in der Talbot Road. Fünf für'n Pfund.«

»Ich glaube, das kannst du toppen. *Diamonds are a girl's best friend*, sagt man ja.«

»Ooooh … an einem Ring vielleicht? Also, ich muss es dir sagen, Troy, ich bin nicht so fürs Heiraten.«

»Werd bloß nicht frech.« Er kniff die Augen zusammen. »Wir wissen alle, dass diese Blake-Gordon-Nummer von der Cooper Street durchgezogen worden ist. Dad qualmt vor Wut und Mum ist noch schlimmer drauf.«

Glory zuckte die Achseln und bürstete sich noch mehr Zucker von den Händen ab.

»Alle sind sich einig, dass das wohl einer der sinnlosesten Stunts aller Zeiten gewesen ist. Was ist dabei herausgekommen? Ein paar mickrige Riesen und eure ganz persönliche Hexenverfolgung.« Er schüttelte den Kopf. »Wir hatten schon einen Hexensturm und einen Zugunfall und jetzt hat es auch noch einen Anschlag direkt vor der Inquisition gegeben. Und das waren alles Hexenverbrechen. Ehe wir uns versehen, wird es Ausgangssperren geben und Razzien und Lynchmorde. Ganz wie in alten Zeiten.«

»Da hab ich ja Glück gehabt, dass ich keine Hexe bin.« Sie

wollte sich den nächsten Donut nehmen. Troy klatschte die Hand auf die Tüte.

»Aber du kennst einen Jungen, der eine ist. Verdammt, Glory, auch ohne den Raubzug gestern macht der neue Hexenbengel die Cooper Street zum Stadtgespräch. Aus eurem Laden sickern Informationen wie aus einem kaputten Sieb.«

»Die Leute müssen doch wissen, dass wir Kapital haben.«

»Das Kapital der Cooper Street sind die Schulden beim Wednesday-Zirkel. Deshalb müssen neue Rekruten von uns genehmigt werden, wir kümmern uns um ihre Überprüfung, und wir stellen die Fragen.«

»Überprüf doch, was du willst. Harry ist top. Tantchen spioniert ihn schon seit Wochen im Wahrschaubecken aus.« Sie warf ihr Haar zurück. »Und ich, ich weiß überhaupt nicht, was der Aufstand soll. Sein Fae mag ja in diesem Monat ganz oben auf der Hitliste stehen, aber so was Dolles ist das auch wieder nicht.«

Sie und Troy wussten beide, dass für den Job gestern Hexenwerk der höchsten Stufe erforderlich gewesen war. Deshalb war er losgeschickt worden, um sie auszuhorchen. Aber die ganze Situation wurde plausibler, wenn sie Harry runtermachte und Troy ihre Eifersucht und Verbitterung sehen ließ.

»Jedes Fae ist was Besonderes. Deshalb ist es gefährlich. Bist du sicher, dass der Junge das ist, wofür er sich ausgibt?«

»Ja. Leider.«

»Warum das denn?«

»Weil er ein Vollidiot ist.«

Troy lächelte wider Willen. »Nun ja, Dad und die Onkel

wollen ihn kennenlernen. Heute Abend im Gemini. Du sollst auch kommen… Wenn du nicht gerade noch einen bescheuerten Raub zu planen hast.«

Sie stieg aus dem Auto und knallte die Tür zu.

»Hey … sagst du mir nicht mal Tschüss?«

Sie lehnte sich zum Fenster hinein und wischte mit klebrigen Fingern übers Armaturenbrett. »Die Donuts kannst du behalten.«

Durchs vordere Fenster von Nummer sieben beobachtete Lucas, wie Glory sich in den Mercedes lehnte. Es sah aus, als wollte sie dem Fahrer einen Abschiedskuss geben.

Nate stand neben ihm. »Dieses schmierige Arschloch. Hätte ich mir denken können, dass der über kurz oder lang hier rumschnüffelt.«

»Wer ist das?«

»Troy Morgan.« Nate rotzte in einen überquellenden Aschenbecher. »Er und Glory sind ziemlich dicke miteinander. Sie denkt, er ist ihr Ticket hier raus.«

Sein fetter Kater hatte die gute Laune von gestern komplett verscheucht. Finster beäugte er Lucas. »Pass bloß auf dich auf. Ich wette, Glory hat ihm schon was über dich und deine Hexentricks ins Ohr gesäuselt. Und Troy reagiert ziemlich sauer auf Konkurrenz.«

Lucas wusste schon, dass mit Troy nicht zu spaßen war. Der Erbe des Wednesday-Zirkels studierte Betriebswirtschaft und Finanzen am Imperial College. Das war die ideale Ausbildung für eine Karriere in räuberischer Erpressung, organisierter Kriminalität, Diebstahl und Betrug.

Die Vorstellung, dass Glory mit einem aalglatten Gangster wie Troy zusammen war, hatte etwas Abstoßendes. Der Typ war viel älter als sie und ihr Großcousin. Aber für ein Mädchen wie Glory war Troy vermutlich ein guter Fang, dachte Lucas, denn ihm fielen die müden Teenager ein, die in der Siedlung mit Kinderwagen herumschoben, und die geilen Blicke und Pfiffe, die sie auf Schritt und Tritt verfolgt hatten. Während er Glory vom Fenster aus beobachtete, fragte er sich müßig, wie sie wohl aussehen würde, wenn sie sich mal was von dieser Kosmetikschmiere vom Gesicht schaben würde.

Wenn er sich doch nur Harry abschaben könnte. Zuerst hatte ihm der Schutz des Verhüllungszaubers das Gefühl von Sicherheit gegeben. Nach mehr als vier Tagen und Nächten jedoch kam es ihm so vor, als wäre sein altes Selbst – sein echtes Selbst – nicht nur unsichtbar, sondern auch unerreichbar. Er spürte den Verlust jedes Mal, wenn er mit Harrys Händen eine Geste machte oder auf etwas mit Harrys Stirnrunzeln oder Lächeln reagierte. Agent Andrew Barnes hatte ein paar Monate undercover als Harry gelebt. Lucas fragte sich, was er dafür getan hatte, normal zu bleiben.

Andere Sachen fehlten ihm auch. Ein richtiges Bett und eine funktionierende Dusche. Sauberkeit. Ruhe. Normale Gespräche und ordentliches Essen. Nicht ständig an die großen Sachen zu denken machte es schwerer, die kleinen einfach abzuschütteln.

Deshalb war sein Treffen mit Zoey heute Nachmittag so wichtig. Es war die einzige Gelegenheit für ihn, in Kontakt mit jemandem zu kommen, der wusste, wer er wirklich war. Seine Führungsagentin würde auch eine Nachricht von seinem Vater bringen. Und es war gar nicht wichtig, wie kurz oder zurückhaltend die ausfiel. Ein paar Worte reichten ihm schon. Etwas, woran er sich festhalten konnte, das ihm wieder das Gefühl gab, ein echter Mensch zu sein.

Davon abgesehen musste er mit Zoey noch über andere Dinge sprechen – zum Beispiel über dieses ungute Gefühl, das ihn in Gegenwart von Angeline beschlich. Die alte Dame war viel wachsamer und agiler, als der erste Eindruck hatte vermuten lassen. Und jetzt noch diese Sache mit Troy … Lucas misstraute Nate und seinen Anspielungen, aber wenn Glory wirklich etwas für ihren Cousin übrighatte, war sie dann gefährdet?

Er hockte wieder in der Dachkammer und versuchte, sich mit Jackos Fußballzeitschrift auf andere Gedanken zu bringen, als Glory hereinplatzte. »Es geht los«, sagte sie. »Du und die Morgan-Brüder. Heute Abend.«

Aufregung und Angst durchzuckten ihn. Er versuchte, sich nichts anmerken zu lassen. »Das ging ja schnell. Ich … na, dann ist es wohl das Beste, ich geb meiner Führungsagentin Bescheid.«

Sie hatten schon vorab die Vereinbarung getroffen, dass Glory und Angeline ihn decken würden, während er Zoey aufsuchte. Aber Glory schüttelte den Kopf.

»Das können wir nicht riskieren. Der Wednesday-Zirkel wird herumschnüffeln und in die Wassergefäße glotzen wie verrückt. Troy sagt, sie prüfen auf Herz und Nieren. Das volle Programm.«

WICA hatte eine falsche Fährte aus Schulzeugnissen, seinen medizinischen und biometrischen Daten und anderen beglaubigten Dokumenten ausgelegt, die ein Maulwurf oder Hacker aufdecken konnte. Das war die wahre Prüfung von Harrys Identität, und Lucas war nur allzu klar, dass seine eigene Sicherheit von ihrem Erfolg abhing.

Glory gab ihm ein billiges Handy. »Mit dem kannst du sie anrufen und den Termin verlegen. Ist ein Prepaid, wir lassen es hinterher verschwinden. Jetzt können wir uns auf keinen Fall erlauben, irgendein Risiko einzugehen.«

Der Gemini Club trug den Namen des ersten legalen Unternehmens der Starling-Zwillinge, einer Kabarettbar in Soho. Dieser frühere Treffpunkt der Reichen und Berüchtigten gehörte jetzt zu einer Café-Kette. Aber die Morgan-Brüder investierten nach wie vor ins Londoner Nachtleben und hatten die Marke Gemini im Gedenken an ihre Mutter und Tante wieder aufleben lassen.

Lucas kannte das Lokal vom Hörensagen. Ein heruntergekommenes Varietétheater aus den Dreißigerjahren des vorigen Jahrhunderts, das vor etwa zehn Jahren in einen Klub mit Livebühne umgewandelt worden war. Anders als die anderen Morgan-Investitionen lag dieser Laden in einer ziemlich rauen Ecke der Stadt, in der Nähe des Talbot-Road-Markts. Selbst wenn er alt genug gewesen wäre, um eingelassen zu werden, das war nicht die Art von Lokal, das er und seine Freunde gern von innen gesehen hätten.

Jede Menge anderer Leute wollten das aber. Um halb zwölf an einem Samstagabend zog sich die Schlange vor dem Eingang schon endlos die Straße runter. Manche Leute waren verkleidet, den Flyern zufolge war das Motto der Nacht: »Furcht und Fantasien«. Lucas und Glory ernteten finstere Blicke, als Glory sofort nach vorn zum Kopf der Schlange stolzierte und den Türsteher in ein Geplänkel verwickelte.

Sie drehte sich zu Lucas um. »Paul sagt, wir sollen einfach durchgehen. Er gibt Troy Bescheid, dass wir da sind.«

Trotz der Menschenmenge hatte man im Lokal das Gefühl, in einer Höhle zu sein, die riesige Bühne, die ausladenden Balkone und plüschigen Logen erinnerten an seine Theatervergangenheit. Der Umstand, dass die Farbe blätterte und die Vergoldungen abplatzten, verstärkte das dekadente Flair nur noch. Und dasselbe konnte man auch von den Kostümen sagen, die zu sehen waren, obwohl nicht immer klar war, was nun Furcht und was Fantasien sein sollten: Aliens, Clowns, Königinnen und Soldaten tummelten sich mit Männern in Frauenkleidern und Frauen mit Strapsen und Peitsche. Keiner war nach Art der Märchenhexen gekleidet, mit spitzem Hut und Besen. Das wäre nicht gewagt gewesen, nur gefährlich.

Glory bewegte sich geschmeidig durch die Menge, Hüften und Schultern wogten im Rhythmus der Musik. Ihre Lider waren dick rauchschwarz geschminkt, die Lippen knallrot und glänzend wie ihre Nägel. Glitter betonte die Wangenknochen und ihr Haar war zu einer wuscheligen blonden Mähne auftoupiert. In der dunklen Hitze des Klubs wirkte sie nicht übertrieben aufgedonnert, aber exotisch.

Dann, es war kaum zu glauben, entdeckte Lucas ein bekanntes Gesicht. Sie waren durch die Bar gegangen und hatten sich vor der Treppe zur Tanzfläche angestellt, als ihm jemand mit einem Cape in Scharlachrot und Schwarz auffiel, der antiken Uniform des Inquisitors.

Lucas reckte den Hals, um besser sehen zu können. Gideon war nun wirklich der Letzte, den er an so einem Ort vermutet hätte. Und dann war er auch noch in ein Gespräch vertieft – mit einem heftig tätowierten jungen Mann mit knochigem Gesicht, der einen weißen Trainingsanzug trug. Die beiden steckten in einer der mit Samt ausgeschlagenen Sitznischen der Bar die Köpfe zusammen. Als ob er Lucas' Starren gespürt hätte, drehte Gideon sich um. Ihre Blicke begegneten sich und Lucas schaute weg. Er war verwirrt. Für eine Sekunde hatte er vergessen, dass der Verhüllungszauber ihn ja verbarg. Aber Glory zerrte an seinem Arm. »Los, komm«, sagte sie. »Hier geht's lang.«

Sie hielten auf den rechten Bühnenausgang zu. Wo früher das Parkett gewesen war, befand sich jetzt die Tanzfläche. An der Tür war eine Box mit Glocken in den Sturz eingebaut, ein stämmiger Rausschmeißer machte sich vor dem »Nur für Personal«-Schild breit. Auf der Bühne schlängelten sich in schwarzes Leder gekleidete Akrobaten durch Reifen. Lucas wäre nicht wirklich erstaunt gewesen, wenn Charlie Morgan plötzlich mit Knall und Rauchwölkchen durch eine Luke auf der Bühne aufgetaucht wäre wie der Bösewicht im Märchenspiel.

Abrupt blieb er stehen. Wenn sein eigener Auftritt jetzt schieflief, würde es keinen Rauch geben, hinter dem er sich verbergen konnte, und auch keinen Fluchtweg.

Glory berührte seine Hand. »Uns passiert schon nichts«, sagte sie, er spürte ihren warmen Atem an seinem Ohr. »Das ist gieriger Mörderabschaum, aber wir sind besser als die. Ich weiß, du packst das.«

Zur Abwechslung guckte sie ihn ganz einfach nur an, frei von Spott oder Aggression. Doch bei all ihrer gespielten Tapferkeit war sie nervös, das merkte er. Ihre Hand hatte gezittert.

Auf alle Fälle war es zu spät für einen Rückzieher. Der Türsteher nuschelte bereits irgendwas in sein Walkie-Talkie. »Einer nach dem anderen.« Mit einem Wurstfinger zeigte er auf Lucas. »Er zuerst.«

Ein weiterer Wächter stand im Wartebereich auf der anderen Seite der Tür, um sie zu filzen und nach Hexenwerk, Waffen und Wanzen zu suchen. Er hatte ein kleines LED-Gerät, mit dem er auch Spionagekameras aufspüren konnte. Die Durchsuchung war schneller und gründlicher als Nates. Lucas musste sein Hemd aufknöpfen und Gürtel und Schuhe ausziehen, um sie inspizieren zu lassen. Aber sein Verhüllungszauber steckte nach wie vor sicher in seiner Uhr.

Durch eine doppelte Schwingtür betrat er einen Loungebereich, der mit Monitoren von Überwachungskameras ausgestattet war, die den Klub sowohl von innen wie von außen zeigten. Troy Morgan saß hier und stellte irgendetwas mit Tabellen auf einem Laptop an.

Trotz des eindrucksvollen Lebenslaufs hatte Lucas ihn sich wie eine ältere Version von Nate vorgestellt. In Fleisch und Blut wirkte Troy aber auf ganz unerwartete Weise bedrohlich. Er war top gepflegt und offenbar ziemlich schlau.

»Da ist er ja, der Wunderknabe«, sagte er.

Lucas zuckte die Achseln auf Harry-Art: Was soll's? Troy sagte sonst nichts, er musterte ihn nur weiter so, als wäre er ein Fehler in der Tabellenkalkulation, nur etwas lästiger. Das Schweigen hielt an, bis Glory kam und sich über die demütigende Durchsuchung beschwerte. »Verdammte Hacke. Wenn du deine Familie schon so behandelst, dann möchte ich nicht wissen, was du mit anderen Besuchern machst.

Habt ihr Harry die Nasenlöcher mit der Taschenlampe ausgeleuchtet?«

»Die Durchsuchung der Körperöffnungen heben wir uns für seinen Abgang auf.« Das war hoffentlich ein Witz, dachte Lucas. Troy warf einen Blick auf seine Uhr. »Du kannst eigentlich schon reingehen, Harry. Da durch, dann die zweite links.«

»Und ich?«, verlangte Glory zu wissen.

»Du bist nur die Eskorte, Prinzessin. Setz dich und trink eine Tasse Tee mit deinem Lieblingscousin.«

Sie zog die Nase kraus. »Ich hatte auf was Stärkeres gehofft.«

»Oh nein, du willst doch wohl nicht, dass wir unsere Schankgenehmigung verlieren! Aber wenn du artig bist, dann geb ich dir noch einen Keks dazu.«

Sie zogen sich noch immer gegenseitig auf, als Lucas ging. Er schaute sich nicht nach Glory um. Schwäche zeigen war einfach nicht angesagt.

Nun befand er sich im Backstagebereich, zwischen den alten Künstlergarderoben. Hier waren die Geräusche des Klubs nur schwach zu hören, wie ein Echo der Freiheit aus einer fernen Welt. Die erste Tür links stand offen, aber als Lucas den Gang entlangging, knallte irgendjemand im Raum sie plötzlich zu.

Lucas machte den Rücken gerade und klopfte an die Tür daneben.

Eine joviale Stimme bat ihn einzutreten. »Aha«, sagte der Mann, als Lucas den Raum betrat. »Der Hexenkönig von der Cooper Street.«

KAPITEL 22

Charlie Morgan und Lucas schüttelten sich die Hände. Irgendwie brachte Lucas es fertig, beim festen Händedruck des Mannes nicht zusammenzuzucken. Fältchen runzelten sich um seine kleinen, listigen Augen, er schaute Lucas anerkennend an, so als ob sie sich über einen Witz amüsieren würden.

»Charlie«, stellte er sich vor. »Und das sind meine Brüder, Frank und Vince.«

Lucas hatte beschlossen, dieses Treffen nicht als Verhör zu betrachten, sondern als Bewerbungsgespräch. Da war es hilfreich, dass das Büro so sachlich gehalten war wie ein Konferenzraum. Der Tisch war leer, abgesehen von ein paar Wassergläsern und einem Notizblock. Keine Fenster. Größe und Umsatz des Wednesday-Zirkels entsprachen dem eines großen Konzerns. Und er, Lucas, stand nun vor dem Aufsichtsrat. Charlie war der Vorstandsvorsitzende, Frank der Finanzdirektor. Und Vince … der Einsatzleiter …

Franks Haar wurde schütter und er trug eine Brille. Er beugte sich vor, um Lucas zu mustern, die Hände hielt er dabei wie zum Gebet gefaltet. »Interessant«, bemerkte er.

»Du bist also der Witzbold, der denkt, ein Bildzauber wäre was für eine Klatschzeitschrift«, knurrte Vince.

Der Vater der Männer, der Auftragskiller, war als *Fred der Fuchs* in die Annalen eingegangen, und sowohl Franks als auch Charlies Haare hatten einen Stich ins Rötliche, Vince dagegen war dunkler, eher so wie Troy. In seinem zerfurchten Gesicht waren trotz der gebrochenen Nase durchaus Reste eines guten Aussehens vorhanden. Lucas versuchte, nicht an sein Vorstrafenregister zu denken. Schwere Körperverletzung. Tätliche Angriffe und Körperverletzung. Gefährliche Körperverletzung.

»Aber, aber«, sagte Charlie. »Harry hat die Nummer doch sicher nicht allein durchgezogen. Das liebe alte Tantchen wird ihn dazu angestiftet haben.«

Frank spitzte sittsam die Lippen. »Angeline hatte schon immer so eine theatralische Ader. In der Beziehung ist sie wie ihre Schwestern.«

»Nur ohne ihr Talent«, bemerkte Vince.

»Talent«, bestätigte Charlie. »Genau. Hexerei wächst nicht auf Bäumen – Diamanten und Filmstars auch nicht. Du bist talentiert, Harry. Die Frage ist: Bist du auch dumm?«

Wahrscheinlich war Harry das, dachte Lucas. Er versuchte es wieder mit dem Schulterzucken.

Noch war Charlies Ton nachsichtig. »Interessierst du dich zum Beispiel für das Zeitgeschehen? Liest du Zeitungen? Guckst du Nachrichten?«

»Vier Hexenlynchungen in den letzten sieben Tagen, eine davon mit Todesfolge«, sagte Frank mit seiner hellen, klaren Stimme.

»Es sind nicht nur die üblichen Krawallbrüder«, fuhr Charlie fort. »Die religiösen Knallköpfe mischen auch mit. Diese Hexe, die in Bradford zusammengeschlagen worden ist? Das ist direkt vor einer Moschee passiert. Die Bibelfuchtler sind noch schlimmer – da werden Chorknaben zur Bürgerwehr. Diese Stecher von der Inquisition müssen nicht einen Finger krumm machen.«

»Ein bisschen Aufmischen finde ich ja ganz gut«, knurrte Vince. »Wir kommen alle bestens ohne Hexenstürme und die Beulenpest aus. Wenn ich die Hexenschlampe in die Finger kriege, die dafür verantwortlich ist, dann steck ich ihren Scheiterhaufen selber an.«

Lucas war erstaunt. Das klang ganz so, als ob der Wednesday-Zirkel doch nichts mit der letzten Welle von Hexenverbrechen zu tun hatte. Natürlich konnte es sein, dass die Morgans blufften oder nicht zugeben mochten, dass sie ihre eigenen Hexen nicht im Griff hatten.

»Ich – ähm – wollte gar keinen Ärger machen.« Er rutschte auf seinem Stuhl herum. »Angeline und die anderen im Zirkel sind gut zu mir gewesen. Ich wollte ihnen etwas zurückzahlen, auf meine Art, und da hab ich die Diamanten geholt.«

»Oh, bezahlen tut man immer«, sagte Vince. »Auf die eine Art … oder die andere.«

Lucas spürte, wie ihm die Angst den Rücken runterrieselte.

Charlie nickte währenddessen gütig. »Ich bin mir sicher, dass die Cooper Street dich für einen tollen Fang hält. Mein Informant hat mir berichtet, dass du noch nicht mal auf der Beobachtungsliste der Pyros stehst.«

»Ich denke nicht. Nein. In meiner Familie hat es keine Hexen gegeben, nur eine Tante väterlicherseits – vor über hundert Jahren. Meine Oma hat das mal erwähnt.«

»Ah ja … die trauernde Verwandtschaft. Deine Schwester hat dich als vermisst gemeldet, weißt du. Aber ich bedauere, sagen zu müssen, dass sie nicht besonders erpicht darauf ist, dich zu finden.«

Die Nachforschungen des Wednesday-Zirkels waren so gründlich gewesen, wie WICA vermutet hatte. Die Morgans mussten überall Spione sitzen haben. »Emma ist bestimmt froh, wenn sie mich von hinten sieht.«

»Da kann ich ihr keinen Vorwurf machen.« Charlie blätterte seinen Notizblock durch. »Suspendierung, Schulverweis, Prügeleien … hier ein bisschen Dealen, da ein tätlicher Angriff …«

Frank schnalzte missbilligend mit der Zunge. »›Der geborene Störenfried und ein schlechter Einfluss‹, laut meiner Quelle.«

»Und wer ist deine Quelle?«

»Daniel Law. Der Vater von deinem Freund Richard. Einer unserer Mitarbeiter hat nach dem Elternabend ein wenig mit ihm geplaudert.«

Das war einer von den Überrumpelungsversuchen, auf die Zoey ihn vorbereitet hatte. »Diese Schwuchtel Rich ist nicht mein Kumpel. Und überhaupt, ich dachte immer, sein Dad würde in Australien wohnen.«

Und so ging es weiter, hin und her, mit den Fragen und dem Bohren. Es war die perfekte Demonstration der Zusammenarbeit der Brüder, die sich als Einheit präsentierten: Charlie übernahm die Führung und war mal charmant, mal bedrohlich; Frank steuerte die Fakten, Zahlen und Rückfragen bei, und Vince strahlte aus der Ecke heraus etwas Bedrohliches aus.

Es war eine Prüfung, aber auch ein Spiel – eines, das Lucas gewinnen wollte, dazu war er fest entschlossen. Er war nervös und zappelig, aber das erhöhte Risiko schärfte seinen Verstand nur.

Schließlich ging das Verhör dem Ende zu. Charlies Pager piepte. Er warf einen flüchtigen Blick drauf und runzelte die Stirn.

»Das ist von Kez«, sagte er.

»Ärger?«, fragte Vince.

»Kann schon sein …« Er seufzte. »Das sind schlechte Zeiten für unsere Branche, Harry. Wer will schon in eine Hexenverfolgung geraten?«

»Ich kann doch trotzdem nützlich sein, oder? Meine Fähigkeiten …«

Charlie lächelte humorlos. »Du liest nicht Zeitung. Ich nehme an, du verfolgst auch nicht die Entwicklung der Finanzmärkte? Dann will ich dir mal was über faule Vermögenswerte erzählen. Das sind Ressourcen, die anfangs zu einem hohen Preis gehandelt werden und dann plötzlich ihren Wert verlieren. Stattdessen werden sie zu einer Belastung. Und wenn ein Vermögenswert faul wird, stößt man ihn ab. Verstehst du?«

Lucas nickte unsicher.

»Hmpf. Halt den Kopf gesenkt und die Hände sauber. Vielleicht werden wir dann sehen, was du für ein Vermögenswert bist und was deine ›Fähigkeiten‹ wirklich taugen.«

Charlie begleitete Lucas zur Tür und sah ihm nach, bis er ans Ende des Flurs gegangen war. Die Tür zum angrenzenden Raum, die geschlossen worden war, als Lucas kam, stand jetzt offen. Im Vorübergehen sah Lucas einen leeren Tisch mit einem leeren Glas darauf. Es war niemand da.

Zu seiner Überraschung saß Glory allein in der Lounge. Als sie ihn sah, stand sie so plötzlich auf, dass sie ihren Tee verkleckerte. »Alles klar?«, fragte sie besorgt.

»Bestens. Wo ist Troy?«

»Musste einen Anruf entgegennehmen. Kez, seine Mutter, ist gerade eben hier durchgerauscht, durch dieselbe Tür wie du. Sie sind zusammen weggegangen.«

»Okay. Wenn sie zurückkommen, dann sag ihnen, ich bin mal gucken gegangen, ob ich mein Feuerzeug irgendwo verloren hab.«

»Welches Feuerzeug denn? Du rauchst nicht. Was soll das? Warte. Das ist nicht …«

Lucas lugte durch die Tür, durch die er gerade gekommen war, und schaute den Flur hinunter. Er war leer. Charlie hatte sich wieder zu seinen Brüdern im Besprechungszimmer gesellt. Von drinnen war kein Laut zu hören. Lucas schlüpfte in den Raum links davon und nahm das Glas in die Hand.

Wie er vermutet hatte, war es das Gegenstück zu einem der Wassergläser auf dem Tisch nebenan. Eine Hexe vom Wednesday-Zirkel, vermutlich Kezia Morgan, hatte mitgehört. Sie hatte die Farben der Gedanken und Gefühle hinter seinen Worten ausspioniert.

Es war eine gute Strategie gewesen, das Treffen wie ein ganz gewöhnliches Einstellungsgespräch zu behandeln. Auf diese Weise hatte er seine Gefühle neutralisieren können. Vielleicht hatte das ausgereicht, um seine Verachtung für die Morgans und für das, was sie repräsentierten, zu verschleiern. Doch sicher konnte er sich da nicht sein. Und was die anderen Gefühle betraf, die Kezia gesehen haben könnte: Beklommenheit, Feindseligkeit, Selbstgefälligkeit … Nun, die waren unter den gegebenen Umständen wohl zu erwarten. Jedenfalls hoffte er das. Das war jetzt nicht der passende Zeitpunkt, sich darüber Sorgen zu machen. Kezia und Troy hatten ganz klar wegen eines Notfalls weggemusst, aber sie konnten jeden Augenblick zurück sein.

Lucas hatte gehört, dass es nahezu unmöglich war, die Hexerei eines anderen ohne dessen Einverständnis zu benutzen. Jetzt sah er, warum das so war. Das Wasserglas vibrierte, als es mit seinem Fae in Berührung kam, es hieß ihn nicht willkommen, sondern leistete Widerstand gegen ihn. Er wischte mit einem Finger in seinem Ohr herum und begann, ihn um den Rand des Glases kreisen zu lassen. Das war schwerer, als sich durch Eisen zu arbeiten. Schmerz zuckte durch seinen Kopf und ein Geräusch wie über eine Wandtafel kratzende Fingernägel. Er kämpfte sich durch diese Verwerfungen, und es gelang ihm so gerade eben, hier und da ein paar Worte zu erfassen. Keins davon war farbig.

Der erste Sprecher schien Frank zu sein. »… Treffen … morgen Abend?«, fragte er.

»… im Radley … neun …« antwortete Charlies Stimme.

»… nur wir beide …«

»Also … du willst nicht … warum …«

»… könnte sein … Prozess … Stearnes Anklage … klang nicht gut …«

Lucas hatte das Gefühl, ihm würde das Trommelfell mit Glasscherben herausgekratzt. Auch wenn es nicht so riskant gewesen wäre, hätte er nicht viel länger durchhalten können. Seine Ohren klingelten. Er stellte das Glas hin und lief schnell wieder zurück zu Glory.

Ein paar Augenblicke später kam Troy Morgan zurück. Er schaute sich im Raum um und musterte die beiden mit unverhohlenem Misstrauen.

»Wo ist Kez?«, fragte Glory.

»Ihr Bruder ist festgenommen worden«, antwortete er knapp. »In einem Zug vor Newcastle – Verdacht auf Hexenverbrechen.«

»Gott. Hoffentlich geht das gut.«

»Wir kümmern uns drum. So, wird es nicht langsam Zeit, dass ihr Kleinen euch auf den Heimweg macht?« Troy hatte gesehen, dass Lucas ein Gähnen unterdrückte. »Offenbar ist längst Bettzeit gewesen für das Wunderkind.«

Sie kehrten nicht sofort zur Cooper Street zurück. Glory wollte etwas essen, also machten sie an einem Burgerwagen am anderen Ende der Straße halt, in der der Klub lag. Lucas gewöhnte sich langsam an den Zeitplan des Zirkels, in dem sich der größte Teil der Aktivitäten spätnachmittags oder nachts abspielte und der Tag zum Schlafen da war. Wie Glory das wohl während der Schulzeiten hinkriegte? Ein oder zwei Mal hatte sie die Schule und ihre Mitschüler erwähnt, sie ging also hin. Aber es war schwer, sie sich als normales Schulmädchen vorzustellen, mit Hausaufgaben und Uniform und normalen Freunden.

Die Fritten waren gut, knusprig und heiß und gut gesalzen. Dennoch hatte Lucas kaum eine Chance, sie zu genießen. Glory war viel zu erpicht darauf, von seinem Treffen mit den Morgans zu hören. Diese zweite Befragung schien ihm beinahe ebenso umfassend zu sein wie die erste.

»Also, versemmelt habe ich nichts«, sagte er. »Aber ich bin noch weit davon entfernt, sie zu überzeugen. Charlie meint, das sei jetzt eine schlechte Zeit für Hexenwerk. Allmählich glaube ich, dass die Morgans wirklich nicht wissen, wer für die Anschläge in letzter Zeit verantwortlich ist.«

»Sag ich doch: Der Wednesday-Zirkel braucht keine Hexerei, um Leute einzuschüchtern. Die haben jede Menge anderer Methoden. Das wird irgendein Irrer sein, bestimmt.« Glory schleckte sich den Ketchup von den Fingern. »Okay. Ich glaube, jetzt solltest du mal damit rüberkommen, was es mit dem Feuerzeug auf sich hatte. Warum bist du wirklich wieder zurückgegangen? Denn was immer du auch vorhattest, du bist ein wahnsinniges Risiko eingegangen.«

Sie hatte recht. Er brauchte nur an all das zu denken, was hätte schiefgehen können, da brach ihm schon der kalte Schweiß aus. Aber als er ihr die Sache mit den Gläsern erklärte, war sie offensichtlich beeindruckt.

»Ist es nicht schwierig, sich die Arbeit einer anderen Hexe unter den Nagel zu reißen?«

»Und ob. Und schmerzhaft. Aber ich habe rausgekriegt, dass Charlie sich morgen mit jemand Wichtigem trifft, und ich glaube, das hat was mit dem Goodwin-Prozess zu tun. Er sprach von …«

Lucas brach ab, entsetzt über den Fehler, den er beinahe gemacht hätte. *Er sprach von meinem Vater*, hätte er fast gesagt. Er schluckte und redete einfach weiter. »Äh, Charlie sprach vom Oberstaatsanwalt.«

»Dieser Stecher Stearne.« Glory spuckte in eine Pfütze.

»Genau. Und, äh, er trifft sich mit diesem Informanten oder wem auch immer morgen Abend im Radley. Sagt dir das was?«

»Zurzeit ist da nicht viel mehr als eine Baustelle. Da hinten, Richtung North Hallam.«

»Scheint doch ein guter Ort für eine geheime Verabredung zu sein. Ganz besonders für eine mit einer Person, die sich nicht mal in der Nähe der Morgans aufhalten sollte – wie zum Beispiel einem der Geschworenen.«

»Das weißt du doch nicht. Charlie könnte sich mit sonst wem treffen.«

Ungeduldig schüttelte Lucas den Kopf. Die Zeit wurde knapp. Der Goodwin-Prozess lief nur noch zwei Wochen, und wie Charlie gesagt hatte, für seine Hexerei hatte er keine Verwendung, es konnte also Wochen, wenn nicht gar Monate dauern, bis Lucas Gelegenheit hatte, sich in den Wednesday-Zirkel einzuschleusen. Bis dahin wäre der Prozess längst vorbei und sein Vater hätte ihn zurück nach Hause geschleift … ohne dass er etwas vorzuweisen hatte und ohne irgendwelche anderen Optionen. »Ich geb ja zu, es ist weit hergeholt, aber ich möchte der Sache trotzdem nachgehen. Hilfst du mir?«

»Klar. Ich will sehen, dass der Blutsauger eingebuchtet wird, mehr noch als du.«

Er nickte, aber offenbar nicht energisch genug.

»Was?«, sagte sie giftig. »Glaubst du mir etwa nicht?«

»Doch, doch. Und ich brauche deine Hilfe. Es ist nur … na ja, du gehst da ein ganz schön großes Risiko ein …«

»Hör mir mal zu: Meine Mum ist mit Charlie und seinen

Brüdern aufgewachsen, sie war wie ihre eigene Schwester. Und sie haben sie kaltblütig umgebracht, nur weil sie ihnen in die Quere gekommen ist. Mit mir würden sie es genauso machen, wenn's ihnen in den Kram passen würde. Also will ich sehen, wie die in der Hölle schmoren, und wenn es das Letzte ist, was ich tu.«

Lucas hatte Glory vorher schon wütend erlebt, aber das hier war Hass. Und der war so stark, dass man sich dran verbrennen konnte.

Dann schüttelte sie sich, und schon sah sie wieder anders aus: jung, unsicher, mit einem blauen Auge … aber das war nur das verschmierte Make-up.

»Was soll's. Es ist bald vorbei. Wir müssen nur da durch … und immer weitermachen … damit wir durch die Scheiße durchkommen, verstehst du?«

Er nickte.

»Dann komm. Wir können einen Nachtbus nehmen, hier lang, das ist die Abkürzung.«

Glorys Weg zur Bushaltestelle führte über einen verlassenen Marktplatz. Tagsüber herrschte auf dem Talbot-Road-Markt großes Gewimmel, auf den Ständen türmten sich bunte Esswaren und exzentrische Modeartikel. Bei Nacht wimmelten hier nur die Ratten zwischen den Kisten herum. Das Labyrinth von Gängen zwischen den Ständen war voll öliger Pfützen. Plastikmarkisen hingen schlaff in ihren Rahmen.

Glory und Lucas waren gerade am Trinkbrunnen in der Mitte des Platzes angekommen, als ein Mann aus den Schatten trat und ihnen den Weg versperrte.

Die Hauptstraße war nicht weit weg. Sollten sie abhauen und dort hinrennen? Lucas überlegte. Allerdings würde Glory auf ihren hohen goldenen Plateauschuhen nicht weit kommen. Instinktiv rückten sie ein bisschen näher aneinander und hielten sich ein wenig gerader.

Der Mann lachte heiser. Fünf andere kamen hinter leeren Ständen hervor.

Alle trugen Kapuzenpullover. Trotzdem erkannte Lucas ihren Anführer wieder. Die Ärmel des weißen Trainingsanzugs waren hochgeschoben, damit die Tattoos auf seinen sehnigen Armen zu sehen waren: Kruzifixe, Engel, Dornenkronen. Das war der Mann, mit dem Gideon im Klub geredet hatte.

Glory kannte ihn auch. »Striker«, murmelte sie leise. »Scheiße.«

Der Tätowierte holte eine Schachtel mit langen Streichhölzern aus seiner Tasche und riss eins davon an. Er gab ein leises Zischen von sich.

Die fünf Männer hinter ihm machten es ihm nach. Ihre Streichhölzer wurden angerissen, flackerten und erwachten zum Leben. *Ssssss…*

»Was wollt ihr?«, fragte Lucas.

Das goldene Kreuz um Strikers Hals glitzerte im Feuerschein. Auch sein Goldzahn schimmerte, als er lächelte. »Eure Seelen retten«, sagte er. Seine Gefährten lachten.

Striker wandte sich an Glory. »Wenn man mit Hexenbengels rummacht, endet das nur in Tränen, Gloriana. Ich hab gehört, das Teufelsmal ist ansteckend.«

»Da hast du was falsch verstanden, ich bin nicht…«, begann Lucas.

Aber Glory kam ihm zuvor. »Du weißt also, wer wir sind. Glückwunsch. Dann kennst du meine Familie ja. Onkel Charlie hat nicht viel für Bekloppte wie euch übrig – und noch weniger, wenn sie anfangen, in seinem Revier Krawall zu machen.«

»Vielleicht hat der Wednesday-Zirkel ja den Teufel in der Tasche, aber meine Jungs und ich sind Gottes eigene Soldaten, und wir wissen, wo Hexenvolk hingehört.« Schwungvoll zündete Striker ein zweites Streichholz an, zeigte grinsend seine Goldzähne und zitierte: »›Der Verzagten aber und Ungläubigen und Greulichen und Totschläger und Hurer und Zauberer und Abgöttischen und aller Lügner, deren Teil wird sein in dem Pfuhl, der mit Feuer und Schwefel brennt; das ist der andere Tod.‹«

Lucas spürte, wie sich seine Nackenhaare aufstellten. Doch Glory lachte höhnisch.

»Schöner Spruch. Wette, dass du dir den auf deine aufgeblasene Brust hast tätowieren lassen. Guck dir bloß lange genug auf den Nabel, dann lernst du vielleicht noch Lesen dabei.«

Sie war zu weit gegangen. Striker sprang vor, packte eine Faustvoll von ihren Haaren und hielt sein brennendes Streichholz an die Spitzen. Ehe sie oder Lucas reagieren konnten, wurden sie beide hinterrücks von Strikers Schergen gepackt, die ihnen den Mund zuhielten.

»Man erzählt sich«, fauchte Striker, »dass es mit dem Wednesday-Zirkel bergab geht. Und wenn das passiert, wird das Hexengesindel mit untergehen, das die beherbergen. Dann werden sie nicht mehr wissen, wohin.« Er zerrte brutal an Glorys Haaren, dann ging er auf Lucas los und hielt ihm das immer noch brennende Streichholz an den Hals. Lucas musste den Kopf drehen, um der Flamme auszuweichen. »Also, lass dir das eine Warnung sein, Hexenjunge. Beim dritten Mal bist du dran.«

Lärmend heulte ein Motor auf und ein Auto schoss über den Bordstein auf den Marktplatz. Es war ein silberner Mercedes.

Lucas hätte nie gedacht, dass er mal so froh sein würde, Troy Morgan zu sehen. Die miesen Typen ließen sie sofort los und tauchten in das Gewirr der Gänge und Marktstände ab. Nur Striker wich nicht von der Stelle.

Charlie war stämmig, aber ein großer Mann war er nicht. Sein Sohn hingegen schon. Troy ragte im grellen Licht der Scheinwerfer auf.

»Fummelst du schon wieder mit Streichhölzern rum, Striker?«, sagte er. »Du weißt doch: Kinder, die mit Streichhölzern spielen, verbrennen sich die Pfoten.«

»Glaubst du etwa, ich hab Angst vor dir?«

»Besser wär's. Du weißt, wer ich bin.«

»Papis Junge«, erwiderte Striker hämisch.

»Ja«, sagte Troy. »Ich bin der Sohn meines Vaters. Und das ist einer der vielen Gründe dafür, dass ich stärker und schlauer bin als deinesgleichen. Diese Straßen gehören mir. Du gehörst mir.« Lässig ging er wieder zum Auto. »Und wenn du mir je wieder in die Quere kommst, dann wirst du die Hölle als Gnade empfinden.«

Im Auto wollten Lucas und Glory sich bedanken, sich erklären, ihrer Empörung über das soeben Vorgefallene Luft machen. Doch Troy schnitt ihnen wütend das Wort ab.

»Ich will nichts hören. Haltet die Klappe und lasst mich fahren.«

Sie gehorchten. Zehn Minuten lang fuhr Troy schweigend dahin. Die nächtlichen Straßen glitten vorüber, glatt und glänzend vom Regen.

Dann klingelte das Autotelefon.

»Hi … Ja, musste nur einen kleinen Umweg machen. Nein, natürlich gehst du da hin, Mum. Die brauchen dich … Hm … Wir kriegen das schon geregelt. Versprochen … Okay. Grüß Tante Ness. Tschüss.«

Da das Schweigen nun gebrochen war, wollte Glory sich irgendwie nach Kezia erkundigen.

»Halt dich da raus«, blaffte Troy. »Das ist eine Familienangelegenheit.« Dann konnte er seinen Ärger doch nicht länger zurückhalten. »Was zum Teufel habt ihr euch eigentlich dabei gedacht, nachts um diese Zeit auf dem Talbot-Road-Markt rumzurennen? Es war totaler Zufall, dass ich da gerade vorbeigefahren bin. Ihr kleinen Schwachköpfe.«

Die Nacht war lang und stressig gewesen und Lucas und Glory spürten beide die Nachwehen der kürzlich erlittenen Qualen. Das schürte die Hysterie. Troys Auftritt als Wütender Papa brachte das Fass zum Überlaufen. Hinten auf der Rückbank trafen sich ihre Blicke und sie wurden von einem furchtbaren Drang zu kichern gepackt.

KAPITEL 23

Glory träumte wieder vom Brandhof. Dieses Mal war Striker da, der ihr ein Streichholz an die Kehle hielt. Ihre Augen starrten auf das Spiegelbild ihrer Mutter, und sie sah ein zweites Gesicht im Spiegel: ein blauäugiger Junge mit einer silbernen Strähne im schwarzen Haar. Er schaute sie mit gerunzelter Stirn an. Glory wachte mit Herzklopfen auf. Der Traum machte ihr immer Angst, aber heute war er stärker als sonst, wie ein Omen.

Finde dich damit ab, sagte sie sich, als sie sich aus den wirren Laken frei strampelte. Ihr schlafendes Gehirn hatte ganz einfach überreagiert wegen der gestrigen Ereignisse und den Problemen, die vor ihr lagen. Harry hatte ihr erzählt, dass er Striker im Klub beim Gespräch mit einem Inquisitor beobachtet hatte. Das war nicht weiter erstaunlich, denn die Inquisition unterstützte die religiösen Fanatiker insgeheim. Gerüchte darüber hatten immer kursiert. Da die Polizei nicht viel gegen das Lynchen unternahm, mussten die Zirkel letztlich für Ordnung sorgen. Doch leicht würde das nicht werden, wenn die Inquisition gerade hart durchgriff, dachte Glory. Sie hatte kein gutes Gefühl.

Wenn man den Leute sowohl Angst als auch Respekt einflößen wollte, musste man ihnen das Gefühl geben, zu allem fähig zu sein. Wozu war Troy fähig? Er war noch ein kleiner Junge gewesen, als Edie Starling umgebracht worden war, aber als Erbe des Zirkels sollte er eigentlich über die Leichen Bescheid wissen – und darüber, wo sie verscharrt waren. Zu Striker hatte Troy gesagt, er sei der Sohn seines Vaters, und er hatte ihn auf dieselbe bedrohliche Art niedergestarrt, wie Charlie es immer tat. Trotzdem hatte er im Auto so besorgt und fürsorglich mit seiner Mutter gesprochen …

Doch jetzt hatte Glory sich um ihre eigenen Aufgaben zu kümmern. Nate, der eifersüchtig war, weil sie Harry bei den Morgans eingeführt hatte, wollte seine Autorität behaupten und hatte seinen Schützling zu einem illegalen Hunderennen am Sonntagvormittag mitgenommen. Also war es an Glory, das Terrain für Charlies geheimes Treffen im Radley zu sondieren.

Sie hatte Harry mit einem mitfühlenden Grinsen verabschiedet. Nach der letzten Nacht fühlten sie sich endlich als Mitverschwörer – wenn nicht gar als Verbündete. Allen drei Morgans auf einmal standzuhalten erforderte schon eine Menge Mut. Und dann noch sein spontaner Übergriff auf Kezias Abhörtalisman … Das war genau die Art Aktion gewesen, die Glory auch selbst versucht hätte. Man stelle sich nur mal vor, er würde rauskriegen, was sie draufhatte …! Die Frustration darüber, ihr eigenes Fae nicht nutzen zu können, machte sie unruhig und zappelig, wie eine juckende Stelle, die man nicht kratzen konnte.

Tante Angel war weniger beeindruckt von den nächtlichen Aktivitäten. »Kein Wunder, dass Charlie nicht anbeißt«, sagte sie, nachdem Glory ihren Bericht abgelegt hatte. »Harry wird größenwahnsinnig – dieses ganze Böser-Bube-Getue ist ihm zu Kopf gestiegen. Mich würd es nicht wundern, wenn er hinter seinem Verhüllungszauber nur irgend so ein streberhafter kleiner Beamter wäre. So hat die Regierung ihre Hexen gern: geknechtet und unterdrückt.«

Glory hielt den Mund. Wer auch immer der echte Harry sein mochte, er sah nicht so aus wie ein Bürosklave – und benahm sich erst recht nicht so. Aber sie war nicht bereit, das zerlegte Amulett vorzuzeigen, denn sie genoss das neuartige Gefühl, ein Geheimnis vor der alten Bestimmerin zu haben.

»Aber Striker ist eine Bedrohung«, fuhr Angeline fort. »Und zwar eine, um die du dich kümmern musst, sobald die Morgans aus dem Weg geräumt sind. Eigentlich schade … Wäre nützlich, so einen Jungen um sich zu haben, wenn man ihm denn ein bisschen Verstand einprügeln könnte.«

»Er ist ein Irrer, Tantchen! Ein Hexen lynchender Bekloppter …«

»Er ist ein heißblütiger junger Rüpel, der einen Lebensinhalt braucht. Solche Leute wechseln die Lager schneller als die Unterwäsche.« Angeline spitzte die Lippen. »Also, ich glaube, dass dieses Rendezvous im Radley die Mühe nicht wert ist. Aber aussichtslos oder nicht, am besten spielst du mit. Harry muss glauben, dass er hier das Sagen hat.«

»Gut«, erwiderte Glory matt.

Angeline tätschelte sie tröstend. »Wir sind ihn ja bald los«, sagte sie. »Ihn – und Charlie auch. Bis dahin musst du die Zähne zusammenbeißen und immer dran denken, dass du eine Starling bist.«

Das Radley-Gebäude gehörte zu einer Reihe verfallender Büro- und Lagerhäuser in der Nähe der Hallam Street. Die Verlängerung der City-East-Linie hatte die Gegend zum Sanierungsgebiet erster Lage aufgewertet. Eine Firma aus dem Viertel hatte früh ein Gebot abgegeben, sie wollte den bestehenden Gebäudekomplex abreißen und Luxusappartements an seine Stelle setzen. Wie bedauerlich für sie, dass auch der Wednesday-Zirkel hier Potential erkannt hatte. Der Zirkel hatte Bauarbeiter bestochen, die Arbeiten zu sabotieren, und die Investoren gedrängt, die Gelder zu stoppen. Als der ursprüngliche Besitzer pleiteging, konnte der Zirkel das Baugelände zu einem Spottpreis kaufen und leitete jetzt das Sanierungsprogramm.

Glory traf kurz nach eins dort ein. Der leere Bauplatz gegenüber vom Radley war eine inoffizielle Müllkippe, zwischen den Abfallhaufen und rostigen Kühlschränken fand sie einen geeigneten Platz für ihre Überwachung.

Noch hatte die neue Bauphase nicht begonnen. Das Erdgeschoss war kaum mehr als eine leere Hülle. Die Metallstreben der unvollendeten oberen Stockwerke ragten himmelwärts wie die Finger eines monströsen Skeletts. Die Rampe nach unten in den Keller schien in einen bodenlosen Abgrund zu führen. Selbst bei Tag hatte der Ort etwas Bedrohliches. Auf dieser Straße gab es wenig Autoverkehr und noch weniger Fußgänger.

Einen verlasseneren Ort für ein Rendezvous konnte man sich kaum vorstellen. Mit wem auch immer Charlie sich treffen wollte, es musste eine Quelle sein, der er traute und die sehr wichtig war, jemand, der ein Treffen zu einer ungewöhnlichen Zeit an einem abgelegenen Ort verlangen konnte, ohne die üblichen Vorsichtsmaßnahmen des Zirkels.

Wenigstens gab es keine eisernen Glocken auf einer verlassenen Baustelle. Nur ein Mann mit Hund sorgte hier für Sicherheit. Da es nichts Stehlenswertes gab, musste Charlie die beiden im Vorfeld seines Treffens hier platziert haben. Sie würden nach unbefugten Eindringlingen suchen, nach Junkies, die sich irgendwo einen Schuss setzen wollten, Pennern, die irgendwo übernachten wollten … oder Schnüfflern, die auf Ärger aus waren. In der Tasche des Wachmanns zeichnete sich eine Beule ab. Glory war sicher, dass es eine Waffe war – und der Schäferhund sah fast so fies aus wie sein Besitzer. Obwohl sie seinen Namen nicht wusste, erkannte sie ihn als einen von Charlies alten Schergen wieder.

Als sie eintraf, beendeten der Wachmann und sein Hund gerade einen Rundgang. Der Wachmann blieb auf der Schwelle des Gebäudes stehen und ließ den Hund von der Leine, damit er herumschnüffeln konnte. Nach einer Weile trottete das Tier aus dem Gebäude heraus und schnüffelte noch ein paar Minuten herum, ehe es das Bein an einem Sandhaufen an der Straße hob. Ungeduldig rief sein Herr nach ihm. Die Pflicht war getan, er zog sich in einen Wohnwagen zurück, der auf dem Vorplatz geparkt war. Der Hund wurde nicht weit davon an die Kette gelegt.

Glory wog die Optionen gegeneinander ab. Sie und Harry würden am Wachmann vorbeimüssen, um sich vor Charlies Eintreffen im Gebäude in Stellung bringen zu können. Der Haupteingang war nichts weiter als ein Loch in der Wand, doch das Treffen würde ganz bestimmt im

Keller stattfinden, wo kein Wahrschaubecken ein Bild davon wiedergeben konnte. Das größte Problem war der Hund. Da Glory ihr Fae nicht preisgeben konnte, beschränkte sich ihr Beitrag darauf, das Rohmaterial für Harrys Hexerei zu beschaffen. Zum Glück hatte sie eine gute Idee, was sie dazu nutzen konnte.

Sie zog sich ans hintere Ende des Baugeländes zurück, ging im weiten Bogen ums Radley-Gebäude herum und kam ein paar Hundert Meter weiter die Straße hinunter wieder raus. Der Hund beobachtete sie mit aufgestellten Ohren, als sie sich seinem Revier näherte. Sie war gekleidet wie eine Joggerin, die Perücke vom Diamantenraub hatte sie zum Pferdeschwanz gebunden, dazu trug sie noch eine Baseballkappe, die ihr Gesicht verdeckte. So hockte sie sich neben den Sandhaufen am Straßenrand und gab vor, sich den Schuh zubinden zu wollen, dabei grub sie mit einem Stock einen uringetränkten Klumpen Sand aus. Der Hund gab ein tiefes Knurren von sich, aber Glory beachtete ihn nicht, sondern stieß den nassen Sand in eine leere Chipstüte. Sie grinste, denn sie ahnte schon, wie Harry darauf reagieren würde. Hundepisse war aber viel besser als die Alternative.

* * *

Und tatsächlich rümpfte Harry die aristokratische Nase über ihre Gabe. Dennoch schob er seine Zimperlichkeit beiseite, sobald sie die Ärmel hochkrempelten und den praktischen Teil der Überwachung angingen. Er war sicher, dass Charlie sich mit jemandem treffen würde, der mit dem Goodwin-Prozess zu tun hatte. Glory, die wusste, dass der

Wednesday-Zirkel sich auf alle möglichen korrupten Amtspersonen und Informanten verließ, war nicht ganz so überzeugt davon. Trotzdem, was immer besprochen werden würde, belastend war es auf jeden Fall.

Da durch Hexerei beschaffte Beweismittel vor Gericht nicht anerkannt wurden, würde Harry die Ereignisse mit einer winzigen als Knopf getarnten Kamera aus WICA-Beständen filmen. Die musste er aus einem »Toten Briefkasten« von WICA abholen, denn das Risiko, solche Sachen in den Zirkel einzuschmuggeln, wollte er nicht eingehen.

Das hieß aber nicht, dass sie ohne Hexerei auskommen würden. Um den Hund würden sie sich kümmern, sobald sie auf dem Gelände waren, also fing Harry mit dem Verwirrzauber an, den sie verwenden würden. Glory sah mit Interesse, dass er eine Karte anstelle eines Kompasses als Grundlage für seine Amulette benutzte. Er riss eine beliebige Seite aus dem Stadtplan von London und schmierte dann eine Mischung aus Tinte und Spucke im wirren Irrgartenmuster über die eingezeichneten Straßen.

Zu ihrem Schutz innerhalb des Gebäudes sammelte Harry darüber hinaus die Materialien für einen Schleierzauber zusammen: einen Taschenspiegel, schwarzen Filz, zwei kleine Totems, die ihn und Glory darstellen sollten. Für letztere benutzte er jeweils einen Fitzel von ihren Daumennägeln, der in ein aus ihren Kissenbezügen gerissenes Stück Stoff gewickelt wurde. Glory gab ihrs zögernd her. Einer anderen Hexe ein Stück von sich selbst für ihre Arbeit zu überlassen, war ein großer Schritt. Aber sie waren Partner. Sie musste ihm vertrauen.

Glory fiel es immer schwerer, der Verlockung zu widerstehen, Harry darüber auszufragen, wie er von WICA angeworben worden war und welche Art Ausbildung er bekommen hatte. Sie wollte auch wissen, wie er zu dem Grau in seinem Haar gekommen war, ob er die Schule schon abgeschlossen hatte und an welchen anderen Operationen er bereits beteiligt gewesen war … Aber all diese Fragen waren zu persönlich. Es wäre nicht klug, wenn sie das Gefühl bekäme, ihn zu kennen, oder gar darüber nachdachte, ob sie unter anderen Umständen vielleicht hätten Freunde werden können. Trotzdem war es eine Schande, dass WICA ihn so früh erwischt hatte. Was immer Tante Angel auch denken mochte, Harry Wer-auch-immer hatte das Zeug zu einer richtig guten Zirkelhexe.

Gegen sechs Uhr stand ihr Plan. Harry zog los, um die Spycam zu holen und noch ein paar andere Requisiten. Zum Glück hatte Nate auf dem Rennplatz ein paar Kumpel getroffen, mit denen er irgendwo einen heben gegangen war. Angeline war beim Bingo. Da sie vor acht nicht losmussten, fand Glory, sie sollten sich lieber noch ein bisschen Ruhe gönnen.

Sie legte sich auf ihr Bett und versuchte sich zu entspannen. Keine Chance. Obwohl sie etwas Angst hatte vor der nächtlichen Expedition, war sie gleichzeitig auch aufgeregt, und die Ungeduld machte sie rastlos. Ihre Gedanken sprudelten und wirbelten umeinander. Auf der Suche nach Ablenkung machte sie sich über den Stapel Zeitschriften her, den Patch beim Frisör für sie geklaut hatte. Sie waren zwar schon ein paar Monate alt, aber besser als gar nichts.

Glory las gern etwas über ihre Lieblingsserien und Promiklatsch. Aber diese Zeitschriften waren anders, hier wurden

Kleider vorgeführt, die sie sich nicht leisten konnte, es war von Partys die Rede, zu denen sie nicht eingelassen werden würde, und von Leuten, von denen sie noch nie gehört hatte. Im *Tatler* gab es sogar einen »Gesellschaftskalender« mit jeder Menge Schnappschüssen von vornehmen Leuten auf Cocktailpartys und bei Polo-Spielen. Manche davon waren in Glorys Alter.

Wie die beiden hübschen Mädchen, Miss Beatrice Allen und Miss Davina Henderson-Holt, die Arm in Arm mit Harry Jukes posierten.

Nur, dass er natürlich nicht Harry hieß. Das Gesicht hinter dem Verhüllungszauber hatte Glory bereits gesehen, jetzt las sie den Namen, der sich hinter dem Alias verbarg: Mr Lucas Stearne.

Ihr Herz setzte einen Schlag aus.

Stearne. Dieser Name war ihr fast so vertraut wie ihr eigener. Alle kannten die Familie Stearne, doch Hexen kannten sie am besten. Und zwar aus gutem Grund – schon seit Bloody John, der Handlanger von Matthew Hopkins, aufmarschiert war, um seinen Platz in der Geschichte einzunehmen. Hopkins, ein begeisterter Amateur, war der erste Oberste Hexenriecher gewesen. John Stearne hingegen hatte die Hexenjagd in einen Beruf verwandelt. Als Oliver Cromwell ihn nach Hopkins' Tod zum Obersten Hexenriecher ernannt hatte, überredete Stearne das Parlament dazu, die Englische Inquisition als Institution fest zu etablieren und gesetzlich zu verankern.

Von da an waren alle Stearnes gleich gewesen: Sie hatten Hexen gejagt, Hexen ins Gefängnis gesteckt, Hexen gefoltert. Hexen verbrannt. Durch alle Generationen bis zur

Herrschaft von Ashton Stearne, dem König des Inquisitionshofs, dem Chefankläger im Goodwin-Prozess. Und sein Sohn …

Sein Sohn und Erbe.

Lucas. Harry Wer-auch-immer.

Lucas der verhexte Stearne.

Lucas Stearne plante bei ihr zu Hause die Zerstörung eines weiteren Hexenzirkels. Und sie half ihm dabei.

Übelkeit stieg bitter in ihrem Hals auf. Glory hatte Wege gefunden, sich nicht für die Kollaboration schämen zu müssen, sie hatte die Scham mit vernünftigen Argumenten weggewischt. Aber ein Bündnis mit einem Stearne hob ihren Verrat auf eine ganz andere Ebene.

Der Gedanke, Lucas könne nichts weiter als ein entfernter Verwandter des Chefanklägers sein, kam ihr gar nicht. Die Ähnlichkeit mit seinem Vater war zu stark. Ehrlich gesagt, sie fragte sich, wie sie das zuvor hatte übersehen können. Ihre Wangen liefen hochrot an, so gedemütigt fühlte sie sich. Wie schnell sie doch ihre Vorsicht hatte fallen lassen und bereit gewesen war, sich vorzustellen, dass sie beide gar nicht so verschieden wären.

Er musste sie doch für eine leichtgläubige Schwachsinnige halten!

Sie stöhnte leise auf. Dann fing sie an, mit um die Brust geschlungenen Armen im Zimmer auf und ab zu laufen. Sie versuchte nachzudenken.

Der Sohn eines Großinquisitors war also Hexe geworden … Das hatte den Bock zum Gärtner gemacht. Und doch hatte es Daddy offensichtlich nicht geschadet. Der Mann war immer noch bei Gericht und urteilte die Hexenschaft ab. Nun, die Inquisition hatte viele schmutzige kleine Geheimnisse. Offenbar hatte man beschlossen, dieses neueste nutzbringend einzusetzen. Lucas war die Wunderwaffe schlechthin: halb Inquisitor, halb Hexe.

Sie bereute es bitter, dass sie Tante Angel nicht erzählt hatte, dass sie den Verhüllungszauber zerlegt hatte. Wenn Angeline das wahre Gesicht des Jungen gesehen hätte, wäre ihr die Verbindung zu Stearne vielleicht sofort aufgefallen. Dann hätten sie gemeinsam eine neue Strategie entwickeln und sich einen Vorteil verschaffen können. Vielleicht war das immer noch möglich. Aber jetzt nicht. Dazu war keine Zeit.

Harrys, also Lucas', Motive waren deutlich wie nie. Doch wem sollte Glory sich verpflichtet fühlen? Charlie Morgan hatte mit seinen Brüdern ihre Mutter ermordet. Dagegen ermordete Lucas' Familie ihresgleichen schon seit Jahrhunderten …

Jemand klopfte an die Tür. Lucas Stearne stand lächelnd da, seine Augen waren verräterisch und blau.

»Bist du bereit?«

KAPITEL 24

Irgendwas stimmte nicht mit Glory. In den letzten paar Tagen war ihr Verhalten Lucas gegenüber eindeutig entspannter geworden, sie hatten sogar über dieselben Witze lachen und gemeinsam einen Plan aushecken können. Doch jetzt hatte sie sich wieder hinter ihrer früheren Feindseligkeit verschanzt. Blass und mit hochgezogenen Schultern ging sie auf dem Weg zum Radley neben ihm her und redete kaum ein Wort mit ihm. Als er sie an der Bushaltestelle anstupste, zuckte sie zurück, als wäre sie geschlagen worden.

Vielleicht fürchtete sich Glory mehr vor Onkel Charlie, als sie zeigen wollte. Oder vielleicht war das so eine Art verzögerte Schockreaktion auf den Zusammenstoß mit Striker. Aber Glory war nicht der nervöse Typ. Am wahrscheinlichsten war, dass sie einfach nur von dieser unerklärlichen Kratzbürstigkeit befallen worden war, die Mädchen eben manchmal überkam. Philomena war ganz groß darin.

Es war ärgerlich, denn Lucas hatte auch so schon genug Sorgen. Er war ganz zappelig vor Aufregung, wenn er daran dachte, wen er heute Nacht vielleicht sehen und was er erfahren würde. Aber ihn störte noch etwas. Als er die Spycam am vereinbarten Ort – einem DVD-Verleih – abholen gegangen war, hatte er Zoey aus einer Telefonzelle angerufen. Sie war höchst beunruhigt gewesen über seine Überwachungspläne und hatte ihn dazu bringen wollen, sich vorher mit ihr zu treffen, um Notfallmaßnahmen und Rückendeckung zu besprechen, obwohl sie beide wussten, dass dazu die Zeit nicht reichte.

Lucas beendete das Gespräch damit, dass er erwähnte, wie verdächtig Angeline ihm vorkam. Ihre Aktivitäten in der Cooper Street machten den Auftritt als harmloses altes Frauchen vor der Inquisition zur Farce.

»Das ist kein Problem«, sagte Zoey. »Sie ist eine bewährte Quelle. Sie unterhält schon seit 28 Jahren Beziehungen zur Inquisition.«

Aber was für Beziehungen waren das? Entweder wusste Zoey das nicht oder sie wollte es ihm nicht erzählen.

Ob Glory wohl das Ausmaß der Informantentätigkeit ihrer Großtante bekannt war? Lucas hatte den Eindruck, dass Glory ebenso wie er bislang glaubte, Angeline kollaboriere erst seit kurzer Zeit. Danach fragen konnte er sie allerdings nicht, nicht mal, wenn sie besserer Laune gewesen wäre.

Das Radley lag am Rand eines belebten, wenn auch heruntergekommenen Viertels, aber an einem Sonntagabend war es hier wie in einer Geisterstadt. Leere Lagerhausklötze und verlassene Bürogebäude ragten zu beiden Seiten der Straße auf. Dunkel gekleidet, die Verwirrzauber-Amulette direkt auf der Haut, gingen Glory und Lucas durch die Schatten auf die Müllkippe an der gegenüberliegenden Straßenseite zu.

Der Schein der Straßenlaterne reichte aus, um den Wachmann mit dem Schäferhund an seiner Seite auf dem Vorplatz des Radley auf und ab gehen zu sehen. Obwohl der Hund in mancherlei Hinsicht die größere Bedrohung darstellte, waren Tiere doch leichtere Ziele für Hexerei als Menschen.

Lucas richtete sich hinter einem rostigen Kühlschrank ein. Er behielt sein Ziel im Blick, als er einen Klumpen braune Knetmasse herausholte und sich daranmachte, eine Puppe zu modellieren. Da natürliche Materialien viel besser auf den Siebten Sinn reagierten als künstliche, mischte er etwas Erde und eine anständige Portion des vom Urin getränkten Sands in die Knetmasse, während er sein Fae tief in die Mixtur einarbeitete.

Bald hielt er eine kleine Hundefigur in der Hand. Er pustete auf den Miniaturkopf mit den spitzen Ohren und der langen Schnauze und den kleinen Grübchen anstelle der Augen, dann strich er mit dem Daumen über den matschigen Rücken. Der echte Hund spitzte die Ohren und winselte ein bisschen.

Plötzlich war die Luft voll köstlicher Gerüche. Neue quälende Gelüste zerrten Lucas in sämtliche Richtungen. Jedes Haar an seinem Körper schien zu Berge zu stehen. Das Gefühl hielt nicht länger als ein paar Sekunden an, erschütterte ihn aber tief. Er durfte nicht zu nah herankommen: Er musste die Gedanken des Tieres leiten können, durfte aber nicht in sein Bewusstsein eindringen.

Es war schwer, sich zu konzentrieren, wenn Glory so nah war. Obwohl seine tierischen Sinne schon wieder abstumpften, war der Geruch ihres Fleisches und ihres Atems betörend stark. Er zwang seinen Verstand wieder dazu, sich auf seine Aufgabe zu konzentrieren, streichelte die Figur vom

Kopf bis zum Schwanz und schleuste eine Warnung in das Gehirn der lebenden Entsprechung ein. Etwas Gefährliches, etwas Aufregendes … Irgendwo anders … um die Ecke … weiter hinten …

Der Hund hob den Kopf. Er winselte, dann knurrte er. Lucas knurrte ebenfalls, leise und ganz tief, und gab dem Hund weiterhin kleine Stupser: Er drängte seine Aufmerksamkeit weg vom Eingang zur Rückseite des Gebäudes. Schon bald zog er an der Leine. Grummelnd gab der Wachmann dem Drängen seines Hundes nach. In der Jackentasche legte er die Hand auf die Waffe. Die beiden bogen um die Ecke – und waren außer Sichtweite.

Lucas hielt die Figur noch immer in der Hand, als er über die Straße und hinein ins Radley-Gebäude flitzte. Glory folgte ihm. Ihre Taschenlampe, deren Licht etwas von ihrem Ärmel gedämpft wurde, leuchtete in einen hohen, kahlen Raum, in dem in regelmäßigen Abständen in Beton gegossene Stahlpfeiler standen. Ihr Ziel jedoch war das modrige Kellergeschoss darunter. Als grober Bodenbelag waren hier Holzplanken ausgelegt worden, auf denen Drahtrollen, Bretter und Schutt verstreut lagen. Ein rostiges Eisenblech lehnte vor der Tür.

An einer Wand stand eine Werkbank, hinter die hockten sie sich und zogen sich eine Plastikplane über die Köpfe. Das war ein sehr provisorisches Versteck und ohne Hexerei wären sie gefährlich bloßgestellt gewesen. Unter den gegebenen Umständen blieb ziemlich wenig Zeit, den Schleier fertigzustellen. Hastig legte Lucas die beiden Totems – die in Fetzen vom Kopfkissen gewickelten Daumennägel von Glory und ihm – auf den Taschenspiegel. Er pustete aufs

Glas, sodass es beschlug, und wickelte den Spiegel in schwarzen Filz, ehe sich der Nebel darauf lichten konnte. Zum Schluss streute er Grus und Holzspäne vom Boden darüber. Ein Nebel, um sie zu verlieren, Schwärze, um sie zu verbergen, Erde, um sie zu bedecken … Doch ein Schleier war nicht besonders zuverlässig, nicht mal, wenn er mit einem Fae hergestellt war, das so stark war wie seines. Sie konnten sich nicht weit vom Schleier am Boden entfernen – und unsichtbar würden sie auch nicht werden, sie fielen nur nicht auf. Aber wenn sie den Schleier mit der Hundefigur zusammen benutzten, würde die Hexerei schon zu ihrem Schutz ausreichen.

Augenblicke später kamen der Wachmann und sein Schäferhund herein, der starke Strahl des Scheinwerfers schweifte durch den Raum. Als der Hund anfing zu schnuppern, drückte Lucas die aufgerichteten Ohren der Figur runter. »Hör nichts Böses«, flüsterte er, bevor er der Knetfigur die Schnauze platt drückte und die Finger in die Augenhöhlen presste. »Riech nichts Böses, sieh nichts Böses, sprich nichts Böses.« Der Kopf der Figur war jetzt ein formloser Matschkloß. Die Sinne des echten Tieres waren ebenfalls benebelt und stumpf, sie funktionierten zwar, jedoch langsamer als sonst. Jetzt war Lucas sein Herr.

Der Wachmann ging weiter in den Raum hinein und leuchtete mit dem Scheinwerfer in die Ecken. Nach zwei oder drei bangen Minuten hatte er sich davon überzeugt, dass alles in Ordnung war. Er stieg die Rampe wieder hoch. Aber bevor Lucas und Glory wieder ruhig atmen konnten, waren Stimmen zu hören: Charlie Morgan höchstpersönlich stapfte ins Untergeschoss.

Er war allein gekommen und hatte eine Sturmlampe dabei, die er auf eine umgedrehte Kiste stellte. Seine gedrungene Gestalt war in einen Kamelhaarmantel gehüllt, aus dem er sich eine Zigarre holte, wie Lucas zunächst annahm, es war aber ein Nikotininhalator. An dem saugte er gereizt. Dann schaute er auf die Uhr, ebenfalls gereizt. Zehn nach neun. Derjenige, mit dem er sich treffen wollte, hatte sich verspätet.

Lucas drückte den winzigen Schalter der Knopflochkamera und rückte sie ein wenig zurecht, um einen besseren Aufnahmewinkel zu bekommen. Glory verkrampfte sich.

Einen Augenblick später wurde das Eisenblech vor dem Eingang zurückgeschoben. Hohe Absätze klackten über den rauen Boden. Eine Frau. Ruth Mackenzie. Die musste es sein. Mitglied der Jury, Beamtin im Staatsdienst und …

Es war nicht Ruth. Diese Frau war kleiner und schlanker. Sie trug einen Hut mit breiter Krempe, den sie sich tief ins Gesicht gezogen hatte, einen dunklen Mantel mit hochgeschlagenem Kragen und einen Schal. Als Charlie sie sah, griff er nach der Lampe und hielt sie argwöhnisch blinzelnd hoch.

Seine Besucherin machte den Mantel auf und löste den Seidenschal. Lucas blieb die Luft weg. Der Lichtschein fiel auf den hässlichen eisernen Kragen, den sie um den Hals trug. Lady Serena Merle.

»Keine Sorge, Charlie.« Die Kleinmädchenstimme war nicht so zart, wie Lucas sie in Erinnerung hatte. »Ich bin noch immer getakelt wie ein Hund an der Leine.«

Heute Abend hatten ihre Augen nichts Glasiges und ihr

Lächeln war auch nicht hohl. Doch sie sah müde aus. Ihr Gesicht war schmal und wirkte angespannt. »Lange nicht gesehen.«

»So ist es. Wie geht es Rose?«

»Wie immer, danke. Nicht schlechter.«

»Das höre ich gern.« Er nickte. »Gut. Wir wissen ja beide, dass dies kein Plauderstündchen ist. Was hast du für mich?«

»Ärger«, sagte sie düster. »Von der schlimmsten Sorte. Es geht um die Hexenanschläge. Die … die sind nicht das, wofür die Leute sie halten. Verstehst du … ich hab es rausgekriegt … nun, mein … mein Ehemann steckt dahinter. Und andere Leute von der Inquisition.«

Lucas spürte, wie Glory neben ihm erstarrte. Ihm gefror das Blut.

Charlie jedoch lachte leise. »Soso. Da haben sich die Pyros wohl eine kleine Lieblingshexe besorgt. Ist es jemand, den sie bezahlen, oder jemand, den sie dazu zwingen, ihre Drecksarbeit zu machen?«

»Letzteres, vermute ich. Offenbar hat es irgendwelche ›disziplinarischen‹ Probleme gegeben. Die Details kenne ich nicht. Ich habe erst Mittwochabend davon Wind bekommen. Godfrey war in seinem Klub gewesen und hatte dort was getrunken … Er ist das wirklich nicht gewohnt … Dann hat er was gesagt, als ich ihn zu Bett gebracht habe. Ich musste nicht mal so tun, als hätte ich es nicht verstanden. Später habe ich gehört, wie er mit Silas Paterson telefoniert hat. Also habe ich etwas nachgeforscht. Es gibt da eine Ministerin in der Regierung, Helena Howell, die irgendwie mithilft, und in der Inquisition sind Leute, die sie unterstützen. Die Polizei auch. Keine Ahnung, wie hoch hinauf das geht.«

»Hmm. Die versuchen eine Hexenjagd zu provozieren, oder?«

»Viel gerissener.« Sie rang die Hände, ihre Ringe funkelten im Lampenlicht. »Sie haben es auf Jack Rawdon abgesehen. Sie hassen ihn und das, was er mit WICA vorhat. Sie werden Beweise dafür liefern, dass er den Hexensturm und die Beulenpest und so weiter selbst hervorgebracht hat. Sie werden behaupten, er sei vor all den Jahren, als er gegen Endor vorgegangen ist, umgedreht worden. Und dass er immer schon zu den Terroristen gehört hat.«

»Sauber. Ja, das ist ein ganz schön abgekartetes Spiel«, sagte Charlie beinahe anerkennend. »Ehrlich gesagt, verstehe ich nur nicht, warum du mir das vorträgst.«

Lady Merle sah ihn mit großen violetten Augen an. »Damit du dafür sorgst, dass das aufhört, natürlich. Du musst dich beeilen. Es wird noch einen Anschlag geben, im Lauf der Woche, und da wird Rawdon dann festgenommen. Aber diese Hexe, die sie benutzen – sie haben sie in irgendeinem Versteck der Inquisition eingesperrt. Wenn du sie oder ihn als Erster erwischt, dann lass sie schwören oder …« Ihre Stimme versagte und sie streckte ihm bittend die Hand hin. »Bitte. Ich hab dir doch immer gute Informationen beschafft, oder nicht? Mit deinen Verbindungen und Möglichkeiten bist du der einzige Mensch, der helfen kann. Der einzige, dem ich vertrauen kann.«

Charlie lachte.

»Du hast schon immer eine gute Jungfrau in Nöten gegeben. Damit hast du in den alten Zeiten bei dem armen alten Vince landen können und bei jeder Menge betuchter Junggesellen nach ihm. Aber ich bin von anderem Schrot und

Korn.« Er lehnte sich an einen Pfeiler und beobachtete sie durch zusammengekniffene Augen. »Du bist ein fähiges Mädchen, Reeny. Du hast es ziemlich weit gebracht, ohne dass je einer auf die Idee gekommen wäre, dass du Hirn und Rückgrat haben könntest. Warum nutzt du das nicht aus und sorgst selbst für Ordnung auf der Welt?«

»Das kann ich nicht. Das kann ich einfach nicht. Wenn Godfrey dahinterkommt, dass ich ihn hintergangen habe, dass ich seine Geheimnisse ausgeplaudert habe … Um mich mache ich mir keine Sorgen, aber um Rose. Seit dem Unfall ist sie hilflos. Sie ist nur seine Stieftochter. Er oder seine Freunde würden schon irgendeinen Weg finden, sich an ihr zu rächen. Das weiß ich.«

In ihrer Aufregung war ihr die klare, vornehme Sprache entglitten und gröber geworden. Tränen stiegen ihr in die Augen. »Wenn Godfrey und Silas Rawdon stürzen, ist das das Ende von WICA und sämtlichen anderen Institutionen, die Hexen eine Rolle und Rechte in der Gesellschaft geben. Siehst du das denn nicht? Nach einem Skandal von diesem Ausmaß wird die Inquisition machen können, was immer sie will …«

»Traurige Geschichte, Reeny. Wirklich. Genau die Art Schurkerei, die diese hinterlistigen Pyros gut finden. Aber sehen wir der Tatsache mal ins Auge, ich bin kein Fan von Jack Rawdon. Mein Leben wäre viel leichter, wenn seine Bande von Hexenspitzeln nicht ihre Nasen in meine Angelegenheiten stecken würde.« Er grinste freudlos. »Wenn das nach hinten losgeht, werden die Zirkel die Leidtragenden sein. So ist es doch immer. Abgesehen davon ist Verzweiflung gut, wenn man Leute anwerben will. All diese armen verfolgten Hexen, die nicht wissen, wo sie hinsollen, und sich nirgendwo verstecken können …«

»Du bist ein kaltherziger Mistkerl.« Dieses Mal schwang keinerlei Gefühl in Lady Merles Stimme mit. Sie wischte sich die Augen und knöpfte ihren Mantel wieder zu.

»Das sagen alle. Und das ist jetzt nicht der richtige Zeitpunkt, weich zu werden. Kez ist weg, Bradley Goodwin macht sich bereit, bei Gericht die Klappe aufzureißen, und obendrein hat man mir heute Nachmittag gesteckt, dass wir einen Verräter in den eigenen Reihen haben.«

Lucas hatte das Gefühl, ihm werde die gesamte Luft aus dem Körper gequetscht.

»Bedaure, Reeny«, sagte Charlie, als sie sich umdrehte und davonging. »Aber das ist nicht meine Schlacht.«

* * *

Nachdem Lady Merle gegangen war, blieb Charlie noch eine knappe Viertelstunde. Er schien tief in Gedanken versunken zu sein. Dann fing er an, etwas in sein Smartphone zu tippen. Gerade als der Krampf in Lucas' Bein so schlimm geworden war, dass er meinte, es entweder strecken oder losschreien zu müssen, tauchte der Wachmann wieder auf.

»Auto ist da, Boss.«

»Okay.« Charlie seufzte schwer. »Du kannst jetzt auch abhauen. Hier spielt sich heute Nacht nichts mehr ab.«

Er und der Wachmann trampelten raus und weg waren sie. Man hörte einen Motor aufheulen. Lucas und Glory verharrten noch quälende fünf Minuten in der alten Position, ehe sie ihren Unterschlupf verließen. Glory knipste die

Taschenlampe an. In dem schwachen grauen Schein hatte ihr Gesicht etwas Geisterhaftes. Ihre Augen funkelten.

»Ich hätt's wissen müssen. Die Inquisition und jeder Stecher darin – nichts als Abschaum.«

Lucas war beinahe zu mutlos, um darauf etwas zu erwidern. Er fühlte sich elend und leer. »Die Inquisition ist eine riesige Organisation. Ein paar korrupte Beamte ...«

Aber da stiefelte sie schon aus dem Keller ins eigentliche Gebäude. Als er sie einholte, ging sie wütend auf ihn los.

»Wag bloß nicht, das zu entschuldigen. Du hast es auf Film, verdammt. Man kann keinem von denen trauen. Der Regierung nicht, den Pyros nicht, der Polizei nicht. Die ganze stinkenden Bande ist verrottet bis auf die Knochen.«

»Charlie Morgan macht es genauso wenig aus wie Silas Paterson, die Hexenschaft zu verraten.«

»Charlie ist ein übler Mistkerl. Das ist nichts Neues. Und wir sind kein Stück näher dran, ihm das zu geben, was er verdient hat.«

»Und jetzt weiß er, dass es im Zirkel einen Informanten gibt.« Lucas biss sich auf die Lippe.

»Tja.« Sie lehnte die Taschenlampe an einen Pfeiler. »Wahrscheinlich hat ihm die Inquisition da was gesteckt und so. Ein Hexenagent weniger, um den sie sich Gedanken machen müssen.«

Lucas schüttelte den Kopf, brachte es aber nicht fertig, das rundweg abzustreiten. Er zerkrümelte die Reste der Hundefigur zwischen seinen Händen und spürte, wie das Fae verströmte. Er würde der Tatsache ins Auge sehen müssen, dass Silas Paterson die Unterstützung der Inquisition hatte. Jede Menge Beamte teilten seine Ansichten und einige davon arbeiteten wahrscheinlich mit ihm zusammen. Leute wie Gideon Hale vielleicht … Die Vorstellung machte ihn ganz krank. Denn die Verschwörung war nicht einfach nur ein Verbrechen – sie war der Verrat an allem, was liberale Reformer erreicht hatten. Es würde Jahre dauern, bis der Ruf der Inquisition wiederhergestellt war. Und so viel gute Arbeit wäre umsonst.

»Die terrorisieren ihre Mitbürger … Leute, die sie zu beschützen geschworen haben! Wie können die überhaupt noch in den Spiegel schauen?«

Glory gab ein entnervtes Geräusch von sich. »Macht ihnen gar nichts aus, da bin ich mir sicher. Kannst also aufhören mit dem Händeringen. Damit machst du dir nur noch mehr graue Haare.«

Er hätte das für nichts weiter als eine Redensart halten können, aber dann sah er, wie Glory die Augen zusammenkniff. Sie wusste, dass ihr etwas rausgerutscht war. Zwar erholte sie sich schnell wieder, aber nicht schnell genug. Sie starrten einander an und der leere Raum zwischen ihnen summte.

»Mein Gott.« Der Schock gab ihm das Gefühl, mit Blödheit geschlagen zu sein. »Du kannst durch den Bildzauber schauen. Du … du bist auch eine Hexe.«

Einen Moment lang sah es so aus, als wolle sie das von sich weisen. Dann lachte sie trotzig. »Eine ebenso gute Hexe wie du, oder besser. Such dir nächstes Mal lieber ein besseres Versteck für dein Amulett. Oder arbeite ein stärkeres Fae hinein.«

Er schluckte hörbar. »Heißt das, du weißt, wer ich bin?«

Sie antwortete nicht. Auf ihren Wangen waren zwei hochrote Flecken.

»Weißt du's?«

Sie guckte verächtlich.

»Weißt du, wer ich bin?«

Er machte einen Schritt auf sie zu.

Wut und Angst rumorten in ihm. Ihre Gesichter waren so nah beieinander, dass sie sich fast berührten. Beide atmeten schwer.

Plötzlich boxte Glory ihm auf die Brust und stieß ihn weg. Sie baute sich in voller Größe auf: »Ja, es stimmt. Ich kenn dich, Lucas Scheiß Stearne.«

Ein schrecklicher Gedanke überfiel ihn. Glory hatte seinen Namen vermutlich vor Kurzem erst erfahren – und deshalb hatte sich ihr Verhalten ihm gegenüber so plötzlich verändert. Und heute Nachmittag hatte man Charlie Morgan mitgeteilt, dass es einen Informanten im Zirkel gab. »Bist *du* es gewesen, die Charlie wegen des Maulwurfs gewarnt hat?«

»Du hast sie wohl nicht alle«, zischte sie. »Ich hasse die Inquisition und jeden Pyro darin, aber Charlie hasse ich genauso.«

Dieses Mal flackerte ihr Blick nicht.

»Gut«, sagte er steif. »Ich hätte das nicht fragen sollen. Ich glaube, wir haben heute beide ein paar Überraschungen erlebt. Du hast meinen Namen erfahren und ich habe rausgekriegt, dass du eine Hexe bist. Wir sind quitt. Jetzt müssen wir …«

»Quitt? Allmächtige Mab… weißt du denn gar nichts über meine Welt? Da gibt es welche, die sagen, dass es das schlimmste Verbrechen überhaupt ist, wenn man Spitzel wird – schlimmer noch als Mord. Aber ich hab nicht nur Tantchen geholfen, einen Spitzel in den Zirkel einzuschleusen. Ich hab den Zirkel an den Sohn eines Großinquisitors verraten!«

Um sie herum ragte das ausgeschlachtete Gebäude hoch auf, dunkel und gruftartig. Donner grollte in der Ferne.

»Willst du damit sagen, du hättest mir niemals geholfen, wenn du von Anfang an gewusst hättest, wer ich bin?«

»Ich sage, dass sich alles geändert hat. Das ist jetzt nicht mehr Inquisition gegen einen korrupten Zirkel-Boss. Das ist Inquisition gegen Hexenschaft. Und … und ich glaube, nicht mal du weißt genau, auf welcher Seite du stehst.«

Vielleicht hatte sie recht. Die Vorstellung machte ihn wütend. »Dann zum Teufel mit dir. Du hast gesagt, ich würde deine Welt niemals verstehen. Und wie ist das mit dir? Verstehst du meine etwa? In deiner Welt rollen sie den roten Teppich aus für Hexen. Na, so läuft das nicht, da, wo ich herkomme. Denkst du, das war leicht für mich, meinem Vater zu erzählen, was ich geworden bin?« Im Schein der Taschenlampe funkelte er sie wütend an. »Und ich hab genauso viele Gründe dafür, Hexen zu misstrauen, wie du Inquisitoren. Irgendeine verdammte Hexe hat meine Mutter ermordet. Mit einem Fluch.«

Das hatte Lucas nicht sagen wollen. Es war wie ein Schlag unter die Gürtellinie, fand er. Aber es milderte Glorys Schärfe sofort.

»Oh«, sagte sie. »Himmel.« Und dann mit Mühe: »Tut mir leid. Denn ich kann … Ich mein, ich weiß genau, wie …«

Arme mutterlose Hexen, alle beide. »Ach. Dann haben wir ja tatsächlich zwei Dinge gemeinsam.«

Witzig war das nicht, trotzdem hatte er aus irgendeinem Grund Lust zu lachen. Zu seinem Erstaunen zuckte Glorys Mund auch.

Und da fingen die Sirenen an zu heulen.

Blaulicht zuckte durch die Spalten zwischen den Brettern, mit denen Fenster und Eingang vernagelt waren. Mehrere Polizeiautos, Krankenwagen und ein Feuerwehrwagen rasten draußen die Straße entlang.

Dieses Mal funktionierte Lucas' sechster Sinn. Irgendwie wusste er, für wen diese Sirenen heulten. Glory erriet es ebenfalls. Ehe er sie zurückhalten konnte, lief sie aus dem Gebäude.

KAPITEL 25

Das Gerumpel in der Ferne war kein Donner gewesen, sondern eine Explosion. Als Glory und Lucas die schäbige Einkaufsstraße am Ende des Radley-Komplexes erreichten, stolperten manche Leute bereits in Panik davon, während andere, wie sie, heranströmten … Angezogen von dem Wunsch zu helfen, Zeuge zu sein, Blut zu riechen. Sie folgten dem Gewimmel durch eine Sozialbausiedlung, bis sie zu einer Straße kamen, die normalerweise nicht weiter bemerkenswert gewesen wäre.

Die Polizei hatte die Gegend bereits abgesperrt. Beißender Rauch hing in der Luft. Er kam von einem Wrack aus verbeultem, verkohltem Blech, aus dem noch die Flammen züngelten. Die Überreste von Charlie Morgans BMW.

Lucas konnte nichts dagegen machen, er dachte an seine Mutter.

Glory dachte überhaupt nicht. In ihrem Kopf herrschte dröhnende Leere.

Die Autobombe war vor einem Schnapsladen explodiert. Die Fenster waren herausgesprengt worden, das Inventar lag in Trümmern. Auf dem Bordstein saß eine Frau, die sich ein blutiges Tuch an den Kopf presste. Ein weiterer Passant lag auf der Straße, Sanitäter scharten sich um ihn. Ein Krankenwagen war schon abgefahren und in den anderen beiden konnte man hektische Aktivitäten wahrnehmen. Es hatte sich bereits ein Menschenauflauf gebildet.

»... das hat bestimmt einen politischen Hintergrund«, sagte jemand. »Irgendein hohes Tier aus der Regierung, das die Hexen nicht leiden können.«

»Genau wie Endor, das fängt jetzt alles wieder von vorne an«, sagte sein Freund.

Glorys Gesicht war kreideweiß, sie guckte benommen.

»Hier, meine Kleine, nimm einen Schluck«, sagte der ältere Mann, der neben ihr und Lucas stand, und reichte ihr seinen Flachmann. Sie nahm einen Schluck Whisky und hustete prustend. »Gut so, davon kriegst du wieder Farbe in die Backen.«

»Haben Sie gesehen, was passiert ist?«, fragte Lucas.

»Ich hab alles gesehen«, sagte der alte Mann genüsslich. »Hab auf meinen Bus gewartet, genau da drüben. Dann hielt ein Auto, und dieser Typ, so ein großer, wichtig aussehender, ist hinten ausgestiegen. Er ist in den Laden gegangen und hat sich eine Schachtel Kippen geholt. Aber als er die Tür wieder aufgemacht hat ... wumm! Die Druckwelle hat ihn halb über die Straße geschleudert. Den armen Teufel hat es schlimm erwischt. Immerhin war er noch am Leben, als sie ihn in den Krankenwagen geschleppt haben. Sein Fahrer hatte keine Chance.«

Vielleicht hatte es ein Problem mit dem Zünder gegeben. Wegen der Zeitverzögerung hatte Charlie Morgan – möglicherweise – überlebt.

Ein Polizist notierte Namen und bat um Aussagen. Der alte Mann ging voller Eifer auf ihn zu. Lucas nahm Glory beim Arm. »Komm«, murmelte er. »Wir dürfen hier nicht gesehen werden.«

Da er nicht wusste, wo sie sonst hinsollten, führte er sie zurück in die Richtung, aus der sie gekommen waren, zu der tristen Reihe verlassener Gebäude.

»Nicht ins Radley«, sagte Glory, die ein bisschen wacher wurde. »Sobald sie Wind von der Sache kriegen, könnte die Crew vom Wednesday-Zirkel vorbeikommen und sich da umsehen …«

Ein nicht mehr benutztes Bürogebäude bot sich als alternativer Unterschlupf an. Der Drahtzaun vor dem Eingang war bereits aufgeschnitten worden und sie kletterten durch ein eingeschlagenes Fenster im Erdgeschoss. Der Lichtstrahl von Glorys Taschenlampe fiel auf einen Schlafsack und eine Spritze auf dem Fußboden, ein paar halb heruntergebrannte Kerzen in Marmeladegläsern. Alles war von einer Staubschicht bedeckt.

Sie gingen weiter in einen fensterlosen Raum, der mit ein paar ramponierten Aktenschränken ausgestattet war. Am Boden lag ein Haufen dreckiger Gardinen. Glory legte die Taschenlampe auf den Aktenschrank und setzte sich auf den Gardinenberg. Ihre Beine waren immer noch ein bisschen wacklig. Jetzt erst, als sie Lucas im Schein der Taschenlampe ansah, dachte sie wieder an die Auseinandersetzung, die von den Sirenen unterbrochen worden war. Das alles schien bereits weit weg und war im Begriff zu verblassen.

Sie hatte eine Strafe für Charlie gewollt und gedacht, sie würde sich freuen, wenn er tot wäre. Und doch konnte sie das Bild von diesem rauchenden, blutverschmierten Schrotthaufen nicht aus dem Kopf kriegen. Dieses Bild und das von Charlie, der ihr letzte Woche prahlend, großspurig und unbesiegbar beim Abendessen nachgeschenkt hatte, tauchten abwechselnd vor ihrem inneren Auge auf.

»Okay … was glaubst du, wer das gemacht hat?«, fragte sie. Es war nicht ganz leicht, die Stimme zu halten. *Beiß die Zähne zusammen und vergiss nicht: Du bist eine Starling.* »Paterson und Merle?«

Lucas war erleichtert über ihren sachlichen Ton und tat sein Bestes, ebenso zu antworten. »Ich wüsste nicht, wie die Ermordung eines Zirkelbosses in den Plan passen soll, Jack Rawdon etwas anzuhängen. Und das Timing! Sie müssten doch einen Insider dafür fit machen, oder nicht? Wegen dem Zugang und so weiter. Ich halte es für wahrscheinlicher, dass einer von Charlies Leuten oder Rivalen beschlossen hat, ihn um die Ecke zu bringen.«

»Okay. Vielleicht bist du ja nicht der einzige Spitzel im Haufen. Vielleicht hat jemand anders gerade seine Deckung verloren.« Glory seufzte. »An die Hoffnung müssen wir uns jedenfalls klammern. Wenn Charlie nämlich rausgekriegt hat, dass du ein WICA-Maulwurf bist, dann hat er dafür gesorgt, dass alle das erfahren. Tantchen und ich werden unter Verdacht geraten und jeder, der sich dir in der letzten Woche auf eine Meile genähert hat.« Sie holte ihr Telefon heraus. »Ich muss Tantchen warnen.«

Aber Lucas hielt ihre Hand fest. »Sag ihr, dass wir in Sicherheit sind. Erzähl ihr, wir sind Charlie gefolgt, wir haben die Explosion gesehen und jetzt verstecken wir uns, bis wir wissen, was Sache ist. Aber sag ihr nicht, was wir von der Lady gehört haben.«

»Bist du bescheuert? Wir brauchen alle Hilfe, die wir kriegen können.«

Das war heikel. Lucas wollte nicht, dass ihre Anklagen und Vorwürfe schon wieder aufloderten. Er suchte nach den richtigen Worten. »Wie lange arbeitet deine Großtante schon als Informantin für die Inquisition?«

»Ein paar Monate.«

»Und da bist du dir sicher?«

»Klar. Warum?«

»Laut meiner Führungsagentin bei WICA ist Angeline schon seit Jahrzehnten Informantin.«

Frustriert schlug Glory mit der flachen Hand auf den Aktenschrank. »Noch mehr beschissene Lügen von der Inquisition! Tante Angel ist keine Spionin.«

»Ähm, das seid ihr alle beide, erinnerst du dich? Aus gutem Grund natürlich«, ergänzte Lucas hastig. »Wenn Angeline vor dreißig Jahren schon mit der Inquisition Verbindung aufgenommen hat, gibt es sicherlich eine Erklärung dafür. Aber ich finde, wir sollten es nicht riskieren, sie einzubeziehen. Nicht, bis wir genau wissen, was sie ihnen erzählt hat und warum. Und warum sie dir nichts davon gesagt hat.«

»Dreißig Jahre, sagst du?«

»Achtundzwanzig, um ganz genau zu sein.«

Glory spürte, wie ein Ruck durch ihren ganzen Körper ging. Es war so, als würde man auf der Treppe eine Stufe verfehlen. Das große Ereignis vor achtundzwanzig Jahren war die Rückkehr von Großmutter Cora gewesen. Nach fünf Jahren auf der Flucht mit Edie hatte sie ihre Schwestern angerufen und ein Treffen vereinbart. Aber die Inquisition hatte sie vorher erwischt. Jemand hatte ihnen einen Tipp gegeben.

Lass diesen Gedanken nicht zu, sagte sie sich energisch. *Die Inquisition lügt, das wissen alle. Sie wollen, dass du paranoid wirst. Sie verdrehen Sachen und Leute, so wie es ihnen in den Kram passt. Wenn Tantchen je zu den Stechern gegangen ist, dann, um mit ihnen über die Freilassung ihrer Schwester zu verhandeln …*

Und wenn sie das getan hatte … Warum hatte sie Glory nie davon erzählt?

Lucas spürte, dass er im Vorteil war, und machte weiter. »Selbst wenn meine Deckung in Ordnung sein sollte, werden wir von den Zirkeln keine Hilfe bekommen. Charlie hat Lady Merle das ganz deutlich zu verstehen gegeben. Wir können es nicht riskieren, in die Cooper Street zurückzugehen. WICA ist auch nicht viel sicherer – die Inquisition überwacht alles. Deshalb muss ich meine Führungsagentin heimlich benachrichtigen.«

»Du vertraust ihr?«

»Ja. Sie gehört zu WICA und ist loyal gegen Rawdon. Sie wird eine Möglichkeit finden, ihn zu warnen.« Während er redete, ging ihm auf, dass es noch jemanden gab, zu dem er gehen könnte. Zoey stand unter Bewachung, aber der Oberhexenwart Jonah Branning nicht. Der Mann mochte ja nerven, aber korrupt war er nicht. Sein sommersprossiges Gesicht strahlte praktisch vor Ehrlichkeit. »Aber wenn wir dieser Verschwörung einen Riegel vorschieben wollen, brauchen wir Beweise.«

»Auf diesem Film, den du aufgenommen hast, sind nichts als Anschuldigungen. Eine Plauderei zwischen einem Gangster und einer Tussi aus besseren Kreisen ist kein Beweis für irgendwas. Vor Gericht werden wir damit ausgelacht.«

»Ich weiß. Deshalb müssen wir selbst mit Lady Merle sprechen. Vielleicht hat sie ja weitere Informationen für uns. Die Hexe, die die Verschwörer benutzen, ist der Schlüssel zu allem. Wir müssen herauskriegen, wer das ist und wo sie festgehalten wird.«

»Hm.« Glory musterte ihn nachdenklich. »Wenn wir Detektiv spielen sollen, brauch ich erst was zu trinken.«

Mit Schwung zog sie den Flachmann aus ihrer Jackentasche.

»Ich glaub es nicht! Den hast du diesem alten Mann geklaut?«

»Was dachtest du denn? So ein diebischer Proll wie ich …« Sie grinste. »Ehrlich gesagt, er ist so schnell abgedüst, dass ich sie ganz vergessen hatte. Aber du brauchst ja nichts davon zu trinken, wenn das gegen deine empfindliche Moral verstößt.«

Lucas nahm einen Schluck, nur damit sie sah, dass sie im Irrtum war. Der scharfe Alkohol brannte an seinem Gaumen und ließ ihn zusammenzucken. Ihm wurde klar, dass er außer einem Sandwich fünf lange Stunden nichts zu essen gehabt hatte. Die Durchsuchung seiner eigenen Taschen brachte einen Schokoriegel zum Vorschein, den er ganz vergessen hatte. Besser als gar nichts. Glory verfasste indessen eine SMS an Tante Angel. Noch schwieriger, als zu entscheiden, was sie schreiben sollte, war, dass die Nachricht verschlüsselt übermittelt werden musste.

Der Schein des Displays erinnerte Lucas an die Kerzen, die ein früherer Eindringling hinterlassen hatte. Zu seiner eigenen Hexenausstattung gehörten Streichhölzer, also konnte er beide Kerzen anzünden und sie zwischen ihnen auf den Fußboden stellen. Den Schokoriegel legte er dazu.

Glory zog eine Augenbraue hoch. »Kerzen, Fusel, Schokolade … Wollen Sie mich etwa verführen, Herr Inquisitor?«

Er wurde ganz ernst. »Du weißt, dass ich kein Inquisitor bin. Und nie einer werde.«

Als er sie im Radley befragt und gefordert hatte, dass sie ihm erzählte, was sie wusste, hatte Glory einen Moment echter Panik gespürt. Das war eine atavistische Reaktion gewesen, die Furcht, die Generationen ihrer Vorfahren vor der Bedrohung durch Generationen seiner Vorfahren empfunden hatten. Als er so finster auf sie herabgeschaut hatte, mit Augen, in denen ein blasses Feuer brannte, war er ihr vorgekommen wie der Großinquisitor höchstpersönlich.

Ihr wurde bewusst, dass sie diese Gefühle überwinden musste. Schließlich hatte die Inquisition ihn ja nicht zu ihrem ureigenen Fae-gewaltigen Hexenjäger herangezüchtet. Er war durch Zufall Hexe geworden, nicht mit Absicht. Glory hatte einmal gewusst, wie die Frau des Chefanklägers zu Tode gekommen war. Aber sie hatte es entweder vergessen oder die Fakten ausgeblendet, für die sie sich schämte. Die Kraft in Lucas war die Kraft, die seine Mutter ermordet hatte. Nicht weiter verwunderlich, dass er ihr misstraute.

Es war fast so, als ob Lucas wüsste, was sie dachte, denn unvermittelt sagte er: »Das Fae zu bekommen war das Schlimmste, was ich mir hätte vorstellen können. Aber ich hab es mir nie vorgestellt, es schien mir absolut unmöglich. Und als es passierte, hat mein Vater … Nun ja. Vielleicht war es für ihn noch schlimmer. Ich weiß, du wirst es nicht glauben, aber mein Vater ist ein guter Mann und auch ein guter Inquisitor. Die gibt es nämlich.«

Er schaute auf seine Hände. »Das Verrückte ist, wir wissen beide, dass wir irgendwie damit fertiggeworden wären, wenn ich ein Verbrechen begangen, ein Mädchen geschwängert oder angefangen hätte, Drogen zu nehmen … solche Sachen. Wir hätten es gemeinsam durchgestanden. Aber das Fae hat alles verändert.«

Glory wusste nicht, was sie dazu sagen sollte. Also fragte sie ihn, wie es gewesen war, als er das Fae gekriegt hatte. Er antwortete ebenso zögernd und verlegen, wie sie gefragt hatte. Und da entdeckten sie, dass sie beide am selben Tag Hexen geworden waren. Danach begann Glory all die Fragen zu stellen, die sich in ihrem Kopf angesammelt hatten. Wie er ausgebildet worden war. Welche Art Hexerei er am liebsten mochte. Ob er je den Hexensprung versucht hatte … Und es dauerte nicht lange, bis Lucas auch selber anfing zu fragen.

Was auch immer in der Welt da draußen auf sie warten mochte, sie würden sich morgen darum kümmern. Die beiden saßen auf dem schmuddeligen Gardinenhaufen, reichten Schokolade und Flachmann hin und her und erzählten sich ihre Geschichten. Für diese eine Nacht waren ihre Schutzwälle gesenkt und von Müdigkeit, Whisky und dem qualmenden Geflacker der Kerzenflammen verwischt.

»Und wie ist das bei dir mit dem Rausch?«, fragte Glory schläfrig. »Wenn du high wirst vom Hexen?«

»Dem trau ich nicht. Ich weiß, dass ich dasselbe Hochgefühl hätte, wenn ich mit meinem Fae Schaden anrichten oder jemanden verletzen würde«, antwortete Lucas. »Und doch will ich es trotz allem weiterhin spüren. Trotz des Flecks. Denn das ist Hexerei: Matsch und Schweiß und Blut … eine Art Fieber …«

Glory zog den Halsausschnitt von ihrem Pullover herunter, bis der samtige Nadelstich unter ihrem Schlüsselbein freilag. Sie berührte ihn und spürte das dunkle Aufwallen des Fae.

»Guck mal«, sagte sie. »Guck.«

Zögernd hob er den Kopf und sah sie durch den Schleier von Licht und Schatten hindurch an, während das Teufelsmal unter ihrer Haut aufblühte.

»Es kann auch schön sein.«

KAPITEL 26

Glory wachte zuerst auf. Ihr war kalt und sie lag völlig steif und dreckverschmiert in dem Gardinennest. Außerdem hatte sie einen widerlichen Geschmack im Mund. Viel Whisky war nicht in der Flasche gewesen, doch auf leeren Magen am Ende eines langen, turbulenten Tages war es mehr als genug gewesen. Blinzelnd schaute sie auf die Uhr. Zwanzig nach neun. Sie hatten verschlafen.

Lucas schlief immer noch. Das Gesicht nach oben gewandt lag er da, das schwarze Haar fiel ihm aus der Stirn, die er im Traum runzelte. Trotz des Stirnrunzelns verstörte sie die Verletzlichkeit seines bewusstlosen Zustands und sie wandte sich ab.

Das Wasser war zusammen mit dem Strom abgestellt worden, aber in einer Tonne im Hof fand Glory ein wenig Regenwasser. Das spritzte sie sich ins Gesicht, dann spülte sie den Mund aus und kaute ein Kaugummi. Gegen ihren Durst vermochte das allerdings nichts auszurichten. Als Nächstes hockte sie sich zum Pinkeln hinter einen Schutthaufen. Wenn sie gewusst hätte, dass sie in einem verlassenen Gebäude campen würden, hätte sie wenigstens ihre Zahnbürste eingesteckt. Und Wimperntusche. Ihr Spiegelbild im Fenster war jämmerlich, struppiges Haar, das um ein graues Gesicht wucherte.

Lucas war auf, als sie zurückkam. Kurz angebunden wies sie ihm den Weg zum Wasser. Beide fragten sich, ob sie in der letzten Nacht eventuell zu viel preisgegeben hatten, und vermieden, einander in die Augen zu schauen. Doch als Lucas mit federndem Schritt wiederkam, hatte er ein kleines Knäuel Papier in der Hand, das er genüsslich zerriss.

»Das Amulett für Harrys Bildzauber«, erklärte er. »Wenn der Wednesday-Zirkel Harry verdächtigt, ein Maulwurf zu sein, bin ich sicherer, wenn ich ich selber bin.« Liebevoll schaute er auf seine Hände. »Es fühlt sich gut an, wieder da zu sein.«

Auch Glory zerriss das aufgelöste Amulett, das sie bei sich getragen hatte. Irgendwie fühlte sich das so symbolisch an, doch sie wusste nicht recht, was es eigentlich symbolisieren sollte. Auf alle Fälle legte sich die Peinlichkeit ein wenig.

Um viertel vor zehn machten sie sich auf zur nächsten U-Bahn-Station, wo Glory meinte, ein Internet Center gesehen zu haben. Sie hatten beschlossen, im Web mit ihren Nachforschungen zu beginnen. Ihr erster Anlaufpunkt war aber ein Café um die Ecke. Nachdem sie sich im Waschraum frisch gemacht und Bacon-Sandwiches und Tee bestellt hatten, fühlten sie sich schon beinahe wieder wie Menschen.

Glory hatte ihr Telefon über Nacht abgestellt, um die Batterie zu schonen, und aus Sicherheitsgründen sogar die Karte herausgenommen, denn es hätte geortet werden können. Im optimistischen Morgenlicht kam ihr dies jedoch ziemlich übertrieben vor. Sie stellte fest, dass Troy ihr eine knappe Mailbox-Nachricht hinterlassen hatte (*Ruf mich an*, Eingang 2 Uhr morgens), ansonsten verzeichnete der Speicher diverse Anrufe von Tante Angel, einen von Nate und eine wirre Nachricht von Patch. Die Kunde von dem, was Charlie zugestoßen war, hatte sich schnell verbreitet. Von ihrem Dad war nichts gekommen. Wahrscheinlich hatte er noch nicht mal mitgekriegt, dass sie die ganze Nacht weg gewesen war.

Am Ende schickte sie eine SMS an Angeline und bat sie, sie weiterhin zu decken. Sie versprach auch, sich bald zu melden. Dann schaltete sie das Telefon wieder aus. Sie war fest entschlossen, nicht einen weiteren Gedanken auf die Behauptung zu verschwenden, dass Angeline schon seit Langem Spitzeldienste leistete. Trotzdem, lieber auf Nummer sicher gehen.

Lucas wollte wissen, ob sie irgendwelche wichtigen Nachrichten erhalten hatte.

»Troy will mit mir reden. Ich glaub aber nicht, dass er hinter dir her ist. Der arme Kerl will mir wahrscheinlich nur wegen seinem Dad Bescheid geben.« Charlie hatte jede Menge Leute zu Witwen und Waisen gemacht, aber die Vorstellung, dass seine Familie sich unter Tränen an seinem Bett versammelte, verschaffte Glory keinerlei Genugtuung.

»Was läuft da eigentlich zwischen euch beiden?«

»Wie meinst du das?«

Er hatte nicht so ganz den Mut, Nates Unterstellungen zu wiederholen. »Ich – äh – frage mich, wie nah ihr euch steht.«

»Nicht besonders, wenn man bedenkt, dass ich seine Zukünftige bin.«

Was immer er auch erwartet haben mochte, das jedenfalls nicht. Sie war müde und strubbelig und hätte eigentlich völlig unscheinbar aussehen müssen. Doch wenn er ihr Gesicht anschaute, die starken Konturen und den trotzigen Mund, stellte er fest, dass sie viel hübscher war, als er gedacht hatte. Bemerkenswert zumindest. Troy musste das auch gesehen haben.

»Geschäftlich ist das sinnvoll«, erklärte Glory. »Wenn ich in den Wednesday-Zirkel einheiraten würde, hätte Charlie mich und mein Fae unter Kontrolle. Vielleicht weiß er nicht, dass ich Hexe bin, jedenfalls nicht mit Gewissheit, aber trotzdem macht er Pläne. Er möchte gern, dass ich ein gutes kleines Frauchen werde, das Hexenbabys für das Morgan-Reich gebärt, verstehst du.« Sie hatte versucht, einen spöttischen Ton anzuschlagen, aber ganz so kam das nicht rüber. »Offenbar stehen Zirkelmädels nicht so viele Optionen offen. Nicht mal denen, die Hexen sind.«

»Das ist … furchtbar.«

Aus irgendeinem Grund machte sein Mitleid sie ärgerlich. »Ach, klapp den Mund wieder zu. Ich wette, arrangierte Ehen gibt es auch in der Inquisition. Ist das nicht die beste Art, das Fae und sonstiges Gesindel außen vor zu halten?«

Lucas erinnerte sich, wie sein Vater Marisa im Arbeitszimmer versichert hatte, dass Camilla aus einer hexenfreien Familie gewesen war. *Ich habe die üblichen Kontrollen durchgeführt, ihr Stammbaum war tadellos.* Dass die Ehe seiner Eltern arrangiert gewesen sein könnte, war ihm nie in den Sinn gekommen. Er schob den Gedanken beiseite.

»Und wenn, dann hat es wohl nicht funktioniert. Sieh mich an.«

Sobald sie im Internet Center ankamen, suchten sie sich eine ruhige Ecke, weit weg von den anderen Nutzern. Als Erstes lud Lucas den Film herunter, den er mit der Minikamera im Radley aufgenommen hatte. Dann richtete er zwei neue E-Mail-Accounts ein und schickte den Film als Anhang von einem Account zum anderen. Jetzt war das Material im Cyberspace gesichert.

Als Nächstes loggte er sich in das Online-Nachrichtenarchiv ein, bei dem seine Schule angemeldet war. Das wollten sie nutzen, um nach Hintergrundinformationen zu Lord und Lady Merle zu suchen.

Das Erste von Interesse fanden sie auf der Website des Meadowsweet-Kinderhospizes. Der Wohltätigkeitsverein gab bekannt, dass seine Schirmherrin, Lady Serena Merle, am Ostermontag einen Fundraising-Ball gab.

»Heute Abend«, sagte Glory. »Das könnte unsere große Chance sein. Wird schon nicht allzu schwer sein, sich Zutritt zu so einer großen Party zu verschaffen.«

Lucas hatte jeglichen Überblick über Uhrzeit und Datum verloren. Er war erst vor einer Woche in der Cooper Street angekommen, und doch schien sein altes Leben das eines ganz anderen Menschen zu sein, es war alles so weit weg und so lange her. Jetzt fiel ihm wieder ein, dass Ashton und Marisa heute ihren Hochzeitstag feierten. Sie verbrachten das lange Wochenende in Paris. Sonst wären sie vielleicht sogar auf den Ball gegangen. Marisa hatte sich nämlich für denselben Wohltätigkeitsverein engagiert.

Die einzige echte Meldung, die sie fanden, war die über den Reitunfall der siebzehnjährigen Rose Merle im letzten Dezember, zu den Folgen des Unfalls gab es jedoch nur vage Angaben. Serena Merle schien den Ball flach gehalten zu haben nach ihrer Zäumung und der darauf folgenden Eheschließung. Davor war sie als Serena Drew, Model und Schauspielerin, allerdings regelmäßig in den Klatschkolumnen aufgetaucht. Auf einem Foto sah man sie in einer Umarmung mit einem nach wie vor berühmten Rockstar. Ihr Lächeln war strahlend, ihr Hals nackt.

Lucas guckte genauer hin. »Hey, ist das da hinter ihr nicht Vince Morgan?«

Glory beugte sich auch über das Bild. Das markante Profil des Gangsters war unverkennbar. »Ich weiß, wo das Foto geschossen wurde. Das ist der Klub von den Morgans am *Strand*. Da hat sie Charlie und Konsorten also kennengelernt! Hast du gemerkt, dass ihre Aussprache gar nicht mehr so vornehm war, als sie mit ihm geredet hat?«

»Wo auch immer sie herkommen mag, mittlerweile bewegt sie sich in ziemlich einflussreichen Kreisen. Kein Wunder, dass sie für den Zirkel eine gute Quelle gewesen ist.«

Nun richteten sie ihre Aufmerksamkeit auf Godfrey Merle und die Cardex News Group. Deren Dominanz im Medienbereich war nicht unumstritten, doch bislang unangefochten. Zweifellos war es hilfreich, dass Lord Merle die Regierung großzügig wie kaum ein anderer mit Spendengeldern unterstützte.

Das Ausmaß und Ziel der Verschwörung wurde langsam offenbar. Die Verhaftung und der Prozess von Jack Rawdon würden von Paterson und seinen Verbündeten bei der Inquisition geleitet werden, unterstützt und gebilligt von ihrer Regierung und den Medien. Nachdem Rawdon ausgeschaltet war, würde man bei Hexenrechten generell hart durchgreifen. Dabei konnte man auf die rückhaltlose Unterstützung der Bevölkerung zählen, die sich bereits vor einer Rückkehr in die dunklen Zeiten von Endor fürchtete.

Godfrey Merles Motive waren eigentlich das einzige verbleibende Rätsel. Silas Paterson war ein militanter Inquisitor der alten Schule von der Art, die der Meinung war, sämtliche Hexen seien der Feind schlechthin und sollten entsprechend behandelt werden. Seine Verbündete in der Regierung, die Ministerin Helena Howell, war eine dem rechten Flügel zugehörige christliche Fundamentalistin, die aus ihrer Agitation gegen die Hexenschaft eine Karriere gemacht hatte. Aber Lord Merle selbst hatte in der Öffentlichkeit weder durch Taten noch durch Worte eine persönliche Feindseligkeit gegen Hexen zu erkennen gegeben. Schließlich war er mit einer verheiratet.

Die letzte Website, die sie besuchten, war die der BBC-Nachrichten. Hier war der Mordversuch an Charlie Morgan die große Schlagzeile. Charlie wurde als »prominenter Geschäftsmann« beschrieben, der »angeblich Verbindungen zum organisierten Verbrechen« hatte. Sein Zustand sei immer noch kritisch. Sie folgten einem Link am Ende der Seite zu den letzten Meldungen über Hexenverbrechen und Inquisition. Die Hauptstory hier war, dass Commander Josiah Saunders ernstlich erkrankt war. Silas Paterson hatte den Vorsitz des Referats für Hexenverbrechen übernommen.

»Wir müssen schnell handeln«, sagte Lucas. »Der nächste Anschlag und Jack Rawdons Verhaftung werden im Laufe dieser Woche stattfinden. Wir müssen echte Beweise beschaffen, die wir den Behörden vorlegen können, damit sie diese Sache im Keim ersticken.«

»Behörden?«, sagte Glory argwöhnisch.

»WICA und die Polizei. Sir Anthony Brady muss auch informiert werden.«

»Der Oberste Hexenriecher! Allmächtige Mab, hast du denn gar nichts kapiert?«

»Er wird das Richtige tun. Nein, wirklich, Sir Anthony hat die Kooperation der Inquisition mit WICA von Anfang an unterstützt. Er ist ein ehrenhafter Mann.«

Davon war Glory keineswegs überzeugt. Doch darüber konnten sie später immer noch streiten.

»Okay, ich hab mir also gedacht … diese Party heute Abend. Die Wohltätigkeitsorganisation hat geschrieben, dass sie in Merles Villa stattfindet. Und Lady Merle meinte, derjenige – oder *die*jenige –, den die Stecher benutzt haben, um die Hexenverbrechen zu begehen, sei irgendwo in der Inquisition eingebuchtet. Aber was, wenn die gefangene Hexe viel dichter dran ist? So ein nobler Kasten muss doch jede Menge Schlupfwinkel haben.«

Lucas war sich sicher, dass Serena Merle dieser Gedanke auch schon gekommen war. Trotzdem war es einen Versuch wert.

»Wir können auch etwas im Arbeitszimmer Seiner Lordschaft rumschnüffeln«, sagte Glory. »Wenn seine Frau für Charlie geschnüffelt hat, dann kann sie uns wahrscheinlich die PIN-Nummern von ihrem Alten geben und vertrauliche Papiere und dergleichen. Wir müssen sie natürlich erst auf unsere Seite kriegen, aber es ist ja nicht so, dass sie nicht helfen will.«

»Gute Idee. Außerdem müssen wir noch das Hauptquartier der Inquisition im Outer Temple durchsuchen. Da gibt es Zellen, unterirdisch, aber eine Menge Leute haben Zugang zu denen. Ganz anders verhält es sich mit den Katakomben. Da kommt man ohne Schlüssel nicht runter.«

»Und hast du einen?«

»Nein, aber ich kenne einen Mann, der einen hat. Deshalb ist es auch das Beste, wenn ich die Inquisition übernehme und du auf die Party gehst.«

Glory fing an zu protestieren, aber er unterbrach sie. »Hör zu, ich komme ohne Probleme in den Outer Temple. Da kennen mich alle. Mit dir ist das was ganz anderes und es ist viel gefährlicher.«

»Ich muss nicht beschützt werden, vielen Dank auch!« Sie starrte ihn wütend an. »Ich denk nur praktisch, klar? Es ist blöde, wenn wir uns aufteilen. Wenn irgendwas schiefgeht und wir allein dastehen, sind wir geliefert.«

»Stimmt. Deshalb müssen wir uns Verstärkung beschaffen. Mein Hexenwart Officer Branning …«

»Keine Stecher. Kommt überhaupt nicht infrage.«

Der anschließende Streit zog sich hin, bis sie aus dem Café hinaus auf die Straße gegangen waren. Dass er flüsternd und zischend ausgetragen wurde, schwächte die damit verbundenen Gefühle keineswegs ab. Die Inquisition sei innerhalb von WICA so stark präsent, dass der Feind seine Warnung abfangen könnte, wenn er selbst zu seinem Führungsoffizier Kontakt aufnehmen würde, erklärte Lucas. Als Beamter der Inquisition konnte Jonah die Überwachungsauflagen umgehen. Doch Glory lehnte die Beteiligung von jemandem aus der Inquisition rigoros ab. Keiner von denen war ihrer Meinung nach vertrauenswürdig, die waren alle korrupt. Sobald dieser Officer Branning Wind davon kriegte, dass sie eine Hexe war, würde sie registriert und gezäumt und in ihre Schranken verwiesen werden. Und so weiter.

Sie waren so in ihren Streit verwickelt, dass Troy Morgan wie aus dem Nichts über sie hereinbrach.

In wenigen brutalen Sekunden wurde Lucas am Kragen gepackt, in eine Gasse gezerrt und gegen eine Wand geknallt.

»Wer bist du? Wer schickt dich? Sag mir deinen verhexten Namen.«

Selbst wenn er gewollt hätte, konnte Lucas nicht antworten, ihm war die Luft weggeblieben. Stumm schüttelte er den Kopf.

Troy schlug ihm mitten ins Gesicht. Es war eher ein scharfer Klaps als ein gewalttätiger Hieb, aber Lucas war noch nie in seinem Leben geschlagen worden.

Indessen zog Glory mit einer Hand an Troys Arm, während sie mit der anderen auf ihn einboxte. Er ignorierte sie. Seine harten grünen Augen waren nur auf Lucas gerichtet.

»Lass es mich nicht mit Gewalt aus dir rausholen.«

Lucas machte den Mund auf, aber wieder kamen keine Worte heraus.

»Er hat nichts mit der Autobombe zu tun.« Glorys Stimme war heiser vor Angst. »Troy, ich schwöre. Ich schwöre …«

»Das weiß ich«, zischte Troy. »Aber er wird mir trotzdem sagen, was ich wissen will. Das werdet ihr beide.«

Er holte ein Paar dicke eiserne Handschellen aus seinem

Mantel und legte sie Lucas an. Dann führte er ihn im Polizeigriff zurück zur Hauptstraße, öffnete den Kofferraum des Mercedes und stopfte seinen Gefangenen hinein. Lucas hatte kaum eine Chance, sich zu wehren, ehe die Klappe zuknallte. Eine Passantin schaute sie argwöhnisch an, aber Troy hielt eine eindrucksvoll blanke Marke hoch. »Inquisitorische Straßenpatrouille. Kein Grund zur Beunruhigung, Ma'am.«

Dann nahm er Glory beim Handgelenk, ignorierte alles Protestgekrächz und bugsierte sie auf den Beifahrersitz.

»Gut«, sagte er. Er legte die Hände aufs Armaturenbrett und bemühte sich bewusst um Zurückhaltung. Seine Stimme war wie Eisen. »Zum ersten Mal überhaupt wirst du jetzt in diesem Auto sitzen und mit mir reden, ohne zu lügen.«

Die erste Lüge, die Glory Troy erzählte, war, dass sie erst letzte Nacht entdeckt hatte, dass Lucas ein WICA-Agent war. Die zweite Lüge betraf das Ziel von Lucas' Mission. Glory sagte, er sei in die Zirkel geschickt worden, um die jüngsten hexenterroristischen Anschläge zu untersuchen. Die dritte Lüge war, dass sie Lucas geholfen hatte, Charlie im Radley zu bespitzeln, weil sie befürchtet hatte, dass er sie der Inquisition als Hexe melden würde.

Dennoch hatte sie Troy mehr von der Wahrheit offenbart, als sie gewollt hatte. Dass sie eine Hexe war, beispielsweise, und Lucas' wahre Identität.

Sie hatte damit gerechnet, dass Troy auf beides heftig reagieren würde. Stattdessen lächelte er nur verkrampft. »Ich hab den Sohn vom Chefankläger in meinem Kofferraum? Allmächtige Mab … Dieser Tag wird mit jeder Minute surrealer.«

Und zu ihrem Fae: »Als ob ich das nicht hab kommen sehen.«

Sie parkten in einer Seitenstraße, nicht weit von der Stelle entfernt, an der Troy sie aufgegabelt hatte. Glory tat ihr Bestes, sich nicht allzu sehr von Gedanken an Lucas' Wohlergehen ablenken zu lassen. Sie musste sich darauf konzentrieren, ihre Geschichte flüssig vorzutragen und die Lügen überzeugend klingen zu lassen. Wie viel Troy glaubte, wusste sie nicht, aber wenigstens hatte er sie ausreden lassen.

»Wie hast du uns überhaupt gefunden?«, fragte sie.

Er zog einen Taschenspiegel und einen Bausch schwarzen Filz aus der Tasche, dazu zwei Stückchen Fingernagel. Die Bestandteile des Schleiers.

»Ich hab mir im Krankenhaus von Onkel Frank die Einzelheiten von Dads Treffen geben lassen. Dann hab ich mich im Radley umgeschaut. Sobald ich dieses kleine Häuflein gefunden hatte, hab ich eine von den Wednesday-Hexen vors Wasserbecken gesetzt.«

Das Wahrschauen mittels Wahrschaubecken konnte mit einem beliebigen persönlichen Gegenstand bis zu einem halben Tag nach dessen Entwendung von der Zielperson vorgenommen werden. Es war schrecklich unvorsichtig gewesen, die Bestandteile des Schleiers zurückzulassen. Dennoch, wenn man jemanden im Wasser oder in der Kristallkugel ausspähen wollte, musste man auch wissen, wen man da suchte. Er musste der Hexe gesagt haben, wem die Fingernägel gehörten. »Wie …«, begann Glory. Aber Troy hatte schon zur Antwort angesetzt.

»Ich hatte Nate gebeten, euch beide im Auge zu behalten, und obwohl er ein Idiot ist und zu gar nichts taugt, hat er doch zumindest mitgekriegt, dass ihr beide letzte Nacht nicht zu Hause wart. » Er grinste und genoss ihr Unbehagen. »Also hab ich der Hexe gesagt, wen ich zu sehen erwartete, und ihr Fotos von euch beiden gezeigt. Dann hat sie mir die Ergebnisse ihres Wahrschauens beschrieben. Und du kannst dir ja wohl vorstellen, wie überrascht wir waren, als dabei dein Kumpel als jemand ganz anderer in Erscheinung trat! Natürlich hättest du auch mit einem anderen Jungen als Harry unterwegs sein können. Aber da dein kleiner Freund eine Hexe ist, war ohne Weiteres denkbar, dass er sich verkleidet hatte. Wie ja auch schon bei der Blake-Gordon-Sache. Zum Glück für uns konnte meine Wahrschauerin die Ladenfassade hinter euch deutlich genug erkennen. Sobald wir die identifiziert hatten, dauerte es nicht mehr lange, bis wir euch aufgespürt hatten.«

Glory biss sich auf die Lippe. »Du hast gesagt, Lucas sei nicht verantwortlich für die Autobombe. Woher weißt du das?«

Troys Miene verfinsterte sich. »Weil wir rausgefunden haben, wer es war. Jonesy, von der Wachmannschaft. Den hast du vielleicht mal im Gemini gesehen: Statur wie ein Panzer, rasierter Schädel, schlechte Zähne.«

Diese Beschreibung passte auf die meisten Schläger im Zirkel. Sie gab ein undefinierbares Geräusch von sich.

»Er ist seit fast sieben Jahren bei uns. Der Hinweis kam zu spät. Onkel Vince hat ihn heute am frühen Morgen aufgespürt, aber da hatte Jonesy sich schon eine Kugel durch den Kopf gejagt. Offenbar hatte man ihn erpresst. Jemand hat sich sein Kind geschnappt, diese süße kleine Dreijährige namens Tess. Jonesys Ex hat sie heute Morgen zurückgekriegt. Keine von beiden kann uns irgendwas sagen.«

Glory wusste, dass der Craven-Side-Zirkel oben in Manchester die einzige Organisation in England war, die es mit den Morgans aufnehmen konnte. »Können es die Cravens gewesen sein?«

»Vielleicht. Oder eine von diesen Russenbanden. Die versuchen schon eine ganze Weile, sich auf englischem Territorium breitzumachen. Aber egal, wir müssen es herausfinden – und zwar schnell.«

»Und wie … wie geht es deinem Dad?«

Soweit Glory das beurteilen konnte, hatten Charlie und Troy ein gutes Verhältnis zueinander, auch wenn sie nie irgendeine offensichtliche Geste der Zuneigung zwischen den beiden bemerkt hatte. Wenn man Troy so ansah, unrasiert mit blutunterlaufenen Augen, war klar, dass er die ganze Nacht auf gewesen war. Aber er war müde und wütend, nicht verzweifelt.

»Es ist ziemlich schlimm. Weiß der Himmel, in welchem Zustand er sein wird, wenn er überhaupt überlebt. Mum ist heute Morgen angekommen. Sie und Skye und die Onkel sind jetzt im Krankenhaus. Und das heißt, dass die heikle Angelegenheit, darüber zu entscheiden, was mit dir und deinem Spionfreund passieren soll, in meinen Verantwortungsbereich fällt.« Er sah sie nüchtern an. »Und ich muss dir sagen, Glory, du steckst ganz schön in der Scheiße.«

Glorys Mund war sehr trocken. »Weißt du was, ehe du irgendwelche Entscheidungen triffst, solltest du dir vielleicht den Film mal ansehen, den Lucas im Radley gemacht hat.« Sie hatte Troy noch nicht erzählt, was genau sie von Lady Merle erfahren hatten.

»Dads letztes Treffen … Ja, das sollte ich sehen.«

Glory wartete. Troy starrte aus dem Fenster auf die Mauer vor ihm, mit einer Hand tippte er rhythmisch aufs Lenkrad. »Ich dachte nur, dass ich ein bisschen mehr Zeit haben würde«, sagte er schließlich ganz leise.

»Zeit? Wofür?«

»Verstehst du sowieso nicht.« Er schaute sie voller Ungeduld an – und mit einer Art Neid. »Du bist ja ganz groß im Erben, nicht? Das Schicksal der Starling-Mädchen … Muss schön und einfach für dich sein.«

Ehe sie darauf reagieren konnte, hatte er die Autotür aufgemacht. »Gut. Dann reden wir mal mit dem kleinen Lord Fauntleroy.«

Fast eine halbe Stunde lang war Lucas im Kofferraum des Mercedes eingeschlossen gewesen. Als er rauskam, war ihm sehr heiß und er war verkrampft, die Unbequemlichkeit seiner Gefangenschaft wurde vom schwindelerregenden Effekt der eisernen Handschellen noch verstärkt. Und die behielt er auch an, als Troy ihn auf den Rücksitz schubste.

Glory drehte sich zu ihm um. »Ich hab ihm gesagt, dass du geschickt worden bist, um Nachforschungen über die terroristischen Angriffe anzustellen«, konnte sie sagen, ehe Troy ihr ins Wort fiel.

»Sitzen bleiben und Klappe halten.«

Obwohl Lucas nicht wirklich gedacht hatte, dass Glory ihn verpetzen würde, war er unheimlich erleichtert. Im Kofferraum hatte er den größten Teil der Zeit mit quälenden Gedanken daran zugebracht, was sie wohl enthüllen würde – und er kochte vor Frustration darüber, dass er nicht dabei sein und sich die Coverstory anhören konnte, die sie sich einfallen ließ. Wenigstens hatte ihn das davon abgelenkt, an all die Dinge zu denken, die Troy mit ihm vorhaben könnte.

Troys Ziel war ein heruntergekommenes Bürogebäude hinter King's Cross. Im Untergeschoss befand sich ein privates Fitnesscenter, das von den unteren Rängen der Zirkelmitarbeiter als informeller Treffpunkt genutzt wurde. Zurzeit war hier niemand. Abgestandener Schweiß und Raumspray hingen schwer in der Luft, Laufbänder und Gewichte schimmerten matt unter den Leuchtstoffröhren. Troy führte sie durch den Fitnessraum in das dahinter liegende Büro.

Erst dort befreite er Lucas von den Handschellen. »Glory meint, ich sollte was über das Treffen erfahren, das ihr letzte Nacht belauscht habt. Bevor ich also entscheide, was ich mit euch mache, will ich sehen, was du hast.«

Mit zitternden Händen schloss Lucas die winzige Kamera an Troys Laptop an und drückte die Rücklauftaste. WICAs Ausrüstung hatte ihn nicht im Stich gelassen: Das Bild war scharf, der Ton klar. Troy schaute sich das Gespräch zwischen seinem Vater und Serena Merle grimmig schweigend an. Auch danach sagte er kein Wort.

»Du musst verstehen«, sagte Lucas, als sich das Schweigen hinzog, »dass ich nur in die Cooper Street gekommen bin, weil WICA dachte, eine Zirkelhexe wäre für die Terroranschläge verantwortlich, das war der einzige Grund. Da ich nun weiß, dass das nicht so ist, spielt es für mich keine weitere Rolle, was im Zirkel vorgeht – ich bin lediglich hinter den korrupten Inquisitoren her. Gegen dich habe ich nichts in der Hand und gegen deine Organisation erst recht nicht. Ich bin überhaupt keine Bedrohung.«

»Bedrohung! Bilde dir bloß nichts ein.« Troys Stimme triefte vor Verachtung. »Willst du wissen, warum du immer noch hier bist, warum du immer noch atmest? Nicht, weil du nur ein kleiner Junge bist, sondern weil du unfähig bist. Ein Amateur. Wie toll dein Fae ist, interessiert mich überhaupt nicht. Du hast nicht gemerkt, dass ich Nate auf dich angesetzt habe. Überall hast du Spuren von Hexenwerk hinterlassen. Entweder hast du dir nicht die Mühe gemacht, deinen Verwirrzauber zu erneuern, oder du hast es vergessen. WICA muss ja arm dran sein, wenn die einem unausgebildeten Schuljungen so einen Job geben.«

Lucas wurde rot vor Wut. »Wenn sie jetzt arm dran sind, dann wird das nur schlimmer werden. Wir müssen aufs große Ganze schauen. Das hier ist eine Angelegenheit von nationaler ...«

»Das ist nichts weiter als ein fieser, stinkender Pyro-Plan«, unterbrach ihn Glory. Mit seiner Gutsherrenart würde Lucas keinen Blumentopf gewinnen. »Was hältst du davon, Troy?«

»Du hast ja gehört, was mein Dad gesagt hat«, sagte er langsam. »Was wir von der Situation auch halten mögen, den Wednesday-Zirkel geht das nichts an.«

»Das war gestern«, sagte Glory. »Und wie ist es heute? Damit, dass Onkel Charlie an lebenserhaltenden Geräten hängt, hat sich alles geändert. Diese Autobombe könnte der Auftakt zu etwas Größerem sein, vielleicht sogar zu einem

Revierkampf… Hast du selber gesagt. Ob dein Dad nun überlebt oder nicht, der Wednesday-Zirkel wird sich mit einem unheimlichen Haufen Dreck auseinandersetzen müssen. Auf der einen Seite wird es eine Blutfehde zwischen den Zirkeln geben und auf der anderen eine Hexenjagd.«

Troy antwortete nicht darauf.

Lucas holte tief Luft. »Sieh mal. Ich bin mit vielen Vorurteilen über die Welt der Zirkel in die Cooper Street gekommen. Einige dieser Vorstellungen waren falsch. Ich wusste nicht zu würdigen, dass die Zirkel entstanden waren, um Leute zu schützen, um Hexen Möglichkeiten und Rechte zu geben, die sie woanders nicht hatten.« Er war sich nicht sicher, ob er glaubte, was er da sagte. Es war teils Zirkelpropaganda, teils Märchen. Aber Märchen waren ganz schön stark und manchmal steckte ein wahrer Kern in ihnen. »Und darum vertrauen so viele Menschen den Zirkeln immer noch. Darum verhalten sie sich loyal, und darum haben die Inquisition und die Polizei solche Schwierigkeiten, die Zirkel zu zerschlagen. Vielleicht ist eine Hexenjagd gut, wenn man neue Hexen anwerben will, wie dein Dad sagt. Aber wenn die Leute rausfinden, dass ihr die Chance hattet, das Lynchen und das Verbrennen zu stoppen, und sie nicht wahrgenommen habt… Nun ja. Nichtstun ist gar nicht so weit entfernt von Kollaboration.«

Glory hielt die Luft an. War Lucas jetzt zu weit gegangen?

»Glory, du hast mir erzählt, dass du diesem Jungen vertraut hast«, sagte Troy mit unergründlicher Miene. »Aber er hat dich angelogen. Und jetzt könnte er dich genauso gut anlügen. Oder ihr lügt beide und das war nie anders. Was glaubst du?«

»Ich glaube, diese Sache ist größer, als wir es sind.«

»Hm. Und was beabsichtigt ihr beide dagegen zu unternehmen?«

Zögernd erklärten sie ihm, dass Glory auf dem Ball Lady Merle ausfindig machen und Lucas das Hauptquartier der Inquisition durchsuchen wollte.

»Da fühlst du dich sicher wie zu Hause«, bemerkte Troy. »Ehrlich gesagt, würde ich zu gern erfahren, warum du nicht schon längst zum lieben Papi gelaufen bist. Es sei denn, natürlich, du hast den Verdacht, dass der Chefankläger selber in die Sache verwickelt ist.«

»Mein Vater ist nicht korrupt.«

»Ach ja? Er ist ein Großinquisitor, der eine Hexe gezeugt, aber seinen Job behalten hat. Ich dachte eigentlich, dass darüber irgendwas in den Regeln steht.«

»Das stimmt auch. Am Ende des Goodwin-Prozesses tritt er zurück. Bis dahin ist mein … Zustand nicht allgemein bekannt. Deshalb hat WICA mich rekrutiert.«

»Das erklärt immer noch nicht, warum du ihn nicht um Hilfe gebeten hast. Oder sprecht ihr nicht mehr miteinander, seit du dich als stolzes Hexenbalg geoutet hast?«

»So ist das nicht. Ich brauche erst richtige Beweise.«

»Ohne die glaubt dir dein Dad nicht?«

»Natürlich würde er mir glauben. Aber er besteht darauf, nach Vorschrift zu handeln. Bis er das Protokoll erfüllt hat, bis die Durchsuchungsbefehle ausgestellt und die Zeugen vorgeladen sind, könnte es allerdings zu spät sein.«

»Wenn die Verschwörer Wind davon kriegen, dass wir

ihnen auf die Schliche gekommen sind, dann ist diese Hexe, die sie benutzen, so gut wie tot«, warf Glory ein. »Die werden nicht riskieren, sie am Leben zu halten, weil sie was ausplaudern könnte.«

Lucas nickte. »Vermutlich weiß nur eine Handvoll hochrangiger Leuten bei der Inquisition, dass ich eine Hexe bin. Sobald wir aber unsere Anschuldigungen erheben, wird die Wahrheit rauskommen. Der Feind wird das schnell zu seinem Vorteil nutzen, sodass Dads Glaubwürdigkeit ebenso beschädigt wird wie meine. Ihn einzubeziehen könnte nach hinten losgehen.«

Das war nicht die ganze Wahrheit darüber, warum Lucas seinen Vater nicht um Hilfe bitten wollte. Ihm war vielleicht nicht gelungen, sich in den Wednesday-Zirkel einzuschleusen oder den Goodwin-Prozess vor dem Scheitern zu bewahren, aber jetzt bot sich ihm eine neue Gelegenheit, sich selbst zu beweisen – und ein noch größeres Verbrechen zu stoppen, unter weitaus widrigeren Bedingungen. Er würde sein Fae nutzen, um die Inquisition von Feinden in den eigenen Reihen zu reinigen. Er würde ein Stearne sein, der seines Namens würdig war …

Aber Troy lachte vor sich hin. »Alles klar. Du weißt nicht, wann der nächste Hexenangriff stattfindet oder worin er besteht, wo die dafür verantwortliche Hexe festgehalten wird oder wie die Schuldigen zur Verantwortung gezogen werden können. Du kannst der Obrigkeit nicht trauen. Und du willst deinen Kreuzzug als ungeladener Gast auf einer High-Society-Party beginnen.« Die Finger hinter dem Kopf gefaltet, lehnte er sich in seinem Stuhl zurück. »Okay … Zuerst musst du Glory auf die Gästeliste von Lady

Merle kriegen. Das ist kein Schulball, man kann da nicht einfach auftauchen und auf das Beste hoffen. Man muss entsprechend aussehen und in Begleitung erscheinen – und dann braucht man auch noch eine richtig schöne Einladungskarte.«

»Was für eine Begleitung denn?«, fragte Glory.

»Wenn du mir die Ehre erweisen würdest.« Spöttisch machte er eine Verbeugung. »Und dich vorher vielleicht waschen könntest.«

Sie hatten Troy also auf ihre Seite gezogen! Glory spürte plötzlich einen Anflug von Optimismus. Lucas wusste nicht, ob er erleichtert oder beunruhigt sein sollte. Aber vielleicht war irgendeine Hilfe – auch wenn sie krimineller Art war – besser als gar nichts.

Die besten Chancen, sich in die Inquisition einzuschleusen, hatte Lucas ironischerweise, wenn er den Sohn seines Vaters spielte. Die meisten Wachleute und Beamten kannten ihn vom Sehen, doch kaum jemand wusste über seinen Zustand Bescheid. Bis zum Ende des Goodwin-Prozesses lief seine Akte unter falschem Namen, nur für den Fall, dass ein übereifriger Inquisitor von seinem Zustand erfuhr und darauf bestand, dass Ashton Stearne zurücktrat. Heute Abend, erklärte er Troy und Glory, würde er einfach am Tor auftauchen und behaupten, er wolle Papiere für seinen Vater abholen.

»Vorher muss ich noch zu Hause vorbeischauen. Mein Vater und meine Stiefmutter sind verreist, und ich weiß, wo mein Dad seine Schlüssel für die Katakomben aufbewahrt. Aber sobald ich mich im Gebäudekomplex des Outer Temple befinde, werde ich ungestört herumlaufen können.«

So einfach war das eigentlich nicht, aber Troy und Glory sollten das nicht wissen. Lucas hatte seinen Vater tatsächlich schon häufig im Büro und bei Gericht besucht, trotzdem würde er einen guten Grund brauchen, wenn er sich dort abends unbeaufsichtigt aufhalten wollte. Die Inquisition war eine Organisation, die rund um die Uhr an sieben Tagen die Woche arbeitete. Auch an gesetzlichen Feiertagen wie heute gab es dort Leute – und strenge Sicherheitskontrollen.

Zum Glück konnte Lucas für die perfekte Tarnung sorgen. Diese Idee hatte er schon im Kopf, seit er darauf gekommen war, die Katakomben zu durchsuchen. Er würde sich durch die sogenannten Hammer Zutritt verschaffen: die Mitglieder des Klubs der jungen Inquisitoren, die sich in der St.-Cumanus-Kirche trafen. Lucas war kein offizielles Mitglied. Aber während einer Veranstaltung der Inquisition letztes Jahr zu Weihnachten hatte einer der jungen Beamten, der sich unbedingt bei Ashton Stearne beliebt machen wollte, angeboten, Lucas zu einem geselligen Abend mitzunehmen. »Komm als mein Gast«, hatte er gesagt. »Wann immer du magst. Du brauchst mich nur anzurufen.«

Jetzt wollte er das Angebot annehmen. Die Hammer trafen sich normalerweise mittwochabends, aber sie begingen auch religiöse Feste – Weihnachten, die Nacht der Scheiterhaufen und Ostern. Heute würde eine große Party stattfinden.

Ich sage einfach, dass ich meine Krankheit überstanden habe und feiern möchte, dachte Lucas. *Ich besorge mir einen von diesen Kapuzenumhängen, die sie tragen, und eine Flasche Fusel, und wenn ich irgendwo erwischt werde, wo ich nicht sein sollte, dann bin ich einfach ein betrunkener Blödmann, der sich in den Gängen verirrt hat. Selbst im allerschlimmsten Fall rufen sie nur meinen Vater an.*

Da Lucas' Vorbereitungen anscheinend geregelt waren, machten die drei sich daran, die praktischen Dinge für den Besuch von Lady Merles Ball zu regeln. Obwohl die Eintrittskarten zugunsten des Wohltätigkeitsvereins für Kinder verkauft wurden und die Merles als Gastgeber auftraten, lag die eigentliche Organisation in den Händen eines professionellen Veranstaltungsservices. Troy nutzte seine Computerkenntnisse, um sich in dessen Datei zu hacken. Silas Paterson stand auf der Gästeliste, stellten sie fest, vermutlich, um seinen guten Freund Godfrey Merle zu unterstützen.

»Die Karten sind zwar ausverkauft, aber ich kann uns trotzdem auf die Liste setzen«, sagte Troy. »Auf der Website ist eine Abbildung von der Eintrittskarte, du kannst also mit einem Zauber Fälschungen zusammenbasteln.«

»Und der Name Morgan?«, fragte Lucas. »Schrillen da nicht die Alarmglocken?«

»Meine Familie spendet wohltätigen Organisationen im großen Stil«, informierte Troy ihn kühl. »Zufällig hat mein Dad dem Meadowsweet-Kinderhospiz Anfang des Jahres eine Schenkung zukommen lassen. Abgesehen davon bin ich ein guter, aufrechter Bürger mit makellosem Ruf.« Er wandte sich Glory zu. »Du solltest aber vielleicht über einen Verhüllungszauber nachdenken.«

»Ich weiß nicht recht. Wenn wir Lady Merle davon überzeugen wollen, uns zu vertrauen, dann sollten wir uns nicht hinter Hexenkunst verstecken.«

Als Glory zur Toilette ging, fühlte Lucas sich plötzlich verletzlich. Und wie sollte es auch anders sein: Glory hatte kaum die Tür hinter sich zugemacht, da lehnte Troy sich schon über den Tisch und fixierte ihn mit seinen rot geränderten Augen. »Ich weiß, wer du bist und wo ich dich finde«, sagte er. »Vergiss das nur nie.«

»Äh … okay.«

»Also«, fuhr Troy fort, »es trifft zu, dass meine Organisation keine Hexenjagd verkraften kann, nicht solange unser Boss handlungsunfähig ist und eine Blutfehde droht. Möglicherweise gehört es zu Patersons Plan, einen Krieg zwischen den Zirkeln anzuzetteln, und er hat dafür gesorgt, dass die Autobombe einem unserer Konkurrenten angehängt wird. Wenn das so ist, dann muss ich es wissen. Aber das heißt nicht etwa, dass ich dich mag oder dass ich dir traue. Wenn heute Abend also irgendwas Schlimmes vorfällt, werden mein Zirkel und ich dich aufspüren und dich dafür bezahlen lassen. Dich und Paterson. Kapiert?«

Lucas nickte.

Troy kniff ihm in die Backe, die Parodie einer freundschaftlichen Geste, die so heftig war, dass sie einen Bluterguss hinterließ. »Guter Junge.«

Bald danach wurde es für Lucas Zeit zu gehen. Arden House, der Landsitz von Lord Merle, lag eine Fahrt von fünfundvierzig Minuten außerhalb von London, und Troy und Glory würden sich gegen viertel vor sieben auf den Weg dorthin machen müssen. Lucas wollte vor halb acht bei den Hammern sein, aber er musste zuerst noch nach Hause. Es war schon halb vier und es gab noch viele Vorbereitungen zu treffen.

Als die Zeit zum Abschiednehmen gekommen war, fühlte er sich von Troys Anwesenheit gehemmt. Glory wirkte auch befangen. Sie war ganz untypisch still, hatte die Arme fest vor der Brust verschränkt und den Blick auf den Boden geheftet. Lucas wurde von unheilvollen Vorahnungen überwältigt. Keiner von ihnen wusste wirklich, was er hier tat und wie das alles enden würde. Dann fiel ihm der Abend im Gemini wieder ein, kurz bevor sie zu Charlie gegangen waren, und er dachte an Glorys warmen Atem in seinem Ohr. »Uns passiert schon nichts«, hatte sie ihm zugeflüstert und seine Hand berührt. »Das ist gieriger Mörderabschaum, aber wir sind besser als die. Ich weiß, du packst das.«

Glory lächelte ihn ein bisschen schief an.

»Pass auf sie auf«, sagte Lucas zu Troy.

Wie kann man nur so was Idiotisches sagen?, dachte er, als er sie verließ.

KAPITEL 27

Pass auf sie auf.

Es war idiotisch, so was zu sagen. Trotzdem fühlte Glory sich nicht so sehr auf den Schlips getreten, wie sie es hätte tun sollen. Sie starrte auf die Tür. Lucas' Worte hatten so etwas … Endgültiges gehabt.

»Ganz der kleine Gentleman«, bemerkte Troy. »Oder bleibst du bei deiner ursprünglichen Einschätzung von ihm als Schwachkopf?«

»Er ist nur zeitweise ein Schwachkopf. Und er tut sein Bestes.«

Troy verdrehte die Augen. »Ich kann's mir schon denken! Ihr beide habt eine Pyjamaparty abgehalten, die die ganze Nacht lang ging, und seid euch nähergekommen, als ihr euch über eure gestörten Familien und die Freuden des Fae ausgetauscht habt.« Dann wurde seine Miene ernst. »Du musst auf dich aufpassen, Glory. Lucas mag zwar eine Hexe sein und er mag auch auf unserer Seite sein – im Moment. Aber er hat das Blut von zwölf Generationen von Inquisitoren in den Adern. Er ist keiner von uns.«

Glory ging das total gegen den Strich. »Mir ist egal, was für ›einer‹ er ist oder nicht ist. Ich will nur, dass er seinen Teil des Jobs erledigt … und dass wir unseren machen. Das ist alles. Dann können wir unser Leben weiterleben.«

»Unser Leben hat sich verändert«, sagte Troy und schaute wieder ernster drein.

* * *

Da Troy sie schon auf die Gästeliste für Lady Merles Ball gesetzt hatte, stand als nächster Schritt ihrer Vorbereitungen hauptsächlich Shoppen auf dem Plan. Sie brauchten Material für den Bildzauber, den Glory sich machen wollte, ein Kleid, Make-up und eine Perücke, um ihr Erscheinungsbild abzurunden.

Aber zuerst mietete Troy unter falschem Namen ein Auto, für den Fall, dass sein Mercedes verfolgt wurde. Die nächste Station war seine Wohnung. Die lag in einer diskret komfortablen Wohnanlage in der Nähe der Tower Bridge. Glory sollte draußen auf dem Flur warten, während er seinen Smoking und anderen Kram holte.

Als Troy die Tür aufmachte, konnte sie einen schnellen Blick in einen großen hellen Raum werfen, mit haufenweise Büchern in den Regalen und – wie interessant! – zwei Weingläsern auf dem Tisch. Ein paar hochhackige Frauenschuhe lagen darunter.

»Warum darf ich nicht mit rein?«, beklagte sie sich. »Hast du Angst, dass ich das Ambiente kaputtmache oder so?«

»Das ist meine Privatwohnung. Die hat nichts mit dem Zirkel zu tun und nichts mit meiner Familie. Und so soll es auch bleiben.«

Troy machte ihr die Tür vor der Nase zu. Ein paar Minuten später kam er in einem sauberen Hemd und mit einer kleinen Reisetasche wieder heraus. Glory hätte zu gern gefragt, wem die Schuhe gehörten, traute sich aber nicht recht.

Trotz allem freute sie sich darauf, mit Morgan-Geld auf Shoppingtour zu gehen. Aber auch hier erwies sich Troy als Enttäuschung. Sie durfte sich nur in einem Laden umschauen, und die ersten drei Kleider, die sie sich ausgesucht hatte, lehnte er ab: eins mit Leopardenmuster, ein scharlachrotes und eins mit Pailletten. »Du willst doch nicht auffallen. Du sollst ganz unauffällig im Hintergrund bleiben«, sagte er, ehe er ihr eine Auswahl von Kleidern präsentierte, die ebenso schlicht wie teuer waren.

»Trutschig«, sagte sie schmollend.

»Klassisch«, widersprach er. »Und übertreib nicht mit den Absätzen. Kann sein, dass du schnell von der Stelle kommen musst.«

Am Ende einigten sie sich auf ein Cocktailkleid in einem dunklen Lila und schwarze Sandaletten. Alles war besser als Glorys aktuelle Aufmachung. Mit ihren schmuddeligen schwarzen Kleidern und den ungewaschenen Haaren fühlte sie sich wie aus dem Slum. Die hochnäsige Verkäuferin dachte offensichtlich, Troy habe sie auf der Straße aufgelesen, und hantierte mit seiner Platin-Kreditkarte herum, als wäre sie in Jauche getunkt worden. Das sorgte so ziemlich für die einzige Belustigung, die Glory an diesem Tag vergönnt war.

Um eine ähnliche Zensur zu umgehen, wählte Troy ein ganz deutlich weniger feines Hotel als Stützpunkt. Sie würden es nur für ein paar Stunden nutzen, um ihre letzten Vorbereitungen zu treffen und ihre Pläne auszufeilen. Der

Mann an der Rezeption musterte sie müde, wie jemand, der das alles schon öfter gesehen hat.

Glory ging unter die Dusche, während Troy im Krankenhaus und bei diversen Kontaktpersonen vom Zirkel anrief. Als sie aus dem Bad kam, tippte er gerade etwas in sein Smartphone. »Was gibt's Neues?«

»Dad ist auf der Intensivstation. Seine Haut ist zu 40 Prozent verbrannt, aber sein Zustand ist stabil.«

»Tut mir leid.« Nun ja, Troy tat ihr zumindest leid. »Du wärst jetzt sicher gern mit deiner Familie zusammen.«

»Dad ist nicht der Typ, dem es gefallen würde, wenn ich schniefend auf seiner Bettkante säße. Nicht, wenn Dinge zu erledigen sind. Mum versteht das auch. Das Team von Onkel Vince klopft bei den üblichen Verdächtigen auf den Busch und versucht herauszukriegen, wer Jonesys Erpresser waren, und sobald wir das wissen, werde ich mich um sie kümmern – ob sie nun Verbindungen zur Inquisition haben oder nicht. Aber inzwischen …«, er zuckte mit den Schultern, »kann ich auch mit dir einem miesen Typen in den Arsch treten.«

Während Troy im Bad war, machte Glory sich daran, die Eintrittskarten herzustellen. Sie hatte sie sich schon auf der Website der Wohltätigkeitsorganisation angeschaut und gesehen, in welcher Weise sie als persönliche Einladungskarten gestaltet worden waren. Jetzt schrieb sie den Text sorgfältig auf zwei schlichte weiße Postkarten. Sie verwendete goldene Tinte und gab Stil und Layout so genau wie möglich wieder. Troys Identität zu verschleiern würde unnötig viel Mühe machen, aber sie hatten sich darauf geeinigt, dass sie ihren Namen ändern und an ihr subtil verändertes Äußeres anpassen sollte. Auf ihrer Eintrittskarte stand der Name Elizabeth Brantly.

Glory ging ähnlich vor wie Lucas beim Nachmachen der Diamantenhalskette, da beide Objekte Dinge imitieren sollten. Ehe sie die Karten unter die Kaschmirstola steckte, die sie zur Party tragen würde, malte sie ein Bild von Lord Merles Wappen (sie hatte es auf einer Heraldik-Website im Internet gefunden) und klebte einen Zwanzig-Pfund-Schein (mit freundlicher Genehmigung von Troy aus seiner Brieftasche entnommen) auf die Rückseite. Nun repräsentierte die Hexerei den Zauber von Luxus, Geld und Privilegien.

Als sie die Karten einwickelte, piepte ihr Handy. Es war eine SMS von Lucas mit einer Handynummer. *Z. Connor für den Notfall. Viel Glück.* Sie speicherte gerade die Nummer der Hexenagentin, als Troy aus dem Bad kam. Sofort fühlte sie sich schuldig, weil sie etwas vor ihm versteckte, aber vielleicht hatte Lucas recht. Lieber auf Nummer sicher gehen.

»Das ist für dich, Aschenputtel«, sagte sie und ließ Troy den Illusionszauber auswickeln. »Deine gute Fae-Fee sagt, du sollst auf den Ball gehen!«

Er prüfte die Eintrittskarten sorgfältig. »Ich wusste ja, dass du Talent hast«, sagte er. »Aber das ist wirklich eindrucksvoll.«

Glory strahlte. Es war ein großartiges Gefühl, vor aller Augen Hexerei zu betreiben. Und es war auch gut, freundschaftliche Beziehungen mit Troy zu pflegen. Wieder einmal fragte sie sich, was er wohl über die Ermordung ihrer Mutter wusste, und wenn er etwas wusste, was er dann davon hielt. Aber wenn sie ihn danach fragte, würde er nur ihre Motive, Lucas zu helfen, anzweifeln. Das Risiko konnte sie nicht eingehen.

Aus dem Bus heraus sah Lucas sein heimisches Viertel mit den Augen eines Fremden. Die kleinen Parks waren dicht belaubt, die Straßen ruhig, die Farbe an den Mauern glatt wie Sahne. Die Leute, die über die Bürgersteige schlenderten, trugen weder Tätowierungen noch Jogginganzüge.

Er stieg eine Haltestelle zu früh aus, um sich eine Telefonzelle zu suchen. Aus Gewohnheit und Aberglauben schaute er sich um, weil er sichergehen wollte, dass ihn niemand beobachtete. Troys Drohungen durfte man nicht auf die leichte Schulter nehmen. Aber Lucas wusste, wenn die Sache schiefging, war es wichtig, dass jemand in einer einflussreichen Stellung die ganze Geschichte kannte. Er würde mit dem Hexenwart Branning beginnen.

Der Anruf fing nicht gut an. Officer Branning war wütender, als Lucas für möglich gehalten hatte. Seit Lucas' Vater von dem Mordversuch an Charlie Morgan gehört hatte, rief er ihn beim Schlag jeder vollen Stunde an, wollte Neuigkeiten über seinen Sohn hören und verlangte, dass Lucas aus dem Einsatz zurückgerufen wurde. Er hatte damit gedroht, sich selbst an Jack Rawdon zu wenden.

Jonah war es erst gelungen, ihn davon abzubringen, nachdem er mit Agent Connor gesprochen hatte. Nach der Überwachungsoperation im Radley hatte sie erwartet, von Lucas zu hören, und nachdem die Nachricht von der Autobombe durchgekommen war, hatte sie die Notfallmaßnahme ergriffen und zu Angeline Verbindung aufgenommen.

Die alte Dame hatte von Glory gehört und bestätigte, dass sie und Lucas lebendig und wohlauf waren, zurzeit jedoch nicht zu erreichen. Diese Nachricht reichte nicht ganz dazu aus, die allgemeine Beunruhigung zu mildern.

Lucas schämte sich. Es war ihm ehrlich nicht in den Sinn gekommen, dass das Attentat auf Charlie und sein eigener Mangel an Kommunikation irgendwelche Auswirkungen auf die Leute haben würden, die für seinen Schutz verantwortlich waren. Und doch gefiel es ihm nicht, behandelt zu werden wie ein leichtsinniger Bengel, auch wenn er sich so benommen hatte. Abgesehen davon gab es viel wichtigere Dinge, über die man sich Sorgen machen musste, wie er Officer Branning erzählte, sobald er zu Wort kam. »Es geht um die nationale Sicherheit«, sagte er, und unbewusst nahm seine Stimme einen hochmütigen Ton an. »Sie werden den Ernst der Lage verstehen, wenn Sie sich die Aufnahme ansehen, die ich gemacht habe.«

»Welche Lage? Was für eine Aufnahme? Was …«

Lucas erklärte, dass er den Film von Charlies Treffen im Radley in einem anonymen E-Mail-Account gespeichert hatte. Auch Agent Connor musste ihn unbedingt sehen, aber Lucas konnte nicht riskieren, das Team bei WICA zu alarmieren, schließlich wusste er nicht, unter welcher Art Beaufsichtigung sie standen. »In ein paar Stunden simse ich Log-in und Passwort für den Account. Aber vorher habe ich noch etwas anderes zu erledigen.«

Jonah gab verschiedene Laute des Protests, der Verzweiflung und Beunruhigung von sich.

Als er damit fertig war, sagte Lucas: »Tut mir leid. Mehr kann ich Ihnen im Augenblick wirklich nicht sagen. Sobald

Sie den Film gesehen haben, müssen Sie dafür sorgen, dass Agent Connor ihn auch anschaut. Keine Sorge, ich melde mich bald.« Dann legte er auf.

* * *

Eigentlich hielt Lucas nichts davon ab, Jonah hier und jetzt den Film zugänglich zu machen. Doch das würde eine Kette von Ereignissen auslösen, für die er noch nicht bereit war. Nicht, dass er sich vor Troys und Glorys Reaktion gefürchtet hätte, wenn er hinter ihrem Rücken die Behörden mit ins Boot holte. Er war sich vielmehr sicher, dass sie auf der richtigen Spur waren. Sie brauchten nur einen Vorsprung, damit sie den Job ohne irgendwelche Störungen von außen erledigen konnten.

Lucas hatte von Jonah erfahren, dass sein Vater und seine Stiefmutter zwar geplant hatten, am frühen Nachmittag aus Paris zurückzukommen, Frankreich aber von einem Streik der Verkehrsbetriebe lahmgelegt war. Selbst wenn sie versucht hätten, früher nach Hause zu kommen, hätten sie es nicht geschafft, durch die Blockade zu kommen. Mit Sicherheit würden sie noch ein paar Stunden länger weg sein. Da Philomena das Osterwochenende bei ihrem Vater verbrachte, hatte er also freie Bahn. Er kam problemlos an den Sicherheitsvorrichtungen vorbei, Kamera und Zugangscode am Tor des Stearne-Anwesens, dann ging er zur Haustür und steckte den Schlüssel ins Schloss. Drinnen konnte er Kip bellen hören. Der Hund kam in einem Rausch sabbernder Begeisterung angerannt, als wäre er ein ganzes Jahr weg gewesen.

Von den Porträts hielt Lucas sich allerdings fern. All diese

Generationen von Stearnes mit ihren strengen Mündern und stolzen Blicken würden Zeugen seines Einbruchs sein. Anders konnte man das nämlich nicht bezeichnen, auch wenn der Zweck die Mittel heiligte. Sollte der Plan gelingen, wäre sein Vater darin verwickelt, denn es wäre seine Aufgabe, Jack Rawdon wegen Hexenterrorismus und Verrat zu verurteilen und ihn dem Brandgericht zu überstellen. Aber dann fiel Lucas ein, dass, wenn der Fall vor Gericht käme, sein Geheimnis rauskommen und die Stearnes in Ungnade fallen würden. Ein neuer Chefankläger, wahrscheinlich einer von Patersons Kumpanen, würde das Verfahren leiten.

Darüber konnte er sich jetzt keine Gedanken machen. Es wurde Zeit für den zweiten Anruf. Er schaltete das Handy an, das er in seinem Zimmer hatte liegen lassen, ignorierte die SMS, Voicemails und nicht angenommenen Anrufe und wählte die Nummer von Rory Dixon.

»Rory? Hi. Hier ist Lucas Stearne. Ja … echt gut, danke … Ehrlich gesagt, ich wollte dich um einen kleinen Gefallen bitten …«

Rory war mehr als bereit, ihm seinen Wunsch zu erfüllen. Er war ein junger Anwalt im Büro des Inquisitionsgerichts, der sich ausgerechnet hatte, dass es ein schlauer Zug für seine Karriere wäre, gut Freund mit dem Sohn des Chefanklägers zu sein. Doch es gab ein Problem. »Die Sache ist nur die, Lucas, ich habe ziemlich viel zu tun. Und ich hatte eigentlich gar nicht vor, heute Abend zu den Hammern zu gehen.«

Vor Enttäuschung erhob Lucas die Stimme. »Aber du hast gesagt, ich könne mitkommen, egal, wann …«

Und irgendwann versprach Rory dann tatsächlich, an diesem Abend zur Inquisition zu kommen und zu beantragen, Lucas Stearne als seinen Gast einzulassen.

Lucas belohnte sich mit einer Dusche in seinem eigenen, an sein Zimmer grenzenden Bad. Er hatte das Gefühl, ihm dampfe der Dreck von der Cooper Street aus den Poren. Seine Kleider kamen ihm vor wie alte Freunde. Hier war er so, wie er wirklich war: derselbe, aber anders. Unumstößlich. Seine rechte Hand ruhte auf seinem linken Schulterblatt, dem mit dem Teufelsmal. Er sah Glory vor sich, wie sie sich im Kerzenschein zu ihm hinüberlehnte, während der dunkle Fleck unter ihrer Haut zu- und wieder abnahm.

Er blinzelte das Bild weg.

Aus einer Truhe auf dem Dachboden holte er sich den Inquisitorenumhang, der seinem Großvater gehört hatte. Er war aus schwerer schwarzer Wolle gemacht, mit einem Futter aus scharlachroter Seide, die mit den Jahren ausgeblichen war. Er stopfte ihn in einen Rucksack, holte schwarze Handschuhe und eine kleine Taschenlampe aus seinem Zimmer und machte sich auf nach unten. In Ashtons Arbeitszimmer zu gelangen war nicht besonders schwer. Lucas wusste, dass ein Ersatzschlüssel in der chinesischen Porzellanvase in der Bibliothek versteckt war. Wenig später zog er die Bände der *Encyclopaedia Maleficia* aus den Regalen, um den Safe dahinter freizulegen.

Sein Vater hatte ihm gezeigt, wie er im Notfall an den Safe herankam. Camillas Todesdatum in umgekehrter Reihenfolge war die Zahlenkombination für das Schloss. Im Safe befanden sich verschiedene juristische Dokumente, wie etwa die Grundbuchurkunde des Hauses und Ashtons Testament, an denen Lucas allerdings nicht interessiert war. Er war nur auf die beiden eisernen Schlüssel aus, die ganz hinten lagen.

Einer der Schlüssel war oben am Griff mit einem winzigen Kreuz markiert, der andere mit einem Schwert. Sie waren zu klein und zu schlicht, um auszusehen wie etwas Besonderes, und doch waren sie eines von nur vier Paaren, die Zugang zu den Katakomben verschafften. Der einzige Weg dort hinunter führte durch die Krypta der St.-Cumanus-Kirche. Ein paarmal im Jahr wurden die Katakomben zu Besichtigungen geöffnet, ansonsten war der Zutritt verboten. Im Besitz der Schlüssel zu sein war eher eine Prestigeangelegenheit als von praktischem Nutzen. Abgesehen vom Obersten Hexenriecher hatten nur drei Familien der Inquisition ein eigenes Paar: die Stearnes, die Hopkins … und die Patersons.

Lucas steckte sie zum Umhang in den Rucksack. Sie waren aus Eisen, aber die Eisenmenge war zu gering, um ihm Unwohlsein zu bereiten. Sorgfältig verschloss er den Safe und stellte die Lexika wieder an ihren Platz. Dann wandte er sich dem Computer seines Vaters zu. Wegen des Streiks in Frankreich blieb ihm wahrscheinlich noch eine gute Stunde bis zu Ashtons und Marisas Rückkehr und bevor er sich zu den Hammers aufmachen musste. Eine günstigere Gelegenheit würde sich womöglich nie wieder bieten.

Der Anfang war einfach. Er hatte seinem Vater oft genug beim Einloggen zugesehen, um zu wissen, dass sein Passwort mit einem G anfing und acht Zeichen umfasste. Lucas vermutete, dass das G für Grantham stand, der Name des historischen Stammhauses der Stearnes, das im 19. Jahrhundert veräußert worden war. Und richtig, mit »Grantham« bekam er Zugang.

Sofort rief er die Nationale Datenbank für Hexenwesen auf. Es gab Zugang für vier Levels. Auf Level 1 waren die Namen von allen festgehalten, die man verdächtigte, Hexen zu sein, ohne den Nachweis erbringen zu können. Level 2 lieferte die Eckdaten für alle ausgewiesenen Hexen, deren Identität nicht geheim war. Auf Level 3 erhielt man Zugang zu ihren persönlichen Akten. Level 4 enthielt Zusammenfassungen von Berichten über alle Hexen, deren Identität geheim oder vertraulich war. Wenn man ihre kompletten Fallgeschichten lesen wollte, musste man sich direkt an ihren Hexenwart oder den für ihre Überwachung zuständigen Beamten wenden.

Nur leitende Inquisitoren konnten Level 4 nutzen. Lucas wusste, dass die individuellen Zugangscodes für diesen Bereich wöchentlich geändert und als verschlüsselte Datei an die betreffenden Mitarbeiter verschickt wurden. Sofern Ashton sich innerhalb der letzten sieben Tage in Level 4 eingeloggt hatte, standen die Chancen für Lucas gut, die Zeichenfolge rekonstruieren zu können. Sein wichtigstes Werkzeug wäre Staub.

Hausstaub bestand hauptsächlich aus Verschmutzungspartikeln, die durch die Luft getragen wurden, wie Hautschuppen und Haare. Und das hier war das private Zimmer seines Vaters, deshalb war der Staub hier größtenteils der seines Vaters. Die Haushälterin war vermutlich am Wochenende da gewesen, um nach Kip zu schauen und für Ordnung zu sorgen, doch sie hatte keinen Schlüssel zum Arbeitszimmer. Trotzdem waren die Oberflächen ziemlich sauber, und

Lucas brauchte eine Weile, bis er einen dünnen Staubfilm von Schreibtisch und Fensterbrett auf ein Stück Papier gefegt hatte. Mit den obersten Brettern des Regals hatte er mehr Glück, besonders hinter den Bänden, die selten zurate gezogen wurden. Hier lag der Staub ziemlich dick.

Als das Material gesammelt war, klickte Lucas die Seite an, auf der man sich in Level 4 der Datenbank einloggte. Er setzte sich eine Zeit lang auf den Stuhl seines Vaters, breitete die Hände über seiner Tastatur aus und stellte sich Ashton an seinem Schreibtisch vor. Dann hielt er das mit Staub bedeckte Papier über die Tastatur und pustete ganz sachte.

Der Staub fiel nicht herab. Er blieb als grau-beiger Nebel über den Tasten hängen. Lucas Atem hatte sein Fae in diesen Nebel gewoben und jetzt arbeitete es sich in die Haut- und Haarpartikel und die Fasern der Kleidung seines Vaters hinein. Für ein oder zwei Sekunden schwebte der Fae-Staub vor seinen Augen, ehe er schemenhaft auf die schwarzen Tasten rieselte, auf eine nach der anderen.

Die erste Taste, auf der der Staub landete, war das P, dort hinterließ es einen ganz leichten Schleier, wie ein Fingerabdruck. Dann 5. Dann 9. Die ?/ß-Taste. J, Q, A. Mit einem letzten Hauch: 6.

Lucas gab P59 ein, dann hielt er inne.

Das vierte Symbol konnte das Fragezeichen sein oder ß, je nachdem, ob er die Shifttaste benutzte oder nicht. Plötzlich war alles ungewiss. Er wusste nicht, ob und wo Großbuchstaben verwendet wurden und ob anstelle der Zahlen vielleicht Symbole stehen sollten. Er hätte nur drei Mal die Möglichkeit, den Code einzugeben, ehe das Sicherungssystem Alarm gab und die Datenbank dichtmachte.

Wieder starrte Lucas auf die angeschmutzten Tasten. War das Einbildung oder lag der Staub ein wenig schwerer auf der ?/ß-Taste, dem J und der 6?

Er tippte p59?Jqa& und hielt den Atem an.

Zugang bestätigt.

Ein prickelndes Schuldgefühl packte ihn. Das war seine Chance! Als Vorsichtsmaßnahme gab er seinen eigenen Namen in die Suchmaschine ein und war erleichtert zu sehen, dass nichts angezeigt wurde. Seine Identität war noch immer durch einen falschen Namen geschützt. Jetzt konnte er sich dem eigentlichen Ziel der Übung zuwenden: herausfinden, was die Inquisition über Angeline Starling zu sagen hatte.

Das Ganze war recht unkompliziert. Sofort tauchte Angelines Profil auf, ein Foto war auch dabei. Schnell überflog er die Eintragungen. Ihre erste Begegnung mit der Inquisition hatte sie im Alter von zwanzig Jahren gehabt, als man sie der Hexenschwemme unterzogen und sie gestochen hatte, weil man sie der Hexerei verdächtigte. Die Ergebnisse waren nicht eindeutig gewesen. In der Zeit darauf war sie drei Mal von der Polizei und der Inquisition verhört worden, allerdings hatten sie sie jedes Mal entlassen, ohne dass Anklage gegen sie erhoben worden wäre. Lucas vermutete, dass die Verhöre im Zusammenhang mit den Aktivitäten der Starling-Zwillinge gestanden hatten. Aber vor achtundzwanzig Jahren hatte sich Angeline dann im Referat für Hexenverbrechen gemeldet und »freiwillig Informationen über den Aufenthaltsort einer bekannten Hexenverbrecherin« geliefert.

Cora Starling. Um die musste es sich gehandelt haben.

Lucas konnte sehen, dass die Daten übereinstimmten, und kam sich dumm vor, weil er diese Verbindung nicht früher hergestellt hatte. Das erklärte auch, warum Glory sich so aufgeregt hatte, als er ihr das Jahr genannt hatte, in dem Angeline angeblich ihre Informantentätigkeit aufgenommen hatte. Angeline musste ihre eigene Schwester der Inquisition ausgeliefert haben! Wo man sie dann der Hexenschwemme unterzogen hatte und sie ertrunken war …

Lucas dachte an den Starling-Girl-Schrein in Angelines Zimmer in der Cooper Street und daran, wie die alte Dame ständig vom heiligen Angedenken ihrer geliebten Schwestern herumdröhnte. Und wie sie in Glory vernarrt war und die Morgans hasste. Ihr Verrat ergab keinen Sinn.

Er las weiter. Angeline war niemals offiziell eingeschätzt oder registriert worden, aber ihr Fae wurde als sehr geringer Typ B veranschlagt. Vermutlich war sie deshalb nicht gezäumt worden: Die Behörden wussten, dass sie eine Hexe war, aber als Informantin war sie ihnen nützlicher. Ihr derzeitiger Status war folgender: *Operation Echo. Aktiv.* Operation Echo war die Mission, Harry Jukes in die Cooper Street einzuschleusen. Wenn er detaillierte Informationen über Angelines Aktivitäten haben wollte, würde er bei Commander Josiah Saunders oder jemand anderem, dessen Namen ihm nicht bekannt vorkam, einen Antrag stellen müssen.

Lucas drückte auf »drucken«. Ihm war klar, dass es Glory wehtun würde, das hier zu sehen, aber sie musste es wissen, obwohl sie es ohne Zweifel als weitere Propaganda der Inquisition abtun würde.

Am Ende von Angelines Seite entdeckte er eine Liste von

Verweisen. Es waren Links zu weiteren Level-4-Dateien, vermutlich zu denen, die ihre Schwestern betrafen. Die anderen Starling-Mädels mochten ja tot sein, aber ihre Akten waren immer noch streng geheim. Lucas klickte sich in die ganz oben.

Er kam zu Edie Wilde, geborene Starling.

Glorys Mutter. Charlies Opfer. Mutmaßliche Hexe.

All das hatte er in der Akte über die Cooper Street gelesen, die von der Inquisition zusammengestellt und von WICA vervollständigt worden war. Demzufolge war Edie eine unregistrierte Hexe niedrigen Grades gewesen, die ihr Fae wahrscheinlich Anfang zwanzig bekommen hatte. Allerdings schien es sich bei der in der Datenbank aufgeführten Edie Starling um eine völlig andere Person zu handeln.

Erstens war Edie Typ E, nicht Typ B. Typ E war die höchste bekannte Stufe der Einschätzung, die Stufe von Lucas. Wie sie selbst zugegeben hatte, war sie im Alter von dreizehn Jahren zur Hexe geworden, doch erst mit siebenundzwanzig, als ihre Tochter Glory drei Jahre alt war, hatte man sie offiziell eingeschätzt und registriert. Im selben Jahr war sie auch verschwunden. Aber eine Fehde mit den Morgans oder ein Zirkelmord wurde nicht erwähnt. Und jetzt verstand Lucas, warum Edie Starling nicht gezäumt gewesen war und in der Cooper-Street-Akte ein gefälschtes Profil hatte: Sie war auch eine Undercover-Agentin. Aber nicht für WICA. Sie war dem Referat für Hexenverbrechen unmittelbar unterstellt.

Aktueller Status: *Operation Schwan. Im Einsatz verschollen.* Das letzte Mal war sie vor fünf Jahren gesehen worden.

Lucas starrte ungläubig auf den Bildschirm. Das war unmöglich, aber so stand es hier. Vielleicht, aber nur vielleicht lebte Glorys Mutter noch. Sie sah aus wie jemand, der von Natur aus blond ist, hatte ein schmales Gesicht mit feinen Zügen und einen verschreckten Blick. Lucas scrollte runter zu den Namen der Beamten, die ihren Fall betreuten, und beinahe wäre ihm das Herz stehen geblieben. Einer der vier war Ashton Stearne.

Er hatte keine Zeit, diese Entdeckung zu verarbeiten. Etwas, das er aus dem Augenwinkel heraus bemerkte, lenkte seine Aufmerksamkeit ab. Der Monitor an der Tür, der zurzeit auf das Eingangstor gerichtet war, zeigte eine Blondine, die sich mit einem Koffer abschleppte. Marisa und Ashton waren wieder zu Hause.

Lucas glaubte nicht, dass er sich je in seinem Leben schon einmal so schnell bewegt hatte. Er fuhr den Computer herunter, wischte die staubige Tastatur mit dem Ärmel ab und schnappte sich den Ausdruck von Angelines Profil, alles in weniger als zwanzig Sekunden. Dann hastete er aus dem Zimmer und schloss die Tür hinter sich ab. Wenige Augenblicke später lag der Schlüssel wieder in seinem Versteck und der Ausdruck war hinter die Anrichte gestopft worden. Inzwischen hatte Kip angefangen zu bellen. »Oh, halt die Klappe, du blöder Köter«, sagte eine vertraute quengelige Stimme. Das war nicht Marisa, sondern Philomena. Lucas wartete, bis sich das Hämmern hinter seinen Rippen etwas beruhigt hatte, zählte bis zehn und trat auf den Flur hinaus.

»Hi, Philly.«

Sie zuckte dramatisch zusammen. »Lucas! Was machst du hier?«

»Bin auf einen Sprung vorbeigekommen. Ich musste nur ein paar … Sachen holen.« Er nahm den Rucksack mit dem Inquisitorenumhang und den Schlüsseln.

Philomena ging schnell an ihm vorbei und drückte sich dabei so ängstlich an die Wand, als ob er plötzlich einen Blitz auf sie herniedergehen lassen könnte.

»Wann kommst du wieder zurück?«

Gute Frage. »Vermutlich bald.«

»Nun ja, hier ist es absolut schrecklich gewesen. Dein Dad ist ständig mieser Laune und Mummy ist auch nicht viel besser drauf. Es ist keiner da, mit dem ich über das sprechen kann, was ich durchmache.«

»Tut mir leid, wenn du hast leiden müssen.« Er konnte den sarkastischen Ton nicht ganz unterdrücken.

»Gott. Warum nimmt mich denn keiner ernst? Immer geht es nur um dich. Wie du dich fühlen musst. Was du machen wirst. Immer dieselbe Leier.«

Lucas ging zur Tür. »Wenn du meinen Dad siehst, sagst du ihm dann, dass es mir gut geht? Und … und dass ich später mit ihm rede?«

»Ich bin doch kein verdammter Anrufbeantworter.«

»Tu es einfach, Phil.«

Sie starrte ihn an. »Du bist für all diesen Ärger verantwortlich«, sagte sie, »und trotzdem hältst du dich für so was von verhext Besonderes.«

KAPITEL 28

Glory beherzigte Troys Anweisungen, mit dem Hintergrund zu verschmelzen, und beschränkte sich bei ihrem Make-up auf ein langweiliges Minimum. Mascara, Eyeliner, farbloses Lipgloss und ein Hauch Rouge. Seufzend stülpte sie die schulterlange braune Perücke über. Sie kam ihrer echten Haarfarbe ziemlich nahe, doch das hieß noch lange nicht, dass sie ihr stand. Dann zog sie das Kleid an. Das dunkle Lila war schön und der Stoff schmiegte sich an allen richtigen Stellen an. Sie war ziemlich enttäuscht, als Troys einziger Kommentar »gut« war.

Troy trug seinen Smoking mit derselben Lässigkeit, mit der er alle seine Anzüge trug. Sein Accessoire war ein Pistolenholster unter dem Jackett. Glory beobachtete, wie er die Schultergurte richtete, und überlegte, wozu er die Waffe wohl schon benutzt hatte.

»Glaubst du wirklich, wir brauchen eine Pistole?«

»Ich halte es für das Beste, vorbereitet zu sein. Hexerei hat ihre Grenzen.«

Auf der Fahrt aus London heraus lief das Radio, jeder hing seinen eigenen Gedanken nach. Allerdings wurden sie aufmerksamer, als die Nachrichten gesendet wurden. Die Polizei hatte bekannt gegeben, dass bei dem Autobomben-

Attentat auf Charlie nichts auf Hexerei hindeutete. Bis auf zwei Personen waren alle der aus dem Auffanglager geflohenen Roma-Migranten aufgefunden worden. Ein weiterer Spitzenfußballer war in einen Sex- und Drogenskandal verwickelt. Aber der Fokus lag hauptsächlich auf Helena Howells Bemühungen, eine Reihe neuer Hexenterror-Gesetze durchzusetzen. Ihre ätzend süße Stimme klang völlig vernünftig, als sie ausführte, warum sich England ›am Rande eines Notstands befinde, der das Leben der Nation bedrohe‹. Kurzerhand schaltete Troy das Radio aus.

»Bist du nervös wegen heute Abend?«, fragte er Glory.

»Nein«, log sie.

»Solltest du aber. Wir wissen nicht, wie Lady Merle auf uns reagieren wird oder was da abgehen könnte. Das ist was anderes, als eine protzige Halskette aus einem Schaufenster zu klauen. Wir mischen uns in Staatsangelegenheiten ein.«

»Jaja, schon gut, deshalb haben Lucas und ich dich ja um Hilfe gebeten. Schließlich bist du gut im Einmischen.«

Sie hatten die Abzweigung nach Arden House erreicht. Das Anwesen ragte am Ende einer von Bäumen gesäumten Auffahrt auf: drei Etagen alter rosa Ziegel, der Eingang war von einem auf zwei runde Säulen gestützten Portikus geschützt. Glory hätte beinahe gelacht. Die Ähnlichkeit mit Charlie Morgans Haus in der Cardinal Avenue war ziemlich verblüffend. Dies hier war nur größer, älter und imposanter. Das Echte eben.

Der erste Rückschlag für die beiden war festzustellen, dass der Event nicht im Haus selbst stattfand. Stattdessen war ein Festzelt auf dem Rasen vor dem Haus errichtet worden. Sowohl der Eingang zum Festzelt als auch der zum

Haus wurde von Männern bewacht, die zwar nicht ganz so vierschrötig waren wie die Türsteher, die Glory gewohnt war, trotzdem aber etwas Einschüchterndes an sich hatten.

Sich im Haus umzuschauen würde noch schwerer sein als erwartet.

»Diese Karten kosten dreihundert pro Nase. Und die speisen uns mit einem aufgetakelten Zelt ab!«, grummelte sie, als sie aus dem Auto stieg. »Das soll doch ein Ball sein, dachte ich, keine Zirkusvorstellung. He – was soll das?«

Troy hatte mit dem Schlüssel an der Beifahrerseite von seinem Mietwagen lässig einen langen Kratzer in den Lack gemacht. Er grinste. »Man weiß nie, ob wir nicht vielleicht irgendwann ein Ablenkungsmanöver brauchen.« Dann ritzte er den Porsche nebenan auch.

Eine Gruppe eleganter junger Frauen wartete darauf, die Eintrittskarten zu prüfen und den Gästen den Weg zu den Garderoben zu weisen. Ihr Tisch war mit geschmackvollen Schwarz-Weiß-Aufnahmen von den Hospizkindern bestückt, denen die aufgebrachten Spendengelder zugutekommen würden. »Oje, Mr Morgan«, sagte ihre Kartenfrau. »Ihr Name und der von Miss Brantly stehen nicht auf meiner Liste.«

»Aber wir haben Einladungen«, sagte Troy und präsentierte Glorys Illusionszauber.

Das Mädchen tippte etwas in einen Laptop. »Nun ja, in der Datenbank sind sie auch aufgeführt. Das tut mir sehr leid. Es muss sich um einen Fehler im System handeln.«

»Überhaupt kein Problem«, sagte Troy jovial.

Glory musste zugeben, dass das Festzelt drinnen recht eindrucksvoll war. Der Himmel bestand aus Markisen in

Gold und Lila, Kronleuchter funkelten davon herab, und in der Mitte des Parkettbodens stand ein echter Springbrunnen. Blumenarrangements aus Iris und gelben Rosen führten das Farbschema fort, das grandioseste Schaustück war ein vergoldeter Baum, an dem in Edelsteinfarben gehaltene Ostereier hingen. Glory schaute mal in diese, mal in jene Richtung, in der Hoffnung, ihre Gastgeberin irgendwo zu entdecken.

»Hör auf zu glotzen«, sagte Troy. »Die kommt schon noch. Mit Sicherheit werden Ansprachen gehalten und so, bevor die Sache richtig losgeht.«

Es war nicht nur ihre Aufgabe, die sie zappelig machte. Die gesamten Rahmenbedingungen waren nervenaufreibend. Wenn Glory die anderen Damen so sah, mit Juwelen behängt und mit allen möglichen unmöglichen Pelzen und Federn geschmückt, fand sie, Troy hätte beim Kleiderkaufen nicht so ein großer Spielverderber sein sollen. Und alle redeten so wie Lucas. Das war seine Welt, ging ihr plötzlich auf. Leute wie diese. Häuser wie dieses. Partys wie diese. Sie schaute sich einen der wenigen Gäste in ihrem Alter an, eine Brünette in einem rückenfreien pfirsichfarbenen Seidenkleid. Ihr Gesicht war ebenfalls pfirsichfarben, und sie hatte ein süßes, glockenhelles Lachen, das Glory total nervte.

Kellner glitten durch die Menge, sie trugen Tabletts mit Champagner und Platten mit Kanapees, die üppig garniert waren – viel mehr aber auch nicht. Glory probierte einen winzigen Keks, auf dem ein Schnörkel von pinker Mousse war. Sie hatte etwas Süßes erwartet, aber es schmeckte fischig und ekelhaft, und als sie sich unbeobachtet glaubte, spuckte sie die Reste in eins der Blumenarrangements und versorgte sich mit Champagner, um den Geschmack wegzuspülen. Troy konfiszierte jedoch umgehend ihr Glas und reichte ihr stattdessen einen Orangensaft.

»Du liebe Zeit, so macht man aber keine Fortschritte«, bemerkte ein rotgesichtiger Mann mit schütter werdendem Haar jovial. »Es gibt nichts Besseres als ein Schlückchen Schampus, um die Damen milde zu stimmen! Eine halbe Flasche und sie ist ganz die Ihre.«

Troy starrte ihn eiskalt an. »Das ist eine widerwärtige Unterstellung.«

Rotbäckchen wurde noch roter und sah zu, dass er wegkam. Einen Augenblick später traf Lady Merle ein und trat auf die Bühne am hinteren Ende des Zeltes, wo auch die Band saß.

Sie trug ein wogendes Gewand, violett wie ihre Augen, und auch ihre Formen hatten etwas Wogendes. Der dunkle Zaum auf ihrer blassen Haut hatte noch nie so entstellend gewirkt. Lucas hatte Glory seine erste Begegnung mit ihr beschrieben, aber ihr fiel es noch immer schwer, diese Person mit der verzweifelten, aber zielstrebigen Frau aus dem Keller des Radley-Gebäudes unter einen Hut zu bringen. Ihre Stimme klang verwaschen und ihr Gesicht war schlaff.

Soweit Glory das ausmachen konnte, ging es in Lady Merles Rede im Wesentlichen darum, was sie doch für wunder-, wunderbare Leute waren, weil sie diese wunderbare Sache unterstützten. Später würde es eine Tombola geben, mit lauter wunder-, wunderbaren Geschenken. Sie hoffe, sie alle würden einen wunderbaren Abend verbringen.

Dann sagte Lord Merle ein paar Worte darüber, wie hocherfreut er war, die Leute bei sich zu Hause willkommen heißen zu können. Dabei sah er keineswegs hocherfreut aus, eher gelangweilt und verächtlich. Sein Erscheinungsbild hatte etwas von einer fetten, gesprenkelten Kröte, fand Glory.

»Hast du gewusst, dass Serena eine Informantin von deinem Dad war?«, fragte sie Troy im Partylärm.

»Ich hab von ihr gewusst, ihre Identität war mir aber nicht bekannt … nur ihr Deckname. Die Perlenkönigin.«

»Was glaubst du, warum ein Schnuckelchen wie sie an einem Schwein wie ihm hängen geblieben ist?«

»Geld. Verbindungen. Verzweiflung. Was auch immer.«

Glory beobachtete, wie Lord Merle die Taille seiner Frau mit seiner Patschhand befingerte, und schüttelte sich. Sämtliche Anwesen dieser Welt reichten nicht, um so was aufzuwiegen.

Troy hatte gesehen, wie sie sich geschüttelt hatte. »Die Ehe ist ein Vertrag wie jeder andere. Solange beide Seiten wissen, was von ihnen erwartet wird, und sich darauf einigen, sich daran zu halten, gibt es keinen Grund, warum sie nicht funktionieren sollte.«

»Ich wette, das ist nicht die Art Ehe, die du dir für dich selber wünschst«, sagte sie unbedacht.

»Na ja, das kommt drauf an. Auf dich … genauer gesagt.« Er drehte sich zu ihr und sah sie mit einer hochgezogenen Augenbraue an. »Wie wär's?«

Die Welt blieb stehen. »Allmächtige Mab. Ist das ein Antrag?«

Troy lachte. »Ich vergreif mich nicht an Kindern. Du musst erst mal erwachsen werden – und das kann dauern.« Er sprach mit der unangestrengten Sicherheit eines Menschen, der immer schon in Aussehen und Handeln seinem Alter voraus gewesen war. »Noch einige Jahre sicherlich. Komm schon, Glory, ich kann nicht glauben, dass das die totale Überraschung ist. Der Gedanke muss dir doch schon mal durch den Kopf geschossen sein.«

Aber ihr jetzt damit zu kommen! An diesem Ort, zu diesem Zeitpunkt! Hin- und hergerissen zwischen Empörung und Ungläubigkeit blieben ihr sämtliche Antworten im Halse stecken.

»Aber … aber du hast schon eine Freundin«, sagte sie schließlich. Das war der Griff nach dem Strohhalm.

»Na und? Das dürfte jetzt doch wohl kaum ein Problem sein.«

»Aber später vielleicht.«

»Nicht, wenn wir beide ein paar grundlegende Regeln festsetzen. Ich bin kein Heuchler. Ich hab gesehen, was in der Ehe meiner Eltern funktioniert und was nicht. Wir sind die nächste Generation, wir können die Dinge auf unsere Art machen. Ich will eine gleichberechtigte Partnerin, sowohl zu Hause als auch bei der Arbeit.«

»Bei der Arbeit … im Zirkel?«

»Das liegt doch auf der Hand.«

Die Wut loderte in ihr auf. »Und es liegt wohl auch auf der Hand, dass wir dieses Gespräch gar nicht führen würden, wenn ich keine Hexe wäre.«

»Ah, aber du hast dir doch immer gewünscht, eine Hexe zu werden, nicht wahr, Glory? Eine Oberhexe in einem mächtigen Zirkel. Das liegt in deiner Natur und du hast es im Blut. Aber dein Talent bringt dich nicht ganz zum Ziel. Du brauchst auch Beziehungen. Und die kann ich dir verschaffen.« Troy lächelte, ein entspanntes, ziemlich charmantes Lächeln, das sie noch nie gesehen hatte. »Wer weiß? Jetzt finde ich dich furchtbar nervig, und ich bin mir sicher, das beruht auf Gegenseitigkeit. Aber mit der Zeit könnte es sich doch irgendwie ergeben, dass wir Wege finden, einander zu mögen.«

Als Glory zum ersten Mal von den Heiratsplänen der Morgans Wind bekommen hatte, hatte die Vorstellung sie in jeder erdenklichen Weise abgestoßen. Aber langsam sah sie, dass mehr in Troy steckte, als ihr bewusst gewesen war. Er hatte ihr ein faires Angebot gemacht.

Sie versuchte, es von der praktischen Seite zu sehen. Selbst wenn Charlie seinen Krankenhausaufenthalt überlebte, würde seine Genesung langwierig und schwierig sein, und Kezia würde sich ganz seiner Pflege widmen müssen. Vince Morgan war ein brutaler Haudegen und Frank ein penibler Büromensch. Sie würden Troy das Wednesday-Reich nach seinem Gutdünken führen lassen. Und wenn – wenn – er es ernst meinte damit, dass Glory ganz sie selbst und eine gleichberechtigte Kraft im Zirkel sein sollte, würde sie andere Wege finden, Charlie zur Kasse zu bitten. Vielleicht steckte ja etwas Wahres in der Redewendung »Gut zu leben ist die beste Rache«.

»Das hat keine Eile«, sagte Troy leise. »Das ist ein langfristiger Plan. Ich bitte dich nur, darüber nachzudenken. Denn wir wissen beide, dass es sinnvoll ist.«

Das war es. Wie jedes andere gute Geschäft.

Glory sah sich in der eleganten Menge um. Die Luft duftete nach Rosen, der Champagner perlte, der Springbrunnen sprudelte. Das Orchester spielte gerade einen Walzer. Die meisten Leute hätten das für die ideale Kulisse für einen Heiratsantrag gehalten. Die Brünette im pfirsichfarbenen Kleid wirbelte vorüber, gleich würde sie ihren Freund küssen. Ihre Augen strahlten, sie umarmten sich sorglos. Glory spürte eine Enge in der Brust, etwas Scharfes, Drückendes, das auch hinter den Augen brannte. *Ich lebe nicht in einem Märchen*, dachte sie. *Diese Geschichten handeln nie von Mädchen wie mir.*

Troy berührte sie am Arm. »Sieh mal, Lady M ist unterwegs. Das ist jetzt unsere Chance.«

KAPITEL 29

Mit einem Schmerz in der Brust näherte Lucas sich dem Outer Temple. So lange er zurückdenken konnte, war das historische Hauptquartier der Britischen Inquisition ebenso sehr Teil seiner Zukunft wie Teil der Vergangenheit seiner Familie gewesen. Die prächtigen Gebäude ragten hinter der eisernen Mauer auf, auf ihre alten Steine fiel der warme Schein der Straßenlaternen aus dem 19. Jahrhundert. Die hohen Fenster des Überwachungsblocks erstrahlten hell. Die ganze Nacht hindurch arbeiteten hier Inquisitoren, sie beobachteten und lauschten und sorgten für die Sicherheit der Nation. Zumindest hatte Lucas das immer geglaubt.

Bei der Sicherheitsüberprüfung begrüßte der Wachmann ihn mit einem breiten Grinsen. »Stearne der Jüngere, ist das denn zu glauben! Dich haben wir ja schon lange nicht mehr hier gesehen – sie haben dich in der Schule viel zu hart rangenommen, vermute ich mal.«

Jeff Bullers Vater, sein Onkel und sein Großvater hatten ebenfalls die Tore der Inquisition gehütet, und sein persönliches Interesse galt dem gesamten Mitarbeiterstab, vom kleinsten Hilfsgärtner bis zum Obersten Hexenriecher selbst. Es war nicht seine Schuld, dass er im Begriff war, eine unregistrierte Hexe vom Typ E aufs Gelände loszulassen.

»Ich bin krank gewesen«, sagte Lucas. »Für mich gab's also keine Schule. Würde es Ihnen etwas ausmachen, Rory Dixon für mich anzupiepen? Er wird mich zu den Hammern mitnehmen.«

Jeff prüfte Rorys Antrag für Lucas Stearnes Besucherpass im Computer und verglich ihn mit den ausgedruckten Dokumenten in seinem Ordner. »Das ist für dich, junger Mann«, sagte er und reichte Lucas ein Formular zum Ausfüllen. »Hast du deinen Ausweis dabei? Recht so. Schau gerade in die Kamera hinein. Und noch einen Daumenabdruck, wenn ich bitten darf. Immer schön auf Nummer sicher gehen, was?« Er schmunzelte.

Der Identitäts- und Passdienst des Innenministeriums war für die Ausgabe der Ausweispapiere und die Verwaltung biometrischer Daten verantwortlich. Für die Dauer seines Undercover-Einsatzes waren Lucas' Daten unter dem Namen Harry Jukes gespeichert. In den letzten Monaten war das Computersystem des Innenministeriums jedoch von technischen Pannen und Sicherheitswarnungen geplagt worden, deshalb hatte die Inquisition beschlossen, eigene Ausweise auszugeben und selbst Daten von Personal und regelmäßigen Besuchern des Inner-Temple-Komplexes zu erfassen. Infolgedessen war dies die einzige Sicherheitsprüfstelle in Großbritannien, wo Lucas' Daumenabdruck und Iris-Scan nicht als Harrys angezeigt wurden.

»Also, immer mit der Ruhe heute Abend«, sagte Jeff. »Einige von diesen Hammerpartys sind mir etwas zu wild, obwohl ich weiß, dass die das Herz auf dem rechten Fleck haben. Bei ihrer letzten Wohltätigkeitsveranstaltung haben sie mehr als zwei Riesen zusammengebracht. Die Guten. Er tätschelte die Sammelbüchse auf seinem Schreibtisch. Das Logo des Witwen- und Waisenfonds der Inquisition prangte darauf.

Lucas stopfte ein paar Pfund in die Dose. »Übrigens, hat Jonah Branning heute Dienst?«

Als er mit Jonah gesprochen hatte, war er zu Hause gewesen. Trotzdem wollte er lieber sichergehen.

»Da muss ich mal im Logbuch nachschauen … Nein, Officer Branning hat heute dienstfrei. Hast du eine Nachricht für ihn?«

»Ehrlich gesagt, versuche ich ihm aus dem Weg zu gehen.« Lucas senkte die Stimme konspirativ. »Dad drängt mich, ein Praktikum im Büro für Assimilation zu vereinbaren.«

»Arbeiten? Bei den Hexenschmusern? Ach, du meine Güte. Da können wir doch bestimmt was Aufregenderes für dich finden.« Das kam von Rory, der sich wichtigtuerisch dem Tor näherte. Sein Gesicht war blass und babyspeckig und sein Lächeln so ölig wie sein Haar.

»Hallo, Rory. Wie nett von dir, mich mitzunehmen, war ja ein bisschen kurzfristig.«

»Keine Ursache. Wir machen uns einen schönen Abend, was?«

Während Rory den Papierkram erledigte, verfasste Lucas eine SMS an Jonah. *Hier die Info. Bitte unbedingt Z zeigen. G + ich finden heute Nacht mehr raus. Reden später.* Dann gab er den E-Mail-Account und das Passwort ein, das Jonah Zugang zum Radley-Film verschaffen würde. Er drückte auf »senden«, löschte die Kopie der SMS im Ordner *Gesendet* und stellte das Telefon auf »stumm«.

Als das erledigt war, legte Lucas seinen Umhang an und schickte den Rucksack durch den Scanner. Die Schlüssel für die Katakomben hatte er schon an seine Hausschlüssel angehängt, die er mit seiner Brieftasche, dem Handy und der Armbanduhr in die Schale für Tascheninhalte hatte fallen lassen. Seine Sachen passierten die Sicherheitsvorkehrungen, ohne Alarm auszulösen … und Lucas ebenso. Nun ging es ins Herz der Inquisition.

Der Umhang roch muffig und war schwer, Lucas musste ihn immer wieder hochziehen, damit er nicht über den Boden schleifte. Aber die Kapuze war ein Trost, sie verbarg sein Gesicht, als sie den Kindle Yard überquerten. Selbst wenn Jonah auftauchen würde, wäre es höchst unwahrscheinlich, dass er ihn erkannte.

»Du kannst dich auf was Tolles freuen«, sagte Rory. »Das ist schon was Besonderes heute Abend, wegen Ostern und so. Es gibt einen Prozess.«

Wenn die Hammer gerade kein Geld für Witwen und Waisen sammelten, stellten sie gern berühmte Inquisitionsprozesse nach, dabei lasen sie von den Gerichtsprotokollen ab und schlüpften sowohl in die Rollen von Hexenriechern und Zeugen als auch in die der Hexen.

»Großartig«, sagte Lucas und zwang sich, so viel Begeisterung wie möglich in seine Stimme zu legen.

»Der Berwick-Prozess ist dran. Schade, dass es keiner von den Stearne-Sternstunden-Prozessen ist! Dann hätten wir dich dazu verdonnert, deinen eigenen Urgroßvater zu spielen oder so, haha. Übrigens, ich hab mich erkundigt, ob Gideon Hale auch dabei ist. Ich weiß ja, dass ihr alte Schulfreunde seid. Aber ich fürchte, er kann heute Abend nicht kommen.«

»Wie schade.«

Lucas Bedauern war so unaufrichtig wie seine Begeisterung. Er hatte keinen Beweis dafür, dass Gideon in Patersons Machenschaften verwickelt war, und er baute ohnehin darauf, dass sein Zustand nach wie vor geheim war und weder Silas Paterson noch irgendeiner seiner Verbündeten Grund hatten, ihn zu verdächtigen, etwas gegen sie zu unternehmen. Doch Gideons Gegenwart hätte Komplikation bedeutet, auf die er gern verzichtete.

Die Hammer begannen den Abend in einem der Empfangsräume neben dem Großen Saal. Rory ging voraus. Als sie dort ankamen, pochte er eine komplizierte Folge von Klopftönen an die Tür, die einen Spalt weit aufging.

»*Maleficae dictae a maleficiendo …*«, sagte die Person auf der anderen Seite.

»*… seu a male de fide sentiendo!*«, erwiderte Rory heiser flüsternd.

Dieser Wortwechsel verschaffte ihnen Zutritt zu einem mit Kerzen beleuchteten Raum voller junger Männer und Frauen, die Kapuzenumhänge in Schwarz und Scharlachrot über ihren Anzügen und Kostümen trugen. Eine ganze Reihe von ihnen hatten geschmückte Kruzifixe angelegt. Sie tranken Wein aus silbernen Bechern und beklagten sich über Überstunden.

Rory stellte Lucas all denen vor, die er meinte, mit dem Namen Stearne beeindrucken zu können. Diverse Leute verhalfen Lucas zu diversen Getränken. Da es zu seiner Deckung gehörte, so zu tun, als wäre er betrunken, brauchte

Lucas wenig Zuspruch. Es wurde viel gelacht und sich gegenseitig auf die Schultern geklopft. Während er heimlich seinen Wein in den Becher von jemand anders schüttete, dachte er an Glory und Troy. Wie mochten sie wohl vorankommen?

Es wurde immer heißer und enger im Raum, das Lachen wurde rauer. Als eine attraktive Brünette in einem extrem kurzen weißen Kleid hereinkam, gab es einige Aufregung. Lucas erkannte sie als Gideons Begleiterin zu dem Vortrag über Hexenverbrechen wieder, sie hieß Zilla, glaubte er. Kurz nach ihrer Ankunft ertönte ein hoher Glockenton im Raum und Schweigen senkte sich über die Menge. Der Präsident der Gesellschaft hatte die Glocke mit dem silbernen Hammer geschlagen, der das Wahrzeichen des Vereins war. Alle nahmen Haltung an, um die Toasts auszubringen. Einen für die Königin, einen für den Obersten Hexenriecher. Der dritte war für »Zweiundzwanzig Achtzehn!«. Lucas biss auf den Rand von seinem Becher. Es war ein Verweis auf das zweite Buch Mose, Kapitel 22, Vers 18, und das einstige Motto der englischen Inquisition: »Die Zauberinnen sollst du nicht leben lassen.«

Wieder wurde an die Glocke geschlagen. Mit einem Jubelruf strömten alle aus dem Raum in Richtung St.-Cumanus-Kirche. Der Präsident trug die vorgebliche Hexe Huckepack. Ein Mitarbeiter der Nachtschicht auf dem Weg zu seinem Schreibtisch blieb stehen und machte ihnen verärgert vor sich hin murmelnd Platz.

Lucas stolperte übers Kopfsteinpflaster mit. Immer wieder trat er sich auf den Saum seines Umhangs, aber wenigstens verstärkte das den Eindruck, dass er ein paar Gläser zu viel gehabt hatte. Rory, der sich immer mehr von all den Leuten hatte ablenken lassen, die er beeindrucken wollte, beäugte seinen Schützling nervös. Ashton Stearne wäre alles andere als erfreut, wenn sein Sohn in Rorys Obhut betrunken aus der Reihe tanzen würde.

Vor der Treppe zur Krypta hatte sich eine Schlange gebildet. Als sie unten ankamen, blieb Lucas zurück. »Mir geht es nicht so gut«, nuschelte er Rory zu. »Ich glaub, ich hau lieber ab.«

»Na so was, bist du sicher? Soll ich dich begleiten? Oder …«

»Nein, nein, nein. Alles bestens. Ehrlich.« Er hickste. »Ich darf dir den Abend nicht verderben. Is okay – ich lass mir von Jack Dings ein Taxi rufen. Dad ist heute Abend nicht zu Hause.« Lucas packte Rorys Arm und schaute ihn mit volltrunkenem Ernst an. »Aber vielen Dank. Er wollte immer, dass ich ein Hammer werde.«

Offen gestanden hielt Ashton Stearne die Hammer für einen völlig überbewerteten Burschenschaftsverein und fand, es wäre höchste Zeit, dass dort mal jemand für Ordnung sorgte. Aber das konnte Rory nicht wissen. Er verabschiedete sich mit einem herzhaften Handschlag von Lucas und ging weiter.

Lucas trat einen Schritt zurück, damit die anderen in die Krypta gehen konnten. Es war ein großer und erstaunlich luftiger Raum, in dem sich das Grab von St. Cumanus befand, dem Inquisitor aus dem 15. Jahrhundert, der der Kirche ihren Namen gegeben hatte. Für die Zusammenkunft der Hammer war zwischen den Säulen ein roter Samtvorhang drapiert worden. Nur wegen des dramatischen

Effekts, aber für Lucas war das sehr nützlich. Jetzt hatten sich alle hinter dem Vorhang versammelt und weder er noch die Tür zu den Katakomben waren zu sehen.

Die Tür war mit Eisen beschlagen, und als Lucas sie berührte, lief ihm die Kälte des Metalls wie ein Schauer das Rückgrat hinunter. Wirklich verletzen oder sein Fae blockieren konnte sie nicht – es sei denn, er blieb körperlich mit dem Metall in Kontakt. Trotzdem spürte er die Bedrohung, die sie darstellte. Sie diente demselben Zweck wie die Mauer, die das Inquisitionsgelände umgab. Kein Zutritt.

Der Präsident der Hammer hielt eine weitere Rede. Im Schutz des Applauses steckte Lucas den mit dem Kreuz markierten Schlüssel ins Schloss. Er wusste nicht, wozu der zweite Schlüssel da war, aber das Kreuzzeichen schien ihm für eine Kirchentür passend zu sein. Mit einem widerstrebenden Knarren ging die Tür auf und Lucas schlüpfte hindurch. Er war so vorsichtig, hinter sich wieder abzuschließen.

Die Katakomben waren älter als die Kirche. Der Legende zufolge war im Mittelalter ein religiöser Orden von Hexenfindern hier ansässig gewesen, der die Katakomben gebaut hatte, um dort seine Rituale abzuhalten. Im Laufe der Jahrhunderte waren sie dann als Begräbnisstätte, Gefängnis und Materiallager genutzt worden. In erster Linie jedoch waren sie ein Zufluchtsort. Hier hatten Inquisitoren während der Großen Pest Schutz gesucht (ausgelöst von der Hexe Ambrose Vellum und von seinem Zirkel verbreitet) und dann wieder beim Großen Brand von London, als die Scheiterhaufen außer Kontrolle gerieten und London in Flammen aufgehen ließen. Auch während der Bombenangriffe im

Zweiten Weltkrieg hatten Menschen hier unten geschlafen. Obwohl die Katakomben keine große Fläche umfassten, waren die vielen kleinen, eng beieinanderliegenden steinernen Zellen wie ein Labyrinth. Das ideale Versteck für einen geheimen Gefangenen.

Die Grabkammern waren im 19. Jahrhundert geräumt worden, ihr Inhalt war auf den Inquisitionsfriedhof in Bromptom verbracht worden. In den Nischen standen immer noch ein paar Urnen, aber die Hauptattraktion für Besucher waren die Wandmalereien. Sie waren sehr alt und apokalyptisch geprägt mit ihren Feuerseen und den schrecklichen Ungeheuern aus dem Buch der Offenbarungen. Es gab auch Bilder von Hexen bei der Arbeit: Sie hielten Orgien ab, opferten kleine Kinder und tanzten mit dem Teufel. Die Farben waren zwar verblasst und der Strich grob, aber die Intensität der Vision des Künstlers wurde davon nicht beeinträchtigt.

Hämische Gesichter erwachten kurz zum Leben, als der Schein von Lucas' Taschenlampe die Wände streifte. Während einer Führung im letzen Jahr war ihm dieser Ort fremdartig und ein wenig gruselig vorgekommen, aber nicht direkt unheimlich. Er hatte unterschätzt, was es ausmachen würde, allein und unter diesen Umständen hierherzukommen. Lange brauchte er nicht, bis er über den Bereich hinaus war, den die Führung abdeckte. Je weiter er ging, desto bedrückender wurden Stille und Dunkelheit. Das Gewicht der Erde schien ihn zu bedrängen, die Steine schienen uralte Ängste und Hassgefühle auszuschwitzen. Sein Inquisitorenumhang schleifte über den Boden. Er versuchte nicht daran zu denken, was sich hier unten in den Zeiten abgespielt hatte, in denen dieser Ort ein Gefängnis gewesen war.

Die meisten Zellen standen offen und waren leer, aber er fand auch eine mit einem kaputten Bettgestell und einem Nachttopf. Die Tür war oben mit einem Gitter versehen, und eine Werkzeugtasche stand auf dem Boden, vielleicht hatte jemand den Raum instand setzen wollen. In dem Fall war das Projekt aber schon vor langer Zeit aufgegeben worden. Die Tasche und das Bett waren mit Spinnweben bedeckt. Es war an der Zeit, sich geschlagen zu geben: Die Katakomben waren so tot wie all jene, die einst hier in ihren Gräbern gelegen hatten.

Lucas beschloss zurückzugehen, er würde den Kreidekreuzen folgen, die er unterwegs gemacht hatte. Um einen letzten Blick die tunnelähnliche Passage hinunterzuwerfen, die vor ihm lag, ließ er seine Taschenlampe schweifen – und erst da entdeckte er die Treppe. Die Passage endete doch nicht in einer Sackgasse. Die Stufen waren sehr steil und sehr ausgetreten und führten hinauf zu einer breiten eisernen Tür.

Es war nicht leicht, sich unter der Erde ein Gefühl für Richtung und Entfernung zu bewahren, aber Lucas rechnete sich aus, dass seine Erkundungen ihn in nordwestliche Richtung geführt hatten. Folglich befand er sich jetzt irgendwo in der Nähe des Referats für Hexenverbrechen. Im Laufe der Jahre war das Gebäude erweitert und umfassend umgebaut worden, aber die ursprüngliche Struktur war alt und manche ihrer seltsamen Ecken und Winkel hatten den Umbau überdauert. Lucas erinnerte sich vage an ein historisches Kloster. Möglicherweise gehörten diese Stufen dazu.

Er schaute auf den mit dem Schwert markierten Schlüssel. Das Kreuz und das Schwert – die beiden uralten Waffen der Inquisition.

Das zweite Schloss war viel schwergängiger als das erste und er musste sich mit seinem ganzen Gewicht gegen die Tür stemmen. Wahrscheinlich war sie lange nicht benutzt worden. Der Schmerz, den das Metall verursachte, zog ihm durch Arm und Schulter. Eine schwächere Hexe hätte dem vielleicht nicht standgehalten. Aber er schaffte es schließlich, die Tür zu öffnen, die ihn in einen Wandelgang führte. Als er zwischen den Säulen hindurchschaute, entdeckte er ein Fenster, das er wiedererkannte. Oder besser gesagt, er erkannte die Sonnenuhr wieder, die auf dem Hof davor stand. Die Nachrichtenwebsite der BBC hatte ihren Bericht über Hexenverbrechen mit einem Foto von Colonel Paterson an seinem Schreibtisch illustriert, durch das Fenster hinter ihm hatte man eine Sonnenuhr sehen können.

Unter der Erde hatte das Gefühl, versagt zu haben, Lucas' Klaustrophobie noch verstärkt. Oben in der frischen Luft erfüllte ihn eine neue Entschlusskraft. Er konnte und er würde nicht scheitern, nicht, nachdem er so weit gekommen war. Und schon gar nicht nach Nates praktischer Anleitung zum Einbruch, die zu den wenigen nützlichen Dingen zählte, die er aus der Cooper Street hatte mitnehmen können.

Dankbar für den Schutz seines schwarzen Kapuzenumhangs verharrte er in den Schatten des Klosters. Es war fast neun Uhr. Keines der zum Hof gelegenen Fenster war erleuchtet. Zu dieser Stunde – und noch dazu an einem Feiertag – war außer einer Handvoll Beamter der Nachtschicht kein Mensch im Gebäude. Die Wachmänner der Inquisition würden ihre üblichen Rundgänge übers Gelände machen. Aber um diesen Hof würden sie sich nicht kümmern. Er war von außen nicht zugänglich, man gelangte nur durch das Hauptgebäude hinein oder hinaus. Es sei denn, natürlich, man kam durch die Katakomben.

Die Gelegenheit war zu günstig, um zu widerstehen. Silas Patersons Büro hatte ein Aufschiebefenster, diese Art Fenster ließen sich von außen am leichtesten öffnen, hatte Nate gesagt. Die eisernen Fensterläden waren nicht einmal heruntergezogen. Noch einmal probte Lucas seine Ausrede. Er hatte mit den Hammern getrunken und sich irgendwann gedacht, es wäre doch ein Spaß, die Katakomben mal auszukundschaften. Er hatte sich verirrt. Er wollte keinen Ärger bekommen. Er hatte nur versucht, einen Ausgang zu finden …

Lucas ging zurück in die Katakomben, bis zu der Zelle mit der Werkzeugtasche. Es schien Schicksal zu sein, dass er eine kleine Säge fand. Er zog die Handschuhe an und stieg die Treppe wieder hoch. Im Schutze der Schatten und seines Umhangs schlich er sich an den Klostermauern entlang bis zu Patersons Fenster. Sein Herz schlug so heftig, dass sein ganzer Körper zu vibrieren schien, dennoch stellte er fest, dass er dieses Gefühl genoss. Wenn er mit dem Spionieren durch war, sollte er vielleicht Einbrecher werden. Er ließ das dünne Blatt der Säge zwischen Rahmen und Fenster gleiten, in der Mitte, wo die Verriegelung war. Nates Instruktionen folgend schob er das Blatt hoch und runter, bis er den Riegel berührte, den er nach oben drückte. Er stemmte das Fenster hoch und kletterte hindurch.

Im Büro zu sein war viel nervenaufreibender als das Einbrechen selbst. Die Ungeheuerlichkeit seiner Taten überwältigte ihn plötzlich. Er musste eine Pause einlegen und warten, bis das Zittern sich wieder legte. Der Raum war dunkel und friedlich, der Hof draußen auch. Er hatte niemanden gestört und niemand würde ihn stören.

Dem Referat für Hexenverbrechen stand Paterson noch nicht vor, aber beim Anblick seiner Büroeinrichtung hätte man das durchaus annehmen können. Der antike Schreibtisch war aus Mahagoni, ein persischer Teppich schmückte den Fußboden. Es standen keine Familienfotos auf seinem Schreibtisch, nur eingerahmte Aufnahmen von Paterson selbst, ernst und staatsmännisch dreinschauend: neben dem Botschafter der USA, dem Premierminister und einem weniger wichtigen Mitglied der königlichen Familie. Lucas zog die rechte obere Schublade auf und fand eine Flasche Single Malt Whisky.

Die anderen Schreibtischschubladen waren verschlossen. Die Aktenschränke ebenfalls, doch er fand den Schlüssel, der mit einem Klumpen Blu-Tack auf der Rückseite klebte. Er wünschte, seine Handschuhe wären aus weniger dicker Wolle, sie behinderten ihn nämlich beim Durchblättern des Papierkrams. Weder die Finanzpläne und Lageberichte noch die Besprechungsnotizen von Abteilungskonferenzen kamen ihm besonders interessant vor – und belastend schon gar nicht.

Die Zeit wurde knapp. Wenn er nicht zu einer vernünftigen Zeit bei den Sicherheitsleuten am Tor auscheckte, würde Alarm ausgelöst werden. Das hieß, er musste entweder vor oder mit den Hammern gehen. Wenn er Rory über den Weg laufen sollte, könnte er sich immer noch damit herausreden, dass er irgendwo eingeschlafen oder in der Kantine Kaffee trinken gegangen sei. Er schaute noch mal auf seine Uhr und beschloss, sich noch zehn Minuten Zeit zu nehmen.

Lucas beäugte den Computer. Da wurden die Geheimnisse aufbewahrt. In den E-Mails vielleicht, in einem besonderen Ordner... Er würde Patersons Benutzernamen und Passwort brauchen, um sich einzuloggen – und er wusste, wie er an diese Informationen kommen konnte.

Sich in den Computer seines Vaters zu hacken war nicht weiter gefährlich gewesen. Dies hier war allerdings etwas ganz anderes. Mit seiner Geschichte, betrunken zu sein und sich verirrt zu haben, würde er niemanden hinters Licht führen, wenn man ihn beim Hexen erwischte. Außerdem müsste er die Handschuhe ausziehen, seine Fingerabdrücke wären also überall verteilt. Doch wenn er es nicht versuchte... Nun. Wer wusste schon, was Glory von Lady Merle erfahren würde? Wenn sie denn überhaupt etwas erfuhr. Das hier war womöglich ihre einzige Chance.

Lucas atmete tief durch und schaltete den Computer an. Als er die Handschuhe auszog, bemerkte er, wie dreckig seine Finger während der Erkundung der Katakomben geworden waren. Er war sich nicht sicher, ob es die Hexerei vielleicht irgendwie beeinträchtigen würde, wenn sich Staub verschiedener Quellen vermischte. Doch er konnte sich die Hände nur am Umhang abwischen und auf das Beste hoffen. Sofort machte er sich daran, Bürostaub auf Papier zu sammeln, er schaute unter den Perserteppich, auf die Regale und auf das Gardinenbrett.

Mit einem Blatt Papier voller Staub beugte er sich gerade über die Tastatur, da hörte er draußen auf dem Flur energische Schritte. Lucas erstarrte und wartete darauf, dass sie vorübergingen.

Das taten sie aber nicht. Jemand blieb vor der Tür stehen. Schlüssel klirrten, die Tür ging auf. Und Lucas machte seinen ersten schweren Fehler.

Flüchten, das war sein einziger Instinkt – zurück durchs Fenster, über den Hof, in die Katakomben. Aber er hatte keine Zeit, sich irgendwas zu überlegen. Das Fae hatte sich bereits durch Körper und Hirn gewunden und steckte in seinen Fingerspitzen. Es hatte ihn erfasst. Als die Tür aufging, ging er rückwärts aufs Fenster zu – und der Staub, den er gesammelt hatte, der Staub aus Silas Patersons Büro und der Dreck der Katakomben, wurde in die Luft geweht.

Er hatte nur irgendeine unklare Vorstellung davon gehabt, wie sein Rückzug über die Bühne gehen sollte. Doch das hier überstieg sämtliche Erwartungen. Der wehende Fae-Staub verband sich mit seiner akuten Panik, dem Grauen, das er in den Katakomben empfunden hatte, und dem Dreck der alten Arrestzellen. Die kleine schmuddelige Staubwolke blähte sich zu einem übel riechenden Nebel auf, der in Schwaden durch den Raum zog.

Im Schutz der Wolke und während der unbekannte Besucher fluchte und herumfuchtelte, machte Lucas einen Satz Richtung Fenster. Er hätte es vielleicht sogar erreicht, wenn er nicht über den Papierkorb gestolpert wäre und sich in seinem Umhang verheddert hätte. Der Inquisitor stolperte hinter ihm her und grapschte nach seinem Ärmel. Beide gingen zu Boden, wo sie im giftigen Staub blind um sich schlugen. Hustend und würgend wurde Lucas von seinem Verfolger auf die Beine gezerrt.

Wenn er sich ausgemalt hatte, was schlimmstenfalls passieren könnte, hatte Lucas sich immer gefragt, was er wohl tun würde, wenn Silas Paterson früh vom Ball bei Lady Merle zurückkehren würde. Die Realität war nun fast genauso schlimm. Er starrte in das Gesicht von Gideon Hale.

KAPITEL 30

Ungefähr zu der Zeit, als Lucas die ersten Schritte in die Katakomben machte, saß WICA-Agentin Connor auf einem verlassenen Parkplatz im Auto des Oberhexenwarts Branning. Der Film, den Lucas im Radley aufgenommen hatte, lief auf Jonahs Laptop.

Zoeys Gesicht war zu einer ausdrucklosen, straffen Maske erstarrt. Jonah sah das Material zum zweiten Mal, aber sein Entsetzen war nur noch größer geworden – wenn das überhaupt möglich war. Am Ende war er unter seinen Sommersprossen mattrot angelaufen.

»Im Namen von … besser gesagt … als Inquisitor glaube ich, ich sollte … dass es meine Verantwortung ist …« Er schluckte. »Es gibt keine Worte dafür. Aber ich möchte Ihnen sagen, dass es mir aufrichtig leidtut. Dies hier muss Ihre ärgsten Vorurteile über uns bestätigen.«

»Ich beurteile Leute so, wie sie mir begegnen«, sagte Zoey schließlich – und das mit einiger Anstrengung. »Aber mein Urteil über eine Gemeinschaft mache ich nicht allein an ihren Kriminellen fest. Die Geschichte der Hexenschaft hat gezeigt, welche Gefahren das birgt.«

Jonah empfand die Inquisition nicht als Gemeinschaft, doch das lag vielleicht daran, dass er nicht das Gefühl hatte dazuzugehören. Eine Berufung war sie aber, und sein Glaube an diese Berufung war schwer erschüttert worden.

»Wissen Sie, wo Lucas jetzt ist?«, fragte sie.

»Nein. Er hat alle Verbindungen abgebrochen. Glory kann ich auch nicht erreichen. Ich befürchte, dass die beiden die Sache selber in die Hand genommen haben.«

»Na ja, Lucas lag richtig damit, sich davor zu hüten, mit mir Verbindung aufzunehmen. Die Inquisition ist bei WICA zu stark präsent, wir können ihre Ressourcen nicht nutzen, ohne den Feind auf den Plan zu rufen.«

»Können Sie Rawdon irgendwie warnen?«

»Jack ist auswärts auf einer Konferenz, sollte aber morgen zurück sein. Ich lasse ihm eine Nachricht zukommen. Es würde helfen, wenn wir irgendeine Ahnung hätten, was das nächste Anschlagsziel sein könnte.«

Sie loggte sich in ihr Smartphone ein. Nachdem sie Zugang zu Rawdons Terminplan bekommen hatten, waren sie sich einig darüber, dass das wahrscheinlichste Ziel eine Parade der von friedenserhaltenden Missionen im Ausland heimkehrenden Bataillone in Windsor war. Der Leiter von WICA würde dort zugegen sein, um die Rolle von Hexensoldaten bei den Streitkräften hervorzuheben. Die Veranstaltung würde morgen stattfinden und große Menschenmengen anziehen. Das wäre ideal für eine terroristische Gräueltat, gefolgt von einer spektakulären Festnahme.

»Ich werde Jack sagen, dass er alle öffentlichen Amtshandlungen absagen soll«, sagte Zoey. »In der Zwischenzeit müssen wir uns um unsere jugendlichen Ausreißer kümmern. Sie wollen nur helfen, das weiß ich, aber vermutlich machen sie alles nur noch schlimmer. Und dabei geraten sie richtig dick in die Tinte.«

Müde rieb Jonah sich das Gesicht. »Wenn ich raten soll, dann würde ich sagen, sie werden versuchen, mit Lady Merle Verbindung aufzunehmen. Es wäre das Naheliegendste, dort anzufangen. Aber Lucas hat eine Menge Insider-Informationen über die Inquisition. Ich fürchte, er könnte sich davon leiten lassen, ohne wirklich zu wissen, womit er es hier zu tun hat.«

Zoey wollte gerade antworten, als ihr Handy klingelte. »Hmm. Die Nummer kenne ich nicht.«

Sie drückte die Antworttaste. »Connor.«

»Hallo? Hallo?«

»Wer ist da?«

»Glory. Glory Starling. Lucas hat mir Ihre Nummer gegeben … Ich …«, flüsterte sie heiser, »ich wollte Sie nicht anrufen, aber das ist ein Notfall. Wir sind im Landhaus von Lady Merle. Es ist alles ein Chaos. Sie … er … ich glaube, er ist tot. Wir werden …«

Die Verbindung brach ab. Zoeys Rückruf ging direkt auf die Mailbox.

»Sie hatten recht«, sagte sie finster. »Lucas und Glory müssen Lady Merle besucht haben. Und jetzt sind sie in Schwierigkeiten. Wir müssen zu ihnen, und zwar schnell.«

KAPITEL 31

Troy und Glory waren Lady Merle gefolgt, die das Zelt verlassen hatte und zu einer kleinen, unauffälligen Tür an der Seite des Hauses gegangen war. Arm in Arm herumschlendernd versuchten sie den Eindruck zu erwecken, nur die Anlagen zu bewundern. Doch auch am Seiteneingang stand ein Angestellter herum, der Gäste von den Privaträumen der Familie wegscheuchen sollte.

»Was machen wir jetzt?«, flüsterte Glory, nachdem sie sich wieder hinter die Hausecke zurückgezogen hatten.

»Ich lenke ihn ab, damit du dich reinschleichen kannst. Du bist das Hexenfräulein in Nöten, Lady Merle spricht wahrscheinlich besser auf dich an. Ich stoße dann etwas später dazu.«

Troy schlenderte über den Rasen. »Hören Sie mal«, sagte er zu dem Diener, Rausschmeißer oder was auch immer er nun war, »ich wollte gerade was aus meinem Auto holen, und da hab ich feststellen müssen, dass irgendein Schwachkopf den Lack zerkratzt hat. Und beim Auto neben unserem auch. Ich dachte, ich hab da einen Bengel auf der Auffahrt rumlungern sehen, aber als ich ihn angebrüllt hab, ist er weggerannt.«

Der Lakai war ganz aufgeregt. »Tut mir schrecklich leid,

Sir. Würden Sie bitte mitkommen und uns den Schaden zeigen?«

Sobald sie ihr den Rücken zudrehten, flitzte Glory über die Terrasse und durch die Tür, die Lady Merle benutzt hatte.

Sie stand jetzt am Fuß der Hintertreppe. Über diese gelangte sie hinauf in einen Korridor, an dessen Wänden mit dunklem Firnis überzogene Gemälde hingen. Sie wurden von kleinen Strahlern beleuchtet. Alle Türen waren geschlossen. Das Licht war gedämpft, es war warm und vollkommen still. Glorys Perücke juckte, sie nahm sie ab und stopfte sie unter ihre Kaschmirstola. Lady Merle sollte sie so sehen, wie sie wirklich war, mit Haut und Haar.

Am nördlichen Ende des Korridors befand sich eine weitere Treppe, steiler und schäbiger als die vorige. Diese stieg sie ebenfalls hinauf und fand sich auf einem kleinen Treppenabsatz wieder, mit einem Bad rechter Hand und einer weiteren Tür direkt vor ihr. Sie zögerte, lauschte nach irgendwelchen Lebenszeichen. Hatte sie Lady Merle schon verloren? Auf dem Weg nach oben meinte sie Stimmen gehört zu haben, aber jetzt war alles ruhig.

Als sie die Tür aufmachte, stand sie in einem lang gezogenen, niedrigen Dachgeschossraum. Er war zu einem Wohn- und Schlafraum umgebaut worden, der sparsam, aber gemütlich möbliert war. Die wenigen vorhandenen Möbel waren weich und gepolstert. In einem Sessel vor einem Paravent saß ein Mädchen von etwa siebzehn Jahren. Glory blieb verwirrt stehen. Haare wie Feuer, Haut wie Schnee, Augen in der Farbe von Veilchen … Es war, als würde man ein Bild aus einem Märchen anschauen.

»Äh, hi«, sagte Glory.

Das Mädchen drehte den Kopf, ganz langsam. Ihre Augen waren groß und sie blinzelte nicht. Glory stellte fest, dass sie doch nicht so perfekt war. Die Haut auf ihrer rechten Hand glänzte und war voller Höcker – wie eine schlecht verheilte Narbe.

»Ich … kenne … dich … nicht«, sagte das Mädchen schließlich. In ihrer Stimme oder in dem erstarrten hübschen Gesicht lagen weder Beunruhigung noch Neugier. Sie sprach in einem hohlen, leiernden Ton.

Aber Glory wusste, wer sie war: Rose Merle, das Mädchen, das den Reitunfall gehabt hatte. »Alles gut«, sagte sie. »Ich suche deine Mutter.«

»Wer bist du und was machst du hier?«

Das war Serena Merle selbst, die aus einem angrenzenden Raum gekommen war. Sie wirkte nicht so betrunken wie draußen im Festzelt, aber wohlauf schien sie auch nicht zu sein. Ihr Blick war unstet und ihre Hände zuckten.

»Entschuldigen Sie die Störung, Eure Ladyschaft, aber mein Name ist Glory Starling und …«

»Starling?«

»Genau. Ich muss dringend mit Ihnen reden. Es geht um das, was sie Charl …«

»Nein.« Serena hielt sich die Ohren zu. »Nein, nein, nein. Ich will nichts davon hören. Es ist zu spät. Zu viel ist passiert.«

Es klopfte an der Tür und eine Frau mit einem gütigen Gesicht, die Schwesterntracht trug, betrat den Raum. »Der Wagen ist da, Mylady.«

Serena warf Glory einen aufgeregten Blick zu. »Mir ist ganz egal, wer du bist und warum du hier bist. Das spielt alles keine Rolle mehr. Meine Tochter geht fort und ich muss …« Sie holte tief Luft und bemühte sich sichtlich um Fassung. »Ich muss mich verabschieden.«

Sie ging zu Rose und half ihr aus dem Stuhl. »Du wirst jetzt wegfahren und an einem sichereren Ort bleiben«, sagte sie zu ihr. »Die Leute da werden viel besser für dich sorgen, als ich es kann.«

Dann nahm sie Rose bei den Schultern und schaute suchend in ihre ausdruckslosen Augen. »Denk immer daran, wie sehr ich dich liebe, immer. Versuch zu verstehen. Versuche, dich zu erinnern.«

»Immer«, wiederholte Rose dumpf. »Immer.« Ihr Ausdruck veränderte sich nicht. Ihre Bewegungen waren steif und präzise wie die einer Aufziehpuppe. Die Krankenschwester nahm sie an die Hand und führte sie sanft die Treppe hinunter.

Serena sah ihnen mit so qualvoller Miene nach, dass Glory den Blick abwenden musste. Aber im nächsten Augenblick ging Lady Merle auf sie los. »Wie kannst du es wagen, in mein Haus einzudringen? Und das ausgerechnet an diesem Abend?«

»Ich hatte keine Wahl! Ich habe von Ihrem Gespräch mit Charlie im Radley gehört, und von der Verschwörung, die Sie entdeckt haben. Jemand muss etwas tun. Ich arbeite mit Charlies Sohn Troy zusammen und wir haben Hilfe von WICA bekommen. Ich gebe nicht auf. Das kann ich nicht. Ich bin … ich bin auch eine Hexe.«

»Eine Starling, hast du gesagt.« Plötzlich wurde Serena milder. »Wie die Mutter, so die Tochter … Hast du meine Rose gesehen? Ist sie nicht schön?«

»Äh, ja.«

»Und so talentiert. Und so beliebt. Rose war für Großes ausersehen. Für all die wunderschönen Dinge, die ich niemals tun konnte, weil ich Hexe geworden bin.«

Ihr Blick war wieder umnebelt. Sie hatte getrunken, eindeutig, stellte Glory fest. Oder irgendwelche Pillen genommen. »Denn ich hätte ein Star werden sollen, weißt du. Das haben alle gesagt. Aber keiner will eine gezäumte Hexe an seinem Set oder auf dem Bildschirm. Nicht mal als Poster … Das Fae hat mir alles genommen. Als Rose dann … meine wunderschöne, begabte Rose … als es ihr dann passiert ist … da war ich bereit, alles zu tun. Alles. Was immer verlangt wurde.«

»Rose ist eine Hexe?«

»Nicht mehr.«

»Aber … sobald man zur Hexe wird, ist das Fae ein Teil der Persönlichkeit. Für immer.«

»Nun, wir haben es herausgeschnitten.« Serenas Stimme schwankte. »Es gibt eine Klinik, in der so was gemacht wird. Experimentelle Psychochirurgie.«

»Kapier ich nicht.« Die Vorstellung war zu grauenhaft, um wahr sein zu können. Lady Merles sprunghaftes Verhalten verwirrte Glory zunehmend. Es war, als würde man mit drei oder vier verschiedenen Frauen gleichzeitig sprechen. »Das Fae ist kein Teil vom Hirn. So einfach ist das nicht. Es ist mehr.«

»Wie der Philosoph sagt: ein ›Gespenst in der Maschine‹? Kann sein. Aber die US-Inquisition hat Untersuchungen an Hexenhirnen durchgeführt, damals in den Fünfzigerjahren. Die Nazis haben das auch schon betrieben in ihren Konzentrationslagern. Und bei Hexen haben sie Abweichungen gefunden ... eine andere Art von Neuronenverbindungen ..., anormale Vernetzung‹ nennen sie das. Ich habe die Forschungsberichte gelesen, ich habe die Empfehlungen gehört. Aber wir hatten nicht viel Zeit. Der Chirurg hat mir erzählt, dass der Eingriff nur wirksam ist, wenn man das Fae früh erwischt. Wir mussten es schnell machen lassen und im Geheimen, bevor Godfrey was merkte.«

Sie rang die Hände, so wie sie es getan hatte, als sie Charlie angefleht hatte. Rot sahen sie aus und wund gerieben.

»Es war meine Idee gewesen, doch später bekam ich Angst. Rose aber nicht. Sie bat mich, sie die Sache durchziehen zu lassen. Ihr Leben wäre ruiniert, wenn sie eine Hexe war ... genau wie meines. Wie konnte ich ablehnen? Und dann, als sie aus dem Operationssaal kam und ihr Fae weg war, da waren wir so glücklich, dass wir geweint haben. Stell dir das mal vor. Wir dachten, wir hätten es besiegt. Wir dachten, wir wären in Sicherheit. Aber dann ...«

»Dann ...?«

»Dann ist Rose eines Morgens im Garten zusammengebrochen. Sie war nur ein paar Minuten lang bewusstlos, aber danach ... war sie blind. Blind, taub und stumm. Dieser Zustand hielt vierundzwanzig Stunden lang an. Ihre drei Hauptsinne erholten sich zwar wieder, aber ihr Erinnerungsvermögen war weg. Sie kann einen Gedanken nicht länger als ein paar Minuten lang festhalten. Vielleicht ist das eine Gnade, wenn man bedenkt, was aus ihr geworden ist ... Vielleicht hast du die Narben auf ihrer Hand bemerkt. Die hat sie bekommen, als sie ihre Hand in kochendes Wasser getaucht hat, ohne es zu merken. Rose hat nämlich die

Fähigkeit verloren, Schmerz zu empfinden. Sie könnte verbluten, ohne es zu bemerken. Deshalb muss sie rund um die Uhr beobachtet werden. Meine Tochter kennt weder Schmerz noch Angst, aber sie fühlt auch sonst nichts.« Sämtliche Emotionen, die Rose verloren hatte, flossen in die Stimme ihrer Mutter. »Als das Fae herausgeschnitten wurde, haben wir ihr das Herz herausgeschnitten. Ich habe meine Tochter verraten. Ich habe unseren Menschenschlag verraten.«

Glory hatte am ganzen Körper Gänsehaut, so sehr graute ihr. Sie wollte weg von dieser Frau mit dem irren Blick, weg von der Erinnerung an das zerstörte Mädchen, weg aus diesem Mausoleum von einem Haus. Aber sie hatte einen Job zu erledigen.

»Und haben sie deshalb angefangen, den Zirkeln zu helfen?«, fragte sie.

Serena rang die Hände. »So hatte ich das nicht geplant, aber bald nachdem Rose … nach Roses … bin ich Charlie Morgan über den Weg gelaufen. Früher war ich mal mit ihm und Vince befreundet gewesen. Lang, lang ist's her …«

»Sie waren mehr als nur Freunde, nehme ich an.« Das war Troy, der unbemerkt in der Tür gestanden hatte. »Ich hab Rose unten in der Halle gesehen. Sie ist Onkel Vinces Kind, oder?«

Das rote Haar, dachte Glory. Charlie hatte sogar so was in der Art angedeutet, gestern im Radley.

»Sie gehört mir. Es ist mein Verbrechen. Meine Schuld.«

»Sie sind nicht die Verbrecherin«, sagte Glory hitzig. »Das waren die Ganoven, die dieses experimentelle Psychozeug gemacht haben.«

»Wo wir gerade bei Ganoven sind«, sagte Troy, »ich würde mich gern mal über Seine Lordschaft unterhalten.« Er schloss die Tür und ging auf Serena zu. »Die Umstände haben sich geändert, seit Sie sich an meinen Vater gewandt haben. Der Wednesday-Zirkel ist bereit, Ihnen seine Unterstützung anzubieten. Aber wenn es darum geht, die Schuldigen zu benennen, brauchen wir schon mehr als nur Ihr Wort.«

»Wir haben keine Zeit mehr.« Lady Merles Blick ging zur Uhr an der Wand. Es war viertel vor neun. »Ich hab Charlie alles erzählt, was ich weiß.«

Troy gab noch nicht auf. »Sie haben Ihre eigenen Nachforschungen angestellt, stimmt's? Es muss irgendwelche belastenden Dokumente geben. Diese Hexe, die sie gefangen genommen haben …«

»Keine Sorge, mein Lieber.« Serena lachte freudlos und fuhr mit den Fingern an ihrem eisernen Halsband entlang. »Die einzige gefangene Hexe hier bin ich.«

»Ich verstehe nicht, warum Lord Merle Sie geheiratet hat, wenn er Hexen so sehr hasst«, sagte Glory.

Sie lachte wieder. »Er hasst Hexen, weil er uns beneidet. Ironie, was? Godfrey hat Prestige, Reichtum, Einfluss. Aber das Fae hat er nicht. Diese Macht hat er nicht. Die Bitterkeit darüber frisst ihn auf. Er ist besessen davon. Er hat sogar eine Sammlung von behexten Objekten. Die bewahrt er in seinem privaten Zimmer auf: poliert und hinter Schloss und Riegel. Genau wie seine Frau.«

Plötzlich packte sie Glory am Handgelenk, atemlos und dringlich. »Vertrau ihnen nicht. Sie hassen uns, sie wollen uns haben. Sie fürchten uns, auch wenn sie uns verachten. Das wird sich nie ändern.«

Glory zuckte zurück. Sie wusste nicht, ob Lady Merle von den Nicht-Hexen sprach oder von Männern im Allgemeinen, aber das irre Glitzern in ihren Augen machte ihr Angst.

Troy hatte auch genug. »Gut. Sie sagen uns jetzt, wo das Büro von Ihrem Göttergatten ist und wie wir da reinkommen. Dann gehen wir.«

»Ganz der große Meister!«, sagte Serena spöttisch. »Wie dein Vater in alten Zeiten, aber Vince war der mit dem Sexappeal … Ich hatte schon immer eine Schwäche für gefährliche Männer. Aber im Ernst, ihr müsst euch keine Sorgen machen. Silas kommt damit nicht durch und Godfrey auch nicht.«

»Was wollen Sie damit sagen?«

»Dass ich meine Vorkehrungen getroffen habe. Das werdet ihr später verstehen. Deshalb müsst ihr jetzt gehen, es ist zu eurem eigenen Besten.«

Doch als sie dann die Tür aufmachte, taumelte sie zurück. Lord Merle stand mit finsterer Miene auf der Treppe.

»Godfrey! Du … kommst früh. Ich hatte dich gebeten, um neun zu mir zu kommen.«

»Das ist mein eigenes verdammtes Haus. Ich komm und geh, wie es mir passt. Außerdem bist du diejenige, die einen Riesenaufstand gemacht hat, weil sie sich von Rose verabschieden wollte. So sinnlos das auch ist.« Er drängte sich an ihr vorbei und bemerkte da erst Troy und Glory. »Wer zum Teufel seid ihr?«

»Niemand, nichts, spielt keine Rolle«, sagte Serena aufgeregt. »Nur ein paar Gäste, die zufällig hier raufgeschlendert sind. Sie gehen gerade.« Sie versuchte, ihn anzulächeln.

»Bitte, Godfrey. Setz dich. Die Klinik hat Rose vorhin abgeholt, aber … ich … ich muss trotzdem mit dir reden.«

Lord Merle wandte sich an Troy. »Kenne ich Sie nicht? Sie kommen mir bekannt vor.«

»Ich glaube nicht, dass wir uns schon einmal begegnet sind«, sagte Troy gelassen.

Godfrey schaute von ihm zu Glory und dann wieder zu Serena.

Serena war kreidebleich und unruhig. Glory starrte auf den Boden. Aus den Falten ihrer Kaschmirstola, die sie auf einem Beistelltisch abgelegt hatte, lugte ein Stück der braunen Perücke hervor.

Godfreys Ton wurde schärfer. »Was ist hier los?«

Serena nahm Troy und Glory am Arm und versuchte sie aus dem Raum zu scheuchen. »Ich habe euch gewarnt. Geht.« Sie drehte sich wieder zu Lord Merle um und lächelte strahlend. »Siehst du, sie gehen. Ganz wie du wolltest. Alles ist bestens!«

»Da bin ich anderer Meinung. Ich rufe den Sicherheitsdienst.«

Er ging zur Tür.

»Nein«, brach es aus Serena hervor. »Tu's nicht, das darfst du nicht!«

Sie wandte sich an Troy und schlang die Arme um ihn. »Sorg dafür, dass er bleibt«, bettelte sie. »Das musst du tun.«

Troy versuchte sie von sich zu stoßen. Lallend klammerte sie sich an ihn.

Angewidert starrte ihr Ehemann sie an.

»Reiß dich zusammen, um Himmels willen. Oder nimm

noch eine verdammte Pille. Vielleicht wirst du dann genauso ein Gemüse wie deine Tochter …«

Knall.

Zuerst kapierte Glory nicht, was passiert war. Nicht mal als Lord Merle zu Boden ging, konnte sie es so richtig glauben. Dann sah sie die Pistole, die Serena aus Troys Holster gezogen hatte, und das aufblühende Rot auf der Hemdbrust des Lords.

»Oh Gott«, sagte Serena. »Oh Gott, oh Gott.« Sie begann am ganzen Körper zu zittern. Schnell und brutal entriss Troy ihr die Waffe und machte die Tür zu. Dann kniete er sich neben den Körper.

»Ist er tot?«, fragte Glory. Sie legte ihre ganze Kraft in ihre Stimme, damit sie ruhig blieb. Sie durfte nicht schwach sein. Troy durfte nichts merken.

»Fast.«

Serena sank in Roses Sessel und legte das Gesicht in die Hände.

»Sollen wir einen Arzt rufen … oder …?«, fragte Glory.

»Dazu ist es zu spät. Aber wir könnten noch etwas aus ihm herausholen.«

Troy legte die Hand auf Lord Merles Schulter und schüttelte ihn. Der sterbende Mann gab ein ersticktes Röcheln von sich. Eine Blutblase quoll ihm über die Lippen. Glory musste wegschauen »Mein Gott, Troy«, murmelte sie.

»Das ist jetzt nicht der richtige Zeitpunkt für Empfindsamkeit«, blaffte Troy und steckte sich die Waffe wieder unters Jackett. »Geh raus und check, dass keiner den Lärm gehört hat. Wir können hier oben jetzt niemanden gebrauchen.«

Glory warf einen letzten Blick auf die Szene. Serena bebte und keuchte. Troy hatte Blut an Händen und Hemd. Er schüttelte Lord Merle noch einmal. »Guck mich an«, zischte er. »Guck mich an.« Lord Merle stöhnte. Ein schwacher, beißender Geruch nach Schießpulver lag in der Luft.

Wenigstens waren sonst keine Alarmgeräusche oder Aktivitäten im Haus zu hören. Draußen auf dem Treppenabsatz konnte Glory nur ihr eigenes Herz gegen die Rippen schlagen hören. Sie schloss die Augen. Dann holte sie ihr Handy heraus.

Auf dem Dachboden war nur ein schwaches oder überhaupt kein Netz vorhanden. Sie musste die Treppe runtergehen, in den schummerigen Korridor eine Etage tiefer, ehe sie ein Signal bekam. In einem der vom Flur abgehenden Zimmer wählte sie die Nummer, die Lucas ihr gegeben hatte.

»Connor«, sagte die Stimme am anderen Ende der Leitung.

»Hallo? Hallo?«

»Wer ist da?«

»Glory. Glory Starling. Lucas hat mir Ihre Nummer gegeben … Ich … ich wollte Sie nicht anrufen, aber das ist ein Notfall. Wir sind im Landhaus von Lady Merle. Es ist alles ein Chaos. Sie … er … ich glaube, er ist tot. Wir werden …«

Sie erstarrte. Jemand kam die Hintertreppe hinauf. »Serena?«, rief er. »Ich bin's, Silas. Ist das der richtige Weg?«

KAPITEL 32

Gideon legte Lucas Handschellen an und zerrte ihn auf die Füße. Durch den wirbelnden Staub hindurch schauten sie einander an. Gideons blasse Augen waren kalt – er wirkte belustigt.

»Soso«, sagte er. »Das ist ja interessant.«

Lucas raffte die Bruchstücke seiner Geschichte zusammen. Er fing an, etwas über die Hammer zu erzählen, dass er ein paar Gläser zu viel getrunken hatte, um die falsche Ecke gebogen war …

»Das bist du in der Tat.« Gideon lächelte erfreut. Dann sprach er in sein Kopfbügelmikrofon. »Alpha One an Alpha Two, Sicherheitsverstoß Sechs in eins-null-neun, bitte um Verstärkung.«

Der Fae-Staub legte sich schon. Bald würde keine Spur mehr davon vorhanden sein. Aber Lucas brauchte sich keine Hoffnungen zu machen, leugnen zu können, was Gideon mitangesehen hatte. Das war Hexenkunst sehr hohen Ranges gewesen. Er suchte nach einer Erklärung, so hoffnungslos das auch sein mochte.

»Da waren Eindringlinge im Büro«, sagte er. »Ich hab sie vom Hof aus gesehen. Ich war nicht ganz klar im Kopf, aber ich dachte … du weißt schon … ich sollte sie wegjagen.

Aber als ich durchs Fenster geklettert bin, kam plötzlich dieser Staub auf. Ich würde sagen, wer das auch war, muss eine Hexe gewesen sein. Dieses neblige Zeug ist schließlich nicht normal, oder? Egal, ich hab den Typen nicht richtig sehen können, als ich reinwollte, hat er sich rausgekämpft. Dann bist du gekommen – und alles war durcheinander … und …«

»Und wie ist dieser andere Eindringling rein- und rausgekommen?«

»Öh, genauso wie ich, vermute ich. Durch die Katakomben. Die Tür zum Kloster stand schon offen. Weißt du, wahrscheinlich sollte mal jemand kommen und hier alles durchsuchen.«

Es klopfte an der Tür. Lucas war erleichtert. Wenn er Glück hatte, wäre das ein Beamter, den er kannte. Er musste an seiner Geschichte festhalten, bis die richtigen Behörden sich der Sache annahmen und sein Vater oder Jonah herangezogen wurden.

Aber der Neuankömmling gehörte weder zum Wachpersonal der Inquisition noch handelte es sich um einen Mitarbeiter des Referats. Es war Zilla, die Inquisitorin, die bei dem nachgespielten Prozess der Hammer die Hexe gespielt hatte. Unter ihrem Mantel trug sie ihr Kostüm, aber von dem flirtenden Partygirl von vorhin war keine Spur mehr vorhanden. Wenn das hier »Alpha Two« war, dann steckte Lucas ernsthaft in Schwierigkeiten.

»Behalt ihn im Auge«, wies Gideon Zilla an, sobald sie hereingekommen war. »Und überprüfe das hier.« Er warf ihr Lucas' Rucksack zu, dann rief er jemanden von seinem Handy aus an. »Hallo? Hier Hale … Es tut mir leid, Ihren

Abend zu stören, Sir, aber es hat einen Einbruch in Ihr Büro gegeben ... ja ... ich glaube schon ...« Sein Blick streifte Lucas. »Und noch etwas ...« Er ging hinaus auf den Korridor und schloss die Tür.

Zilla brauchte nicht lange, bis sie Lucas' Taschenlampe, Telefon, Schlüssel und Handschuhe gefunden und konfisziert hatte. Sie hatte selbst Handschuhe mitgebracht und einen Asservatenbeutel, in den die Säge und die anderen Sachen hineinwanderten.

Lucas beobachtete das alles von einem Stuhl aus. Er versuchte, einen beschwipsten und verwirrten Eindruck zu machen, ganz wie ein schuldbewusster Schuljunge, der an einem Ort erwischt worden war, an dem er nicht hätte sein sollen. Aber er wusste, dass es wahrscheinlich zu spät war. Der Anruf bei Paterson ließ auf nichts Gutes schließen. Die korrekte Vorgehensweise wäre gewesen, den diensthabenden Wachbeamten zu holen. Inzwischen hätten sie eigentlich längst im Wachbüro sitzen und Formulare ausfüllen sollen.

»Gute Nachrichten«, verkündete Gideon, der wieder ins Büro zurückkam. Sein Anruf hatte einige Zeit gedauert. »Der Colonel hat uns autorisiert, weitere Nachforschungen anzustellen, und du, Lucas, wirst mir dabei helfen. Gemeinsam werden wir der Sache auf den Grund gehen und herausfinden, wer hier eingebrochen ist. Vielleicht erwischen wir sogar die dafür verantwortliche Hexe. Sicherlich wirst du das sehr aufschlussreich finden. Ich weiß ja, was für ein emsiger Schüler der Inquisition du bist.«

»Klar, ja, ich bin bereit, meine Aussage zu machen. Wenn du mich zum Wachbüro bringen würdest ...«

»Wir wollen nicht vorgreifen.«

Zilla zog ihn vom Stuhl hoch.

»Wo gehen wir hin?«

»Irgendwohin, wo wir nicht gestört werden«, sagte Gideon. »Wir können nicht vorsichtig genug sein: Hier laufen Hexenterroristen frei herum.«

Lucas leckte sich die trockenen Lippen. »Okay, es ist nur so, die Leute werden sich fragen, wo ich abgeblieben bin. Jeff Buller weiß, dass ich hier bin, und Rory Dixon. Und dann natürlich noch mein Dad. Wenn ich mich nicht bald austrage, fangen sie an, sich Sorgen zu machen.«

»Es gibt keinen Grund zur Sorge, Stearne. Colonel Paterson und ich arbeiten sehr eng zusammen, verstehst du? Ich habe sein volles Vertrauen.«

Gideon lächelte, als er einen Schritt nach vorn machte, seine Hand stieß etwas nach unten, das von seinem Handgelenk verdeckt gewesen war. Lucas zuckte vor Zillas Griff zurück, aber zu spät. Er konnte den stechenden Schmerz schon spüren, wo die Spritze seinen Inquisitorenumhang durchbohrt hatte und in seine Haut eingedrungen war.

Lucas versuchte um sich zu treten, sich frei zu kämpfen. Stattdessen sackte er in sich zusammen. Sein Körper war wie der einer Marionette, deren Fäden durchgeschnitten worden waren. Er wollte rufen, dass Gideon und Zilla Verräter seien und Verbrecher, dass die Integrität der Inquisition in Gefahr sei. Aber als er den Mund aufmachte, war das einzige Geräusch, das herauskam, ein sabbernder Eselsruf. »Wa – wah – wah …«

Zilla und Gideon nahmen ihn in die Mitte und schleppten und schubsten ihn den Korridor entlang und durch einen Seiteneingang nach draußen. Seine Gliedmaßen waren lächerlich schlabbrig. Die Orientierung hatte er auch verloren, aber er konnte das Kopfsteinpflaster des Kindle Yard unter den Füßen spüren. Ein paar Hammer gingen vor ihnen, sie waren auf dem Heimweg. Zilla ging auf ihre scherzhaften Bemerkungen ein.

Das Trio näherte sich der Sicherheitsabsperrung. Jeff Buller war nicht im Dienst. Gideons Stimme klang selbstbewusst und kompetent. »Ich fürchte, der junge Stearne hat es mit dem Feiern etwas zu weit getrieben.«

Der Wachmann schnalzte missbilligend mit der Zunge. »Diese jungen Burschen wissen einfach nicht, wann sie aufhören müssen.«

»Das ist nichts, was ein paar Liter Wasser und eine Aspirin nicht heilen könnten. Keine Sorge, Zil und ich passen schon auf, dass er sicher nach Hause kommt.«

Mit enormer Anstrengung versuchte Lucas sich durch die Droge durchzuarbeiten und seine Zunge zu zwingen, Worte zu bilden. Doch es kam nur ein wirres Gelalle dabei heraus. Er schaffte es nicht einmal, dem Wachmann in die Augen zu schauen, solange sein Blick so durch die Gegend schlingerte. Es wurde noch mehr gelacht und sie machten noch mehr Bemerkungen über den Morgen danach. Gideons Arm drückte ihn freundschaftlich.

Dann verließen die drei die Inquisition, Lucas mit Gummibeinen und einem Kopf voller Watte. Links und rechts von den anderen beiden gestützt, wurde er die Straße entlang und um die Ecke gebracht, wo ein unauffälliger Lieferwagen wartete. Und zum zweiten Mal an diesem Tag wurde Lucas in eisernen Handschellen hinten in einem Fahrzeug verstaut.

KAPITEL 33

Silas Paterson erreichte den Korridor genau in dem Augenblick, in dem Glory ihr Telefon ausschaltete. Er schien nicht in Eile zu sein. Forschend öffnete er die erste Tür, zu der er kam. Während er abgelenkt war, flitzte Glory aus dem Zimmer und die Treppe wieder hoch. Sie schloss die Tür zum Dachboden so sanft wie möglich. »Silas Paterson ist auf dem Weg«, stieß sie hervor. Die Unwirklichkeit des Ganzen machte sie ganz schwindelig.

Troy schaute auf Lord Merles leblosen Köper. Serena hing noch immer im Sessel, rieb sich die Hände und wiegte sich vor und zurück. Aber als sie Glory hörte, hellte sich ihr Gesicht auf. »Silas. Oh, gut. Er ist pünktlich.« Ihr hysterischer Anfall war genauso schnell vorüber, wie er gekommen war. »Schnell«, sagte sie. »Hier rüber.«

Sie eilte zu der Leiche ihres Mannes und schleifte ihn mit Troys Hilfe hinter den Paravent. Glory schob einen Läufer über die Blutflecken auf dem Teppich. Draußen auf der Treppe waren schwere Schritte zu hören.

Serena packte Troy am Arm. »Es tut mir leid. Godfrey ist zu früh aufgetaucht … So war das nicht geplant. Die beiden hätten zur selben Zeit hier ankommen sollen. Aber es ist in Ordnung. Ich kann improvisieren.«

Es klopfte an der Tür. »Serena? Bist du da drinnen?«

»Ihr wolltet mir vorhin nicht glauben«, flüsterte sie. »Glaubt mir jetzt. Ihr *müsst* gehen.«

Irgendwie ließen Troy und Glory es geschehen, dass sie in den angrenzenden Raum geschubst wurden, den, aus dem Serena anfangs gekommen war. Es war das verbindende Eckzimmer zwischen dem Westflügel des Dachgeschosses, in dem Rose ihren Bereich hatte, und dem Südflügel, der die gesamte Länge des Haupthauses umfasste.

»Am anderen Ende ist ein Treppenhaus«, flüsterte Serena. »Von dort solltet ihr entkommen können. Beeilt euch.«

Troy fing an zu protestieren, aber sie schlug die Tür vor seiner Nase zu und drehte den Schlüssel um. »Einen Moment, bitte, Silas«, sagte sie mit heller Stimme.

Glory und Troy schauten sich um. Sie waren in einem weiteren Schlafzimmer, aber hier gehörte ein Medizinschrank zur Einrichtung und diverse Computertomografien und Tabellen waren an die Wand geheftet. Die zweite Tür ging auf einen Flur mit einer Reihe von kleinen Zimmern hinaus, die einmal Dienstboten gehört haben mussten.

»Die Frau ist nicht ganz dicht«, murmelte Troy. »Was zum Teufel hat sie vor?«

»Das finden wir früh genug heraus.« Glory zeigte auf den Fernsehbildschirm in der Ecke. Serena hatte gesagt, Rose müsse rund um die Uhr beobachtet werden, weil es sein konnte, dass sie sich verletzte, ohne es zu merken. Dies musste das Zimmer ihrer persönlichen Krankenschwester sein. Glory presste das Ohr an die Wand und stellte erfreut fest, dass sie dünn genug zum Lauschen war. Den Bildschirm behielt sie im Blick.

Godfrey Merle war ein brutaler Typ, an Männer wie ihn war Glory gewöhnt. Silas Paterson dagegen war eine ganz andere Art Schurke.

Abgesehen von Officer Branning war er der erste Inquisitor, den sie von Nahem sah. Und er entsprach eher ihren Vorstellungen von seiner Spezies: groß und schlank mit einer silbrigen, finsteren Eleganz.

Lady Merle hatte mal wieder eine von ihren Wandlungen vollzogen. »Es tut mir ja so leid, dass ich Sie hab warten lassen, Colonel«, sagte sie übersprühend charmant.

»Ich hatte noch nie ein geheimes Treffen auf einem Dachboden. Ihre Nachricht war höchst mysteriös. Ich muss gestehen, ich wusste nicht, was ich davon halten sollte.«

Sie lachte schelmisch, ihr Busen quoll über das violette Kleid. Dann trat sie hinter ihn und schloss die Tür zur Treppe. »Vielleicht wollte ich Sie ganz für mich allein haben.«

»Und was würde Godfrey wohl dazu sagen?«

»Wahrscheinlich, dass ich aufhören soll, so theatralisch zu sein.« Serena holte eine Schachtel Zigaretten aus ihrer Handtasche. »Und er hätte vielleicht nicht ganz unrecht … Wie auch immer, ich wollte mit Ihnen an einem Ort reden, an dem wir bestimmt nicht gestört werden würden.« Sie zündete sich eine Zigarette an und inhalierte genüsslich. »Mmm-mm. Ich weiß nämlich, dass Sie und Godfrey hinter all diesen Hexenattentaten stecken.«

Troy und Glory schauten sich an. Worauf würde das hinauslaufen?

Silas Paterson wirkte allerdings nicht beunruhigt. »Ach, ist das so?« Er machte es sich im Sessel bequem. »Wie interessant.«

»Ja, fand ich auch.«

»Und darf ich fragen, wie Sie darauf gekommen sind?«

Sie lächelte und atmete einen Strom von hellem Rauch aus. »Bettgeflüster.«

»Oh, Serena.« Silas schüttelte gönnerhaft den Kopf. »Ich bin sicher, dass dazu mehr nötig war. Ich fand schon immer, dass Godfrey Sie unterschätzt … Und wenn ich so darüber nachdenke, bin ich mir ziemlich sicher, dass Sie selber auch ein wenig geredet haben. Erst vor zwanzig Minuten bekam ich einen Anruf von einem meiner Mitarbeiter. Er hatte gerade einen Eindringling in meinem Büro festgenommen. Ein Freund von Ihnen, nehme ich an?«

Glory biss sich auf die Lippe, so heftig, dass sie Blut schmeckte. Lucas. Das musste er sein.

»Ich habe keine Freunde, mein liebster Silas. Selbst Bewunderer sind mittlerweile dünn gesät.«

Der Colonel bürstete sich ein Staubflöckchen vom Ärmel. »Macht nichts. Wir haben Vorkehrungen getroffen für eine Eventualität wie diese. Die Lage ist unter Kontrolle. Ich bin jedoch neugierig, was Sie damit zu erreichen hofften, dass Sie mich hier hochbringen? Wollen Sie mich bitten, mein Fehlverhalten einzusehen? Oder mir ein Angebot machen, das ich nicht ablehnen kann?«

»Ehrlich gesagt, ich bin hier, weil ich Ihnen ein Geschenk machen wollte.« Ihre linke Hand fuhr verführerisch an ihrem eisernen Halsband entlang. »Sie mögen doch Scheiterhaufen, Silas? Sie sehen doch gern Hexen brennen? Nun … das ist Ihr Glücksabend.«

Sie warf ihre Zigarette Richtung Tür. Dort lag sie nicht mehr als ein oder zwei Sekunden glimmend, ehe der Teppich und die Türfüllung mit einem *Wuuusch* in Flammen aufgingen.

Troy und Glory, die die Ereignisse auf dem kleinen Bildschirm beobachteten, zuckten geschockt zurück. Silas sprang auf.

»Verrückte Schlampe … was machen Sie da, zum Teufel?«

»Ein Toast auf meinen Erfolg. Das ist reiner Alkohol, Süßer, kein Geruch, keine Flecken. Der Raum ist damit getränkt. Und die Treppe auch. Sie wird schon in Flammen stehen.«

Er zog sein Telefon hervor, sah, dass er kein Netz hatte, und fluchte.

Ölige Rauchwolken zogen schon von der Tür hoch in die Ecken des Raumes. Flammen flackerten hinter ihnen her.

Die Dachbodenfenster waren zu klein für eine Flucht. Silas stürzte auf die einzige andere Tür zu, hinter der Troy und Glory standen. Natürlich war sie verschlossen. »Mach diese Tür auf. Sofort.«

Serena beobachtete ihn ruhig. »Das ist leider nicht möglich. Ich hab den Schlüssel aus dem Fenster geworfen. Keine Sorge«, fügte sie hinzu, »der Rauch erledigt uns noch vor dem Feuer. Wir werden gar nichts spüren.«

Der Inquisitor stolperte weiter herum, während die Flammen zischend über den Boden und die Wände hoch huschten. Dabei warf er den Paravent um, sodass Lord Merles blutige Leiche zu sehen war, und stieß einen Entsetzensschrei aus.

»Dafür werden sie auf dem Scheiterhaufen der Hölle selbst brennen!«

»Ich habe es verdient«, sagte Serena. »Und du auch. Zeig etwas Würde, Silas.«

Der Raum war groß, aber zur Hälfte stand er schon in Flammen. Die Linse der Kamera war von Rauch getrübt, kurz darauf wurde der Bildschirm schwarz. Troy drehte sich zu Glory um. »Wir müssen sehen, dass wir hier rauskommen.« Er riss die Tür zum Dachboden auf.

»Aber wir können sie doch nicht einfach zurücklassen …«

»Warum nicht? Sie ist verrückt und er ist böse. Und da Merle bereits tot ist, sind damit doch schon ziemlich viele Probleme gelöst, würde ich sagen.«

»Das ändert gar nichts! Paterson und Merle haben Verbündete. Die machen ohne sie weiter – das hier wird nur als weiterer Beweis für die Schlechtigkeit von Hexen herhalten müssen.«

Er zögerte.

»Und abgesehen davon, du hast gehört, was das Arschloch gesagt hat. Seine Gorillas haben Lucas. Wir müssen rauskriegen, was sie mit ihm gemacht haben. Komm, Troy. Bitte.«

»Na gut. Ist ja auch egal.«

Troy prüfte den Türgriff. Das Metall fühlte sich noch einigermaßen kühl an. Er nahm Anlauf und rammte die Schulter gegen die Tür.

Auf der anderen Seite brüllte Silas. Troy versuchte es noch einmal, und noch einmal, ohne Erfolg. Der Rauch drang durch die Ritzen.

»Weg von der Tür«, brüllte Troy und zog die Waffe. Er schoss ein paarmal auf das Schloss. Augenblicke später stolperte Silas Paterson durch die Tür und brach auf dem Fußboden zusammen.

Es war erstaunlich, wie schnell das Feuer um sich gegriffen hatte. Der Raum war eine flackernde Hitzehöhle, Gardinen und Vorhänge fielen brennend in Fetzen herunter.

Lady Merle kniete auf Roses Bett und versuchte, die Leiche ihres Ehemanns an ihre Seite zu hieven.

Troy und Glory duckten sich ganz tief, hielten sich die Arme über Nase und Mund und stürzten auf sie zu. Indem sie sich tief am Boden hielten, wo die Luft klarer war, gelang es ihnen, den schlimmsten Dünsten zu entgehen. Glory versuchte Serena wegzuziehen, aber die Frau setzte sich tretend und kratzend zur Wehr. Troy rang sie schließlich nieder und schleifte sie Richtung Ausgang.

»Nein, nein, ich will nicht«, keuchte sie. »Ihr macht alles kaputt. Lasst mich gehen ...«

»Und was ist mit Rose?«, sagte Glory bittend.

»Sie ist besser dran ohne mich. Ich hab mein Bett gemacht ... und ... jetzt ... jetzt ... werde ich darin liegen ...«

Serena befreite sich mit einem Ruck und lief wieder in die Hitze. Mit tränenden Augen schaute Glory ihr nach ... weiße Haut, violette Seide wurden vom Rauch verschlungen.

»Lass sie«, rief Troy. »Wir können sie nicht beide retten. Um Himmels willen, Glory. Beweg dich!«

Sie tauchten ab durch die brennende Tür. Silas lag auf der anderen Seite, sein Körper wurde vom Husten geschüttelt. Die Luft war giftig und zum Schneiden. Glory hatte das Gefühl, ein kleines Tier würde versuchen, sich aus ihrer

Brust zu befreien, sein heißes schwarzes Fell verstopfte ihr die Lunge. Sie wollte sich nur noch hinlegen und die Augen zumachen, bis sie sich etwas erholt hatte. Aber Troys Hand lag auf ihrem Rücken und schob sie weiter, und gemeinsam stolperten sie in die entlegeneren Bereiche des Dachbodens. Den Inquisitor schleiften sie mit.

KAPITEL 34

Hinten im Lieferwagen war mehr Platz als in Troys Kofferraum, aber unter Einfluss der Droge konnte Lucas nicht aufrecht sitzen bleiben und rollte, von den Bewegungen des Fahrzeugs hin- und hergeschleudert, schlaff herum. Vielleicht hatte die Betäubung auch ihr Gutes: Er war zu verwirrt, um wirklich Angst zu haben.

Bald, viel zu bald, kam der Lieferwagen zum Halten. Die Türen wurden aufgeschoben, und Gideon und der Fahrer, ein junger Mann mit verkniffenem Gesicht, den Lucas als Wachmann der Inquisition wiederzuerkennen meinte, zogen ihn heraus. Sie befanden sich in einer Straße mit großen, schmutzig weißen Stadthäusern, solchen, die früher einmal imposant gewesen waren, nun aber ein tristes Dasein als Herbergen und billige Hotels fristeten. Sie steuerten auf ein Haus mit bröselnden Simsen und einer kaputten Vordertreppe zu, aus der Unkraut spross. Die oberen Stockwerke waren in Wohnungen umgewandelt worden. Durch die schief herunterhängenden Gardinen des Erdgeschosses konnte Lucas eine Frau sehen, die mit einem kleinen Jungen an einem Tisch saß. Er malte mit Buntstiften. Das Licht schien friedlich und warm auf die beiden.

Während er zur Kellertreppe geschubst wurde, forderte

Lucas die Frau in Gedanken dazu auf rauszugucken. Auch wenn sie nicht merkte, dass etwas nicht stimmte, wollte er doch, dass sie sein Gesicht sah, dass sie Augenkontakt herstellen konnten. Aber natürlich galt ihre Aufmerksamkeit ganz dem Kind. Der kleine Junge lachte und in einer Art Vorahnung zog sich in Lucas' Brust etwas zusammen. Die umnebelnde Wirkung der Droge klang bereits ab. Niemand wusste, dass er hier war, niemand konnte die Ereignisse aufhalten. Das hier war echt.

Es wurde noch echter in dem Raum, in den Lucas gebracht wurde: fensterlos mit einer eisernen Tür, von einer nackten Glühbirne beleuchtet. Gideon und Zilla setzten sich Lucas gegenüber an den Tisch: echte, erwachsene Inquisitoren, die eine echte, erwachsene Befragung durchführten. Trotz ihrer ernsten Mienen waren sie ganz aufgeregt, das merkte Lucas. Gideon hatte dergleichen wahrscheinlich vor dem Spiegel geprobt. Zillas Ernsthaftigkeit passte nicht so recht zu ihrem Gesichtsausdruck des schmollenden reichen Mädchens, der irgendwie den Vergleich mit schlecht aufgetragenem Make-up herausforderte. *Was machen wir hier?*, dachte Lucas. *Wir sind alle Amateure. Keiner von uns weiß, wie diese Sache enden wird.*

Er versuchte sich gerade hinzusetzen, scheiterte jedoch. Er stand unter Drogen, war dreckig und trug Handschellen. Er schaute sich Gideon in seinem gut geschnittenen Anzug an: das glatte Haar, das ihm in die Stirn fiel. Die klaren Augen, das sorglose Lächeln. Er war all das, was Lucas hätte sein sollen.

Lucas räusperte sich. »Das ist illegal. Entführung, Betäubung und tätlicher Angriff.«

»Ich bin enttäuscht, Stearne«, sagte Gideon. »Ich hätte erwartet, dass ein Streber wie du sich mit dem Kleingedruckten des Gesetzes gegen Hexenterrorismus von 1997 beschäftigt hat. Du zitierst ja gern Gesetze und Regeln, nicht wahr? Dann lass mich dich an Artikel 9 erinnern: *Sollte das Wohl des Staates gefährdet sein, ist das britische Parlament nach Abstimmung berechtigt, besondere kurzfristige Maßnahmen zur Vorbeugung gegen hexenterroristische Angriffe zu verhängen.* Und das wurde erst heute Nachmittag getan. Die Notfallgesetze sind jetzt in Kraft.«

»Okay. Aber ehe ihr fortfahrt, solltet ihr wissen, dass ich für WICA arbeite …«

Zilla kicherte tatsächlich. »Ein jugendlicher Detektiv. Wie aufregend!«

»Deshalb bin ich auch nicht gelistet. Meine Fallakte ist geheim.«

Gideon verschränkte die Arme vor der Brust. »Das passt ja gut. Denn du tauchst ganz bestimmt in keinem mir bekannten Register auf.«

»Na ja, da du ja nur ein besserer Praktikant bist und kein Großinquisitor, ist das eigentlich kein echter Schock.« Endlich fühlte Lucas sich fit genug für einen Streit. »Das muss der Grund dafür sein, dass Paterson dich für seinen verrückten Plan ausgewählt hat. Er wusste, eitel, wie du bist, würdest du es für eine Art Beförderung halten, wenn er dich zu seinem Schergen macht.« Gideon guckte verkniffen, und Lucas wusste, dass er richtiglag. Er ließ die Wut wachsen und seine Angst vertreiben. »Und, ja, ich weiß alles über Paterson und Lord Merle und diese grässliche Howell. Ich weiß, was ihr vorhabt. Ihr hängt den Hexen eure eigenen

Verbrechen an, damit ihr dieses Land in die Goldenen Zeiten zurückversetzen könnt, an denen an jeder Ecke ein Scheiterhaufen stand und zweimal die Woche Hexenjagd abgehalten wurde.«

»Ein hartes Durchgreifen ist im Interesse des Staates«, bemerkte Zilla kalt. »Wir haben Informationen, dass Endor sich neu formiert. Wir müssen darauf gefasst sein und die nötigen Verordnungen und Verfahrensweisen bereithalten.«

Jetzt war Lucas an der Reihe zu lachen. »Ernsthaft? Du kommst mir ernsthaft mit diesem ganzen Scheiß von wegen ›der Zweck heiligt die Mittel‹?«

»Wenn wir schon über Klischees reden«, erwiderte Gideon, »dann lass uns doch mal mit den liberalen anfangen. Dieses ganze Gewimmer über die Rechte der Hexenschaft, das endlose Händeringen über die sogenannten Verfolgungen … Und die Leute fallen tatsächlich darauf rein! Ein Rückzieher folgt dem anderen, ein Zugeständnis dem nächsten.« Er sprach mit einer Leidenschaft, die seinem Auftritt in der Schulaula gefehlt hatte. »Sie haben sich in alle Bereiche des öffentlichen Lebens eingeschlichen. Der Aufstieg von Jack Rawdon ist ein typisches Beispiel: Wir haben die nationale Sicherheit in die Hände von Leuten gelegt, die die größte Gefahr für sie darstellen! Denn war das nicht von Anfang an Endors Mission? Eine Welt, die von Hexen regiert wird. Zehn, fünfzehn Jahre weiter, dann sind die Büros der Inquisition nicht viel mehr als ein Freiluftmuseum.«

Blitzschnell tauchte Glorys Gesicht, hochrot vor Wut, vor Lucas auf.

Der Gedanke brachte ihn in Fahrt. »Habt Mitleid mit

den armen unterdrückten Inquisitoren! Was haben die doch für ein Glück, dass du dich für sie einsetzt.«

»Ich geb ja nicht vor, ein Held zu sein«, sagte Gideon. »Aber ich habe keine Angst zu tun, was getan werden muss, so unerfreulich es auch sein mag. Jemand muss ja bereit sein, sich die Hände schmutzig zu machen.«

Es wurde an die Tür geklopft. Sie ging auf und ein junger Mann im Trainingsanzug mit rasiertem Kopf zeigte sich. Als er den Gefangenen sah, krempelte er sich genüsslich die Ärmel auf, und noch einmal konnte Lucas das Gewirr von Engeln und Kreuzen, Blut und Dornen auf seiner Haut betrachten. Aber natürlich erkannte der Mann ihn nicht wieder. Er hatte ja nur Harry Jukes gesehen.

»Lucas, ich möchte dir Mr Striker vorstellen. Er ist einer unserer hochgeschätzten Kollegen.«

Striker nickte zutiefst befriedigt und tastete nach dem Kreuz, das er um den Hals trug. »Wir müssen den Listen des Teufels widerstehen: ›Denn wir haben nicht mit Fleisch und Blut zu kämpfen, sondern mit Fürsten und Gewaltigen, nämlich mit den Herren der Welt, die in der Finsternis dieser Welt herrschen, mit den bösen Geistern unter dem Himmel …‹«

Gideon und Zilla tauschten leicht ermüdete Blicke aus. Sie mussten inzwischen ein gerüttelt Maß an Bibelzitaten weggesteckt haben. Wie dem auch sein mochte, Fanatiker waren gut für die Drecksarbeit.

»Das ist die richtige Einstellung«, sagte Zilla.

Lucas versuchte gar nicht erst, Widerstand zu leisten oder sich zu wehren, als Striker ihn von seinem Stuhl holte und abführte. Gideon folgte, Zilla blieb zurück. Lucas wurde in einen kahlen Raum gebracht. Außer Beton gab es hier nur einen eisernen Tank, der mit Bolzen in der Mitte des Fußbodens festgeschraubt war. An einer Wand hing ein fleckiger Spiegel.

Lucas spürte seinen Puls bis in den Hals. Er sah Gideon an. »Hierfür gibt es keinen Grund, das weißt du. Mein Zustand ist registriert, meine Stellung bei WICA auch. Commander Saunders, Officer Jonah Branning und der Oberste Hexenriecher selbst können das bestätigen.«

»Hm. Dir gingen große Namen ja schon immer leicht über die Zunge, was? Ich glaube, das ist Teil deines Problems, Stearne. Größenwahnsinn, der zu Paranoia und Fantasievorstellungen führt. Offen gestanden, ich kann mich auf nichts verlassen, was du sagst.« Gideon ging rüber zum Tank und rührte lässig mit der Fingerspitze im Wasser herum. »Bist du eine Hexe, ein Spion oder ein krankhafter Lügner? Was auch immer, ich würde es gern herausfinden.«

Lucas schluckte. In diesen Tanks starben Hexen. Welche Anweisungen hatte Paterson gegeben?

Kaltes Wasser in eisernen Behältern zog dem Fae das Mark heraus. Das Problem war, es waren nicht ausschließlich Nicht-Hexen, die ohne einen Fleck aus dem Tank herauskamen. Wenn eine Hexe ihr Fae nicht gerade kurze Zeit vorher benutzt hatte, war das Mal sehr schwach ausgeprägt, manchmal erschien es überhaupt nicht. Theoretisch war eine Schwemme ohne Mal Beweis für die Unschuld. In der Praxis jedoch reizten frustrierte Inquisitoren das Verfahren bis an seine Grenzen aus, weil sie dachten, wenn sie nur lange genug weitermachten, würde das Fae sich am Ende schon zeigen. Aus diesem Grund ertranken Menschen bisweilen und deshalb war das Verfahren nun streng reglementiert. Zweifellos war dieses Reglement auch etwas, das Gideon den gefühlsduseligen Liberalen zum Vorwurf machte, die die Inquisition in die Knie zwingen wollten.

»Holst du auch die Nadeln raus?«, fragte Lucas.

»Bloß nicht so melodramatisch. Das ist nichts Persönliches.«

»Verbrechen sind immer was Persönliches. Was ist denn mit Jack Rawdon? Ein unschuldiger Mann, dem ihr einen Mord anhängt. Himmel, Gideon, bei deinen Hexenattentaten ist jemand gestorben.«

»Ein tragischer Fehler. Die Verluste wurden auf ein Minimum beschränkt. Bei echtem Hexenterrorismus wäre das nicht der Fall. Die Öffentlichkeit hat vergessen, welche Dimension die Gefahr hat, der wir gegenüberstehen. Die Leute haben es sich gemütlich gemacht und die Regeln gelockert. Man muss ihnen eine Lektion erteilen.«

Lucas fiel wieder ein, dass Gideon so etwas auch auf der Party bei den Charltons geäußert hatte, als Nell Dawson gezäumt zu seinen Füßen gelegen hatte.

»Lektionen? Regeln? Wir sind doch nicht mehr in der Schule.«

»Nein«, sagte Gideon. »Pech für dich, das sind wir nicht.«

Da ihm nichts anderes übrig blieb, zog Lucas sich bis auf die Unterwäsche aus. Er tat es langsam und voller Verachtung. Kämpfen würde er nicht, das war sinnlos. Diese Genugtuung würde er ihnen nicht bereiten. Er war ruhig und fühlte sich irgendwie losgelöst, so als würde er sich aus großer Entfernung beobachten – wie ein Fremder. Auf diese Weise war Glorys Großmutter Cora gestorben, erinnerte er sich. Angeline war auch mehrmals getaucht worden. Komisch, sich diese fiese alte Frau in einem Raum wie diesem vorzustellen, vor so vielen Jahren.

Striker packte ihn an den Schultern und schob ihn auf den Tank zu. Der war knapp einen Meter hoch, einen Meter breit und ungefähr anderthalb Meter lang – und gefüllt mit eiskaltem Wasser. Obendrauf war ein eiserner Sitz montiert worden. An der Seite befand sich ein Hebel, der, wenn man ihn runterdrückte, Sitz und Sitzenden hintenüber in den Tank kippte, und zwar mit einer Neigung, die gewährleistete, dass Gesicht und Oberkörper komplett untertauchten.

Lucas hatte auf Schaubildern gesehen, wie das funktionierte. Er erinnerte sich an das kleine Strichmännchen in seinem Schulbuch, als Striker ihn auf dem Sitz festschnallte. Die Ledergurte waren abgenutzt und alt. Viele Hexen mussten damit bereits festgeschnallt worden sein. Er fröstelte schon von der Kälte, die der feuchte Beton abstrahlte, und versuchte sich dagegen zu wehren. Gideon sollte nicht denken, dass er zitterte.

Striker stand neben dem Hebel herum, er zog die bange Erwartung in die Länge, damit Lucas nervöse wurde. Sein Goldzahn blitzte. Um sich zu beruhigen und die Atmung langsam und regelmäßig zu halten, fing Lucas im Kopf an zu zählen. Er war gerade bei zwölf angekommen, als der Hebel nach unten ruckte und sein Körper tief in das beißende Wasser getaucht wurde.

Es war nicht die Kälte allein. Es war das Eisen, in dem es sich befand. Übelkeit stieg ihm im Hals auf, in seinem Kopf knisterte es elektrisch. Sämtliche Muskeln seines Körpers stemmten sich gegen die Fesseln. Es war unmöglich, nicht zu versuchen zu kämpfen.

Das erste Schwemmen war kurz und heftig, es sollte ihn atemlos machen. Sein Herz donnerte in seiner Brust. Seine Haut fühlte sich geschunden an. Als er wieder hochkam, zitterten die Finger beider Hände hemmungslos. Er würgte und keuchte, und ehe er auch nur die Tropfen aus den Augen blinzeln konnte, wurde er wieder ins Wasser hinuntergerissen.

Dieses Mal ließ man ihn dort. Wasser und Metall wurden eins und quetschten seine Lungen mit eisiger Faust. Sie zogen das Teufelsmal aus ihm heraus. Es war brennend, knochenbrechend kalt. Gerade als er dachte, Brust und Schädel würden ihm bersten, holte Striker ihn hoch. Der Betonraum, die Umrisse der Beobachter verliefen und verwischten, als ob sie sich auch unter Wasser befinden würden. Durch die Flut hindurch meinte er seinen Vater an der Tür stehen zu sehen. Die Vision löste sich auf, in Streifen, wie Tränen.

Unvorbereitet ging er unter und schluckte Wasser. Es brodelte um ihn herum und in ihm … und versengte ihm die Lungen. Er würde sterben, das wusste er. Er schlug um sich, zuerst verzweifelt, dann schlaff. Schwärze schlug Funken hinter seinen Lidern. Die Dunkelheit griff um sich. Er war sich nicht einmal bewusst, dass er aus dem Wasser geholt worden war, bis er den Schlag auf den Bauch spürte. Strikers Faust zwang ihn, das Wasser auszuspucken, das er geschluckt hatte, die Augen aufzumachen und vor dem Licht zurückzuschrecken.

Er hustete und würgte. Immer wieder. Mittendrin löste

Striker die Gurte und zog ihn in eine aufrechte Position, sodass er vor dem Spiegel an der Wand saß.

»Da ist es.« Gideons Stimme klang tief befriedigt. »Dein Mal.«

Das Teufelsmal hatte sich ausgedehnt. Es war nicht mehr auf die Stelle zwischen Lucas' Schulterblättern begrenzt, sondern triefte aus den Augenwinkeln, aus Nasenlöchern und Ohren, verfärbte seine Fingerspitzen. Das Fae nahm ihn in Beschlag, der dunkle Schatten, der sich ausbreitete wie altes Blut, wie Mitternacht, wie die Flüsse der Unterwelt.

Gideon stand ganz nah bei ihm. Langsam fuhr er mit der Fingerspitze über Lucas' Stirn, die Nasenwurzel und an der Wange entlang.

»Guck dich bloß mal an«, sagte er leise. »Guck dir diese dreckige Hexe an.«

Lucas, der tropfte, keuchte und am ganzen Körper zitterte, schaute Gideon in die blassen Augen. Sie waren hell wie Glas. Er spürte sein dunkles geheimes innerstes Wesen, wie es pochte und sich unter seiner Haut ausbreitete. Und er erinnerte sich an das erste Mal, dass er diesen Fleck auf seinem Schulterblatt gesehen hatte und wie die Nadel bis zum Knochen durchgestoßen war. Es war Blut geflossen, damals, und Tränen. Und obwohl er jetzt – in den Fängen einer wahrhaften Katastrophe – noch mehr Angst hatte, spürte er hinter all dem einen merkwürdigen und von allem losgelösten Frieden.

KAPITEL 35

Silas Paterson verlor immer wieder das Bewusstsein. Wenn Troy versuchte, ihn in Bewegung zu setzen, konnte er nur wie betrunken auf dem Boden herumkriechen. Am Ende hievten und schleifen Troy und Glory den Inquisitor gemeinsam den Südflügel des Dachgeschosses entlang. Sie kamen nur langsam voran. »Dieser Stecher hier hat das hoffentlich verdient«, sagte Troy mit zusammengebissenen Zähnen. Dunkle Schwaden kräuselten sich hinter ihnen, Glory schaute sich um und sah gelbe Flammen züngeln.

Endlich erreichten sie die Treppe und stolperten hinunter in den Hauptteil des Hauses. Hier war die Luft frisch und kühl, dankbar sogen sie sie ein. Nach dem heimtückischen Zischen und Prasseln des Feuers war die Stille Balsam. Wenn es hier einen Feueralarm gab, musste Lady Merle einen Weg gefunden haben, ihn funktionsunfähig zu machen. Es war schwer zu fassen, dass irgendwo da oben und hinter ihnen ein Inferno tobte. Der Rauch war so tief in ihre Haut eingedrungen, dass sie den Gestank kaum noch bemerkten.

Sie kamen zu einer Galerie, die sich an drei Seiten der quadratischen Eingangshalle entlangzog. Aus den Schatten schaute Glory hinunter zur Tür, zu der die letzten Angestellten gerade von einem Gesundheits- und Sicherheitsbeamten in einer Leuchtweste hinausgescheucht wurden. Das Feuer war rechtzeitig entdeckt worden, das hier sah ganz nach einer ordnungsgemäßen Evakuation aus.

Indessen hatte Troy Paterson an die Wand gelehnt. Er band dem Inquisitor mit seinem Taschentuch die Hände auf dem Rücken zusammen. Die Durchsuchung von Patersons Taschen hatte nichts Nützliches zum Vorschein gebracht, sein Telefon musste er beim Herumkriechen im Dachgeschoss verloren haben.

»Wer seid ihr Leute?«, nuschelte er.

»Deine Schutzengel«, sagte Glory. »Dass du das ja nicht vergisst.« Wäre sie nicht so erledigt gewesen, hätte sie ihm einen Tritt versetzt.

»Nur gut, dass wir selber rausgefunden haben«, sagte sie zu Troy. »Ich seh hier keinen loslaufen, um Leute aus dem Feuer zu ziehen.«

»Wir sollten uns zur Rückseite des Hauses aufmachen und versuchen, durch die Küche rauszuschleichen oder so.« Troy wischte sich das verrußte Gesicht mit dem Ärmel ab und musterte ihren Gefangenen. »Und wenn wir dann alle drei, so ganz unter uns, irgendwo eine schönen Platz gefunden haben, dann wollen wir doch mal hören, was der Colonel so zu erzählen hat.«

Im Augenblick sagte Paterson gar nichts. Er war wieder ohnmächtig geworden.

»Okay. Aber wenn wir schon hier sind, können wir uns doch auch schnell mal umschauen, oder?«

»Die Feuerwehr kommt gleich. Wir müssen zurück zum Zirkel.«

»Dauert ja nicht lange.«

»Wir haben einen Inquisitor als Geisel! Was willst du denn noch?«

Aber Glory hatte genug von den Beschuldigungen, Verdächtigungen und Drohungen. Sie brauchten mehr. Sie lief die Galerie entlang und machte alle möglichen Türen auf.

»Verdammt noch mal, Glory!«

»Bin fast fertig ...«

Vom letzten Raum auf der linken Seite der Galerie hatte man einen Blick auf die Allee. Aus dem Fenster konnte sie die Partyflüchtlinge auf einem Haufen stehen sehen. Kaum zu fassen, dass während dieser ganzen Zeit ein Ball stattgefunden hatte. Hatten die Gäste überhaupt bemerkt, dass ihre Gastgeber verschwunden waren? Und wenn ja, wann?

Eigentlich hatte aber der Raum an sich ihre Aufmerksamkeit erregt. Schon beim Öffnen der Tür spürte sie, wie ihr Siebter Sinn sich regte. An den Wänden standen Schränke mit gläsernen Fronten und Vitrinen. Sie überflog die Beschriftungen darin. *Zeremonielles persisches Wahrschaubecken, 17. Jahrhundert. Hexenzaum, Deutschland, circa 1815. Gris-gris-Amulett aus dem Grab der Marie Laveau.* Über der Tür hing ein Porträt, das Lord Merles Hexerei-Sammlung krönte: seine Frau. Ihre gemalten Augen starrten über das übertrieben groß dargestellte Halsband, mit dem sie gezäumt war. Sie strahlte eine unheimliche Ruhe aus. Später, das wusste Glory schon, würde sie an diese letzten glühend heißen Augenblicke im Dachgeschoss denken müssen, an den Wahnsinn und die Flammen.

Aber dazu war jetzt keine Zeit. Patersons Verschwörung hatte Godfrey Merle die perfekte Gelegenheit verschafft, seinem Fetisch zu frönen, indem er die Kräfte einer gefangenen Hexe nach seinem Willen hatte nutzen können. Sicherlich hatte er irgendein Andenken an diesen Triumph behalten wollen. Bei seiner Arroganz war etwas anderes unvorstellbar.

Glory fing an, Vitrinen zu öffnen und in Schubladen zu kramen. Troy brüllte sie an, sie solle verdammt noch mal damit aufhören und abhauen. Er konnte Sirenen hören. Die Feuerwehr rückte an.

»Bin gleich so weit.«

Das untere Fach von dem Schrank direkt am Fenster war abgeschlossen. Hekate sei Dank, ihre Abendtasche hatte sie nicht verloren. Die Garderobenmarke darin war ein kleines Quadrat aus laminiertem Plastik, vergleichbar etwa mit einer Kreditkarte. Das ließ Glory in die Ritze zwischen Tür und Rahmen gleiten. Nach ein paarmal wackeln und einem Ruck zum Schluss ging die Tür auf.

Der Schrank enthielt nichts weiter als einen kleinen Pappkarton. Darin fand sie ein Sammelsurium von Sachen. Eine blanke rote Trillerpfeife, ein Plastikpferd, eine Puppe mit Kritzeleien auf dem Gesicht und eine Modelleisenbahn. An allem klebten Krümel, Dreck und Haare. Glory dachte sofort an die Hexenattentate. Wie genau diese Gegenstände dazu passten! »Lass mich in Ruhe«, sagte sie, als Troy in den Raum kaum, Paterson schleifte er am Kragen hinter sich her. »Ich glaub, ich hab da was.«

»Toll«, sagte Troy. »Dann wollen wir …«

Weiter kam er nicht. Paterson war plötzlich lebendig geworden. Er hatte seine Hände aus den Fesseln befreit und riss jetzt die persische Wahrschauschale aus ihrem Ständer, die er Troy auf den Kopf schmetterte. Sie war aus Bronze und gab beim Aufprall ein Scheppern von sich.

Troy taumelte, dann ging er zu Boden. Der Colonel schnappte sich Troys Pistole.

»Stell diesen Karton hin, Mädchen«, sagte er. »Was auch immer das ist, ich bin sicher, es gehört dir nicht. Es wird besser sein, wenn du das wegstellst und dich ergibst.«

Glory ließ den Karton los. Ihr blieb nichts anderes übrig. Der Inquisitor hatte blutunterlaufene Augen und hustete heiser.

Aber Rauch und Erschöpfung hatten ihn nicht überwältigt. Im Gegenteil, er wirkte hellwach. Er musste ihnen die ganze Zeit etwas vorgespielt haben. Draußen heulten die Sirenen und die Nacht blitzte schwarz und blau.

»Serena Merle war eine bösartige Wahnsinnige mit Beziehungen zur kriminellen Unterwelt.« Paterson sprach langsam, sorgfältig legte er sich alles zurecht. »Ihr drei habt mich und Lord Merle ins Dachgeschoss gelockt, wo ihr …«

»Wir haben Ihnen das Leben gerettet.«

»Ihr habt mich als Geisel genommen. Eine Zirkelschlampe und ein kleiner Ganove.« Er sah zu Troy rüber. »Der Apfel fällt nicht weit vom Stamm. Scheint eine ganz schlechte Woche zu sein für die Morgans.«

»Sie steckten hinter dieser Bombe, oder?«, fragte Glory.

Paterson lächelte. »Charles Morgan ist ein sehr unbeliebter Mann. Eine lange Reihe von Leuten wartet nur darauf, es ihm heimzuzahlen. Ich habe lediglich … zu der Operation … angeregt. Morgan Senior hat Glück gehabt. Ihr beide werdet es nicht ganz so glücklich treffen.«

»Wir wollen nicht vorgreifen.« Eine kleine, dunkelhaarige

Frau, die Glory noch nie zuvor gesehen hatte, stand in der Tür. Sie war ebenfalls bewaffnet. Hinter ihr hielt Officer Jonah Branning seine Inquisitoren-Dienstmarke hoch. Beide waren außer Atem. »Legen Sie die Waffe hin, Colonel«, sagte die Frau.

Paterson drehte sich um. Er wirkte eher verärgert als verschreckt, und als er Jonah sah, entspannte er sich sichtlich.

»Warten Sie mal … ich kenne Sie … Branston, nicht wahr? Was machen Sie denn hier? Nun – ist ja auch ganz gleich. Ihr Timing ist perfekt. Ich habe zwei gefährliche Kriminelle festgenommen. Sie können sich nützlich machen und per Funk Verstärkung anfordern.«

»Ich fürchte, das kann ich nicht, Sir. Ich habe einen Haftbefehl vom Obersten Hexenriecher für Ihre Festnahme, man wirft Ihnen Hochverrat vor.«

Silas Patersons silbrige Züge wurden eisengrau. »Das ist nicht möglich.«

»Trotzdem muss ich Sie bitten, Ihre Waffe abzugeben und mit uns zu kommen.«

Die dunkelhaarige Frau näherte sich. Ihre Miene war konzentriert und ihr Arm ganz ruhig. Verächtlich legte Colonel Paterson die Waffe nieder.

Glory schnappte sich den Karton mit den Hexensachen und hockte sich neben Troy. Er regte sich und stöhnte, und sie war unglaublich erleichtert, als er es fertigbrachte, sich aufzusetzen.

»Ich wusste, du würdest nur Ärger machen«, murmelte er.

»Sie begehen einen schweren Fehler«, sagte Paterson gerade, denn die Frau legte ihm Handschellen an. »Und das werden Sie noch bereuen, sobald meine Kollegen …«

Ein Funkgerät knisterte und ein Mann rief von unten aus der Halle. Die Feuerwehr war auf dem Weg. Paterson lächelte. Er wusste, dass er in diesem Raum der Einzige mit echter Autorität war. Blitzschnell klatschte die weibliche Agentin ihm ein Stück Klebeband über den Mund. Seine Augen quollen aus den Höhlen.

»Neues Einsatzverfahren«, erklärte sie, während sie ihm eine schwarze Stoffhaube über seinen grunzenden, sich hin und her werfenden Kopf stülpte. »Artikel 9 der Hexenterrorismus-Verordnung ist heute Nachmittag in Kraft gesetzt worden.«

Sie schleuderte ihren nunmehr anonymen Gefangenen auf die Galerie hinaus. Jonah half Glory dabei, Troy auf die Beine zu kriegen, und alle fünf machten sich auf den Weg zur Treppe. Ein Feuerwehrmann nahm sie dort in Empfang. Er schaute sie beunruhigt an.

»Ist alles in Ordnung, Sir?«

»Ja«, antwortete Jonah. »Und danke für Ihre Mithilfe. Agent Connor und ich bringen den Verdächtigen jetzt zu einer gesicherten Hafteinrichtung. Diese beiden jungen Leute werden uns als Zeugen begleiten.«

Silas Paterson schüttelte wütend den Kopf und gab so etwas wie ein ersticktes Gebrüll von sich. Jonah ignorierte ihn. »Wie ich Ihnen ja bereits bei unserer Ankunft erklärt habe, dies ist eine Angelegenheit, die die nationale Sicherheit betrifft. Sondermaßnahmen kommen zur Anwendung. Die Inquisition erwartet äußerste Diskretion von Ihnen.«

Dies war nicht der Ort für Feuerwehr und Rettungsdienste, die Befehle der Inquisition oder ihrer Beamten infrage zu stellen. »In Ordnung, gut. Aber ich muss Sie bitten, den Einsatzort umgehend zu verlassen. Das Gebäude wird evakuiert.«

Jonah nickte. Sobald der Feuerwehrmann weitergegangen war, drehte er sich zu Glory um – und es war vorbei mit seiner Contenance. »Aber wo ist Lucas?«

KAPITEL 36

Den Arm voller Wolldecken betrat Zilla den Schwemmraum. Sie starrte Lucas mit distanziertem Interesse an. Das Hexenmal verblasste schon auf seiner Haut, aber das Zittern hatte eingesetzt. Gegen die Wand gelehnt saß er da, die Arme hatte er im vergeblichen Versuch, die Wärme zu halten, um den Körper geschlungen. Sein Zittern war heftig und erbarmungslos, die Muskeln zogen sich immer wieder ruckartig zusammen. Seine Zähne klapperten wie lose Steine. Zilla warf ihm die Wolldecken vor die Füße, er kroch hinein und spürte eine animalische Erleichterung. *Ich lebe*, dachte er. *Es ist vorbei.* Im Augenblick interessierte ihn nichts anderes.

»Hast du vom Colonel gehört?«, fragte Gideon.

»Ich hab eine Nachricht hinterlassen, aber er geht nicht ans Telefon. Wie ist es hier gelaufen?«

»Bestens. Ich hab sogar ein paar Fotos für die Akte machen können. Echt, es lief wie am Schnürchen. Viel besser als die Vorführung.«

»Glückspilz. Und was machen wir jetzt mit ihm?«

»Bis auf Weiteres behalten wir ihn hier, denke ich. Morgen Abend ist die ganze Sache sowieso erledigt.«

»Wenn das so ist, dann schau ich eben nach … du weißt

schon. Und dann versuche ich noch mal, den Colonel zu erreichen. Er wird ein Update wollen.«

Zilla ging und Striker stellte sich als Wache vor die Tür. Zum ersten Mal, seit er hierhergekommen war, dachte Lucas an die Hexe, die für die Attentate benutzt worden war. Ob sie – oder er – auch in diesem Keller eingesperrt war? War sie es, nach der Zilla schauen wollte? Aber er konnte nicht die Kraft aufbringen, sich wirklich dafür zu interessieren. Ganz fest wickelte er sich in die Wolldecken. Sie waren muffig und kratzten, aber sie waren aus dicker Wolle. Nach einer Weile wurden die Zuckungen zu einem Schütteln und dann zu einem Zittern. Er konzentrierte sich darauf, ein- und auszuatmen, langsam und regelmäßig.

Unterdessen saß Gideon nicht weit von ihm auf einem Stuhl und fummelte an seinem Telefon herum. Vielleicht schickte er den anderen Verschwörern dringende Nachrichten. Oder er postete Bilder von Lucas' Schwemme auf seiner Facebook-Seite.

»Man wird mich suchen«, sagte Lucas schließlich. Seine Stimme war dünn und heiser, und es war schwer, sie im Griff zu behalten. »Mein Vater, mein Hexenwart, WICA ... Sie werden keine Ruhe geben, bis sie wissen, was passiert ist.«

»Das ist doch ganz einfach«, sagte Gideon. »Du bist erwischt worden, als du in das Büro eines Großinquisitors eingebrochen bist, wo du mittels Hexerei einen Mitarbeiter der Inquisition angegriffen hast. Du wolltest uns mit der Behauptung irreführen, du wärest ein Geheimagent, obwohl du in keiner offiziellen Akte als solcher aufgeführt wirst. Deine Inhaftnahme und Befragung ist völlig legitim. Wirklich, Stearne, du hast selber Schuld.«

»Dass du mich hier unten festhältst, wird dir nichts nützen. Jemand aus deinem Team hat den Plan schon an den Wednesday-Zirkel verraten. WICA kennt die Einzelheiten, die Inquisition auch.«

»Komisch. Du bist so voll von selbstgerechter Gewissheit, du behauptest, du hättest all diese Unterstützung … und trotzdem beschließt du, auf eigene Faust bei der Inquisition einzubrechen. Auf mich macht das einen ziemlich verzweifelten Eindruck.«

Gideon kippelte mit dem Stuhl nach hinten. »Abgesehen davon, die Zirkel sind überhaupt nicht in der Lage, Ärger zu machen. Nicht nach Charlie Morgans bedauerlichem Unfall. Und soweit wir wissen, ist WICAs Glaubwürdigkeit im Begriff, vernichtet zu werden.«

»Nicht alle Inquisitoren sind so wie du«, sagte Lucas ruhig. »Sie wissen, dass etwas im Busch ist. Sie werden anfangen, Fragen zu stellen.«

»Ich bin mir ganz sicher, dass sie das tun werden. Solche wie: ›Welche Stränge hat der Chefankläger gezogen, um seine Hexenbrut nicht aktenkundig werden zu lassen?‹ zum Bespiel. Weißt du, so langsam könnte man den Eindruck bekommen, dass die Stearnes das Verfahren schon häufiger auf ziemlich gefährliche Art abgekürzt haben könnten. Es ist gegen wichtige Sicherheitsbestimmungen verstoßen worden. Der Umstand, dass eine Handvoll Inquisitionsbeamter da heimlich mitgespielt haben, bestätigt nur, wie tief der verderbliche Einfluss geht. Wenn Colonel Paterson und sein Team eingreifen, Rawdon verhaften und retten, was noch zu retten ist, werden bestimmt eine Menge Leute einen Führungswechsel verlangen.«

Lucas fiel es immer schwerer, dem Gespräch zu folgen. Müde schaute er Gideon an. »Wie lange weißt du eigentlich schon, dass ich eine Hexe bin?«

»Ach …« Gideon machte ein sorgenvolles Gesicht. »Sagen wir einfach, dass deine Stiefschwester eine schwere Zeit durchmacht. Die arme Philly hat das Gefühl, dass ihr nie jemand zuhört.«

Philomena. Das war ja klar. Letztlich spielte es aber keine Rolle. Gideon hatte recht, er hatte selber Schuld. Lucas schloss die Augen und ließ die Welt verblassen.

Möglicherweise war er sogar für einen Augenblick weggedämmert. Die schiere Erschöpfung war stärker gewesen als alles andere. Doch er wurde ruckartig wieder wach, als er merkte, dass Striker im Raum war.

»Gut«, sagte Gideon gerade. »Ich rede mit ihr. Blieb hier und pass auf unseren Freund auf.«

Striker ging in die Hocke und betrachtete Lucas. Sein mageres, knochiges Gesicht wirkte irgendwie hungrig. »Sssss«, flüsterte er und ließ seinen Goldzahn blitzen. Lucas heftete seinen Blick auf den Boden. Er versuchte das Gespräch von Zilla und Gideon auf der anderen Seite der Tür zu belauschen.

»… Helena am Telefon. … Es gibt ein Problem … Feuer … Kann … nicht erreichen … Keiner hat gesehen … ich bin sicher …«

Aber dann entfernten sie sich, und er konnte nichts mehr hören, nur noch Strikers leises Zischeln.

Schon nach ungefähr fünf Minuten kam Gideon wieder. Er sah nicht mehr ganz so geölt aus – und nicht mehr ganz so sicher. Irgendwas stimmte nicht. In Lucas flackerte Hoffnung auf. Dann sah er, was Gideon in der Hand hatte.

»Zilla und ich haben zu tun, wir verabschieden uns also vorübergehend von dir. Striker wird sich um dich kümmern. Tut mir leid, das mit dem Zaum, wirklich. Aber wir können es uns nicht leisten, dass du irgendwelche Hexenzicken machst, während wir weg sind. Als Sohn eines Inquisitors hast du dafür sicher Verständnis.«

Er reichte Striker den Hexenzaum. Es war derselbe, den er benutzt hatte, um Nell Dawson zu zäumen.

Lucas hob den Kopf. »Willst du nicht bleiben und zusehen? So was hast du doch richtig gern, nicht wahr, Gideon? Hast du mich nicht deshalb fotografiert?«

Wenn Gideon seine Verachtung überhaupt spürte, ließ er es sich nicht anmerken. Überheblich blieb er an der Tür stehen und strich sich das Haar zurück. »Ich möchte, dass Gerechtigkeit herrscht. Und die Öffentlichkeit will das auch. Sobald die Macht der Inquisition wiederhergestellt ist, werden wir mehr Bestrafungen sehen und weniger Hexenverbrechen.«

Der Raum fühlte sich noch kälter an, als Gideon gegangen war. Lucas hatte weniger Angst vor dem Hexenzaum als davor, mit Striker allein zu sein.

Das Feuer im Westflügel von Lord Merles Landsitz hatte vom Dachgeschoss auf die oberen Stockwerke übergegriffen. Als Glory hinter den anderen aus dem Haupteingang ging, konnte sie an der Seite des Hauses dicke rote Flammen wie Blut herausschießen sehen. Das Gewimmel von Feuerwehrleuten, Sanitätern und Gaffern erinnerte sie an die Nachwehen von Charlies Autobombe. Doch bei dem Trubel und der Aufregung verlief ihr eigener Abgang relativ unbemerkt. Vor der Tür wartete ein schwarzer Lieferwagen mit laufendem Motor auf sie. Ohne weitere Umständen wurde Colonel Paterson hinten drin verstaut und sie und Troy kletterten neben Jonah auf die Rücksitze. Agent Connor saß vorn beim Fahrer.

Jonah telefonierte schon mit der Inquisition. »Lucas ist vor einer Stunde gegangen, sagen sie«, teilte er Glory mit. »Offenbar hatte er was getrunken – und war ziemlich hinüber. Ein alter Schulfreund namens Gideon Hale hat sich um ihn gekümmert. Ich finde, das klingt nach einer Falle.«

Glory schaute auf ihre Uhr. Das Treffen von Silas und Serena, das Feuer und ihre Flucht, die Konfrontation in dem Zimmer, in dem Merle seine Sammlung verwahrte ... das alles hatte etwas mehr als eine halbe Stunde gedauert. Und während dieser Zeit war Lucas den Feinden ausgeliefert gewesen.

»Wie seid ihr so schnell hergekommen?«, fragte sie, als sie aus der Allee herausrasten und wieder Richtung Stadt fuhren.

»Das haben wir Matt zu verdanken.« Jonah wies auf den Fahrer. »Er arbeitet für die Polizei, in der bewaffneten Einheit. Wir haben gewissermaßen ... nun ja, sein Fahrzeug beschlagnahmt.«

»Jonah ist der Hexenwart meiner Schwester«, sagte Matt, ein Mann mittleren Alters von untersetzter Statur und ruhigem Auftreten. »Sie ist gezäumt und letztes Jahr hat irgendein Rüpel auf der Straße einen Stein nach ihr geworfen. Er hat Stacey verfehlt und stattdessen ihre kleine Tochter getroffen. Sie ist jetzt auf einem Auge blind. Officer Branning hat den Mann vor Gericht gebracht.« Er zuckte die Achseln. »Da kann man doch schon mal ein paar Verkehrsregeln übertreten.«

Agent Connor drehte sich um. »Tut mir leid. Es war ja wirklich nicht viel Zeit, sich bekannt zu machen, was? Ich bin Zoey«, sagte sie. »Wir haben telefoniert.«

»Ja, wir sind uns schon mal begegnet.« Das also war das wahre Gesicht der Rothaarigen, die Lucas zum Safe House von WICA gebracht hatte. »Äh, vielen Dank für die Rettung.«

»Bedank dich nicht zu früh«, sagte sie knapp. »Wir sind für die illegale Entführung eines Großinquisitors verantwortlich. Unsere Schwierigkeiten fangen gerade erst an.«

Glory hatte sofort auf Lucas zu sprechen kommen wollen, aber das brachte sie davon ab. »Ich dachte, ihr hattet einen Haftbefehl?«

»Noch nicht. Jonah hat den Oberstaatsanwalt über die Lage in Kenntnis gesetzt. Er ist gerade auf der Heimreise aus dem Ausland und hat Kontakt mit dem Innenminister und dem Polizeichef aufgenommen … und dem Obersten Hexenriecher selbstverständlich. Aber in der Zwischenzeit operieren wir außerhalb des Gesetzes.« Zoey schüttelte den Kopf. »Wir haben verdammtes Glück gehabt, dass wir euch eben gefunden haben. Wir hatten keine Ahnung, womit wir es zu tun hatten … Übrigens, wie geht es deinem Freund eigentlich?«

Troy hatte die Augen geschlossen. Dort, wo der Rand der Schale ihn verletzt hatte, war sein Haar rostrot vom Blut.

»Mir geht's gut«, murmelte er. »Bisschen Kopfschmerzen, das ist alles.«

»Das sieht nach einem schlimmen Schlag aus«, sagte Jonah. »Du solltest zum Arzt gehen.«

»Ich hab gesagt, mir geht es gut.« Troys Murmeln wurde zu einem Knurren. Glory hatte Verständnis. Eine Spritztour mit einem Inquisitor, einem Polizisten und einer WICA-Agentin würde wohl jeden Morgan zittrig machen.

Glory schaute auf den Karton, den sie aus Lord Merles Sammlung mitgenommen hatte. Im Haus hatte er noch so bedeutend gewirkt, aber außerhalb der Ausstellung von Hexenutensilien hätte der Inhalt x-beliebiger alter Kram sein können. »Wir müssen Lucas finden«, sagte sie. »Jetzt, wo die Stecher wissen, dass wir ihnen auf die Schliche gekommen sind, werden sie wahrscheinlich alle Beweismittel wegschmeißen. Selbst wenn wir Haftbefehle und solche Sachen kriegen, es wird zu spät sein.«

»Paterson wird nicht kooperieren«, sagte Jonah. »Er ist hart, er ist schlau, und er kennt seine Rechte. Aus dem kriegen wir nichts raus, bevor er einen Haftbefehl sieht.«

»Abwarten«, sagte Troy finster.

»Nein.« Jonah runzelte die Stirn. »Physische Druckmittel werde ich nicht billigen.«

Troy lachte schwach. »Für die Inquisition wär das das erste Mal. Du hast den falschen Job, Kumpel.«

Zoey schüttelte den Kopf. »Jonah hat recht. Keine Gewalt mehr. Es sind schon zu viele Grenzen überschritten worden.«

Glory kapierte noch immer nicht, wie eine Hexe die Wahl treffen konnte, für die Regierung und gegen die Zirkel zu arbeiten. Sie hatte beinahe Lust zu sagen: »Siehst du? Siehst du, wohin dich das gebracht hat?« Agent Connor sollte spucken und fluchen und vor Wut mit Fäusten um sich schlagen. Glory konnte einfach nicht begreifen, warum sie sich so kühl und professionell gab.

»Ich kann Paterson zum Reden bringen«, sagte sie unvermittelt.

»Und wie willst du das machen?«, fragte Jonah.

»Weiblicher Charme.«

Troy lachte wieder.

Aber Agent Connor hatte sich wieder umgedreht und schaute sie ernst an. Vielleicht hatte sie schon erraten, was Glory im Sinn hatte, und was es bedeutete. Glory beantwortete die Frage in ihren Augen mit einem leichten Nicken. Von Angesicht zu Angesicht … von Hexe zu Hexe.

»Lasst es mich versuchen«, sagte sie. »Ich weiß, wie ich zu ihm durchdringe. Nix mit Gewalt, nur ein Plausch. Das verspreche ich.«

Agent Connor schaute sie noch mal an. Wieder verständigten sie sich schweigend.

»Okay«, sagte Zoe. »Fünf Minuten.«

Der Lieferwagen hielt auf einem Rastplatz. Glory ging ums Auto herum nach hinten. Dort lag der Inquisitor mit der Kapuze über dem Kopf geknebelt und mit Handschellen an die eingebauten Bänke gefesselt, ein zweites Paar Handschellen sicherte seine Füße. Der Polizist Matt stand draußen Wache, als Glory einstieg und die Türen hinter sich schloss. Dann zog sie dem Gefangenen die Haube und – mit einem befriedigenden *Ratsch* – das Klebeband ab.

Er wirkte nicht ängstlich, das musste sie ihm lassen. Stattdessen stieß er einen verärgert gelangweilten Seufzer aus. »Ist das jetzt die Stelle, wo der Schlagring ins Spiel kommt?«

»Oh, ich bin ja nur eine Zirkelschlampe, das wissen Sie doch. Ich kann einem großen, starken Inquisitor wie Ihnen bestimmt keine Angst einjagen.«

Sie beugte sich über ihn und strich über die Schulter von seinem Anzug. »Sie haben Schuppen«, sagte sie. Dann ging sie in die Hocke und wickelte das Knäuel Papiertaschentücher auseinander, das sie mitgebracht hatte. Eine winzige Raupe wand sich darin, die sie vorsichtig herausnahm und auf ein Stück Papier legte.

Colonel Paterson war schon blass, aber er wurde noch blasser.

»Wissen Sie, was ich hier mache?«, fragte sie, während sie so ganz nebenbei einen Klumpen Matsch und Schuppen zwischen ihren Händen rollte. Die Raupe kringelte sich auf dem Papier.

Er antwortete nicht.

»Sie haben es noch nicht erraten? Sind Sie wirklich noch nicht darauf gekommen, was ich bin?«

Er schluckte. »Genau deshalb«, sagte er, »waren meine Kollegen und ich gezwungen, die Maßnahmen zu ergreifen, die wir ergriffen haben. Wenn die Ereignisse des heutigen Abends irgendetwas beweisen, dann, dass die Hexenschaft genauso hoffnungslos unzuverlässig und bösartig ist, wie wir immer befürchtet haben.«

»Nun, wo Sie doch so ein Experte sind, was uns betrifft«, sagte Glory, »wissen Sie doch ganz bestimmt, was ich hier bastele.« Sie spuckte auf ihre Handfläche und begann aus dem Matsch ein kleines Männchen zu kneten. »Wissen Sie, ich bin eine starke Hexe. Eine der stärksten überhaupt. Und ich weiß, wie man einen Fluch hext, der von Dauer ist. Verstehen Sie?«

Er sagte nichts. Er war absolut still, wie hypnotisiert von dem Klumpen Matsch in ihren Händen.

Sie ließ ihre Stimme sanft klingen. »Also werde ich Ihnen einen Wurm in ihr Gehirn setzen. Außer Ihnen wird niemand wissen, dass er da ist. Nur Sie werden hören, wie er flüstert und nagt … nur Sie werden spüren, wie er sich durch Ihren Schädel windet … Da drinnen wird er sich aufblähen und verrotten. Auch Ihr Gehirn wird verrotten. Und nichts, nichts auf der Welt kann Ihnen helfen.«

Sie legte den Kopf schräg und lächelte ihn an. Die Leute mussten einem abnehmen, dass man zu allem fähig war, das war der Trick.

»Es sei denn, natürlich, Sie sagen mir, was Sie mit Lucas gemacht haben.«

KAPITEL 37

Der Zaum war nicht so schmerzhaft, wie Lucas befürchtet hatte. Als die Metallspange seine Zunge umschloss und das Eisen den Kopf umklammerte, überkam ihn ein Schwächeanfall. Tausend Stecknadeln am ganzen Körper. Aber nach einer Weile hatte das Eisen nur noch eine abstumpfende Wirkung. Alle seine Sinne waren wie abgetötet. Das Sehvermögen war eingeschränkt, das Gehör gedämpft. Sogar seine Gedanken wurden langsamer. Ihm war kalt, kalt bis auf die Knochen. Er hatte das Gefühl, ihm wäre schon immer kalt gewesen. Jetzt merkte er es kaum noch.

Die Zeit verging. Er wusste nicht, wie lange er schon hier war. Vage bemerkte er, dass Striker herumlief, aber er war nicht besonders beunruhigt. Immer wieder driftete er in einen körperlosen Schwebezustand hinein.

Etwas flackerte im Nebel auf. Seine trüben Augen brauchten eine Weile, bis sie identifiziert hatten, was das Helle war. Keine Streichhölzer dieses Mal, sondern ein Feuerzeug. Striker machte es an und aus, mal oben, mal unten. Der Funke tanzte vor seinen Augen.

»Du hast eine Menge Wasser aufgesaugt, Hexe«, murmelte er. »Vielleicht solltest du mal getrocknet werden. Vielleicht solltest du mal wieder ein bisschen warm gemacht werden … und einen hellen Schein werfen …«

Er fing an zu zischen.

»Sssssss …«

* * *

Glory blieb hart, die Informationen, die sie aus Paterson herausgekriegt hatte, sollten nicht an die Behörden weitergegeben werden. Lady Merle hatte gesagt, die Polizei sei in seinen Plan verwickelt. Sie mussten bei Lucas sein, bevor jemand anders kam. Sie konnten nicht riskieren, dass der Feind seine Geiselnehmer alarmierte. Dennoch bestand Jonah darauf, Ashton Stearne zu informieren. Sobald sie die Außenbezirke von London erreichten, rief er ihn an. Zwangsläufig blieb es bei einem kurzen Gespräch, Ashton stattete gerade dem Obersten Hexenriecher einen Besuch ab.

Sie parkten in einer Seitenstraße, nicht weit von der Adresse entfernt, die Paterson ihnen genannt hatte. Da es sich nicht um eine offizielle Einrichtung der Inquisition handelte, hofften sie auf minimale Sicherheitsvorkehrungen. Und tatsächlich sah Nummer 26 in jeder Hinsicht aus wie eine ganz normale Wohnung. Das Souterrain war mit Brettern vernagelt und das gesamte Gebäude machte einen vernachlässigten Eindruck. Glory fragte sich schon, ob Paterson sie vielleicht doch belogen hatte. Das hier entsprach nämlich nicht ihrer Vorstellung vom hoch technisierten bösen Schlupfwinkel der Inquisition.

Zoey übernahm die ersten Erkundungen und berichtete von einem zweiten Eingang zum Erdgeschoss auf der Rückseite des Hauses. Sie einigten sich darauf, dass Troy und Matt den Haupteingang überwachen sollten, falls jemand einen Fluchtversuch unternahm, die anderen drei würden hintenrum ins Haus gehen. Paterson würde indessen im Auto eingeschlossen bleiben.

Ein Container mit Bauschutt erleichterte es ihnen, über die Mauer zu klettern. Trotz allem spürte Glory einen Schauer der Aufregung, als sie sich in den von Mauern umschlossenen Hof fallen ließ. Die Fenster zum Hof waren dunkel und nichts regte sich hinter ihnen. Zoey hatte beim Aufbrechen von Türen offensichtlich mehr Erfahrung als Troy, denn sie schaffte es nach drei schnellen Tritten mit dem Stiefelabsatz auf den Bereich direkt unter dem Türgriff. Jonah stand hinter ihr und gab ihr mit der Pistole Deckung.

Kein Inquisitor lauerte ihnen auf. Kein Alarm ging los, keine Waffen kamen zum Einsatz. Sie befanden sich in einer ganz gewöhnlichen, wenn auch heruntergekommenen Küche. Unterwäsche tropfte auf einem Wäscheständer, fettige Teller lagen in der Spüle im Wasser. In der Tür stand eine Frau mit einem schmalen, fahlen Gesicht und wirrem Haar im Morgenmantel, sie hatte die Hand aufs Herz gelegt. Ein Kind drückte sich an sie.

»Bitte«, sagte die Frau mit einem breiten osteuropäischen Akzent. »Ich habe Visum.« Ihre Stimme zitterte. »Papiere, Visum. Alles. Der Mann hat gesagt. Er versprochen.«

Der kleine Junge hatte eine Rotznase und große braune Augen. Das aufgebrochene Schloss, in der Nacht geweckt zu werden, die bewaffneten Fremden mit den unerbittlichen Gesichtern … So würde es sein, wenn die Inquisition sie holen kam, hatte Glory sich immer vorgestellt. Aber der kleine Junge starrte sie nur an, ernst und überhaupt nicht ängstlich.

»Wir sind nicht von der Einwanderungsbehörde«, sagte Jonah und zeigte seine Dienstmarke. »Wir sind die Inquisition.«

Die Frau wirkte irgendwie erleichtert. Jedenfalls nickte sie energisch. »Ja. Britische Inquisition. Ja, sie haben versprochen. Sie haben unsere Papiere. Sie alles arrangiert.«

Das Kind machte sich von seiner Mutter los und rannte ins Wohnzimmer. Auf dem Teppich lagen überall Buntstifte verstreut und Reihen von Spielzeugsoldaten waren auf dem Fußboden aufgebaut.

»Das ist die Hexe«, sagte Glory langsam und erstaunt. Jonah und Zoey drehten sich um und musterten die Frau noch einmal. »Nein«, sagte Glory. »Der Kleine.«

Nun sahen sie Lord Merles Karton voller Hexereien in einem ganz anderen Licht. Die rote Trillerpfeife, die kleine Eisenbahn, die Puppe mit dem bekritzelten Gesicht, das Plastikpferd ... Das alles war Spielzeug, das zur Waffe geworden war, kindliche Requisiten für erwachsene Albträume. Bei ihr war der Groschen gefallen, als sie die Spielzeugsoldaten gesehen hatte. Zoey hatte im Auto von der Parade der Soldaten gesprochen, an der Jack Rawdon teilnehmen sollte.

Die Mutter des Jungen schüttelte den Kopf. Ihr Blick flitzte hin und her, ängstlich und schnell. »Nichts verstehen. Nicht möglich.«

»Nicht möglich«, wiederholte Jonah, obwohl er wusste,

dass es das war. Er hatte auch erraten, wer diese Leute waren: die letzten der Ausbrecher aus dem Übergangslager, die vermissten Roma, die sich in der Hoffnung auf ein besseres Leben davongemacht hatten. Er erinnerte sich vage an die Worte seines Chefs: *Jugendliche Hexen können eine Bereicherung sein.*

»Wo ist er?«, verlangte Glory zu wissen. »Wo ist Lucas? Was haben Sie mit ihm gemacht?«

Die Frau schaute sie verzweifelt an. *Nichts verstehen.*

Aber Zoey hatte sich schon in den Flur vorgedrängt. Am Ende war eine Tür, die ins Souterrain hinunterführte. Glory lief zu ihr, obwohl Jonah versuchte, sie zurückzuhalten. »Warte«, sagte er. »Das ist nicht sicher. Lass mich …« Sie machte sich los und rannte die Treppe hinunter. Da sah sie einen Mann im weißen Trainingsanzug mit Zoey auf dem Rücken auf dem Boden, ein Feuerzeug lag neben ihm. Sie sah einen Wassertank. Eine Pfütze. Und einen in Eisen gelegten Jungen.

Krachen und Gebrüll war weithin zu hören. Bewaffnete Beamte waren gekommen. Troy und Matt begleiteten sie, der Chefankläger folgte ihnen auf den Fersen. Glory bemerkte es kaum.

Lucas' Haut war um Augen und Mund und an den Fingerspitzen immer noch leicht verfärbt. Blutergüsse waren es nicht, es war nur ein Hauch, blasser als Veilchen. Als Glory ihm den Zaum abnahm, spürte sie, wie die Kälte des Metalls durch sie hindurchging – wie der Nachhall eines Schmerzes.

Aber was bekam Lucas davon mit? Einen verbrannten Geruch und das helle Leuchten von Glorys Haar. Den Rauch auf ihrer Haut, das Salz ihrer Tränen. Ihr Licht und Feuer.

Und dann seinen Vater, wie er hereinstürmte, ihn wie ein Kind hochnahm und in den Armen hielt. *Mein Sohn. Mein Sohn.*

KAPITEL 38

Glory ging nicht nach Hause an diesem Abend, am nächsten auch nicht. Sie ließ der Cooper Street die Nachricht zukommen, dass sie ihre Morgan-Verwandten besuchte, um ihnen in Charlies Stunde der Not eine Stütze zu sein. In Wirklichkeit kam sie in Troys Wohnung unter. Er selbst war ins Haus seiner Familie in der Cardinal Avenue zurückgekehrt.

Sobald das Team der Sondereinheit eingetroffen war, hatten die Profis übernommen. Lucas wurde schleunigst in einem Krankenwagen abtransportiert, sein Vater begleitete ihn, aber Glory dachte irgendwann, sie würde die ganze Nacht in diesem Souterrain verbringen müssen. Überall wimmelten Männer in Uniform, die herumleuchteten, fotografierten, Proben nahmen und Codes in Sendeempfänger bellten. Officer Branning und Agent Connor übernahmen größtenteils das Reden. Irgendwie schafften sie es, die Angaben über Troys und Glorys Beteiligung auf ein Minimum zu beschränken. Glory mobilisierte sämtliche schauspielerischen Fähigkeiten, um einen möglichst benommenen und verwirrten Eindruck zu machen, und Troy hatte ja eine Kopfwunde, die ihn entschuldigte. Schließlich durften sie gehen. Die offiziellen Aussagen würden später zu Protokoll genommen werden.

Und da hatte Troy sie dann zu seiner Wohnung gebracht. »Du brauchst eine Verschnaufpause«, hatte er gesagt, als er gegangen war. »Nimm dir Zeit.«

Danach konnte sich Glory kaum noch daran erinnern, ins Bett gekrochen zu sein, obwohl sie immer noch nach Schweiß und Qualm stank. Sie fürchtete, der Geruch würde sie bis in ihre Träume verfolgen und sie zum Brandhof oder ins Dachgeschoss zu Lady Merle treiben. Doch die Nacht verlief ruhig, ihr Schlaf war so tief, dass sie darin versinken konnte.

Den ganzen nächsten Tag blieb sie in der Wohnung. Sie verbrachte zwei Stunden damit, Wasser und dreckigen Seifenschaum überall in Troys makellosem, mit teuren Accessoires ausgestattetem Badezimmer zu verspritzen. Dann plünderte sie Troys makellosen und teuer bestückten Kühlschrank. Sie stöberte in seinen Bücherregalen, durchwühlte seine Schubladen und klaute ein Paar Bettsocken aus Kaschmirwolle. Den Fernseher ließ sie laufen, teils, weil die Hintergrundgeräusche beruhigend wirkten, teils, weil sie darauf wartete, dass eine Sondermeldung über den Skandal gebracht wurde. Bislang war nur etwas über eine »tragische Feuersbrunst auf dem Landsitz eines Medienmoguls« gemeldet worden. Der Bericht beruhte hauptsächlich auf Spekulationen. Glory dachte an Rose Merle, die jetzt ruhig in irgendeinem Krankenhauszimmer saß, mit einem perfekten Gesicht, das ebenso leer war wie ihr Kopf. Vielleicht hatte Lady Merle ihren Gedächtnisverlust zu Recht als Gnade bezeichnet.

Nachmittags kam Zoey Connor vorbei. Sie war müde, aber optimistisch. Alle Komplizen von Paterson, die Abgeordnete Helena Howell eingeschlossen, waren in Gewahrsam genommen worden und arbeiteten mit der Polizei zusammen, berichtete sie. Die Roma-Mutter und ihr Sohn wurden in einem sicheren Unterschlupf bewacht, während die Behörden darüber zu entscheiden versuchten, was mit ihnen geschehen sollte. Der Junge war bereits gezäumt worden.

»Es hat sich herausgestellt, dass einer der Informanten des Referats für Hexenverbrechen sie gefunden und Paterson alarmiert hatte. Ich weiß nicht genau, wie sie das Fae des Jungen entdeckt haben. Möglicherweise hatte die Mutter vor, bei ihrem Asylantrag davon Gebrauch zu machen. Aber Paterson hat ihr einen anderen Deal angeboten. Ein neues, legales Leben in England für sie und ihren Sohn im Austausch gegen ihre Hilfe bei geheimen Regierungsoperationen. Es ist immer noch nicht klar, wie viel die Frau eigentlich verstanden hat. Der kleine Junge wusste ganz offensichtlich nicht, was er da getan hat.«

Glory nickte. Und deshalb war er auch über jeden Verdacht erhaben. Eine sechsjährige Hexe war unglaublich, es schien geradezu unmöglich. »Paterson hatte nie vor, ihnen ein paar glänzend neue Pässe und eine Sozialwohnung zukommen zu lassen, oder?«

»Nein. Sobald der Job erledigt war, sollten sie bestimmt in aller Stille irgendwo hinverfrachtet werden, da bin ich mir sicher.«

»Oder ihre Leichen wären in einen Graben geworfen worden. Warum wird in den Nachrichten nichts darüber gebracht?«

Zoey schien ein bisschen unbehaglich zumute zu sein.

»Es ist eine Nachrichtensperre verhängt worden, bis alle Fakten bekannt sind. Bei einer so großen Story wie dieser ist sorgfältige Regie erforderlich.« Sie schaute Glory nicht so ganz in die Augen.

Am Mittwochmorgen ging Glory mit dem Geld einkaufen, das für die Putzfrau bereitlag. Als sie zurückkam, meldete Jonah sich telefonisch mit der Neuigkeit, dass Lucas wieder zu Hause war. Er wollte sie sehen.

Sie trafen sich im Safe House von WICA, in dem Glory Harry Jukes vorgestellt worden war. Jonah ließ Glory herein und sie überraschte beide mit der Herzlichkeit ihrer Begrüßung. Dann brachte Jonah sie hoch zu der kleinen, kahlen Küche, wo Lucas wartete, ging aber nicht mit hinein.

Lucas stand von seinem Stuhl auf, als Glory eintrat, und das brachte sie durcheinander. Sie wusste nicht, was sie machen sollte. Ihm die Hand schütteln? Ihn umarmen? Sie kam sich unbeholfen und unvorbereitet vor.

Er sah nicht schlecht aus, fand sie. Wenigstens war er nicht viel blasser als sonst. Die Schatten unter seinen Augen erinnerten sie an das Teufelsmal. Er lächelte sie an und die Schatten wurden heller. Aus irgendeinem Grund brachte sie auch das durcheinander.

»Wie geht es dir?«, fragte sie plötzlich, um die Unsicherheit zu überspielen.

»Gut«, sagte er. »Die haben mich vorsichtshalber über Nacht im Krankenhaus behalten. Aber das war nicht nötig. War … war schließlich bloß Wasser, nichts weiter.«

Unbewusst berührte er mit einer Hand die wund gescheuerte Stelle an seinem Handgelenk. Glory konnte die roten Striemen von den Lederriemen deutlich erkennen. Sie setzte sich auf den Stuhl ihm gegenüber und räusperte sich.

»Die haben die Arschlöcher zu fassen gekriegt, die das gemacht haben. Striker und diesen fiesen Gideon und seine Freundin. Hat Zoey mir erzählt.«

»Hab ich auch schon gehört. Die und die anderen Komplizen haben umfassende Geständnisse abgelegt, Paterson und Howell auch. Deshalb werdet ihr, du und Troy, wahrscheinlich nicht mal als Zeugen aufgerufen werden.«

»Aber du wirst aussagen müssen.«

»Ja. Meine Identität wird aber geschützt. Die Verhandlung findet unter Ausschluss der Öffentlichkeit statt.«

»Was?«

»Die Öffentlichkeit und die Presse haben keinen Zutritt, sodass als geheim eingestufte Beweise …«

»Was das ist, weiß ich. So was wird gemacht, wenn was vertuscht werden soll.« Ihr stieg die Hitze in die Wangen und sie unterdrückte ein bitteres Auflachen. »Allmächtige Mab! Nichts ändert sich, was? Die Leute am Drücker werden ihren Dreck unter den Teppich kehren, so wie immer.«

»Das können sie nicht«, sagte Lucas.

Er tut das einfach so ab, dachte Glory.

»Die Story ist zu groß und zu viele Leute sind darin verwickelt. Jack Rawdon und der Oberste Hexenriecher werden heute Nachmittag eine gemeinsame Presseerklärung abgeben.« Er zog die Stirn ein wenig kraus. »Ich dachte, du wärst erleichtert wegen des Prozesses. Ist doch gut, dass ihr nicht ins Kreuzverhör genommen werdet? Damit wird die Sache mit Harry Jukes und der Cooper Street aus allem rausgehalten. Du wirst weiter unregistriert bleiben und gerätst nicht ins Rampenlicht, und die Schuldigen kriegen, was sie verdienen.«

Glory wollte ganz bestimmt nicht vor Gericht erscheinen und sie hätte garantiert ihr Bestes getan, um sich davor zu drücken. Aber Lucas gab sich so verdammt sicher – und begegnete ihrer Empörung mit so einer coolen Beiläufigkeit. Sie merkte, wie der alte Konflikt wieder für dicke Luft zwischen ihnen sorgte.

Lucas musste das auch gespürt haben. »Aber, egal, ich will nicht streiten. Ich will dir danken. Ich verdanke dir … für alles.«

Sein Blick – das Blau seiner Augen – hatte etwas viel zu Intensives. Sie guckte weg. »Du kannst dir die Reden schenken. Ich hab Glück gehabt, du nicht.«

»Es ist mehr als das. Alles, was aufgedeckt und erreicht wurde, ist dir zu verdanken. Wenn du mich nicht rechtzeitig gefunden hättest, dann weiß ich nicht, was passiert wäre.«

»Es war nicht deine Schuld. Alles ein Haufen Zufälle. Wir haben einfach nur reagiert und uns was einfallen lassen.«

Er schaute sie immer noch an, das spürte sie.

»Was wirst du jetzt machen?«, fragte er.

Jetzt, heute? Oder für den Rest ihres Lebens?

»Ich geh wohl zurück in die Cooper Street.«

»Es wird aber nicht mehr so sein wie früher.« Das schien er so vor sich hin zu sagen. »Kann es nicht. Zu viel ist passiert. Ich glaub, ich würde mein altes Leben gar nicht zurückhaben wollen, nicht mal, wenn das ginge.« Zum ersten Mal wirkte er ein bisschen schüchtern. »Weißt du, WICA beschäftigt sich ja nicht nur mit kriminellen Hexenzirkeln, sondern auch mit Industriespionage und Regierungssicherheit und internationalem Terrorismus ...«

»Lucas Stearne!« Sie riss die Augen dramatisch auf. »Versuchst du etwa, mich zu rekrutieren?«

Er wurde rot. »Ich bin wohl kaum in der Position, Stellenangebote zu machen. Ich weiß nicht mal genau, welchen Status ich im Moment habe. Niemand weiß so recht was mit mir anzufangen. Aber wenn ich die Chance bekomme, will ich dabeibleiben. Ich glaube ... nun ja, ich glaube, es lohnt sich, diese Art Arbeit zu machen, das ist alles.«

Dieses Mal sah sie ihn ernst an. In ihrer Hosentasche bohrte sich die spitze Ecke der Karte, die Agent Connor ihr gegeben hatte, durch den Jeansstoff. Sie ließ sich Zeit für ihre Antwort, weil sie sich unmissverständlich ausdrücken wollte. »Ich sehe ja, dass WICA wichtige Arbeit leistet«, sagte sie. »Vermutlich gibt es auch einige Inquisitoren, die es richtig machen. Wenn Paterson und seine Bande erst mal eingelocht sind, haben die Guten vielleicht mehr Chancen. Aber einige Dinge werden sich nie ändern. Wie bei diesem Prozess ... Das sind doch nur noch mehr Geheimnisse und Intrigen ... noch mehr Absprachen hinter verschlossenen Türen.« Sie schüttelte den Kopf. »Ich behaupte ja nicht, die Zirkel hätten die Lösung. Die haben ihre eigenen Probleme. Aber es ist genauso wichtig, gute Leute in den Zirkeln zu haben, wie irgendwo anders. Du und deine Leute, ihr denkt, wenn ihr nur genug Gesetze macht und genug Formulare ausfüllt, wird alles sicherer. Das reicht nicht. Lady Merle hätte nie tun sollen, was sie getan hat. Das mit Rose nicht und das mit dem Feuer auch nicht. Aber verzweifelte

Leute neigen eben zu Verzweiflungstaten. Leute wie sie wird es immer geben und sie werden immer einen Ausweg brauchen – irgendwo außerhalb der Gesetze und Formulare. Ich muss also draußen bleiben, Lucas. Da passe ich hin.«

* * *

Glorys Worte machten Lucas enorm müde. Einiges von dem, was sie gesagt hatte, war richtig, das wusste er – und zwar besser als sie, wenn man es genau nahm.

Eine Strategie zur Wahrung des Gesichts war bereits etabliert. Das Aufdecken der Verschwörung war als offizielle konzertierte Aktion zwischen WICA und dem Referat für Hexenverbrechen ausgegeben worden. Laut dieser Version der Ereignisse war Lucas – der nur als anonymer WICA-Agent bezeichnet wurde – von Commander Saunders angeworben worden, um die Aktivitäten seines Stellvertreters zu überwachen, der bereits des Amtsmissbrauchs verdächtigt wurde. Die Cooper Street oder Harry Jukes oder die Familie Morgan würden mit keinem Wort erwähnt werden. Vertraulich hatte der Chefankläger eingestanden, dass Gideon und Zilla glimpflich davonkommen würden. Sie würden sich als naive junge Idealisten darstellen, deren Patriotismus und Eifer von den echten Schurken dieses Stückes zynisch ausgebeutet worden war.

Lucas gefiel das nicht. Doch er akzeptierte es. Die Regierung, die Inquisition, sogar WICA waren sich einig, dass es in ihrer aller Interesse war, die negativen Auswirkungen auf ein Minimum zu beschränken. Das war auch im Interesse der Öffentlichkeit. Eine beleidigte und feindselige Hexengemeinde war für alle von Nachteil. Lucas verstand das.

Glory hingegen würde es nicht verstehen. Teils respektierte er sie dafür, teils nahm er es ihr übel. Sie war immer so sicher, in allem.

Er war sich unsicher gewesen, wie ihr Wiedersehen aussehen würde. Irgendwie hatte er Angst davor gehabt, schließlich hatte er keine Ahnung, welche Art Erinnerungen sie wieder aufleben lassen würde. Das erdrückende Gewicht des Wassers, das Scheuern der Fesseln, den Widerhall des Eisens und das Pochen … Wenn er auf das Geschehene zurückblickte, war es auch jetzt zum Teil noch so, als würde er es fühlen. So, als würde er versuchen, sein Spiegelbild in einem zersprungenen Spiegel zu finden. Doch als Glory zur Tür hineingekommen war, hatte er gewusst, dass alles gut werden würde. Was kaputtgegangen war, würde sich wieder zusammenfügen.

Aus diesem Grund konnte er seinen Motiven für das, was er vorhatte, nicht ganz trauen.

Lucas holte das Stück Papier heraus, das er heute Morgen hinter der Anrichte hervorzogen hatte.

»Ich hab was, das du dir ansehen musst. Ich hab es Montag gefunden, als ich mich bei der Inquisition eingehackt habe.«

Er reichte ihr Angeline Starlings Profil aus der Nationalen Hexendatenbank.

Innerhalb von Sekunden hatte Glory die Seite überflogen. Ihr Gesicht wurde hart, maskenhaft – und kreidebleich. Ihre Schminke stach grell hervor.

»Ist das wahr?«, fragte sie. Auch ihre Stimme klang jetzt künstlich, blechern und unbeteiligt.

»Ja, ich fürchte schon. Tut mir leid.«

Es verschlug ihr für eine ganze Weile die Sprache.

»Okay.« Ihre Hände zupften am Papier, zuckten, kamen nicht zur Ruhe. »Dann muss ich mit ihr reden. Ich muss sehen … hören …«

»Da ist noch was.« Bis zum letztmöglichen Augenblick war er sich nicht sicher gewesen, wie er das ansprechen sollte, und jetzt blieben ihm die Worte im Hals stecken. »Der Bericht über Angeline … der ist aus einer Datenbank … und da waren Updates von ihrer übrigen Familie … und von deiner Mutter …«

»Ja?«

»Diesen Unterlagen zufolge ist deine Mutter zum letzten Mal vor fünf Jahren gesehen worden.«

»Lebend?«

»Ja.«

»Wo? Was hat sie gemacht? Mit wem war sie zusammen?«

»Stand da nicht. Weitere Informationen gab es nicht.« Er sah ihr direkt in die Augen. »Wir können nicht sicher sein, dass deine Mutter noch lebt. Aber sie ist nicht von Charlie Morgan umgebracht worden. Jedenfalls nicht auf die von Angeline beschriebene Art.«

Irgendwann musste Glory erfahren, dass Edie Starling für die Inquisition gearbeitet hatte, als sie verschwunden war, das wusste Lucas. Doch es wäre nicht fair, sie jetzt damit zu belasten, nicht solange es so wenig konkrete Informationen gab. *Ich treffe mich noch mal mit ihr*, sagte er sich. *Das muss ich tun. Dann erzähle ich ihr die ganze Geschichte. Ich muss nur erst die Fakten klären.*

Es sei denn, mein Vater war für das Verschwinden ihrer Mutter verantwortlich. Oder für Schlimmeres. Denn das würde sie mir nie verzeihen.

Er hatte dieses Wissen verdrängt, aber jetzt schnitt und knirschte es wie Glasscherben. Dass ihm das anzusehen war, merkte er daran, dass Glory über den Tisch langte und seine Hand nahm. Sie hatte die Art seines Schmerzes missverstanden.

»Danke, Lucas. Dafür, dass du es mir gesagt hast.«

Er lächelte sie an und sah seinen Verrat bereits voraus.

»Danke, dass du vorbeigekommen bist.«

KAPITEL 39

Am späten Nachmittag kehrte Glory in die Cooper Street zurück. Es war wieder warm geworden und in der Luft lag ein feuchter grüner Geruch, der sich mit den Abgasen der Autos vermischte. In den Schatten des Hochhauses lungerten immer noch dieselben jugendlichen Skinheads herum, kauend, spuckend, spottend und fluchend. Als sie vorüberging, pfiff einer von ihnen und die anderen johlten.

Patrick saß auf der Treppe von Nummer acht und spähte auf die Spielkonsole, die Patch letztes Weihnachten für ihn geklaut hatte. Sein dünnes Haar bauschte sich ein wenig in der Brise.

»Da bist du ja, Glory.«

»Hallo, Dad.«

Sie setzte sich neben ihn und lehnte sich an seine Schulter. *Pling, pling, biep* machte die Konsole. Er war noch immer im Bademantel. Sie dachte an den Oberstaatsanwalt, der mit einer Truppe bewaffneter Männer das Souterrain gestürmt hatte. Wie er auf dem nassen Boden zusammengesunken war und seinen Sohn in den Armen gehalten hatte. Wie glühend seine Zärtlichkeit gewesen war.

»Tut mir leid, diese Sache mit Charlie«, sagte Patrick, dessen Augen am Display klebten. »Üble Geschichte das. Wie hält sich die Familie?«

»Nicht schlecht.«

»Und was ist mit … äh … Harry? Ist der jetzt bei den Morgans?«

»Nein. Ich … ich weiß nicht, ob wir noch viel von dem zu sehen kriegen.«

»Ach je. Schien so ein netter Junge zu sein.«

»War er wohl. Hat sich rausgestellt, dass wir doch mehr gemeinsam hatten, als ich dachte.« Müde stand Glory auf. »Ich muss mit Tante Angel reden.«

Endlich schaute Patrick zu ihr hoch. Er hüstelte. »Ah. Hm. Weißt du, du verbringst ziemlich viel Zeit mit deiner Großtante. Manchmal fürchte ich, dass sie ein bisschen zu viel Einfluss auf dich nimmt.«

»Tust du das? Echt?« Ihre Stimme zitterte. »Und du hast nie daran gedacht, mal was zu sagen?«

Ein Ausdruck der Verwunderung zog wie eine Wolke über sein Gesicht. Ehe Verletzung daraus werden konnte, bekam sie ein Lächeln zustande. »Lass gut sein, Dad. Spielt keine Rolle. Ich … ich hab dich lieb.«

»Hab dich auch lieb.«

Pling, pling, biep.

Sie ging ein kleines Stück die Straße hinunter und klopfte an die Tür der alten Dame.

»Glory! Ich war ja schon ganz krank vor Sorge. Warum hast du nicht auf meine Anrufe reagiert? Mich so im Dunkeln zu lassen, was soll das denn? Was bildest du dir eigentlich ein? Geradezu unverschämt, nenn ich das. Und undankbar. Hast du überhaupt eine Vorstellung davon, wie viele Leute nach dir gesucht haben, Mädel? Und was hör ich da? Du treibst dich mit Troy Morgan herum? Wo steckt Harry? Alle möglichen Gerüchte sind in Umlauf. Ich kann dir sagen …«

So ging das eine ganze Weile weiter. Glory hörte gar nicht zu. Sie stand ganz still in dem Zimmer, in dem sie aufgewachsen war. Sie kannte jede Rüsche, jede Quaste, jeden bonbonfarbenen Streifen, jeden Zeitungsausschnitt, jedes schwarz-weiße Lächeln. Der Heilige Tempel der Starling-Schwesternschaft.

Schließlich ging Angeline die Luft zum Schimpfen aus. Oder vielleicht war ihr Glorys Schweigen aufgefallen. »Los, Mädchen«, sagte sie schroff. »Mach den Mund auf.«

Glory faltete das Blatt Papier auseinander, das Lucas ihr gegeben hatte, und reichte es ihrer Großtante.

»Ich weiß, dass es wahr ist.« Sie setzte sich in einen der Sessel. »Jetzt erzähl du mir, warum.«

Glory hatte Angeline schon öfter das arme, alte Frauchen geben sehen. Das hier war anders, sie setzte eine Maske ab, nicht auf. Das Gesicht ihrer Großtante wurde fleckig und grau, und als sie sich in ihren Sessel sinken ließ, schrumpelte ihr Fleisch und ihre Hände zitterten. Aber ihre Stimme blieb fest.

»Du willst also die Geschichte der Starling-Girls hören, was?«

»Die echte. Ja.«

»Na gut«, sagte Angeline mit einem gewissen Trotz. »Na gut. Also. Ich werde dir erzählen, wie das war mit meinen Schwestern und mir.« Ihr Mund zuckte. »Ich hab ihnen die Nasen geputzt und die Hintern abgewischt, seit ich alt genug war, alleine stehen zu können. Dann, nachdem unsere Ma und unser Pa weg waren, hab ich geknausert und geschuftet, damit wir zusammenbleiben konnten und nicht auf der Straße landeten. Ich hab Joe geheiratet, obwohl er ein Haudegen und Trunkenbold war und fünfzehn Jahre älter als ich, damit sie ein Dach über dem Kopf hatten, und weil unsere Familie das dem Zirkel schuldig war. Und sobald sie konnten, sind sie abgehauen, um ihr Glück zu suchen. Die haben sich nicht mal umgeguckt. Na, ich hätte das wissen können. Wenn die mal groß sind, werden das Herzensbrecherinnen, haben alle gesagt. Die hinreißenden Starling-Zwillinge! So süß, dass sie mit ihrem Zauber die Vögel von den Bäumen zaubern konnten, und gerissen genug, um einem Betrunkenen den Mantel vom Rücken weg zu stehlen. Sie kriegten Reichtümer, Liebhaber, Macht und ihr Bild kam in die Zeitung. Ich hab es ihnen nicht missgönnt, stolz war ich. Ich wollte nichts anderes als helfen dürfen – ein kleiner Teil der Legende sein. Mein Fae war vielleicht nicht so umwerfend wie ihres, aber sie benutzten es trotzdem – und mich auch, wann immer es ihnen passte. Ich deckte sie. Ich machte Hexereien für sie. Ich wurde mit Nadeln gepikt und in Tanks getaucht. Ich hab diese Mädels geliebt, aber sie liebten nur einander. Und keinen ihrer tollen Männer, eigentlich nicht mal ihre Kinder. Sie waren die ganze Welt füreinander …«

Ein Schleier lag über ihren Augen. Glory machte sich hart dagegen.

»Verstehe. Du hast meine Oma so lieb gehabt, dass du sie der Inquisition verraten hast.«

»Das war nicht geplant. Ich wusste ja nicht mal richtig,

was ich da machte. Damals war ich halb von Sinnen. Als Cora anrief, kam ich gerade von Joes Beerdigung. Die Polizei und die Stecher wimmelten in der Cooper Street herum, wir steckten bis über den Hals in Schulden. Und da war meine kleine Schwester am Telefon und lachte und plapperte vor sich hin, als ob sie nie weg gewesen wäre. Fünf Jahre war sie verschwunden und hatte nie ein Wort von sich hören lassen. ›Oh, was ich dir für Abenteuer erzählen kann! So viele Geschichten!‹, sagte sie. ›Und wie geht's dir so?‹, fragte sie dann. ›Wie geht es der armen alten Ange?‹ Cora hatte nie vor irgendwas Angst. Das war vielleicht eine Wilde. Die machte sich über nichts und niemanden Gedanken. Nur einmal sollte sie wissen, was das für ein Gefühl war, fand ich, wie das war, wenn man machtlos war, gedemütigt wurde und Angst hatte. Ich wollte, dass sie in einen von diesen Tanks kam, ja. Aber ich wollte doch nicht … ich hab nie gewollt, dass sie ertrinkt …«

»Aber sie ist ertrunken.«

»Ja.« Angeline schniefte laut. »Gott, vergib mir, das ist sie. Und ich wollte Wiedergutmachung leisten, indem ich ihr Kind aufziehe. Aber Lily hat mir Edie weggenommen, hat gesagt, ich sei selber nie Mutter gewesen und sie wisse, was das Beste für die Tochter ihres geliebten Zwillings sei. Und erst als Lil starb und deine Ma wieder allein war, erinnerte sie sich wieder an die Cooper Street und ihre arme Tante Angeline. Ha. Das muss ein ganz schöner Abstieg für sie gewesen sein. Aber ich war so froh. So glücklich. Alle konnten sehen, dass Edie was Besonderes war. Gott allein wusste, wer ihr Vater war, aber sie hatte das Talent ihrer Mutter, ganz bestimmt, und ihre Sturheit. Das Zeug zu einer großartigen Hexe. Sie würde der Cooper Street geben, was sie brauchte, was ich verdiente. Zusammen würde uns keiner aufhalten können.«

»Und was ist dann passiert? Hast du sie auch an die Inquisition verraten?«

Angeline guckte verwirrt.

»Lass den Scheiß, Tantchen. Ich weiß, dass Charlie sie nicht umgebracht hat. Sie ist vor fünf Jahren gesehen worden. Lebend.«

»Aber woher weißt du …? Wo? Es kann nicht sein …«

»So ist es aber«, sagte Glory grob. »Denn wir wissen ja beide, dass es nie ein Grab in Dunstan Woods gegeben hat oder einen Leichenschleier. In Wirklichkeit ist meine Mutter weggegangen. Sie hatte genug. Genau wie es in ihrem Abschiedsbrief stand. Was hast du mit ihr gemacht, wie hast du sie aus dem Haus getrieben?«

Die alte Frau lächelte säuerlich. »Edie hatte mehr von Cora, als ich gedacht hatte. Sie war auch eine von denen, die immer abhauen und sich nie umschauen. Das hab ich erst gemerkt, als es schon zu spät war.«

»Halt die Klappe. Du hast vorher gelogen und jetzt lügst du auch. Du hast mich manipuliert, damit ich zur Petze werde und eine Verräterin wie du. Die Morgans …«

»Die Morgans haben jede Menge Leute zu Witwen und Waisen gemacht, Mädchen. Vergiss das bloß nicht.« Angeline starrte sie mit ihren strahlenden schwarzen Augen an. »Und was dein Erbe angeht, habe ich nie gelogen. Ich will, dass du eine große Hexe wirst, Glory. Ich will, dass du diesen Zirkel zu dem größten und besten machst, den es je gegeben hat. Deshalb hab ich dir alles beigebracht, was ich weiß, deshalb werde ich für deine Rechte kämpfen bis zum letzten Atemzug. Ich hab meine Liebe und meine Hoffnungen in dich gesteckt. Ich hab dich zu meinem eigenen Kind gemacht.«

Glory schaute sich im Zimmer um. Die verblassten Schlagzeilen. Die drei lachenden Mädchen. Die trübselige alte Frau vor ihr.

»Das bin ich nicht. Ich bin es nie gewesen und werde es auch nie sein.«

Angeline stieß einen kleinen trockenen Seufzer aus. Dann bleckte sie die gelben Zähne. »Glaubst du etwa, du kannst bei den Morgans angekrochen kommen? Du meinst wohl, Troy trägt dich auf Händen davon, wenn du nur eine süße Schnute ziehst. Oder vielleicht machst du es dir ja auch bei der Inquisition gemütlich, jetzt, wo du und die Pyros so gute Kumpels geworden seid?«

Glory stand auf.

»Auf Wiedersehen, Tantchen.«

»Geh nur. Verlass mich, so wie all die anderen.« Sie richtete sich wacklig auf. »Undankbare kleine Zicke.« Sie erhob die Stimme zu einem heiseren Kreischen. »Raus hier und komm bloß nie wieder. Denn dann wird es zu spät sein … zu spät …«

Glory machte die Tür zu und atmete die kühle, feuchte Luft ein. Hinter dem Hochhaus zog sich ein scharlachroter Schleier über den Himmel.

Durch das Fenster von Patricks Zimmer konnte sie ein *bliep, bliep, bliep* hören. Musik hämmerte in Nummer sieben, nebenan jaulten die Bullterrier. Auf den Treppenstufen von Nummer acht lungerte Nate herum und rauchte.

»Hallo, Kleine«, sagte er, als sie an ihm vorbeiging. »Troy hat dich gesucht.«

Sie drehte sich nicht um.

»Wo gehst du hin?«

»Keine Ahnung.«

Ich bin Gloriana Starling Wilde. Ich bin fünfzehn Jahre alt. Ich bin eine Hexe.

Ich kann alles.

Sie ging weiter, immer schneller, legte ihren Kopf in den Nacken und lachte. Dann breitete sie ihre Arme aus. Und sie lief los.

Der Starling-Familienstammbaum

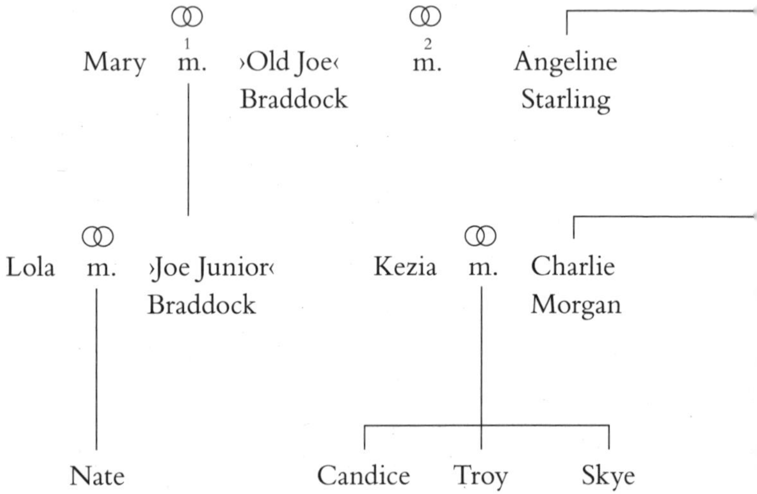

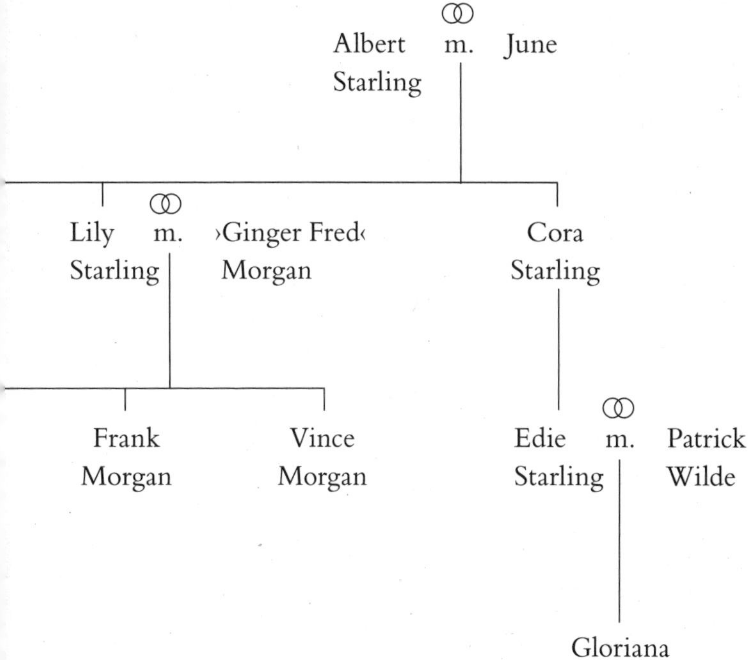
Albert Starling m. June
Lily Starling m. ›Ginger Fred‹ Morgan
Cora Starling
Frank Morgan
Vince Morgan
Edie Starling m. Patrick Wilde
Gloriana

Anmerkung der Autorin

In nahezu allen Kulturen ist der Glaube an Hexen historisch belegbar. Die Hebräische Bibel, das Neue Testament und der Koran warnen vor Hexerei und sehen Strafen dafür vor. Die römisch-katholische Inquisition unterstützte die Hexenjagd mit der Begründung, dass Hexen einen Pakt mit dem Teufel eingegangen seien und sein Mal tragen würden.

1480 bis 1700 war die Zeit weitverbreiterter Hexenjagden in Europa und Nordamerika. Schätzungen zufolge wurden zwischen 40 000 und 60 000 Menschen getötet. In südlich der Sahara gelegenen Teilen Afrikas, in Indien und im Süden von Ghana kommen auch heute noch Hexenjagden vor.

Eine britische Inquisition hat es nie gegeben, Matthew Hopkins, den selbst ernannten »Obersten Hexenriecher«, allerdings schon. Ebenso wie seinen Kollegen John Stearne. Diese beiden und ihre Mit-Hexenriecher wendeten das Stechen, Schwemmen und den Hexenzaum bei ihren Opfern an.

Die Hexereien meiner Hexen sind von afroamerikanischen magischen Praktiken inspiriert, die als Hoodoo bekannt sind, und von britischen Volkserzählungen. Es ist eine alte Überlieferung, dass Glocken vor Hexen warnen und Wasser und Eisen gegen sie Schutz bieten.

Danksagung

Beim Schreiben dieses Buches kamen keine dunklen Künste zur Anwendung. Das hatte ich nicht nötig – wegen folgender Leute: Emma Matthewson und Isabel Ford bei Bloomsbury, Sarah Molloy bei A. M. Heath, Sarah Lilly, Luke Staiano und Lucy Wilkins. Gemeinsam haben sie den Eifer eines Inquisitors, die Gerissenheit eines Ganoven und die Kreativität eines ganzen Hexenzirkels eingesetzt. Ich möchte ihnen allen sehr danken.

Brien O' Keeffe von der London Fire Brigade war so freundlich, mich bei den Ereignissen in Kapitel 33 zu beraten. Obwohl die endgültige Version etwas von dem abweicht, was wir besprochen haben, bin ich dankbar für seine Hilfe. Sämtliche Irrtümer beruhen allein auf meiner Unwissenheit.

www.laurapowellauthor.com

Kami Garcia / Margaret Stohl

Liebe noch vor dem ersten Blick

Schon bevor er sie zum ersten Mal gesehen hat, hat sie ihn in seinen Träumen verfolgt: Lena Duchannes, die Neue in Ethans Schule. Lena, das Mädchen mit dem schwarzen Haar und den grünen Augen, die in Ravenwood wohnt, der verrufenen alten Plantage. Lena, in die Ethan sich unsterblich verliebt. Doch Lena umgibt ein Fluch, den sie mit aller Kraft geheim zu halten versucht: Sie entstammt einer Familie von Hexen, und an ihrem sechzehnten Geburtstag wird sich entscheiden, ob sie auf die helle oder auf die dunkle Seite gehört. Ethan weiß, er wird Lena immer lieben, was auch geschieht.

Aber wird er an ihrer Seite bleiben können, gleich, welcher Seite sie künftig angehört?

Sixteen Moons – Eine unsterbliche Liebe
Band 1, 544 Seiten,
ISBN 978-3-570-13828-1

Seventeen Moons – Eine unheilvolle Liebe
Band 2, 512 Seiten,
ISBN 978-3-570-40192-7

Eighteen Moons – Eine grenzenlose Liebe
Band 3, 512 Seiten,
ISBN 978-3-570-40259-7

Nineteen Moons – Eine ewige Liebe
Band 4, ca. 416 Seiten,
ISBN 978-3-570-40311-2

40295_4

www.cbj-verlag.de